AF345863

# LE CONTE DES SEPT CHANTS

Cécile Ama COURTOIS

ISBN-13 : 978-29568607-8-5
Dépôt légal : SEPTEMBRE 2021
Concepteur de la couverture : Vael Cat – Vael Illustrations

www.cecileamacourtois.com

# TOME 3

# LE DUEL

# Merci !

Il m'a fallu plus de dix ans pour imaginer, créer, construire et peaufiner les deux premiers tomes de ce qui avait toujours été, pour moi, une trilogie. Et je pensais naïvement qu'à présent qu'elle était lancée, la suite viendrait presque naturellement (d'autant que le scénario était bien clair dans ma tête)… mais la pandémie est arrivée, et avec elle, le doute, les remises en question, l'absence de salons et de contacts avec les lecteurs, et la page blanche.

Des mois durant, le manuscrit du tome trois est resté au point mort, jusqu'à ce que, après déjà deux reports, je ne puisse plus repousser la deadline des corrections. Il me restait trois mois pour tout boucler !

Je me suis mise à écrire frénétiquement, dix heures par jour, jusqu'à l'épuisement, et j'ai vu mon fichier grossir bien au-delà de ce que j'avais envisagé. Et en dépit de cela, l'heure de rendre ma copie est arrivée alors que j'avais encore beaucoup de choses à raconter.

Du coup, encore une fois, j'ai dû rectifier le tir, abandonner mes projets, les remanier, repartir sur autre chose :

Un quatrième tome !

Ça a peut-être l'air insignifiant, mais quand on a une trilogie en tête durant treize ans et qu'elle devient subitement une quadrilogie, c'est un sacré choc, je peux vous l'assurer.

Je remercie donc, en tout premier lieu, vous qui tenez ce livre entre vos mains et me faites encore une fois l'honneur de votre confiance. Ni moi ni ces romans n'aurions de raison d'être sans vous !

Je remercie une fois encore, Sabine Escaré, ma correctrice, si patiente et si pertinente, qui m'accompagne et me guide d'une manière incroyable !

Mes bêta-lectrices, Inà et Zabeth, fidèles et patientes, elles aussi, parce qu'elles attendent la fin de cette aventure depuis des années !

Ma merveilleuse équipe de lancement : Gabrielle, Cassandra, Elèna, Aurore, Farah et Laetitia, qui portent ce projet vers la lumière avec un tel enthousiasme.

Mon fils, Joseph, fan de la première heure, à qui je dois des dizaines d'améliorations, notamment sur les scènes de batailles et de combats. Il est mon plus grand et constant soutien !

Merci à mon mari qui me laisse poursuivre mon rêve, même si ça lui pèse.

Merci à mon ami, Kevin Eiron Devis, pour la carte de Gahavia.

Et enfin, merci à ma très chère Vael Cat pour, encore une fois, cette subliiiime couverture !!!

L'aventure continue, elle n'est pas finie ! Je vous laisse en compagnie de ce troisième opus pendant que je travaille sur le quatrième et (c'est promis !) dernier tome.

# NOTE DE L'AUTEUR

Pour ce tome, qui est plus dense, plus rapide et plus complexe que les deux premiers, j'ai décidé d'ajouter des dates à chaque début de chapitre afin de vous aider à vous y retrouver.

J'utiliserai un calendrier à douze mois, comme le nôtre, dont les jours seront également aux mêmes nombres que dans le nôtre (30 ou 31, et 28 en février). En revanche, j'ai choisi des mots elfiques pour nommer les mois.

Vous trouverez donc :

Janvier = Narwain

Février = Nínui

Mars = Gwaeron

Avril = Gwirith

Mai = Lothron

Juin = Nórui

Juillet = Cerveth

Août = Úrui

Septembre = Ivanneth

Octobre = Narbeleth

Novembre = Hitui

Décembre = Girithon

On mentionne le mois, puis le jour.

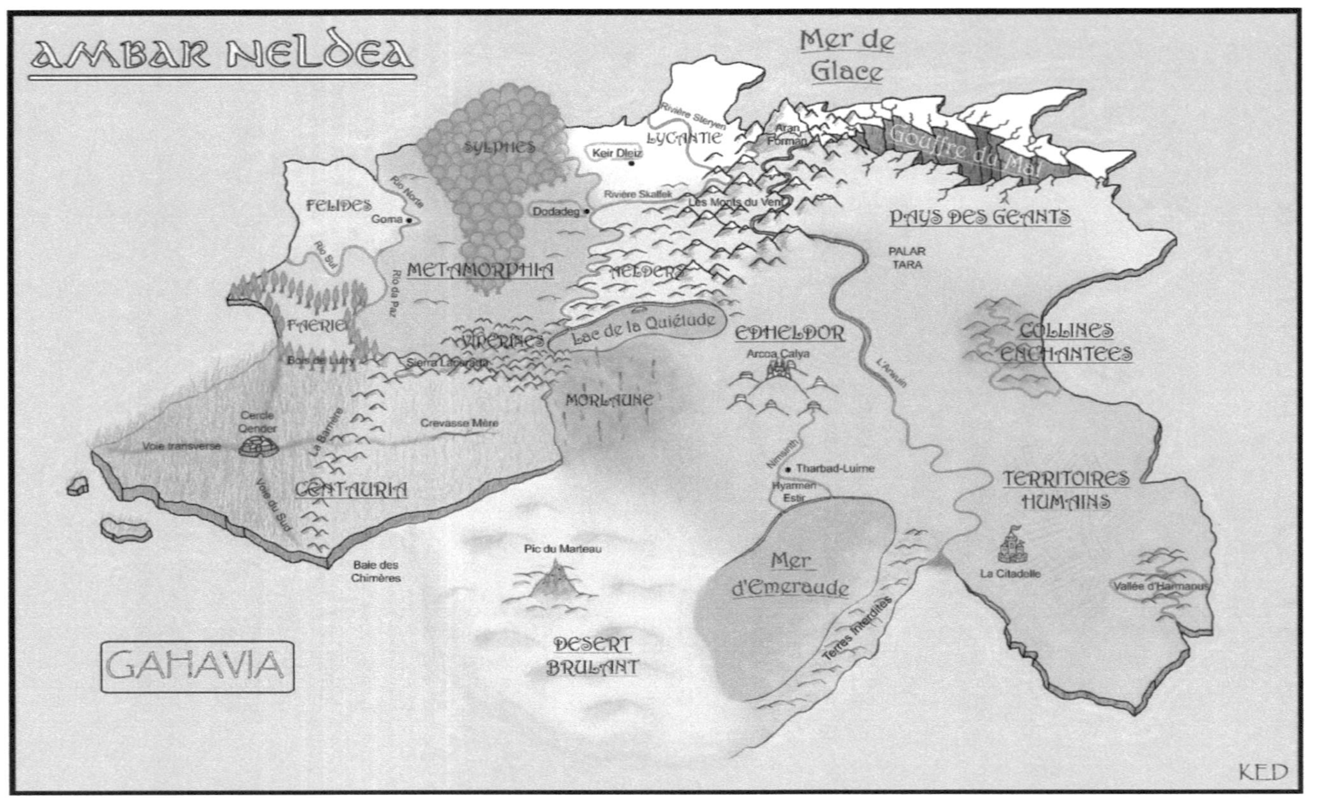
AMBAR NELDEA
Mer de Glace
Rivière Stenyen
LYCANTIE
Aran Forman
Gouffre du Mal
SYLPHES
Keir Dleiz
Rio Norte
FELIDES
Goma
Rivière Skalfek
Les Monts du Vent
PAYS DES GEANTS
Dodadeg
PALAR
TARA
Rio Sul
METAMORPHIA
NELDERS
Rio da Paz
COLLINES ENCHANTEES
FAERIE
Lac de la Quiétude
EDHELDOR
VIPERIES
Arcoa Calya
L'Arwain
Bois de Lutry
Sierra Laparade
MORLAUNE
Cercle Qender
Crevasse Mère
La Barrière
Voie transverse
Nimuith
Tharbad-Luime
Hyarmen
Estir
TERRITOIRES HUMAINS
CENTAURIA
Voie du Sud
Pic du Marteau
Mer d'Emeraude
La Citadelle
Vallée d'Harmanar
Baie des Chimères
Terres Interdites
DESERT BRULANT
GAHAVIA
KED

— 1 —

*Souvenez-vous…*

*Au début de l'été, voici un peu plus de quatre mois, alors que des émissaires de toutes les nations de Gahavia s'étaient réunis en Edheldôr pour la traditionnelle Assemblée Décennale, une Ombre a attaqué l'Arcoa Calya et toute la colline d'Allorée, tuant des dizaines de Gahaviens. Cette attaque a marqué le début d'une guerre que personne n'avait anticipée.*

*Aussitôt, Turgòn Calimehtar, consort de la reine des elfes, leva une armée composée de tous les guerriers présents et fonça vers le nord, en direction du Gouffre du Mal, seul endroit d'où leur vieil ennemi, Mörk Örn, pouvait tenter d'envahir à nouveau Gahavia. Une bataille terrible eut lieu sur le Palar Tara, qui se solda par la cruelle défaite des Gahaviens. Les Hordes de Mörk Örn passèrent au travers des défenseurs et établirent un siège autour de l'Edheldôr, isolant le pays elfique.*

*Pendant que les guerriers partaient se battre, au palais, la Haute-Reine Aliosha, sa fille Saraë et tous les mages et sorcières disponibles créèrent un bouclier pour empêcher l'Ombre de poursuivre son carnage… avec un succès mitigé. Toutefois, la quantité invraisemblable d'énergie que requérait le bouclier affaiblit* rapidement les magiciens présents, et la reine Aliosha y usa ses dernières forces. Alors qu'elle gisait, épuisée, sur son lit, l'Ombre profita de la défaillance du bouclier pour éliminer la souveraine. Désormais, ce serait à la jeune Saraë de remplacer sa mère sur le trône… et dans cette guerre. Elle n'était préparée ni à l'un ni à l'autre, et quelques jours plus tard, c'est elle qui succombait à l'épuisement en sombrant dans un coma profond.

Désemparés, les dignitaires encore présents, et vivants, décidèrent d'envoyer en mission le seigneur Elgard, ainsi que quelques membres restants des délégations, naine et métamorphe, afin qu'ils rallient tous les peuples libres de Gahavia et rassemblent la plus puissante armée de coalition possible.

Urui 19, soit un peu plus d'un mois et demi après l'attaque de l'Ombre, Elgard et ses compagnons quittaient les terres elfiques, avec pour tâche de réunir des renforts en toute hâte et de revenir libérer l'Edheldôr.

# Hitui 06 (06 novembre) – Goma – Territoires Félides – Royaumes de Métamorphia

Soixante-dix-neuf interminables jours s'étaient écoulés depuis qu'Elgard avait quitté l'Arcoa Calya à la tête de son étrange groupe d'émissaires. Deux centauresses, deux sylphes, deux membres du petit peuple, un nain et une prêtresse vipérine l'avaient accompagné, avec pour mission de lever une armée de coalition gahavienne afin de sauver l'Edheldôr des Hordes de Mörk Örn. Après l'attaque de l'Ombre, durant l'Assemblée Décennale, puis la déroute du Palar Tàra, le nouveau chancelier Mardìl Elendil et le général Silurion Machtar leur avaient donné trois mois pour rassembler les troupes et revenir délivrer le pays elfique… les deux tiers du temps imparti étaient écoulés et le seigneur Elgard arrivait seulement en vue de Goma.

Ils avaient perdu plusieurs jours pendant la traversée de Morlaune à cause de la pluie et des attaques de goblins. Puis, même s'ils avaient laissé les centauresses se rendre seules à la Crevasse-Mère en poursuivant leur route sans s'arrêter, ils en avaient encore dépensé bien trop en chasses et en recherche d'eau dans les grandes plaines. Ils avaient tourné en rond durant presque une semaine à essayer de trouver un nouveau cheval pour Vaé, le sien s'étant brisé une jambe dans un éboulis de la Barrière. Min et Sem avaient souhaité passer une journée dans la caverne aux merveilles, comme à l'aller… impossible de le leur refuser. Quand, enfin, une bande de jeunes centaures leur avaient proposé de les escorter jusqu'à la frontière de Lutry, ils avaient déjà plus d'un mois de retard sur leurs prévisions. Pressés, les deux sylphes, la vipérine et Elgard avaient déposé Seppi et Elionora à l'orée de la forêt enchantée avant de filer vers Goma, où ils espéraient pouvoir réunir un conseil d'urgence des dirigeants de Métamorphia.

Le regard du félide brillait d'émotion, tandis qu'il contemplait à ses pieds la cité qui l'avait vu naître. Le marbre blanc du palais des Mères brillait de mille feux au milieu des ocres et des rouges tapissant les degrés de la vallée, et le bleu des eaux du Rio Norte éclaboussait l'ensemble de sa lumière. Après avoir traversé deux fois la moitié de Gahavia et visité des lieux aussi mythiques et prestigieux que Faërie, Centauria ou l'Edheldôr, le seigneur puma se dit qu'il avait sous les yeux le plus bel endroit de l'univers. Son cœur se gonfla de joie et de fierté. Il prit une ample inspiration, se gorgeant des senteurs familières, puis effectua le premier des derniers pas qui le ramenaient enfin chez lui.

Dès qu'il le vit, un jeune berger cria son nom.

« Le seigneur Elgard est revenu !! »

D'autres relayèrent aussitôt la nouvelle, qui se répandit à la vitesse de l'éclair jusqu'au Saint des Saints. Alors que ses compagnons et lui abordaient à peine les marches de l'escalier du palais, les Mères les y attendaient déjà.

Les sourcils froncés, Mère Abashée, génitrice et mentor de la belle Lara, détailla rapidement les membres de l'expédition. Ses yeux s'écarquillèrent brièvement quand elle prit conscience de leur nombre et de l'inquiétude qui marquait leurs traits.

Quatre. Un félide, deux sylphes et une vipérine. Voilà tout ce qu'il restait de la délégation partie pour l'Edheldôr six mois plus tôt. Le temps que les ambassadeurs métamorphes gravissent les degrés, Abashée avait fait organiser une entrevue privée dans l'un des salons du palais, soupçonnant que les informations apportées par les rescapés nécessiteraient une certaine discrétion. Elgard lui en fut reconnaissant, car même s'il savait que la nouvelle de la guerre serait divulguée sitôt la réunion terminée, il n'était pas prêt à annoncer la mort de Tégrid, Shalée et Béara à leurs familles.

De trop courtes heures plus tard, après qu'aient été contés le voyage, l'accueil des délégations chez les elfes, l'attaque de l'Ombre, la guerre et l'invasion, l'accession au trône de Saraë et l'arrivée à l'Arcoa Calya d'un vrai pégase en chair et en os, les Mères entérinèrent la requête d'Elgard de lever une armée métamorphe et de regagner au plus vite le pays elfique. De nouvelles missions furent confiées aux ex-membres de la délégation, qui avaient refusé tout net de laisser à d'autres le poids de ce fardeau.

Le seigneur puma craignait néanmoins son prochain voyage en terres aelders en vue d'y convoquer le collège pour lui soumettre la levée de troupes, mais également d'informer leurs proches de la disparition de Julias, le cygne, et Dyanos, le faucon. Ces pertes pesaient toujours aussi lourd sur le cœur du responsable de la délégation. Même si le jeune prince Edoran s'était naturellement posé en leader, c'était bien lui, Elgard, qui en avait été élu le chef par les autorités de Métamorphia et qui devait en assumer la charge. C'est la raison pour laquelle il avait insisté pour être le messager de la reine Saraë auprès des dirigeants métamorphes. Parce qu'il leur devait des excuses et des explications.

Cependant, ceux qui étaient devenus ses amis avaient tenu à le seconder dans cette mission. C'est pourquoi les sylphes, après avoir rendu compte au Sylphaë, gagneraient la Lycantie, alors que Vaé se chargerait de son propre peuple. Tous se donnaient rendez-vous deux semaines plus tard à la lisière de Centauria.

# — 2 —

## Hitui 12 (six jours plus tard) – Sylphe – Royaumes de Métamorphia

Sans trop de surprise, Min et Sem n'eurent pas besoin d'annoncer le pire au Sylphaë. Le vénérable sage, dont le corps avait fusionné bien des années plus tôt avec son arbre-hôte, recevait en permanence des nouvelles de tout Gahavia, grâce au réseau infini de racines qui liaient entre eux tous les végétaux de la planète. Néanmoins, ces informations demeuraient parcellaires et se bornaient souvent à un échange d'émotions et de flashs, plutôt qu'à des visions concrètes. Aussi le Sylphaë posa-t-il maintes questions à ses ambassadeurs. De la disparition de Mea, tuée par un tigre géant dans les plaines de Centauria, à celle, inexpliquée, de son compagnon Om juste après l'attaque de l'Ombre ; de l'invasion des Hordes de Mörk Örn à l'ascension de Saraë Calimehtar-Elendil… jusqu'à la décision d'Elgard de réunir une armée de coalition rassemblant métamorphes, nains et centaures pour porter secours aux elfes, aux géants, et aux humains qui seraient des cibles privilégiées. Il voulut tout savoir. À la lumière de leur propre récit, Sem et Min mesurèrent l'énormité de ce qu'ils demandaient à leur peuple. Les sylphes n'étaient pas des combattants. Ils n'en possédaient ni le physique, ni les compétences, et encore moins la philosophie. Au combat, ils n'auraient pas la moindre chance. Néanmoins, ils excellaient dans le renseignement, et c'est à cela que, finalement, les troupes promises par le Sylphaë seraient affectées.

# — 3 —

## Hitui 13, le lendemain, puis Hitui 16

Après la bénédiction d'une nuit entière de régénération entre les racines de l'arbre sacré, Sem et Min reprirent la route en direction de l'est. D'ordinaire, ils auraient fait un crochet par Bodadeg, au sud-est, ville carrefour entre les territoires sylphes, lycantes et aelders, afin d'y commercer un peu. Mais le temps manquant, ils piquèrent droit à travers la forêt jusqu'au Keir Bleiz, palais des rois annuels lycantes. Ainsi, il ne leur fallut que quatre jours, au lieu des huit habituels, pour atteindre la forteresse des loups. Quand ils se présentèrent aux grilles et s'annoncèrent comme les envoyés du seigneur Elgard, ambassadeur de Métamorphia, et de la Haute-Reine des elfes, pour quérir l'aide de la Lycantie, les gardes froncèrent les sourcils, pâlirent et grondèrent, avant d'envoyer prévenir le roi de toute urgence. En effet, ni le chevalier Edoran, ni le hallebardier Malcolm, ni l'écuyer – désormais prince – Boris ne les accompagnaient, alors que tous trois étaient partis ensemble… Il ne fallut que quelques minutes au Conseil et au roi pour se préparer à recevoir les messagers dans la grand-salle du Keir Bleiz. Roelof, père d'Edoran, chevalier, chef de clan et précédent occupant du trône annuel, se tenait à la droite de l'actuel monarque : Oswald, père de Boris.

— Soyez les bienvenus, les accueillit le souverain. Je ne sais quelles nouvelles vous nous apportez, mais considérez-vous comme nos invités, en tant que peuple de Métamorphia et compagnons de route de nos propres ambassadeurs.

Les mots du roi apaisèrent quelque peu la tension qui régnait, palpable, dans la grand-salle austère et froide, dont les hauts murs gris semblaient vouloir écraser ses occupants. Sem et Min s'inclinèrent devant leur hôte, puis devant Roelof, avant d'entamer le récit de leurs aventures.

— Sans la bravoure et les qualités naturelles de leader de votre fils, Seigneur Roelof, nous ne serions peut-être jamais arrivés jusqu'en Edheldôr, avoua Sem après avoir raconté leur voyage jusque chez les elfes. Le prince Edoran… pardon, Votre Majesté, le « chevalier » Edoran.

— Il était alors prince et mon fils était son écuyer, vous n'avez pas à vous excuser, le coupa Oswald, impatient d'entendre la suite.

— Les jeunes seigneurs Edoran et Boris, reprit le sylphe après un court silence embarrassé, nous ont sauvé la vie à plusieurs reprises et n'ont jamais ménagé leurs efforts. Votre fils, Seigneur Roelof, a gagné l'estime des habitants de tous les territoires que nous avons traversés. La reine des fées l'a élevé au rang d'invité d'honneur à vie, ainsi que les vipérines qui lui ont confié l'une de leurs amulettes sacrées. Il a acquis le respect des centaures et l'amitié des nains, mais par-dessus tout… il a conquis le cœur de la princesse Saraë.

— De la Haute-Reine Saraë, le corrigea Min, sous l'œil effaré de toute l'assemblée.

— Edoran… quoi ? s'étrangla le chef de clan.

— C'est-à-dire, rectifia Min, qu'avant que tout ne parte à vau-l'eau, votre fils et la princesse ont semblé… je ne sais pas… fusionner… spirituellement ou… émotionnellement. C'était très puissant, mais cela n'a malheureusement duré que jusqu'à l'attaque, car après…

— Quelle attaque ? aboya Roelof.

— Laisse-moi poursuivre, Min, s'il te plaît, la pressa Sem en levant une main conciliante vers les loups, avant de reprendre : Lors de la cérémonie de présentation de notre délégation à la

Haute-Reine Aliosha, le prince Edoran a brillamment accompli sa mission, qui était de rapporter le Livre. C'est à ce moment-là qu'il s'est passé quelque chose entre lui et la princesse. Le lendemain, lors de la présentation des nains, une Ombre a attaqué le palais.

— Une Ombre ? s'exclama une vieille louve dans la foule. L'Unique nous protège !

— Une Ombre ? questionna un autre. Qu'est-ce qu'une Ombre ?

S'ensuivit un brouhaha de conversations nerveuses, mêlées de clameurs et de protestations, que fit subitement cesser le hurlement puissant de Roelof. Oswald écarta les mains en signe d'apaisement et ordonna d'une voix sonore :

— Silence ! Tout le monde se tait et on écoute le sylphe ! Le temps des questions viendra ensuite. Continue, mon ami, enjoignit-il plus calmement à Sem qui s'était voûté instinctivement. Parle-nous de cette Ombre.

Alors, il raconta… tout, jusqu'aux détails les plus sordides, l'obscurité, le froid, les morts par dizaines… le décès de la reine Aliosha et l'incroyable couronnement de son héritière, le départ des combattants présents vers le nord, la débâcle, puis l'arrivée des Hordes sur les bords de l'Edheldôr, et enfin, leur course à travers Morlaune et Centauria dans l'espoir de rassembler au plus vite une armée alliée.

Assis sur le fauteuil de pierre sombre qui lui servait de trône, Oswald agrippait les accoudoirs avec une telle force que ses doigts avaient blanchi. De la poitrine de Roelof, comme de celles de nombreux lycantes présents, un grondement sourd montait, faisant vibrer l'air même qu'ils respiraient.

— Qu'est-il arrivé à mon fils ? s'enquit finalement le roi.

— À NOS fils, rectifia le père d'Edoran, ainsi qu'à mon ami Malcolm… si vous le savez.

— Le hallebardier n'a pas atteint l'Edheldôr avec nous, mais aux dernières nouvelles, il allait bien ! le rassura aussitôt Sem. Il se trouve que l'une des vipérines qui nous accompagnaient a pondu un œuf et qu'elle a dû interrompre son voyage pour attendre la naissance de l'enfant en sécurité. Malcolm s'est proposé de rester afin de les protéger, elle et sa fille. Ils se sont installés dans un village elfique proche de la frontière orientale de Morlaune.

Un silence stupéfait plana durant quelques secondes avant que Roelof ne fronce les sourcils.

— Malcolm, articula-t-il lentement, mon hallebardier, que je connais depuis des décennies, avec lequel j'ai combattu, qui est un guerrier expérimenté et en qui j'ai une confiance aveugle, a choisi de rester en arrière pour assister à la naissance d'une vipérine plutôt que d'accompagner mon fils, son prince, à l'Assemblée Décennale des Nations ? Vous vous moquez de moi ?

— C'est-à-dire, intervint Min, que certains événements inattendus l'y ont un peu… forcé.

— Encouragé, plutôt, tempéra son compagnon. La petite vipérine à naître est aussi sa fille.

Un cri d'orfraie retentit dans le public, avant que la même louve qui l'avait déjà interrompu à propos de l'Ombre ne s'effondre, inanimée.

C'était la vieille Moïra, la nourrice à propos de laquelle Malcolm et Edoran s'étaient si souvent affrontés. Celle qui avait si bien enfoncé ces sottises à propos des vipérines dans le crâne du jeune loup qu'il avait eu tant de mal à s'en affranchir. Celle dont les idées reçues et les préjugés avaient gâché les premières semaines de leur périple. Et apparemment, elle n'était pas la seule à nourrir une haine teintée de peur à l'encontre de leurs cousines métamorphes. L'expression révoltée, effrayée ou dégoûtée de certains parlait pour eux, assombrissant le cœur des deux sylphes. De son côté, Roelof ne cachait pas la joie et l'émotion qui transformaient son visage. En effet, il connaissait bien son vieil ami Malcolm. Suffisamment pour comprendre à quel point la nouvelle de sa paternité avait dû le bouleverser, à quel point il devait être heureux… au point de laisser Edoran terminer seul le voyage vers Edheldôr. Sourd aux remarques acerbes ou choquées de ses compagnons de meute, l'ancien roi descendit de l'estrade et rejoignit Sem et Min au pied du trône afin de glaner plus de détails sur cette affaire.

Quand Moïra et deux ou trois autres agitateurs eurent été évacués de la salle, Oswald enjoignit aux sylphes de reprendre leur récit.

— Après l'attaque de l'Ombre, leur apprit Sem, le roi Turgòn et le général Silurion ont rassemblé en hâte un grand nombre de combattants de tous les peuples présents pour l'Assemblée, et au matin, ils sont partis vers le nord. Vers le Gouffre du Mal, au-delà du pays des géants.

— Pourquoi là-bas ? s'étonna Oswald. N'auraient-ils pas plutôt dû combattre l'Ombre en Edheldôr ?

— Non, Sire, les guerriers ne peuvent rien contre cet ennemi, expliqua le sylphe. Ceci est affaire de magie… En revanche, prévenir une incursion des Hordes par le Gouffre du Mal, ainsi que ce fut le cas il y a mille ans, ça, c'est une affaire de guerriers.

— C'est vrai, attesta Roelof. Les écrits de la dernière tentative d'invasion du Seigneur Noir parlent de cet endroit. Après Morlaune, c'est par là qu'il avait tenté de soumettre Gahavia.

— Mais il y avait été repoussé.

— Oui, et cette fois encore, nous le renverrons dans les limbes où l'Unique l'a exilé ! s'enflamma le loup.

— Poursuivez votre rapport, Seigneur Sylphe, voulez-vous ? les interrompit à nouveau Oswald. Car j'imagine que si vous êtes ici pour trouver de l'aide, c'est que Turgòn n'a pas vaincu ?

— C'est exact, Majesté, confirma le frêle homme végétal. L'armée de coalition a été mise en déroute. Beaucoup de guerriers sont morts, mais il reste peut-être encore de petites unités, disséminées entre le Palar Tàra et l'Edheldôr. Très peu ont pu rentrer en pays elfique avant que les Hordes n'en établissent le siège, cependant, le consort d'Aliosha était du lot. Ainsi que le général Silurion et le capitaine Elessar Voronwë.

— Et… les nôtres ? s'enquit le roi d'une voix blanche.

— Dyanos l'aelder, Tégrid le félide et Véra la vipérine sont tombés au combat. L'Ombre en a emporté beaucoup d'autres… Nul ne sait ce qu'il est advenu des jeunes princes Boris et Edoran. Nous n'avons aucune certitude quant à leur mort ou leur survie.

Durant quelques secondes, un lourd silence algide enveloppa l'auditoire tel un suaire. Puis, quelque part dans la salle, un des lycantes s'exclama haut et fort à travers la foule :

— « Aucune certitude quant à leur mort », c'est bien ce qu'il a dit ? Donc, en ce qui me concerne, et jusqu'à preuve du contraire, Edoran est vivant et il a besoin de nous !

Il s'agissait du chevalier Cahel, un des meilleurs amis du fils de Roelof. Il était entouré d'une quinzaine de ses pairs qui, à leur tour, crièrent leur détermination et leur foi. Très vite rejoints par l'ensemble des guerriers présents. Leur clameur passionnée fit vibrer les murs avant de se muer en un chant de guerre séculaire, le hurlement de centaines de gorges de loups.

Ému, et conscient qu'ils avaient besoin de manifester ainsi leur rage, leur peur et leur frustration, le roi leur accorda un temps pour chanter comme seuls les loups savent le faire. Ensemble. Il leva ensuite ses mains écartées en signe d'apaisement, et le silence se fit.

— Sylphes, vous devez être épuisés après ce long voyage. Nous allons vous conduire au Clos des âmes afin que vous y preniez du repos jusqu'à notre départ.

Ce disant, il adressa un signe à un lycante âgé qui se tenait près d'une porte dérobée, à droite de l'estrade. Ce dernier s'inclina et attendit que les petits ambassadeurs le rejoignent.

— Pendant ce temps, poursuivit le souverain, nous allons nous préparer à la guerre.

Avant même que ce dernier mot fût sorti de sa bouche, une gigantesque vague de hourras et d'acclamations s'était abattue sur le Ker Bleiz.

Sem et Min suivirent donc le vieux lycante dans les sombres couloirs de la forteresse, jusqu'à un portillon de bois ouvragé qui s'ouvrit sur l'endroit le plus étonnant de toute la Lycantie ! Un jardin d'une vergée d'arpent[1], entièrement clos de hauts murs blancs sur lesquels rampaient des rosiers écarlates et parcouru d'allées soigneusement entretenues, elles-mêmes bordées de massifs aux mille fleurs colorées. Dans les espaces engazonnés s'épanouissaient quelques espèces d'essence rare : Cornouiller, Arbre de fer, Salix Magnifica, Banxia, Catalpa, et même un sublime Styrax Obassia ! Les deux sylphes en demeurèrent muets d'admiration.

— C'est ici que sont dispersées les cendres des plus valeureux d'entre nous, leur expliqua l'ancien. Il y a des rois, des reines, des prêtresses et des guerriers, mais aussi des gens du peuple qui ont su se distinguer d'une manière ou d'une autre. Leurs âmes veillent sur notre nation depuis ce clos. Au fond, vous trouverez le pommier sacré offert par votre Sylphaë à la Lycantie. Vous pouvez prendre forme à ses côtés ou à n'importe quel autre endroit du jardin. Faites comme il vous conviendra. Quelqu'un viendra vous chercher quand il sera temps de repartir.

Sem et Min marchèrent lentement le long des allées en observant, dans un silence dévotieux, les nobles végétaux qui prospéraient au sein même du palais des loups. Puis ils s'arrêtèrent au pied du pommier sacré et, sans avoir prononcé un mot qui aurait brisé cet instant de grâce, se métamorphosèrent.

---

[1] ≈1 276 m2 ou 13 ares

# — 4 —

## Hitui 17 (le lendemain) – Clos des âmes - Keir Bleiz

À l'aube suivante, une servante vint déposer au pied du saule et du bouleau une coupe d'eau fraîche et une corbeille de fruits, leur indiquant ainsi qu'ils étaient attendus. Sem et Min reprirent leur petite forme humaine, complètement revigorés par les heures bienfaisantes et la riche terre lycante. Mais au moment de quitter le jardin, Min ralentit le pas. Sentant son hésitation, Sem se tourna vers elle.

— Qu'y a-t-il, douce amie ? s'inquiéta le sylphe quand il la vit immobile et observant le clos avec mélancolie.

Min poussa un profond soupir avant de porter le regard vers lui d'un air embarrassé.

— Je ne vais pas repartir avec toi, mon compagnon, déclara-t-elle tristement. Je suis lasse des voyages et de la guerre, de la fatigue et de la peur. Je me sens usée. Je n'ai plus la force de continuer.

Sous le choc, le sylphe-saule ne sut quoi répondre, alors elle poursuivit.

— Ce jardin est un paradis pour les sylphes. On dirait qu'il a été créé pour nous. Je crois que c'est ici qu'est ma place, désormais.

— Min… est-ce que tu veux dire que…

— Je vais m'enraciner. Le temps est venu, je le sens.

— Mais… ici ? Tu ne veux pas retourner auprès de notre père, le Sylphaë ? Entourée des nôtres ? Ou te rendre à la caverne aux merveilles, où nous avons passé de si doux moments, en Centauria ? Je pourrais t'y rejoindre lorsque la guerre sera finie et… nous pourrions… être ensemble ?

— Sem, mon tendre ami, grâce à l'écheveau qui unit chacun d'entre nous dans la terre nourricière, où que nous soyons, nous serons liés par nos racines. Il y a une vibration en ce lieu qui m'appelle. Je sens, au plus profond de moi, que c'est ici qu'est désormais ma place.

Sem observa sa compagne en silence durant de longues secondes, et trouva dans son regard une paix et une détermination qu'il ne lui connaissait pas. Alors, souriant faiblement, il la prit dans ses bras et la serra fort contre lui. Argumenter n'aurait servi à rien.

— Que la terre te protège…

—… et qu'elle te nourrisse.

Min se dégagea doucement de l'étreinte de Sem, puis s'éloigna dans l'allée centrale avant de bifurquer vers un espace encore vierge d'arbres. Adressant ensuite un ultime sourire à son aimé, elle prit pour la dernière fois la forme du bouleau qu'elle demeurerait à jamais. La gorge serrée, le dernier sylphe de la délégation tourna les talons et rejoignit l'armée de loups qui se préparait à la guerre.

# — 5 —

Hitui 25 (huit jours plus tard) - frontière de Centauria

À la date prévue, les rives du Rio da Paz, au pied de la Sierra Lacerada, accueillirent les longues colonnes de lycantes et de sylphes venus du nord, d'aelders descendus des Monts du Vent, de félides arrivés par l'ouest et de vipérines dont le territoire bordait le fleuve, à l'est. Et c'est tous ensemble qu'ils débarquèrent en Centauria où les attendaient près d'un millier de centaures.

Le soleil avait quitté son zénith lorsqu'Elgard repéra, en bordure des troupes félides, un soldat qui semblait perdu. En fait, il avait surtout l'air de n'avoir rien à faire au milieu d'une armée en campagne. Un luth accroché dans le dos, accoutré de vêtements bariolés et lesté de grelots aux poignets et aux chevilles, on l'aurait cru tout droit sorti de l'académie des bardes. Il regardait à l'opposé des bataillons en train de s'organiser, les yeux fixés sur le bois de Lutry qui se dressait un peu plus loin. Alerté par la singularité du personnage, le seigneur puma décida de l'interpeller.

— Salutations, Maître Ménestrel, pardonnez mon indiscrétion, mais… je ne vous vois ni cuirassé ni armé. Envisagez-vous de ne vous battre que sous votre métaforme ?

Et quelle est-elle, si je puis me permettre ?

— Salutations, Seigneur Elgard, répondit le félide d'une voix étonnamment douce qui contrastait avec sa carrure imposante et son énorme barbe rousse. C'est un honneur de vous rencontrer. Vous me voyez en fait harnaché de la seule arme dont je sache me servir, la musique. Et pour tout vous dire, je ne suis pas encore certain de tourner mes pas vers l'est, avec vous.

Il jeta un nouveau regard perplexe vers le bois de Lutry avant de reprendre.

— Ma route semble plutôt m'appeler dans cette direction. Ne me demandez pas pourquoi ! Depuis quelque temps, les notes qui m'habitent se font autoritaires, alors que j'avais toujours cru maîtriser leur partition.

Il s'esclaffa.

— Quelle ironie, n'est-ce pas, pour un maître chanteur, de se faire manipuler par une mélodie… ? Ah, au fait ! Je n'ai pas répondu à votre question. Je suis un lion. Mais pas de ceux qui dominent le monde, hélas !

Le discours du félide avait eu sur Elgard un effet bien étrange. Son cœur s'était mis à battre la chamade, comme lorsqu'on touche à un but après l'avoir cherché longtemps. Un drôle d'instinct lui soufflait que ce félide ne devait, en effet, pas les suivre en Edheldôr, mais bien se rendre chez les fées… Pourquoi ? Il aurait été incapable de l'imaginer. Cependant, l'expérience lui avait appris que les coïncidences n'en étaient généralement pas. Aussi, que deux personnes ne se connaissant pas ressentent toutes deux le même besoin, la même impulsion… cela n'était probablement pas dû au hasard.

— Quel est votre nom ? l'interrogea le puma.

— Je me nomme Léorace, pour vous servir, Seigneur.

Le ménestrel exécuta une parfaite révérence qu'il termina sur un clin d'œil espiègle.

— Je crois, Maître Léorace, que vous devriez suivre votre intuition. Si elle vous appelle en Faërie, c'est que l'Unique y a prévu quelque chose pour vous.

— Vous le pensez vraiment ? s'étonna le lion.

— Je reviens de la cour de la Haute-Reine des elfes, et j'y ai été témoin de tant de choses qui semblaient autrefois impossibles que je me garderais bien, désormais, de présumer des desseins de l'Unique.

— Alors… je suis exempté des combats ?

— Je vous encourage à traverser sans délai le bois de Lutry et à découvrir ce qui vous attend au-delà. Quelque chose me dit que vous avez un rôle à jouer au sein de cette guerre, mais pas dans nos rangs.

L'air soudain beaucoup plus enthousiaste et soulagé, Léorace serra la main d'Elgard avec un grand sourire, puis s'en fut sans plus se retourner vers Faërie. Le son de ses grelots tintant dans le vent accompagna son départ, longtemps après que sa silhouette eut disparu sous les frondaisons de Lutry, et le seigneur Elgard ressentit, sans trop la comprendre, la satisfaction du devoir accompli.

Les troupes métamorphes et les centaures se mettaient en route vers l'est quand une nuée de fées déferla sur eux en pépiant. Tel un vol d'étourneaux, elles voltigeaient dans les airs en créant d'étonnantes arabesques. Au bout de quelques centaines de mètres, elles mirent fin à leur exhibition et se contentèrent de voleter autour des guerriers en mouvement.

— Nous apportons notre contribution, annonça à Elgard Avianor Elesméra, ministre de la Guerre de Tillamina Maripena, qui avait pris position sur son épaule. Faërie dispose des meilleures archères et chasseresses de tout Gahavia. Souvenez-vous que nous pouvons grandir… vous auriez tort de nous sous-estimer.

— Oh, croyez-moi, Madame, je ne commettrais jamais cette erreur après avoir séjourné dans vos nids et rencontré votre reine ! lui répondit-il avec humour. Vous êtes les bienvenues dans l'armée de la coalition.

— Nous permettrez-vous de nous poser sur vous lorsque nous ne serons pas en patrouille ? sollicita la ministre. Nous pouvons voler sur de grandes distances, mais nous aurons besoin de reprendre des forces régulièrement.

Elgard échangea un bref regard avec Oswald et Roelof, qui chevauchaient à ses côtés, quêtant leur approbation.

— Ce sera un réel plaisir que de vous offrir l'hospitalité de ma personne, chère consœur, la convia Roelof en dégageant une place sur sa propre épaule. J'ai, jadis, visité vos nids, moi aussi, et j'en garde un souvenir… ému.

La fée quitta l'armure du seigneur puma pour aller se nicher dans les cheveux mi-longs du lycante et lui susurra à l'oreille :

— Je peux vous garantir que toutes les fées gardent un souvenir ému de la visite de votre fils, Edoran, en gwirith dernier… il y aura bientôt un an maintenant. C'est bien simple, notre reine l'a nommé invité d'honneur à vie.

Roelof tressaillit à cette nouvelle, aussi pétri de fierté que bourrelé d'inquiétude pour son fils.

— Je n'en suis pas étonné, répondit-il, la gorge serrée. Il tient de son père.

La boutade détendit l'atmosphère, et la fée s'installa en ronronnant de plaisir contre la peau chaude du cou du lycante.

— Si nous n'étions pas en guerre, je vous demanderais des preuves…

— Quand nous aurons vaincu, je vous les donnerai, promit-il en souriant.


Ainsi débuta la campagne d'Edheldôr, avec la traversée homérique de Centauria par des légions de combattants de toutes races. D'autres guerriers semi-équins se joindraient à la troupe pendant la traversée des grandes plaines, de la Barrière puis des plateaux, jusqu'à la frontière sud de Morlaune. Les combattants du peuple nain quant à eux devaient rallier directement les estives astoréennes, au sud-ouest de l'Edheldôr, où toute l'armée de coalition avait prévu d'attaquer les Hordes. L'objectif étant de focaliser l'attention de l'ennemi sur ce flanc en attendant que les troupes humaines soient prêtes à intervenir de l'autre côté.

C'est à Gajur, nain de la guilde des ferronniers et forgerons, qui avait quitté l'Edheldôr en compagnie d'Elgard, qu'était revenue la mission de faire prévenir la Citadelle et les Territoires Humains. Il avait prévu de faire transiter son message par les ondines de la mer d'Émeraude, toujours en contact avec des pêcheurs de la côte est. Malheureusement, les combattants n'avaient à ce jour aucune assurance que leur appel à l'aide avait été reçu, entendu… et suivi d'effets.

Métamorphes, nains et centaures devaient, à terme, former une armée de près de dix mille guerriers. Quelques milliers d'elfes, bloqués dans leurs collines, participeraient sûrement à l'effort de guerre. Cependant, les humains étaient des millions…

Et contre l'immensité monstrueuse des Hordes de Mörk Örn, sans eux, c'était perdu d'avance, songeait le seigneur Elgard, alors qu'il chevauchait dans les hautes herbes de Centauria en direction de l'Edheldôr… comme presque sept mois plus tôt.

26

# — 6 —

## Girithon 29 (un mois plus tard, le 29 décembre) - Crevasse-Mère - Centauria

Au plein cœur de l'hiver, un mois après avoir quitté les rives du Rio da Paz, la gigantesque armée de coalition, dont les rangs avaient grossi au fur et à mesure de leur traversée des grandes plaines, puis de la Barrière, arriva en vue de la Crevasse-Mère. Quelques jours plus tôt, une section de la compagnie centaurienne basée dans la capitale était venue à la rencontre des généraux afin de les inviter à une réunion organisée par les sages. Ces derniers ordonnaient que les troupes demeurent à distance et n'invitaient que les officiers supérieurs à entrer dans la cité. Elgard, Roelof et les autres chefs sommèrent donc leurs combattants de monter le camp, avant de suivre la quarantaine de centaures armés jusqu'aux dents vers la capitale.

Ils furent reçus dans une ambiance grave et tendue par, outre le Conseil des sages, l'entière population de la Crevasse, dont l'inquiétude atteignait toutes les couches. Lors de la réunion, ils eurent la bonne surprise d'avoir des nouvelles des nains, dont l'armée, forte de près de quatre mille guerriers et guerrières, devait déjà avoir atteint l'emplacement prévu pour leur rencontre, au sud-ouest des estives astoréennes.

Conformément au vœu du Sylphaë, des sylphes allaient,

indépendamment de l'ost, prendre différentes directions afin de rejoindre les points clés de l'organisation alliée. Des aelders condors, cygnes, vautours et pélicans, capables de transporter les légères créatures végétales sur de longues distances, permettraient à ces précieux informateurs d'être déposés, en quelques jours seulement, au Pic du Marteau, mais également à l'entrée de Morlaune, sur la côte est du lac de la Quiétude, sur les rives de la mer d'Émeraude et même jusqu'à la Citadelle, au cœur des Territoires Humains, tandis que l'un d'eux demeurerait à la Crevasse-Mère. Ainsi, les informations circuleraient-elles mieux entre les différentes nations de l'Union. Du moins, c'était ce qu'espéraient les chefs de guerre.

— Vous devriez reprendre la route au plus vite, leur conseilla Bessie, la prêtresse qu'Elgard avait raccompagnée sur une partie du chemin depuis l'Edheldôr. Il vous faudra contourner Morlaune par le sud et longer le Désert Brûlant sur plusieurs lieues pour atteindre ensuite les premières estives. Vous aurez besoin de temps afin d'organiser vos troupes en vue des combats, avant de défier les Hordes. Avec une armée qui compte plusieurs milliers de soldats d'une dizaine d'espèces différentes, ce ne sera pas chose facile.

Elle pointait là l'une des plus grandes craintes d'Elgard, qui avait du mal à voir comment ils allaient former les bataillons, une fois sur place. Mais bon, il n'était pas un chef militaire, lui, juste un dignitaire de noble lignage, riche marchand qui avait été nommé chef de délégation… et qui n'avait pas ramené la moitié de ses compagnons en vie. Heureusement pour lui, c'est Roelof, Oswald, ainsi que les autres stratèges métamorphes et les généraux centaures, qui assureraient cette charge en collaboration avec Draban, le chef militaire d'Aldur Poing d'acier.

# — 7 —

Narwain 14 (quinze jours plus tard, le 14 janvier) – jonction des quatre frontières.

—Je crois que c'est l'endroit le plus étrange qu'il m'ait été donné de voir, remarqua Elgard. Et pourtant, j'ai voyagé !

Il se tenait, à la tête de l'ost, au point de rencontre des hauts plateaux de Centauria, du Désert Brûlant et de Morlaune. Derrière eux s'étendaient des milliers d'hectares de prairie. À leur gauche, les terres boueuses, putrides et sombres des marais maudits, et à leur droite, les dunes de sable sec et brûlant du désert. Trois milieux, trois climats, trois paysages complètement différents les uns des autres, à seulement quelques dizaines de mètres de distance. Entre les premières fondrières bourbeuses du nord et les sablons arides du sud, une bande de moins de vingt mètres de large qui passait de terre à roche puis à reg poussiéreux pour finir au pied des dunes faisait office de passage entre Centauria et la lande menant au pays des elfes.

—Je suis d'avis qu'on traverse ça le plus vite possible, suggéra Talios, le général centaure, en dardant un œil méfiant sur la route.

—Je suis d'accord, approuva Roelof. Et vous autres, centaures, qui êtes des plus rapides, devriez prendre l'avant-garde afin de sécuriser les lieux de l'autre côté.

— Nous y allons aussi, décida Avianor Elesméra qui n'avait pas quitté le seigneur lycante de tout le voyage. Les fées volent également très vite, et nous sommes capables de prendre de la hauteur.

Ainsi l'armée s'engagea-t-elle sur la piste singulière. Derrière les centaures, dont beaucoup avaient toujours des sylphes et des vipérines en croupe, et les fées voltigeantes venaient lycantes et félides, transformés ou non, à cheval ou à pattes, que survolaient des escadrilles d'aelders.

Les troupes s'étirèrent en un long ruban de quinze mètres de large sur plusieurs kilomètres de long et marchèrent, entre désert et marécages, durant presque quatre jours.

# — 8 —

Narwain 20 (six jours plus tard) – Environ cent kilomètres à l'ouest de Tharbad-Luimë, près du camp retranché des forces alliées.

Le faucon pèlerin tomba du ciel comme une pierre pour ne se rétablir qu'au dernier instant, juste avant de muter et d'atterrir souplement devant le cheval d'Elgard.

— Nous avons trouvé leurs premières sentinelles, Seigneur. Nos éclaireurs vous attendent à quelques kilomètres de leur camp. Une rencontre avec le général Draban et un elfe, du nom d'Edwen Ivanneth y est prévue.

— Ah, à la bonne heure, s'exclama le puma, nous arrivons enfin !

L'entrevue eut lieu dans une grande tente montée pour l'occasion. Elle réunissait donc Draban, général de l'armée naine, et Edwen Ivanneth, premier magistrat de Tharbad-Luimë, qui représentait tous les elfes libres dont les villages se situaient au sud du siège. Elgard pour les félides, Oswald et Roelof pour les lycantes, mais aussi Talios, le général centaure, l'amiral aelder Athora, la maréchale vipérine Vorelle, la coordinatrice des indicateurs sylphes Ryl, et la fée Avianor Elesméra, ministre de la Guerre de Tillamina Maripena.

— Vous êtes là depuis longtemps ? demanda Oswald à Draban.

— Seulement quelques jours. Nous avons eu le temps de nous installer et d'envoyer des éclaireurs surveiller l'ennemi.

— Combien êtes-vous ?

— Près de quatre mille nains et… six cent cinquante elfes, je crois, indiqua Draban en cherchant du regard la confirmation d'Edwen Ivanneth.

Celui-ci hocha la tête.

— Principalement des éleveurs, coincés dans les estives depuis l'invasion, et une bonne partie des hommes de Tharbad-Luimë, précisa-t-il.

— Nous sommes très heureux de vous avoir avec nous, le salua Elgard.

— Avant de venir ici, j'ai envoyé des émissaires à la Citadelle et dans les principales villes humaines afin qu'ils se préparent à entrer en guerre. Nous n'avons pas encore reçu de réponse de leur part.

— De toute façon, intervint Talios, le général centaure, les humains ne seront pas d'une grande aide. Ce sont des êtres fragiles et faibles. Nous devrions compter sans eux.

— Je ne suis pas d'accord avec vous, Général, contesta l'elfe. Ils n'ont, certes, ni notre longévité, ni notre force, ni nos pouvoirs, mais ils sont extrêmement nombreux, intelligents et pleins de ressources. Vous seriez étonnés. Personnellement, je pense qu'ils feront des alliés précieux.

— Nous avons, nous aussi, envoyé un messager à la Citadelle. Un sylphe qui pourra nous transmettre leur réponse dès qu'ils se seront décidés, l'informa le roi Oswald. Je ne connais pas bien les humains, mais ce dont je suis certain, c'est que nous aurons besoin de tous les renforts possibles.

Le centaure ne répondit rien, sans doute un peu vexé, et Elgard en profita pour changer habilement de sujet.

La réunion s'articula ensuite sur l'intégration des nouveaux arrivants au campement en place et sur l'organisation des troupes. Des bataillons furent créés, comprenant des combattants de chaque peuple afin que les atouts des uns et des autres soient efficacement déployés sur le champ de bataille. On programma des entraînements collectifs.

Le reste de la journée fut consacré, principalement, à l'installation des dix mille soldats de l'Ouest. Avec les nains et les elfes, c'est un ost de près de quinze mille guerriers qui allait déferler sur les Hordes… mais celles-ci comptaient au moins cinq fois plus de combattants.

# — 9 —

Narwain 22 (deux jours plus tard) - Collines Enchantées

*Souvenez-vous…*

*Alors que la nouvelle Haute-Reine des elfes, Saraë, était plongée dans le coma, un mage humain du nom d'Hermanus Taliesin s'était téléporté à l'intérieur de l'Arcoa Calya et l'avait guérie en l'aidant à canaliser le flux, trop puissant pour elle, de sa magie. À la suite de cela, il lui avait fait part de la prophétie des sept chants et du rôle qu'elle avait à y jouer.*

*Hermanus, Saraë et Aromë, son chef de la garde, étaient ensuite partis en quête de ces fameux chants sacrés, accompagnés de trois champions élus par l'Unique : Thésis l'aelder, la Double, Olbur le nain, l'Inattendu et Edoran le lycante, le Protecteur. Après bien des péripéties, ils avaient fini par trouver le premier des sept chants, le Sol, dans les Collines Enchantées, territoire des licornes et des pégases, et Saraë avait « senti » en elle la présence de tous les autres. Aussitôt, une partie de l'équipe s'était envolée pour Centauria à la poursuite du chant Ré, quand Saraë, Hermanus et Aromë rentraient chercher le chant Mi à l'Arcoa Calya, accompagnés d'Edoran dont la reine ne voulait plus se séparer.*

*Mais à peine étaient-ils arrivés au palais des elfes qu'Aromë se jetait sur Idril Elendil, cousine de la reine, fille du chancelier Mardîl Elendil et… gardienne du chant Mi, afin de la tuer. Dans un réflexe tout militaire, le capitaine Elessar Voronwë avait décapité l'agresseur et sauvé la jeune femme.*

*Un tumulte affolé s'ensuivit, durant lequel les quatre pégases qui avaient accompagné Saraë et ses compagnons jusqu'en Edheldôr s'enfuirent précipitamment.*

*Après enquête, la possibilité qu'un démon de Mörk Örn se soit emparé du corps d'Aromë, probablement durant l'attaque de l'Ombre, et qu'il ait suivi la quête des chants sans se faire repérer jusqu'à saisir l'opportunité de détruire l'un d'eux, s'avéra plus que plausible. Mais après avoir quitté le cadavre d'Aromë, le démon avait bien dû s'incarner dans un autre… Qui ? À cette question également, Hermanus et Edoran finirent par trouver une réponse : les pégases.*

*Le seul moyen de se débarrasser du démon, d'après Hermanus, était d'identifier son hôte sans qu'il s'en aperçoive et de le tuer à grande distance de toute créature douée de conscience, afin qu'il ne puisse plus se réincarner et décède avec son dernier corps d'emprunt. Le danger, c'était que le démon parvienne à infiltrer l'esprit de celui qui le traquait… Pour cette mission suicide, mais d'une importance capitale pour la quête, pour Gahavia et pour Saraë, Edoran se porta volontaire.*

*Il quitta l'Arcoa Calya sans prévenir Saraë, accompagné de Malkor, un pégase libre.*

Malkor était parvenu à pénétrer, à la faveur de la nuit, assez loin dans les collines sans que son cavalier et lui se fassent repérer. À présent, cachés au cœur d'un bosquet chantant, ils attendaient fébrilement le lever du jour. Pour Edoran, le chevalier lycante, résister à l'envoûtement musical des arbres demandait un effort de concentration permanent, alors que Malkor n'en ressentait aucun effet. De sorte que ses pensées, libres de cette contrainte, naviguaient dangereusement vers l'angoisse et l'appréhension de ce qu'ils allaient devoir accomplir.

Durant les nombreuses années qu'il avait passées dans son pays natal, Malkor n'avait jamais eu l'opportunité de rencontrer les dirigeants des Collines : ni le roi Sargan ni la reine Delila. Et il ne connaissait aucun des dragons-gardiens personnellement, n'ayant eu affaire à eux que brièvement lors de son départ. Il n'était pas un noble, ni même un diplomate. Un simple pégase parmi tant d'autres… Sa seule singularité avait été de choisir l'exil. Son cas avait, certes, un peu fait parler de lui à l'époque, car les habitants des Collines Enchantées, plus timorés qu'aventureux, préféraient d'ordinaire se cacher derrière leurs dragons protecteurs plutôt que de se hasarder dans le vaste monde. Néanmoins, Malkor avait été vite oublié et considéré comme perdu par ceux qui l'avaient connu. À présent, il espérait profiter de cet anonymat pour s'approcher au plus près de Sargan, et des trois pégases qui avaient fui l'Arcoa Calya avec lui. Il comptait se fondre dans la masse des courtisans du palais végétal sans se faire remarquer et observer à loisir ce qui s'y passait. Avec un peu de chance, il démasquerait vite le démon, et le prince Edoran pourrait attirer discrètement celui-ci dans un endroit isolé afin de le tuer. Cela semblait facile, ainsi exposé, pourtant la réalité s'avérerait sans doute beaucoup plus compliquée… et inquiétante.

# — 10 —

## Narwain 23 (le lendemain) – Collines Enchantées

Plus il approchait des environs du palais végétal, plus Malkor rencontrait de licornes et de pégases qui convergeaient, comme lui, vers le cœur des collines. Les abords de la demeure royale, sous haute protection, interdisaient toute arrivée directe par la voie des airs. Des dizaines de pégases avaient donc replié leurs longues ailes et marchaient aux côtés des licornes. Comme il souhaitait se monter aussi discret que possible, Malkor faisait profil bas et évitait d'adresser la parole à qui que ce soit, se contentant de suivre ses semblables qui avançaient en foule de plus en plus nombreuse et compacte. Inquiet, le pégase libre s'interrogeait sur la raison de cette affluence. Il gravit cependant, avec nombre de ses congénères, le dernier col avant la plus large vallée du pays, celle où était érigée la résidence des souverains.

Il se souvenait que, du sommet du col, une vision enchanteresse et impressionnante du palais végétal charmait la vue des visiteurs. La vallée s'étendait aux pieds des nouveaux arrivants, large, profonde et colorée. Tout au fond, posé tel un joyau sur un coussin de velours et adossé à une haute falaise, le palais royal avait poussé sur une légère élévation de terrain. Il dominait le val de toute la splendeur florissante de sa ramée, éblouissant les sujets de Leurs Majestés, qui venaient régulièrement renouveler leur serment d'allégeance.

Malkor avait d'abord cru que c'était le but du voyage de tous ceux qui se dirigeaient vers l'édifice, mais en débouchant de l'autre côté du col, ce qu'il découvrit le détrompa formellement. L'esplanade, la plaine et même les doux coteaux de la vallée n'étaient plus qu'un gigantesque campement militaire. Une armée immense se tenait là, aux portes du palais végétal. Une armée entièrement composée de licornes et de pégases, la première de toute l'histoire des Collines Enchantées. Et pour cause, s'aventurer sur un champ de bataille était synonyme de mort assurée pour ces êtres à la sensibilité et à l'empathie extrêmes.

Malkor, atterré, n'en croyait pas ses yeux. Autre phénomène encore plus étrange, il ne voyait pas un seul dragon-gardien à l'horizon. Comment ces fervents défenseurs du peuple magique des Collines pouvaient-ils laisser pareille folie se tramer ? Assurément, quelque chose ne tournait pas rond du tout, et Malkor devinait aisément à qui, ou à quoi, en incombait la faute. Son instinct lui criait de fuir à toutes jambes, ou à tire-d'aile, jusqu'en Allorée où il serait en sécurité, quitte à devoir traverser une fois encore un ciel rempli de mutants. Mais Edoran et tout Gahavia comptaient sur lui. Alors, serrant fort son courage contre lui, Malkor descendit droit dans l'antre du démon.

Comme la foule se faisait plus dense, il s'y fondit aisément et put écouter les conversations des uns et des autres sans attirer l'attention. Il espérait collecter des informations sans avoir à les demander, et ainsi demeurer dans l'ombre et la discrétion. Sous sa concentration, le brouhaha ambiant se modela bientôt en un réseau de discussions dont il put isoler les propos qui l'intéressaient.

« – On nous croit faibles depuis trop longtemps.

— Nous allons leur montrer qu'on est aussi capables qu'eux de défendre Gahavia !

— À quel corps appartiens-tu ?

« — Les éclaireurs, nous serons les premiers à nous rendre au pays des géants.

— Quelle chance ! J'aurais aimé être éclaireur. Je suis au ravitaillement.

— C'est important aussi, les combats peuvent durer longtemps, l'armée aura cruellement besoin de vous !

— Oui, je sais, mais j'aurais vraiment voulu me battre et montrer ce que je vaux.

— Ne t'inquiète pas pour ça, le roi Sargan a dit qu'avant que tout soit fini, chacun de nous aura eu l'occasion de s'illustrer.

— Quand partez-vous ?

— Je viens chercher mon ordre de mission, j'imagine que ça ne devrait pas tarder, un jour ou deux, peut-être. »

Terrifié et écœuré, Malkor cessa d'écouter et décida plutôt de rebrousser chemin pour rejoindre Edoran au plus vite. Il n'y avait pas de temps à perdre s'ils voulaient sauver son peuple, car dès leur première rencontre avec la guerre, la douleur, la mort ou seulement la haine, les siens mourraient par centaines. Leur empathie les tuerait plus rapidement et sûrement que les sabres des maars, ou que les crocs et les griffes des aquares. Il lui fut difficile de remonter le flux ininterrompu qui descendait dans la vallée, d'autant qu'il essayait toujours de passer inaperçu. L'estomac encore retourné par la peur, les muscles tendus à se rompre par une impatience douloureusement contenue, le solitaire finit tout de même par atteindre le col, puis les arbres en contrebas. Une fois dans la forêt, il put adopter une allure plus rapide pour s'éloigner du centre du royaume. Après quelques kilomètres, il quitta les frondaisons et prit enfin son envol. Par la voie des airs, il mit moins de cinq minutes à retrouver Edoran et, en un bref instant, lui exposa la situation.

— Ainsi, cette ordure de démon s'est emparée du roi Sargan, conclut le lycante avec rage.

— C'est ce qu'il semblerait, oui, confirma le pégase, accablé.

— Je ne comprends pas, s'alarma le chevalier. Où sont

passés les dragons ?

— C'est également la question que je me pose, mais ignorer comment Sargan a pu inciter le peuple des Collines à entrer en guerre m'inquiète davantage ! Et plus encore, comment a-t-il pu convaincre la reine Delila ?

— Nous ne résoudrons aucune de ces énigmes en restant là, Malkor. Plus vite nous aurons réussi à isoler Sargan et à tuer le démon, plus vite nous aurons une chance de mettre fin au massacre.

— Avant qu'il ne commence, si possible, l'implora le pégase d'une voix plaintive et angoissée.

— Je te promets de faire tout ce que je peux, mon ami. Maintenant, es-tu toujours certain de vouloir aller au bout de cette mission ?

— Le vouloir ? Bien sûr que non, je ne le veux pas ! protesta Malkor. Comment peux-tu me demander une chose pareille ? Je ne le veux pas, mais je sais bien qu'il n'y a pas d'autre choix, que c'est le seul moyen de sauver mon peuple, et tous les autres.

Le solitaire se tut un instant, puis inspira profondément.

— Je ne suis pas un pégase comme les autres, expliqua-t-il d'une voix un peu plus ferme, j'ai survécu des mois durant en dehors des Collines. La faiblesse de mon empathie a d'abord joué un rôle, puis avoir été confronté aux difficultés de la vie extérieure pendant tout ce temps m'a endurci. Je pense pouvoir y arriver, même si c'est totalement contre ma nature. Et dussé-je en mourir, je sauverai mon peuple, Edoran, je le jure.

— Alors, allons-y. Protège-toi et reste sur tes gardes. Ensuite, quand j'affronterai Sargan, sois attentif et vigilant. Tu devras m'occire aussitôt que le roi tombera, sans perdre un seul instant. Tu as ta sarbacane ?

Malkor saisit entre ses dents le mince tube de bambou, chargé d'une fléchette empoisonnée, qu'Edoran avait fixé à l'aide d'une cordelette autour de l'encolure du pégase.

— Et si tu parvenais à écraser son esprit et à l'éliminer ? Je ne serais pas obligé de t'abattre.

— Je préfère ne courir aucun risque. Tu n'auras aucun

moyen de savoir si tu as affaire à moi ou au démon, puisqu'il prend non seulement l'apparence, mais également la voix et les manières de ses victimes. Pour être certain que le démon est vaincu, tu devras me transpercer le cœur. Et surtout, reste loin de moi, c'est compris ?

— Oui, parfaitement compris, se lamenta le pégase. Je déteste ça, je déteste l'idée de devoir te tuer. C'est horrible. Mais s'il n'y a pas d'autre solution, je ne manquerai pas à ma parole. Tu peux me faire confiance. Oh, mon Dieu, comment peux-tu rester aussi calme et parler de ta mort prochaine avec un tel détachement ?

— Probablement parce que je suis déjà mort, murmura Edoran d'un air mélancolique…

*Parce qu'aucune vie digne de ce nom ne vaut la peine d'être vécue si on ne peut la partager avec celle que l'on aime. Parce qu'elle sera toujours la Haute-Reine des elfes et que je ne serai jamais plus qu'un lycante, un homme-bête. Parce que les gens qui vivent avec elle me regarderont toujours comme un étranger, un animal indigne d'elle.*

— Allons, mettons-nous en route, reprit-il en s'ébrouant, nous n'avons déjà que trop tardé.

Le seigneur lycante enfourcha Malkor qui décolla d'une puissante poussée des postérieurs et prit la direction du siège du pouvoir à grands battements d'ailes. Parvenu à proximité, le pégase contourna les lieux et gagna les hauteurs dominant l'arrière du palais végétal. La forêt s'arrêtait net sur une paroi de roche verticale qui limitait l'accès à la vallée par ce côté… quand on se conformait à la loi, puisqu'il était formellement interdit aux pégases d'approcher le domaine royal par la voie des airs. Néanmoins, les dragons-gardiens étant absents, personne ne pouvait empêcher Malkor de descendre aujourd'hui en planant pour atterrir en toute discrétion non loin de l'entrée de service du palais. Et c'est ce qu'il fit, déposant ainsi son passager au plus près de leur but.

Ainsi qu'Edoran avait déjà pu le constater lors de son précédent séjour, les serviteurs des souverains n'étaient ni des pégases ni des licornes, mais des nains Forestiers ! Seuls autorisés à circuler de ce côté, ils étaient les plus habiles jardiniers de Gahavia, après les elfes de l'Arcoa Calya. Ils entretenaient avec dévotion la résidence royale et la modifiaient en fonction des besoins et des fantaisies de ses habitants. Ils pouvaient la modeler, créer de nouvelles pièces, de nouveaux étages, modifier complètement la structure d'une aile ou changer la couleur des murs en faisant pousser d'autres espèces de fleurs, le tout en un temps record ! Dire qu'ils avaient la main verte était un euphémisme, car telle était en effet la couleur de leur peau. Race ancienne et presque éteinte de Gahavia, les nains Forestiers ne ressemblaient que peu à leurs cousins, les nains des Montagnes. Plus petits, dotés d'un corps fluet et gracile, à l'inverse de celui de leurs cousins, ils arboraient une peau aussi verte que les feuilles des arbres dont ils s'occupaient. Mais ce qui en faisait les serviteurs idéaux des Collines Enchantées, c'était leur ataraxie. En effet, ils ne ressentaient que très peu d'émotions, demeuraient sereins et indifférents en toute circonstance et ne communiquaient entre eux que par signes. Leur vie se bornait à faire pousser et à prendre soin de la végétation magique, ce qu'ils accomplissaient avec application, désintéressement et discrétion, ne risquant pas, ainsi, de causer le moindre mal aux licornes et aux pégases. C'est probablement ce qui permit à Edoran et Malkor de traverser presque tout le palais sans être inquiétés. Ils croisèrent bien des dizaines de nains Forestiers dans les couloirs et les étages, pourtant aucun ne fit attention à eux, pas un ne se posa la moindre question, et surtout, aucune alerte ne fut donnée. Du moins, jusqu'à ce qu'ils finissent par tomber nez à nez avec quatre jeunes pégases cuirassés, sanglés de griffes en lames d'acier, de cornes et de piques, et passablement excités comme le sont la plupart des jeunes mâles à l'aube d'une bataille.

Prudemment, Edoran se figea, immobile et silencieux, pendant que Malkor s'avançait vers les quatre "guerriers".

— Ah, vous tombez bien, les interpella-t-il d'un air soulagé pendant que son cerveau tournait à toute vitesse pour trouver quoi leur dire. J'escorte le stratège que la reine des elfes a fait venir de Métamorphia pour conseiller le roi Sargan dans cette guerre. Ce dernier a ordonné qu'il lui soit présenté dès son arrivée, mais j'ai beau parcourir le palais dans tous les sens, je ne trouve pas Sa Majesté. Pouvez-vous me renseigner ?

Les quatre jeunes pégases, bien qu'exaltés à l'idée de devenir des guerriers, n'étaient pas méfiants par nature, malheureusement pour eux et heureusement pour Edoran. Passée la surprise de découvrir un étranger arpentant les couloirs de leur palais, les paroles de Malkor enflammèrent leur esprit et ils commencèrent à s'imaginer, guidés au combat par un prince fauve à l'air dangereux. Impressionnés et enthousiasmés de savoir qu'un "stratège" de la lointaine Métamorphia arrivait dans le but de les aider à vaincre, ils se proposèrent aussitôt d'accompagner Malkor et leur précieux visiteur jusqu'à l'ancienne salle de musique. Cette pièce maîtresse et centrale de la vie du palais avait été abandonnée par les artistes au retour du roi et transformée en quartier général de l'armée. Sargan l'occupait assidûment.

Edoran fronça imperceptiblement les sourcils et Malkor sentit la panique l'envahir. S'ils suivaient les jeunes pégases, ils se trouveraient trop vite en présence du démon, sans possibilité de le surprendre, d'agir par la ruse et sans espoir de l'éloigner de toute forme de vie intelligente. Ils devaient impérativement demeurer libres de leurs mouvements afin d'opérer en toute discrétion. Le démon connaissait Edoran pour l'avoir côtoyé des mois durant. S'ils apparaissaient devant lui, il se saurait démasqué au premier coup d'œil et le prince n'aurait plus la moindre chance de le vaincre. Il leur fallait absolument un plan, et un bon !

— Jeunes héros, tenta Malkor d'une voix peu sûre, nous serions ravis d'avoir l'honneur de nous présenter devant le roi escortés par quatre de ses plus fiers soldats, cependant je crains fort sa colère si nous détournions de leur mission d'aussi valeureux combattants, alors que la guerre est si proche.

Tendus à l'extrême et peu rassurés par la piètre prestation du pégase, Edoran et Malkor attendaient fébrilement la réaction du quatuor. Toutefois, contre toute attente, la ruse fonctionna. Les jeunes mâles, galvanisés par l'excitation, la peur et l'orgueil, tombèrent droit dans le panneau. Malkor avait touché du premier coup leur corde la plus sensible et ils paradaient déjà sous la caresse du compliment, gonflant leurs plumes et rouant leurs encolures.

— Vous avez parfaitement raison, Maître, pérora le plus volubile d'entre eux. Nous devons encore nous entraîner avant de partir au combat, même si nous figurons déjà parmi les troupes d'élite des Collines ! Vous trouverez notre roi dans l'ancienne salle de musique, donc. Dois-je vous en indiquer le chemin ?

— Non, merci, répondit Malkor, retenant avec peine un soupir de soulagement. À moins qu'elle n'ait changé de place récemment, je sais où elle se trouve.

— Elle n'a pas changé de place, seulement de fonction, pontifia à nouveau le pégase en secouant sa crinière. Nous vous laissons, donc, et espérons vous retrouver sur le champ de bataille !

— Mais très certainement, valeureux guerrier, et en première ligne ! Nous sommes de vaillants soldats, nous aussi !

Ce disant, le pauvre Malkor sentait trembler ses jambes à tel point qu'il redoutait de s'écrouler sur le sol végétal, mais cette fois encore, les quatre fats ne s'aperçurent de rien.

Quelques minutes plus tard, l'homme-loup et le cheval ailé se glissaient en silence dans la pièce adjacente à la fameuse salle de musique. Il s'agissait d'une bibliothèque. Une bibliothèque dans un pays où personne n'a de mains pour tourner les pages… étrange, non ? Et pourtant, c'était bien une bibliothèque, spécialement conçue par les nains Forestiers pour le plus grand plaisir des licornes et des pégases, aussi férus de littérature les uns que les autres, et également frustrés de ne pouvoir en profiter. De fait, les œuvres, ici, avaient été copiées sur les grandes et larges feuilles de Paulownia Tomentosa, l'espèce d'arbres choisie par les nains dans la construction de cette partie du palais. Enroulées sur elles-mêmes au repos, elles se déroulaient sitôt qu'on les touchait pour révéler leurs trésors aux regards des lecteurs. Ainsi, même sans mains, les habitants des lieux pouvaient à loisir profiter de romans, documents et archives, dont ils avaient l'usage ou le plaisir.

Un autre avantage des murs fleuris du palais végétal, découvrit Edoran, était leur manque d'isolation phonique. Les peuples des Collines Enchantées étant pacifiques et dépourvus d'intentions mauvaises, il importait peu que l'on puisse entendre une conversation d'une pièce à l'autre. Cette candeur allait s'avérer un atout capital pour le lycante et Malkor. Silencieusement, tous deux s'approchèrent de la cloison littéraire, en prenant bien garde à ne rien toucher, puis ils tendirent l'oreille.

Sargan s'exprimait d'une voix forte et ferme, lui qui avait été un roi doux et discret ! Comment cela même ne mettait-il pas la puce à l'oreille de ses sujets ? Pour l'heure, il donnait des ordres, indiquant à plusieurs personnes des destinations, des points de rendez-vous, des itinéraires et des échéances. D'après ce qu'il entendait, Edoran pouvait conclure que l'ensemble de "l'armée" des Collines Enchantées serait déployée le long de la frontière du pays des géants avant la fin du mois. Et peu de temps après, ils seraient tous morts.

Soudain, quelqu'un mentionna les dragons.

— Majesté, que ferons-nous si les Gardiens réapparaissent et nous empêchent de rejoindre le front ?

— Ne t'inquiète pas, Fébus, ils ne sont pas près de revenir, répondit Sargan d'un ton confiant. Là où je les ai envoyés, ils auront bien d'autres chats à fouetter.

Et il partit d'un grand éclat de rire.

— N'allez-vous pas nous dire, Majesté, comment vous êtes parvenu à les éloigner ? Je n'aurais jamais pensé qu'il fût possible de leur faire oublier leur mission, surtout en l'absence de la reine Delila.

— Tout simplement en leur assignant une mission bien plus importante, mon cher Fébus. Tu as raison sur un point, cependant. Je ne vous dirai rien de plus. Mes subordonnés n'ont pas besoin de connaître le détail ni les raisons de mes décisions.

La discussion ainsi close, les "généraux" quittèrent la pièce. Sargan semblait seul dans la salle de musique, sans doute le meilleur moment pour agir. Une remarque du "général" Fébus avait frappé Edoran, et une idée avait commencé à germer dans sa tête.

— Malkor, sais-tu si, à part toi, d'autres pégases ou licornes s'absentent parfois des Collines, même pour un bref laps de temps ? chuchota le chevalier.

— Non, généralement, cela n'arrive pas, ou alors très rarement, répondit son comparse sur le même ton. Les dragons sont là pour veiller à ce que personne ne pénètre à l'intérieur des Collines, mais également pour nous dissuader d'en partir. Seules des circonstances exceptionnelles, comme celles qui m'ont amené à émigrer, poussent les dragons à accepter d'abandonner l'un des nôtres à son sort. C'est beaucoup trop dangereux pour la majorité d'entre nous d'affronter le monde.

— D'autant plus pour la reine Delila. Je l'ai rencontrée durant notre passage ici, après qu'on ait libéré Thorak et Saraë.

Le regard d'Edoran se fit lointain et douloureux, alors que l'assaillaient des souvenirs qui n'avaient plus leur place dans son maigre devenir.

— Quel rapport avec Sa Majesté ? l'interrompit Malkor, inconscient du trouble de son ami.

— Votre reine est dotée d'un très fort pouvoir empathique. Elle est probablement plus sensible qu'aucune autre licorne à la détresse et à la souffrance d'autrui. Et bien plus que n'importe quel pégase.

— Si elle est absente des Collines Enchantées, c'est donc contre sa volonté !

— Exactement, Malkor. Et les dragons sont à sa recherche.

— Cela expliquerait tout. Sargan a fait enlever la reine et a demandé aux gardiens d'aller la secourir. Ainsi, il fait d'une pierre deux coups en se débarrassant à la fois des dragons et de la reine !

— Malin… mais bizarre quand même que TOUS les

dragons soient partis. Qu'ils n'aient pas laissé un ou deux gardiens dans les collines.

— Et où Delila a-t-elle pu être emmenée, à ton avis ?

Edoran n'eut pas à réfléchir bien longtemps, tant la réponse lui sembla brusquement évidente.

— En Evinshorsk. Peut-être même dans la forteresse maar où Saraë était retenue prisonnière, annonça-t-il avec amertume. Les aquares ont réussi à s'infiltrer au cœur du Pic du Marteau, je ne serais pas étonné qu'avec la complicité du démon, ils aient également violé les Collines Enchantées. Ils auront parfaitement pu atteindre Delila en passant par son bassin privé, devant la grotte d'Armédia.

Malkor frissonna à cette pensée. Plus aucun sanctuaire n'était désormais sacré. Plus personne à l'abri.

— Si les dragons ont compris que Delila était détenue en Evinshorsk, pas étonnant qu'ils s'y soient tous rendus, ajouta le pégase. J'espère qu'ils feront un carnage et reviendront avec la reine ! chuchota-t-il en s'étouffant de rage.

— Je le souhaite aussi, murmura Edoran.

— Est-ce que tu as trouvé un plan ?

— Oui. Voici ce que nous dirons. Je viens de l'Arcoa Calya sur ordre de Saraë, car des dragons-gardiens ont été aperçus volant aux abords du Gouffre du Mal, au nord du pays des géants. Je suis en mission pour apprendre pourquoi ils ont abandonné leur poste.

— Si tu arrives en disant ça, il te tuera sur-le-champ !

— J'ajouterai qu'en approchant des Collines, j'ai distingué un important vol de dragons se dirigeant vers le palais. Le faux Sargan voudra probablement vérifier cela par lui-même. Nous l'accompagnerons et, avec un peu de chance, je pourrai le tuer en plein vol.

— C'est très très risqué… En théorie, c'est un pégase. Avec son empathie, il devrait pouvoir discerner la duplicité.

— En théorie, oui, mais je compte bien sur le fait qu'en réalité, il n'a plus grand-chose d'un pégase.

— Espérons que tu aies raison. De toute façon, je n'ai pas

de meilleure idée, alors, advienne que pourra !

— Voilà le Malkor que j'aime ! l'encouragea le chevalier. Allons-y !

Sur ce, les deux comparses quittèrent la bibliothèque et gagnèrent la salle de musique. Le pauvre pégase tremblait sur ses jambes et le lycante sentait la sueur dégouliner le long de son dos. Ils étaient sur le point, sans mauvais jeu de mots, de se jeter dans la gueule du loup, en l'occurrence celle du démon. Au moment d'entrer, sentant son compagnon près de défaillir, Edoran lui glissa à l'oreille :

— Je n'ai jamais rencontré de pégase plus courageux que toi. Tu as même davantage de courage que la plupart des guerriers de ma connaissance.

— Tu veux rire ? Je tremble de peur !

— Oui, tu as peur, mais tu y vas malgré tout. C'est ça, le courage !

À l'étincelle de fierté qui alluma le regard de Malkor, Edoran sut qu'il avait réussi, et c'est avec une foi renouvelée qu'il pénétra à sa suite dans l'antre de la mort.

# — 11 —

## Narwain 23 (le même jour) - Centauria - La Crevasse-Mère

Thorak, Zya, Thésis et Olbur avaient atteint la Crevasse-Mère et s'étaient présentés au Conseil des sages afin d'obtenir le droit de passage dans les grandes plaines et, incidemment, d'éventuelles informations à propos de l'individu qu'ils recherchaient : le porteur du chant Ré.

Ce matin-là, le Conseil les convoqua une nouvelle fois afin de les informer de leur décision quant à leur voyage à travers les plaines, mais également pour les interroger au sujet de la guerre.

— L'une de nos prêtresses, Bessie, qui s'était rendue à l'Assemblée Décennale, nous est revenue il y a quelque temps avec un appel à l'aide de la Haute-Reine des elfes, leur expliqua l'une des sages. Il semblerait qu'une mission de secours, dirigée par un félide, ait été diligentée par les elfes afin de monter une armée de coalition gahavienne dans l'espoir de sauver l'Edheldôr. Que savez-vous à ce sujet ?

— Sa Majesté m'en a parlé, en effet, confirma Thésis. Le seigneur Elgard a quitté l'Allorée il y a plusieurs mois à la tête de quelques survivants de différents peuples : des métamorphes, un nain, deux centaures, un lutin et une fée. Ils avaient pour mission de rassembler le plus de combattants possible dans tout Gahavia. Le but étant de repousser les Hordes de Mörk Örn et de les empêcher d'atteindre l'Arcoa Calya. Les chants sacrés que nous sommes en train de chercher doivent être réunis au sommet du palais royal avant de pouvoir rayonner sur tout l'Ambar Neldëa. Il est donc impératif d'empêcher les sbires du Seigneur Noir d'envahir les Sept Collines.

— Allez-vous envoyer des troupes ? s'inquiéta Olbur face aux visages méfiants et revêches des centaures.

— C'est déjà fait, le rassura le plus vieux des sages. Tous nos guerriers ont été mobilisés. De petites unités mobiles ont été dépêchées à travers le pays afin de rassembler la totalité de nos forces. À l'heure qu'il est, la majorité d'entre eux doit avoir rejoint le reste des alliés au sud de Morlaune. Ils sont peut-être même déjà dans les estives.

— La reine Saraë était sûre de pouvoir compter sur les meilleurs combattants de tout Gahavia, les flatta Thésis en s'inclinant.

— Il est certain que cette armée n'aurait aucune chance de vaincre les légions noires sans les centaures, se rengorgea l'un des sages.

Thorak adressa un bref clin d'œil à l'aelder, la félicitant pour son sens de la diplomatie.

— À présent, reprit la sage qui avait parlé en premier, nous allons vous présenter le guide qui vous conduira dans les plaines.


Chez les centaures, les mâles guerroyaient, chassaient, voyageaient ou faisaient de la politique. Les femelles, généralement, tenaient leur foyer, géraient les richesses, s'occupaient des petits, produisaient les outils, l'artisanat et préparaient les fêtes sacrées. Il leur arrivait à elles aussi de voyager pour rejoindre de la famille dans une autre partie du pays, mais beaucoup moins fréquemment que les mâles. Pourtant, c'est bien une centauresse qui avait été désignée pour accompagner Thorak, Zya, Olbur et Thésis au travers des plaines, à la recherche du chant Ré.

Sorcha était une novice. Une jeune centauresse ayant choisi de consacrer sa vie à l'Unique. À la fin d'une adolescence libre et sauvage, passée à galoper dans les plaines, à jouer et à chasser comme tous les autres jeunes centaures, la plupart des femelles retournaient prendre part à la vie de la communauté auprès de leur mère, en attendant leur première union d'amants. Cependant, certaines d'entre elles tournaient le dos à ce destin classique et rejoignaient les servantes de l'Unique. Celles qui choisissaient cette voie coupaient leurs cheveux, ne participaient plus de manière active à la vie de la communauté et passaient la majorité de leur temps en prière et en contemplation. Leurs seules apparitions avaient lieu lors des fêtes sacrées, où elles bénissaient de leurs chants les unions d'amants.

Les centaures formaient un peuple à l'organisation stricte, où les sentiments personnels pesaient désormais peu en regard du bien commun. En effet, les mâles s'avéraient particulièrement belliqueux et bagarreurs. Autrefois, leurs "histoires de cœur" avaient trop souvent constitué une importante source de conflits, jusqu'à finir par menacer la paix et la prospérité de leur peuple. Aussi, par décision d'un Conseil de sages, le principe de couple avait-il été définitivement aboli. Les relations amoureuses durables étaient elles-mêmes proscrites. À la place, on avait établi les unions d'amants. Il s'agissait de grandes fêtes, placées sous l'égide de l'Unique, qui avaient lieu chaque fin de semaine, et où mâles et femelles se retrouvaient pour festoyer et s'unir. Afin de couper court aux jalousies et de décourager toutes liaisons sérieuses, les partenaires d'un soir étaient désignés par tirage au sort.

Bien sûr, les couples ainsi formés n'avaient aucune obligation de s'unir si cela ne les tentait pas, mais ils ne pouvaient en aucun cas contester la décision ni choisir eux-mêmes un autre partenaire. Souvent, ils festoyaient, dansaient et s'amusaient jusqu'au bout de la nuit, attendant la semaine suivante avec impatience dans l'espoir que la chance leur assigne un partenaire plus à leur goût.

Ces soirs-là, c'était les servantes de l'Unique qui procédaient au tirage au sort et chantaient la nuit durant pour accompagner l'union de leurs frères, de leurs amis ou camarades. Au matin, elles se retiraient dans la prière afin que de ces unions naisse une nouvelle génération de centaures.

Sorcha était passée de l'adolescence, libre et sans contraintes, à l'âge adulte, avec ses règles strictes et étouffantes, presque cinq ans auparavant. Elle n'avait pourtant pas rejoint les servantes au tout début de sa vie d'adulte, comme les autres jeunes novices, et n'avait même jamais exprimé le désir d'entrer en noviciat. C'est seulement après sa première union d'amants qu'elle s'était décidée, surprenant tout son entourage. Depuis, elle servait ses aînées sans se faire remarquer, préparant les repas, lavant leur linge, les baignant, les massant, travaillant la terre et nettoyant leurs quartiers. Et elle apprenait les chants sacrés. Dans quelque temps, elle deviendrait servante à son tour et n'aurait plus alors qu'à prier et chanter…

En attendant la fin de son noviciat, le Conseil des sages l'avait chargée d'une mission pour l'Unique. Elle en était à la fois fière et effrayée. Fière d'avoir été jugée la plus apte à guider les étrangers dans les plaines, fière de pouvoir jouer un rôle actif dans la lutte contre Mörk Örn. Mais effrayée à l'idée d'affronter à nouveau ce qu'elle avait voulu fuir… ses démons personnels.

# — 12 —

## Narwain 23 (le même jour) – Palais végétal – Les Collines Enchantées

Quand Sargan releva la tête de ses cartes pour fixer le lycante, les yeux brûlants de questions et de perplexité, le cœur d'Edoran manqua un battement. Il y était, dans l'antre de la mort. Et face à elle en personne. En quittant l'Arcoa Calya, il savait que cela finirait ainsi. Il ne s'était fait aucune illusion. De toute façon, il était déjà mort un peu, le jour où il avait posé les yeux sur Saraë, et puis encore un peu, quand il avait compris qu'ils n'avaient aucun avenir commun… Aujourd'hui, il n'avait plus d'avenir du tout. Il ne lui restait plus qu'à tenter de vaincre en mourant.

— Votre Majesté, commença courageusement Malkor, je viens, accompagné d'un émissaire de Sa Majesté la Haute-Reine Saraë, laquelle m'a instamment prié de l'introduire auprès de vous dans les meilleurs délais. J'espère avoir bien fait…

— Qui es-tu ?

— Hum… Malkor, Majesté, pégase libre et heureux hôte de l'Arcoa Calya depuis plusieurs mois, pour vous servir. Et je vous présente le chevalier Edoran de Lycantie.

— Oui, je sais, je le connais, grogna "Sargan" d'un air dubitatif. Ainsi, Prince Edoran, c'est vous que la reine a envoyé au loin ? Étrange, je n'aurais jamais imaginé que, devant se séparer d'un membre du groupe pour une mission… périlleuse, elle vous eût choisi, vous.

— C'est que la situation est très préoccupante, Votre Majesté, expliqua prudemment le lycante. Le sort de vos sujets tourmente beaucoup la Haute-Reine, néanmoins, c'est moi qui ai insisté pour venir à vous. Je tenais personnellement à vous apporter mon aide. Elle a fini par accéder à ma demande.

— Mmh… Et pour quelle raison aurais-je besoin d'aide, selon toi ?

— Majesté, le peu qu'il reste des troupes de Turgòn Calimehtar est coincé, depuis la bataille du Palar Tàra, au bord du Gouffre du Mal, par les armées noires. Toutefois, nous parvenons encore à communiquer avec elles par le biais des sylphes. Or, il nous a été rapporté récemment la présence d'un nombre très important de dragons-gardiens aux environs du gouffre. Peut-être même leur totalité. La Haute-Reine, très inquiète à votre sujet, souhaite savoir ce qui s'est passé, pourquoi les gardiens ont-ils abandonné leur poste ?

— En quoi cela la regarde-t-il ? cracha "Sargan" avec fureur. C'est moi, le roi de ces collines !

— Mais, Votre Majesté, il s'agit de la Haute-Reine, bafouilla Edoran, faisant mine d'être déstabilisé par le ton abrupt du faux pégase. Votre peuple est sous sa protection. Si les dragons-gardiens font défaut, c'est à elle qu'il revient d'assurer votre sécurité. D'autre part, ils n'ont jamais abandonné leur poste durant ces derniers siècles. Ils ne l'auraient pas fait sans une raison impérieuse, c'est pourquoi notre souveraine est tellement soucieuse.

"Sargan" sembla soudain se détendre. Il redressa l'encolure et fléchit le postérieur droit, signe évident de décontraction, cependant les yeux qu'il vrillait sur Edoran brûlaient d'une rage contrôlée…

— Ta reine ne s'inquiète pas pour les bonnes raisons, se permit le pégase d'une voix lente où perçait le sarcasme. As-tu vu mes troupes qui s'assemblent à l'extérieur du palais ? Avec de tels guerriers, qu'ai-je besoin de dragons ?

— Mais, Votre Majesté, reprit Edoran, l'air soigneusement paniqué, vous n'y pensez pas ! Vos sujets ne sont pas des guerriers ! À la première goutte de sang versé, à la première douleur, ils seront tous morts !

— Comment oses-tu juger de mes décisions, moitié de loup ? tonna le démon par la voix de Sargan.

— Je vous prie d'excuser mon impudence, Majesté, reprit très vite le chevalier en s'inclinant. Mes paroles ont dépassé ma pensée.

Il avait tout intérêt à faire montre de respect et d'humilité, et surtout, à changer de sujet au plus vite, s'il voulait pouvoir attirer le démon au loin avant que celui-ci ne le tue.

— Bien, reprit le pégase d'un ton froid et posé, alors maintenant que les choses sont claires entre nous, lycante, je vais vous faire raccompagner.

Le faux Sargan toisait Edoran, une lueur de triomphe dans le regard. Aussitôt, le chevalier sut qu'il était perdu. Sargan avait l'intention de le faire "accompagner" dans un endroit où il serait, au mieux, retenu prisonnier, au pire, tué. Un endroit d'où, de toute façon, il ne pourrait achever sa mission. Il lui fallait agir très vite. Alors que le roi pégase s'apprêtait à appeler la garde, il mit un genou au sol et sortit sa dernière carte.

— Merci, Majesté, d'autant qu'il n'y a plus de danger, à présent, puisque les dragons sont de retour.

— Comment ? Qu'est-ce que tu dis ? s'exclama Sargan d'un air ahuri.

Edoran laissa un soupir de soulagement s'échapper d'entre ses lèvres. Il l'avait ferré, restait à le remonter prudemment sur la rive. Il jeta un bref coup d'œil à Malkor, qui semblait prêt à s'évanouir, mais gardait courageusement sa position, ne laissant aucune expression transparaître dans son regard, puis il répondit au démon :

— Oui, Majesté, peu après notre entrée sur votre territoire, alors que nous gravissions la première colline, je me suis retourné et j'ai aperçu des points noirs, au loin, dans le ciel.

— Et comment en as-tu conclu qu'il s'agissait de dragons ?

— Grâce à l'un de mes pouvoirs de lycante, Majesté. Avec un effort de volonté, je peux transformer chaque partie de mon corps séparément. Mes yeux de loup voient très loin et de manière très claire. Je peux vous certifier que c'était bien des dragons. Et même vos dragons-gardiens, il n'y a pas d'erreur possible. Votre peuple est sauvé, il n'aura pas à se battre !

— Toi, aboya "Sargan" à l'intention de Malkor, tu étais avec lui quand il affirme avoir vu les dragons. Au rapport !

Les yeux de Malkor s'agrandirent de panique, cependant il se reprit et réussit à bredouiller :

— Seigneur, Votre Majesté, je n'ai d'abord rien vu du tout. Je n'ai pas les yeux d'un loup. Puis le lycante m'a indiqué où regarder avec précision, et j'ai en effet pu distinguer des points noirs dans le ciel, à l'horizon. Malheureusement, je ne peux affirmer qu'il s'agisse bien de dragons, mais la joie et le soulagement du chevalier étaient tout à fait sincères quand il les a reconnus. J'aurais donc tendance à penser qu'il dit la vérité… Majesté, ajouta-t-il après une brève hésitation.

— Où exactement vous trouviez-vous quand vous les avez aperçus ? Et de quelle direction venaient les dragons ? l'interrogea le roi d'une voix tendue.

— Je peux vous y conduire, si vous voulez, Votre Majesté. Cela ira plus vite que de vous l'expliquer.

— Soit, convint le roi pégase. Le temps presse, si c'est la vérité. Allons voir ça tout de suite.

Cette nouvelle, tellement inattendue et qui, sans parler de sa propre destruction pouvait mettre à bas tout le plan du démon, l'avait complètement déstabilisé. Il apparaissait soudain fébrile, nerveux, inquiet et plus du tout sur ses gardes. Edoran avait du mal à croire à sa chance. Malkor et lui échangèrent un regard plein d'espoir et s'apprêtaient à gagner la porte du salon de musique, quand débarquèrent les importuns. Dans l'encadrement, serrés les uns contre les autres, encolures tendues d'excitation, naseaux grands ouverts et regards pétillant de curiosité, se tenait la petite bande d'apprentis guerriers que les deux comparses avaient croisée un peu plus tôt dans les couloirs, toujours menée par le bravache naïf. Voyant que le lycante était bien là, le jeune pégase secoua la crinière de contentement et entra dans la pièce, visiblement ravi.

— Ah, Roi Sargan, j'espère qu'on ne vous dérange pas ! Je vois que le tacticien envoyé par la reine des elfes est encore là, tant mieux ! J'imagine que vous allez mettre au point les plans de bataille ! Les copains et moi, on aimerait vous assister pour apprendre. Nous aussi, on aimerait devenir des spécialistes de la tactique militaire. Vous êtes d'accord ? On peut rester ?

À la cour des Collines Enchantées, le protocole strict observé dans les autres royaumes était très largement négligé, au profit de sentiments sincères et d'une respectueuse amitié entre les sujets et leurs souverains. Pourtant, la manière désinvolte dont le jeune pégase s'était adressé à son roi fit ouvrir de grands yeux ronds à Malkor. Même en ignorant ce qu'il était réellement à présent, jamais, de son temps, on n'aurait parlé ainsi au souverain !

Mais ce qui avait fait se raidir Edoran, c'est plutôt l'expression de "Sargan" aux mots « tacticien envoyé par la reine »… Ses oreilles s'étaient dressées et son regard avait pris une teinte sombre, alors que les implications que sous-tendait ce petit bout de phrase parvenaient à sa conscience.

"Sargan", sans accorder plus d'attention à Edoran, s'adressa au jeune apprenti guerrier.

— Tu connais donc le prince Edoran… Quel est ton nom, soldat ?

— Élios, Majesté, répondit-il fièrement. Oui, mes amis et moi avons eu la chance de rencontrer cet éminent stratège dans les couloirs nord du palais, lorsque son guide et lui vous cherchaient. C'est nous qui leur avons indiqué où vous vous trouviez. Nous sommes ensuite allés prendre nos ordres auprès de notre commandant de section, comme le stratège nous l'avait conseillé. Celui-ci n'ayant encore aucune tâche d'importance à nous confier, nous avons eu l'idée de venir apprendre la stratégie militaire avec vous.

— Et vous avez très bien fait, murmura le démon en se tournant d'un air menaçant vers Edoran. Rappelez-moi la raison de votre présence ici, Prince ? Avez-vous été envoyé pour me prévenir de l'absence des dragons ? Ou de l'arrivée des dragons ? Ou êtes-vous venu m'apprendre la… stratégie militaire ? Ou encore êtes-vous là… pour me tuer ?

Sur ces derniers mots, sa voix s'était faite rauque et si basse qu'on aurait pu croire à un grondement. Son encolure presque à l'horizontale, ses oreilles plaquées contre sa nuque, ses naseaux froncés rendaient le pégase effrayant de haine. Les jeunes se mirent à pousser des hoquets horrifiés, à mesure qu'ils comprenaient avoir sans doute affaire à un traître, un régicide, un ennemi !

Malkor, tremblant sur ses jambes, tentait de capter le regard d'Edoran, d'abord pour se rassurer, mais surtout dans l'espoir d'y lire quoi faire. Cependant, le lycante gardait ses grands yeux dorés rivés dans ceux, flamboyant d'ombres noires, du démon qui lui faisait face. Avec un aplomb spectaculaire et une décontraction impressionnante, le chevalier osa un sourire condescendant à destination des quatre cadets.

— Ces jeunes… plaisanta-t-il à l'adresse de "Sargan". Exaltés, ardents, prêts à croire n'importe quoi pourvu que leur imagination en soit exacerbée. Mais n'étions-nous pas comme eux, au même âge ?

— Vous n'êtes, vous-même, guère plus vieux qu'eux, lui rappela le roi qui avait recouvré son empire, glacial. Et maintenant, vous allez certainement me soutenir que vous leur avez servi cette histoire de stratège – *et le mot fut appuyé avec mépris* – pour leur éviter la panique s'ils avaient été informés de la disparition des dragons ?

— C'est exact…

— Suffit ! ! Ne prononcez plus un mot ! Je vous arrête pour haute trahison ! Élios, toi et les autres, conduisez-les immédiatement, lui et son complice, dans les catacombes. Faites-les enfermer dans l'un des caveaux vides.

Pétrifiés, les jeunes pseudo-guerriers mirent un moment à réagir. Les yeux arrondis d'incrédulité, Élios prit quand même la parole.

— Mais, Majesté… Les catacombes ?

— Il n'y a pas de cachot dans ce foutu palais, il faut bien enfermer les traîtres quelque part, non ? Alors, ne discutez pas ! Exécution !

— Oui, Votre Majesté ! cria Élios en se redressant soudain de toute sa hauteur.

Il fit claquer ses ailes contre ses flancs dans un simulacre de garde-à-vous que les trois autres imitèrent.

— Sargan ! l'interpella Edoran d'une voix forte. Que tu m'accuses de crimes irrationnels, c'est une chose, et je peux comprendre que tu sois inquiet et bouleversé, au point que cela obscurcisse ton jugement. Mais par pitié, laisse tes sujets en dehors de ça ! Malkor n'a strictement rien à voir avec moi !

Sans un mot, "Sargan" toisa son prisonnier, mettant autant de haine que d'exultation dans son regard. Il savait. Bien sûr qu'il savait. Et l'idée qu'Edoran savait qu'il savait l'excitait encore plus.

Malkor et le lycante furent encerclés. On leur passa une corde dotée d'un nœud coulant autour du cou, puis ils furent entraînés derrière leurs geôliers vers les sous-sols du palais végétal. Il eût été facile à Edoran de mettre hors d'état de nuire les quatre pégases, inexpérimentés et bien moins sûrs d'eux que leur flagornerie ne le laissait paraître. Ainsi, Malkor et lui auraient pu s'enfuir loin du péril que représentait le démon. Seulement, c'eût également été tourner le dos à sa mission, abandonner les Collines Enchantées à leur sort, laisser un ennemi vivant et dangereux dans son dos. Et puis, au-delà de tout cela, s'attaquer à des centaures ou à des licornes aurait été comme s'en prendre à des chatons ou à des enfants sans défense. Lâche, indigne d'un guerrier. Aussi le chevalier n'en fit-il rien et se laissa-t-il conduire à sa perte sans se rebeller.

Par chance, ces caveaux, prévus pour abriter la dépouille des hauts dignitaires licornes ou pégases, s'avéraient spacieux. Du moins, suffisamment pour qu'Edoran et Malkor puissent s'y tenir debout. Généralement, on enterrait les rois et les reines avec toutes leurs possessions personnelles, il fallait donc de la place.

Celui dans lequel ils étaient désormais enfermés devait mesurer trois mètres de large sur quatre de long, et Malkor, malgré sa haute taille, en frôlait à peine le plafond. Une lourde porte, taillée dans la roche, en scellait l'entrée. Comme les murs alentour, des centaines de motifs ciselés en ornaient la surface. Edoran n'eut guère le temps de les détailler avant que le caveau ne soit refermé, néanmoins ils lui avaient semblé constituer une sorte de texte, dans une écriture étrange. Le battant était monté sur d'invraisemblables charnières coulissantes que les nains Forestiers, pourtant très petits, avaient manipulées aisément. Le lycante n'eut qu'un aperçu du système de verrouillage, toutefois sa fiabilité ne faisait aucun doute. La porte elle-même paraissait assez épaisse pour qu'on ne les entende pas hurler, même en se tenant juste de l'autre côté. Sargan pouvait les oublier là, si cela lui chantait. Ils n'auraient aucun moyen d'en sortir.

Au moment de les abandonner, leurs geôliers avaient ordonné au chevalier de déposer toutes ses armes devant la cellule. Puis ils les avaient poussés à l'intérieur, Malkor et lui, avant de l'obliger à se déshabiller entièrement. Dépourvus de mains, les pégases ne pouvaient en effet pas le fouiller, et c'est le seul moyen qu'ils avaient trouvé pour s'assurer qu'il ne cachait plus d'arme sur lui. Après quoi, les nains refermèrent le lourd vantail de pierre sur les captifs. Dans le noir absolu du mausolée, Edoran dut chercher ses vêtements puis les enfiler à tâtons. Il ne lui restait désormais que sa chemise, ses bottes et son pantalon de cuir. Même si Sargan venait à lui, au lieu de le laisser mourir de faim et de soif, il n'avait plus la moindre chance de le tuer.

Malkor, quant à lui, n'étant évidemment pas vêtu, avait échappé à la fouille. Il avait donc pu conserver, dissimulée dans ses crins, la sarbacane qu'Edoran lui avait fabriquée. Toutefois, elle ne contenait qu'une seule fléchette empoisonnée, et Malkor n'avait aucun moyen de la réarmer. S'il l'utilisait pour abattre "Sargan", dans l'hypothèse où celui-ci viendrait les assassiner, le démon aurait tout à loisir de s'échapper pour investir le corps d'Edoran… ou le sien, une pensée des plus déplaisantes qu'il s'apprêtait à très vite écarter…

— Je ne le laisserai pas vivre à l'intérieur de toi.

Malkor, sans s'en rendre compte, avait pensé à voix haute, et Edoran n'avait rien perdu de ses réflexions.

— S'il investit ton corps plutôt que le mien, reprit le lycante d'une voix basse et douce, je le détruirai, tout comme tu le détruiras s'il est en moi.

— Cela veut dire que tu me tueras ? paniqua Malkor.

— Mon ami, il ne restera rien de toi, s'il te prend. Seulement une enveloppe de chair qui ne sera plus toi. Aimerais-tu mourir en sachant que ton corps arpentera encore le monde en transportant cet être abominable ? Qu'il pourra se rendre impunément à l'Arcoa Calya en se faisant passer pour toi ? Et massacrer tous ceux que tu as aimés ?

— Non, bien sûr ! Ce serait horrible ! Oh, Edoran, mon ami, je ne suis pas sûr de tenir le coup longtemps. Mon cœur souffre trop. La terreur et la haine vont avoir raison de moi.

— Tu dois encore tenir, Malkor ! Je n'ai jamais rencontré un pégase possédant ton courage et ta force ! Tu es incroyable ! Je suis certain que tu vas y arriver.

— De toute façon, c'est soit je meurs, soit tu meurs… et ta mort provoquera la mienne, sans coup férir. Parce que j'en mourrai de chagrin, c'est sûr !

— J'ai bien peur que ce soit exactement ce qui nous attend, mon ami, acquiesça Edoran. Si le démon entre ici, aucun de nous trois ne devra en repartir. Car le seul qui sortira vivant de ce tombeau sera malheureusement le démon, dans un corps ou dans l'autre.

— Et comment comptes-tu t'y prendre pour nous entre-tuer ? Le dernier rescapé devra trouver le moyen de se suicider, mais avec le démon dans sa tête, cela risque de s'avérer impossible !

— Tu m'as donné la solution toi-même, et je pense que tu as raison. Il faut que j'attaque "Sargan" afin de forcer son hôte à prendre possession de moi. Aussitôt que tu verras son corps s'affaisser, c'est que le démon l'aura laissé tomber pour moi. Alors, sans hésiter, tu devras me percer le cœur de la fléchette empoisonnée. Très vite.

— Mais si je te tue, il viendra en moi, non ?

— Et tu mourras sur-le-champ de chagrin et de terreur, l'emportant ainsi dans la tombe. Ce sera toi, le vrai héros, celui qui aura débarrassé Gahavia de ce démon maléfique.

— Oui, poursuivit Malkor d'une voix morne, et les âges chanteront ma gloire, mais ça me fera une belle jambe.

— La vraie gloire n'a jamais profité aux vivants, tu sais.

Le solitaire poussa un soupir résigné puis, d'un murmure étranglé, accepta le fardeau supplémentaire que le destin venait de placer sur ses épaules.

— Eh bien, va pour la mort.

# — 13 —

Narwain 28 (cinq jours plus tard) - Catacombes du palais végétal - Collines Enchantées

L'obscurité et le silence altèrent le temps au point que les secondes semblent des heures.

Edoran et Malkor avaient faim et froid. Ils étaient torturés par la soif. Ils avaient l'impression d'être enfermés dans ce caveau depuis des semaines, quand la porte s'entrouvrit. Très peu. Juste assez pour qu'un rai de lumière éblouissante transperce soudain leurs ténèbres comme une lame de feu, une explosion. Ils végétaient dans le noir absolu depuis si longtemps que ce qui aurait dû passer pour la lueur du jour les aveugla de manière brutale. De même, un peu de l'air doux et parfumé de l'extérieur assaillit leurs narines saturées par l'odeur de moisi et de renfermé. Edoran, dont les sens étaient les plus affûtés, fut même pris de vertige. Il posa la main sur le mur derrière lui, et le malaise se dissipa. Mais la surprise et le choc de cette clarté, de ces odeurs, de cette douceur avaient été tels que les deux prisonniers mirent plusieurs longues secondes à réagir.

Temps que sut mettre à profit celui qui se dissimulait dans le contre-jour, et dont on apercevait à peine l'ombre dans l'embrasure de la porte, pour pointer, viser et tirer... une flèche de sarbacane en plein cœur de sa cible.

Il y eut le bruit sourd d'un corps qui s'effondre, ensuite le vantail se referma sur le silence, à nouveau, et l'obscurité, encore. Et enfin sur l'horreur et la solitude, parce qu'Edoran avait compris que son ami était mort. Malgré tout, il chercha son corps à tâtons. Le découvrit étendu sur le sol, non loin de là, puis le palpa. Tenta de trouver un pouls, jusqu'à ce que sa main s'arrête sur l'extrémité de la flèche, à l'endroit exact où il aurait voulu poser son oreille pour entendre battre le cœur du pégase. Hélas, ce cœur resterait dorénavant silencieux. Le loup en lui se mit à hurler sa peine, sa peur, sa rage, sa haine. Le loup voulait sortir, se battre, déchirer, égorger ! Le loup combattit l'homme, dont la raison lui disait de garder le contrôle à tout prix. L'homme qui savait que, sous sa forme lupine, il serait bien plus vulnérable à la domination du démon, l'homme qui sentait qu'il fallait patienter encore un peu avant de s'abreuver au sang de la vengeance… pourtant, le loup l'emporta. La rage et la peur prirent le pouvoir, et en un éclair, le corps d'Edoran se changea en celui du grand mâle fauve et gris qu'il était aussi. Ensuite il tourna en rond, grondant, hurlant comme un lion dans sa cage. Sa vision nyctalope s'étant considérablement améliorée avec la mutation, il pouvait désormais distinguer le sol, les murs, la porte, et le pauvre Malkor qui gisait contre le mur du fond. Et chaque fois qu'il posait le regard sur ce corps sans vie, sa rage décuplait.

Néanmoins, petit à petit, le temps aidant, l'homme en lui parvint à se reprendre. Assez pour se préparer à une seconde intrusion. Edoran demeura sous sa forme de loup, mais c'était à nouveau lui aux commandes, et non plus sa part sauvage. À présent que le démon s'était manifesté, songeait le lycante, il ne s'arrêterait sans doute pas là. Il ne laisserait pas un témoin vivant, même emprisonné au fond d'un caveau mortuaire. Le danger serait trop grand pour lui si quiconque rapportait la vérité à la Haute-Reine. Une fois son identité révélée, sa mission, quelle qu'elle soit, échouerait, et cela signifierait sa mort et sa disgrâce. De la main des Gahaviens ou de Mörk Örn lui-même. Donc, il reviendrait se débarrasser du seul être en mesure de le démasquer. Il serait plus déterminé que jamais, et par là même, plus dangereux… Toutefois, cela constituait une faille que le loup pourrait être en mesure d'exploiter. En effet, des deux, c'est le démon qui avait le plus à perdre. Le lycante, lui, n'avait plus rien… Il devait faire de cela un avantage.

Fort de ces réflexions, Edoran sut alors se préparer. Plus question pour lui de se faire surprendre ou aveugler, il lui faudrait se montrer vif et précis. Il n'y aurait pas de seconde chance. Tout en continuant à tourner en rond de son pas souple et élastique, il réfléchissait et tentait d'échafauder des plans. Pas concernant sa survie, il y avait longtemps qu'il avait fait une croix dessus, mais pour s'assurer de l'anéantissement complet du démon. Quoi qu'il arrive, le lycante ne pouvait ressortir de ce cachot. Ni vivant ni mort. Edoran devait trouver le moyen d'y mourir en même temps que son assaillant. Pas question de prendre le risque que ce dernier s'enfuie avec son corps.

Il se serait bien caché derrière la porte afin de laisser entrer son adversaire, puis claquer le battant derrière lui, l'emprisonner et le tuer dans la foulée. Une fois seul dans le caveau, même investi du démon, il ne pourrait plus en ressortir sans aide extérieure. Il mourrait probablement de faim et de soif. Seulement, cette porte ne s'ouvrait pas vers l'intérieur. Elle était constituée d'un énorme bloc de pierre taillée, montée sur d'invraisemblables charnières de fer forgé. Elle ne s'ouvrait pas comme une porte ordinaire, mais glissait sur le côté. Ce plan n'avait donc aucune chance de fonctionner.

Alors qu'il cherchait une autre idée, la pierre se remit à coulisser. Le sang du loup se figea dans ses veines, et il s'aplatit au sol en grondant de colère et de peur. Il sentit ses poils se hérisser tout le long de sa colonne vertébrale, il avait des fourmis dans la nuque et sa respiration se fit saccadée à mesure que l'instinct de survie combattait à nouveau sa raison. La porte s'ouvrit enfin toute grande, laissant le passage à un pégase puissant à l'encolure rouée, au poitrail massif et aux ailes noires comme la nuit. Sargan entra, puis le vantail rocheux se referma derrière lui.

Incroyable, le démon s'était piégé lui-même ! Stupéfait, Edoran songea qu'une chance pareille ne durerait pas. Il devait agir immédiatement. Sans prendre le temps d'y réfléchir plus avant, il bondit vers l'endroit où il avait vu Sargan juste quand l'obscurité s'était refermée sur eux. Dans son élan, il percuta le pégase de plein fouet. Le choc déséquilibra ce dernier qui tenta de se rétablir en déployant ses larges ailes, mais l'espace était trop exigu pour cela. Ils roulèrent tous les deux sur la terre battue du caveau, s'effondrant sur le cadavre de Malkor. En sentant sous le sien le corps de son ami, encore mou, bien que déjà froid, le loup vit sa rage revenir à la charge, faisant bouillir le sang dans ses veines. Alors, ses crocs et ses griffes se mirent en action dans une danse de folie meurtrière, comme mus par une volonté propre et, cette fois, en complet accord avec Edoran. Non plus Edoran le prince, courtisan charmant, cultivé, mais Edoran le lycante, guerrier sauvage, inhumain, bestial, sans pitié. Le combat fut d'une violence inouïe, car le démon n'était pas en reste de fureur et de barbarie. Ses dents cherchaient la tête du loup pour la déchirer. Son corps entier se tordait et ruait, tentant de projeter son adversaire contre les murs. Ses sabots durs et tranchants frappaient en tous sens, manquant souvent de peu d'assommer le chevalier, de défoncer son crâne ou ses côtes.

Puis, alors que ses griffes lacéraient le poitrail de Sargan, la mâchoire du lycante se referma soudain férocement sur son encolure, déchirant la peau et les muscles pour aller enfin trancher la jugulaire et s'abreuver au sang qui jaillissait du pégase. Celui-ci lutta encore quelques instants, cependant son sang s'écoulait de lui à une telle vitesse que, bientôt, il abandonna, vaincu.

Épuisé, affamé, essoufflé, le loup se laissa aller à son tour sur le sol poussiéreux. Ses côtes douloureuses se soulevaient frénétiquement tandis qu'il tentait de reprendre son souffle. Malgré sa vélocité, le démon avait réussi plusieurs fois à l'atteindre, et il lui semblait avoir quelques os brisés. Pourtant qu'importait, à présent ? Il ne lui restait plus désormais qu'à attendre la mort en priant l'Unique qu'elle vienne vite. Allongé de tout son long, il laissa son cœur et son souffle s'apaiser et s'autorisa à penser à Saraë. Fermant les yeux, il la revit, le premier jour, dans la salle du trône de l'Arcoa Calya. À côté de la hiératique et majestueuse Aliosha, la petite princesse aux courbes si peu elfiques attirait à elle toute la lumière. Comme la flamme vive d'une torche au milieu de candélabres falots. Puis il se souvint de l'Appel… la voix de Saraë dans sa tête qui l'appelait, lui ! Son cœur qui se remettait à battre. Son arrivée dans la clairière où elle l'attendait avec Hermanus et Aromë. Il avait déboulé là, tel un assoiffé au bord d'un ruisseau, et le sourire de Saraë avait coulé sur lui comme une source apaisante. Tous ces jours de voyage et ces nuits de veille, passés en sa compagnie, n'avaient fait que renforcer l'attirance insensée qui le liait à elle depuis le premier regard. Cela s'était transformé en un sentiment profond et solide qui s'appuyait sur bien plus que le désir, qui allait bien au-delà d'un coup de foudre. Après tout ce qu'ils avaient traversé, il savait qu'il l'aimait pour qui elle était au fond d'elle, au jour le jour, dans les bons comme les mauvais moments. Il l'aimait du réveil au coucher, quand elle s'emportait, quand elle s'entêtait, quand elle chantait et quand elle rougissait. Il aimait ses petits doigts aux ongles courts, ses cils immenses et son petit nez. Il aimait le nacre de sa peau, la sensualité inconsciente de ses gestes, la lumière qui irradiait à chacun de ses sourires… et puis sa force, son courage, sa volonté et son abnégation. Sa passion aussi, et tout ce qui, paradoxalement, faisait d'elle une "elfe ratée", comme elle le déplorait elle-même. Depuis la mort de Boris, elle était devenue sa raison de vivre. Aujourd'hui, elle était sa raison de mourir. Imaginer un monde débarrassé de Mörk Örn, dans lequel elle pourrait cheminer sans frayeur, sans danger, grâce à son sacrifice, l'emplissait de joie. Une joie douce, un peu mélancolique, mais si profonde qu'il n'avait qu'une hâte : expirer, enfin.

Au bout d'un long moment passé à rêvasser en attendant la fin, il sentit une présence étrange. L'impression que quelqu'un l'observait dans l'ombre. Puis une odeur de soufre envahit ses narines. Un goût amer agressa sa gorge, lui donnant envie de vomir. Les picotements sur sa nuque qu'il ressentait lorsque le danger était tout proche reprirent avec force.

Voilà, on y était.

Edoran se fit la réflexion qu'il n'avait pas du tout imaginé la possession ainsi. Il contrôlait toujours ses pensées, ses sensations, et il était certain de pouvoir encore commander à son corps : ce qu'il vérifia sans délai en tentant de se remettre sur ses pattes. Toutefois, à peine eut-il sollicité ses muscles qu'une douleur térébrante transperça son flanc et ses côtes, lui coupant le souffle et lui ôtant toute force. Malgré des efforts surhumains pour se redresser, il finit par s'écrouler et perdit connaissance.

Quand il reprit ses esprits, il n'aurait su dire combien de temps plus tard, il était encore dans son loup, alors que, d'ordinaire, l'inconscience le renvoyait immanquablement à sa forme humaine… et cela l'inquiéta. Il s'aperçut également très vite que l'odeur de soufre et le goût amer étaient toujours là, de même que la présence obscure *derrière lui*. Celle-ci s'était, à présent, faite plus proche, pressante, imposante. Instinctivement, il voulut la repousser, s'en débarrasser. Et à sa grande surprise, elle se fit aussitôt moins pesante. Comme si elle avait *reculé*. Il n'avait pas la moindre idée de la manière dont il s'y était pris, néanmoins, cette constatation lui redonna espoir. Si la puissance du démon se résumait à cela, il avait toutes ses chances de le vaincre pour de bon et de sortir de là vivant ! Ragaillardi par ces pensées, il chercha à repousser son occupant encore plus loin, à l'évacuer carrément hors de sa tête afin qu'il disparaisse, faute de corps. C'est le moment que choisit cette engeance du Mal pour écraser les défenses de son hôte d'une puissante vague de volonté. Edoran hurla de surprise et de douleur. À présent, il le sentait physiquement, là, dans son crâne. Son sang pulsait sauvagement, et la pression lui provoquait des élancements de souffrance terribles. Mais il sentait aussi émotionnellement la présence malfaisante. Des bouffées de haine, de terreur et de désespoir l'envahissaient sans qu'il puisse les contrer. Le chevalier lycante comprit que le démon avait joué avec lui, s'amusant de ses pensées, le laissant croire à sa faiblesse pour mieux abattre ses barrières, l'écraser et prendre sa place.

Paniqué, Edoran rassembla à la hâte ses connaissances sur l'esprit, et les conseils d'Hermanus. Il puisa dans toutes ses ressources d'énergie psychique et, après un long et pénible effort où, à chaque instant, il pensa perdre ce bras de fer mental, il réussit tant bien que mal à repousser le démon hors de sa tête. Enfin, pas vraiment *hors de sa tête*, mais suffisamment loin pour permettre au lycante de restaurer ses barrières. Finalement, le combat serait rude, car Edoran se doutait bien désormais que son adversaire était trop malin pour avoir jeté toute sa puissance dans la première attaque. Il serait rude… mais pas sans espoir.

Fébrilement, tout en tentant de garder la tête froide, le lycante renforça au mieux les protections de son esprit et réfléchit dans l'urgence. Il savait que, sous sa forme humaine, où sa raison prenait le pas sur ses instincts, il aurait bien plus de chances de repousser les attaques mentales du démon et d'en venir à bout. De l'écraser définitivement… si tant est que ce fût possible. Aussi, dès qu'il se sentit suffisamment maître de son cerveau, il visualisa son apparence humaine, banda sa volonté et… rien ne se passa. Il essaya encore, y mettant tout son cœur et son urgence : rien n'y fit. Alors que, d'ordinaire, il lui suffisait de désirer changer de forme pour que la mutation se produise, là, il restait bloqué dans ce loup. Le démon avait-il perverti à ce point sa nature ? Avait-il bloqué ses facultés de métamorphe ? Dans quel but ?

Celui de mieux le contrôler, assurément.

# — 14 —

Même jour – Même endroit...

Autrefois, une infinité de vies auparavant, le démon avait eu un corps à lui, une vie à lui… un nom à lui. Il y avait tellement longtemps que ce corps, cette vie et ce nom lui avaient été arrachés qu'il avait fini par ne plus s'en souvenir.

Jusque-là.

Se retrouver pour la première fois depuis tout ce temps dans le corps d'un lycante avait rouvert la porte de sa mémoire brisée. *Bahran.* Tel avait été son nom, dans sa toute première vie. Son nom à lui, celui que sa mère lui avait donné.

Brusquement, il eut une vision de sa mère. Et une sensation, le souvenir de son parfum. Puis de sa voix qui chantait. Comment avait-il pu oublier ? L'ivresse de se trouver à nouveau dans un corps qui lui fût si peu étranger le submergea. Il avait le sentiment d'être enfin de retour "chez lui". Cependant, à peine eut-il touché du doigt cette volupté, alors qu'il commençait tout juste à se détendre, qu'il se sentit expulsé violemment hors de son hôte. Habitué aux sursauts de révolte de ses victimes, il parvint sans trop de peine à rester accroché, bien que tout de même repoussé en limite de conscience par le lycante. Manifestement, ce dernier détenait une puissance mentale supérieure à la moyenne. Furieux, frustré de ce plaisir tout neuf qu'il n'avait fait qu'entrevoir, le démon n'attendit pas un instant pour repartir à l'assaut. Ce corps était désormais le sien ! Il se l'était choisi. Le Seigneur Noir, pour une fois, ne le lui avait pas imposé. Alors il ne s'en laisserait pas dépouiller, ne s'en ferait pas chasser et ne l'abandonnerait pour rien au monde !

Bandant sa volonté, le démon qui s'était un jour appelé Bahran puisa dans des siècles de haine et de violence, et propulsa sur son hôte une rafale de pensées, d'émotions et de sentiments tous plus sombres et abjects les uns que les autres. Une telle déferlante d'horreur ne pouvait que détruire un esprit noble et droit comme celui d'Edoran. Bahran jubilait d'avance à l'idée de posséder enfin, à nouveau, un vrai corps à lui. Avec le retour de ses souvenirs, le démon savait que, désormais, le Seigneur Noir ne pourrait plus l'obliger à rien. En retrouvant seul la mémoire, il avait libéré son âme, même si elle était devenue aussi noire, tordue et nécrosée que celui qui l'avait asservie autrefois. Certes, Bahran resterait sous les ordres de ce maître impitoyable et terrifiant, il eût été stupide de se retourner contre la toute-puissance de Mörk Örn, ou de tenter d'y échapper, cependant, cette fois, ce serait de sa propre volonté… Oui, retourner au-devant du Seigneur Noir et lui prêter allégeance, librement et de son propre chef, était certainement ce qu'il y aurait de plus intelligent à faire. Bien que ce ne soit pas sans risque, loin de là.

En effet, le maître du Mal ne serait sans doute pas ravi de perdre une âme damnée, même au profit d'un serviteur dévoué. Peut-être serait-il furieux contre celui qui avait recouvré la liberté par ses propres moyens… Probablement furieux au point de le foudroyer sur place… ça s'était déjà vu. Le Seigneur avait souvent des réactions excessives, imprévisibles et incompréhensibles. Finalement, pensa Bahran, rentrer tout droit dans l'antre de Mörk Örn et se retrouver entre ses mains n'était pas la meilleure des idées. En revanche, passer par la Forteresse de feu Ox de Maar et se mettre sous la protection du nouveau Grand Commandeur d'Evinshorsk… serait habile, prudent et pourrait se révéler profitable en tous points… si ce qu'on racontait de ce nouveau commandeur était vrai.

Son plan d'action déterminé, Bahran entreprit de tester son nouveau corps. Il commença par faire rouler les muscles souples et puissants sous la peau couverte de fourrure fauve et argentée, satisfait de constater que le chevalier avait soigneusement développé et entretenu ce loup magnifique. Puis il fit claquer les larges mâchoires aux crocs acérés, avec délectation, anticipant déjà ses futures chasses. Ah, songea-t-il, fini le foin sec et l'herbe insipide de son dernier hôte, ou les fruits et légumes du précédent ! Il allait bientôt pouvoir replonger la tête dans un cadavre fumant et se repaître de chair et de sang ! D'ailleurs, pourquoi pas tout de suite ? Il avait deux pégases morts à sa disposition… Rien qu'à l'idée du festin, la salive lui envahit la gueule et sa longue langue passa en revue ses babines retroussées. L'idée de dévorer celui qu'il incarnait encore un peu plus tôt ne l'émouvait pas une seconde. Quant à l'autre, même s'il était froid depuis longtemps déjà, il en fallait plus pour rebuter un démon !

*Par lequel commencer ?* se demanda-t-il avant de jubiler. *Oui !* Dans un coin de "son" esprit, il sentait toujours la présence fantomatique de son hôte, lointain, faible, mais pas complètement détruit. *Et si je l'achevais ?*

Amusé par la cruauté démoniaque de ce qu'il préparait, le démon se tourna vers le cadavre de Malkor. Manger son meilleur ami contre sa volonté, et sans rien pouvoir faire pour s'en empêcher, voilà qui devrait rendre fou le fameux prince Edoran, aussi solide que soit sa santé mentale.

Et de fait, avant même que leurs crocs n'aient entamé la chair, la conscience du lycante se cabra contre celle du démon. Elle enfla, se débattit, luttant avec rage et désespoir. Le corps du grand loup gris-fauve se figea un instant, puis tituba, tiraillé en tous sens par des ordres contraires. Les deux volontés, en lui, s'opposaient dans un combat acharné pour la possession et la maîtrise de ses actes et de ses pensées. Il ne pouvait y avoir deux esprits dans ce seul corps, l'un d'eux devait céder sa place et périr. Jamais encore, depuis qu'il était devenu un démon errant à la solde de Mörk Örn, Bahran n'avait eu autant à lutter pour conquérir une enveloppe. Edoran était plus qu'un adversaire à la hauteur, il incarnait ce que Bahran avait toujours rêvé d'être, celui qu'il avait toujours craint de rencontrer, un guerrier si convaincu de son droit et de sa légitimité qu'il en devenait presque invincible.

Le duel était équilibré, et chacun des adversaires avait un tel besoin de vaincre, de telles motivations pour l'emporter, que le statu quo semblait inéluctable, et l'affrontement, sans issue. L'énergie psychique déployée par les deux combattants était si démesurée que le corps malmené du loup menaçait de succomber sous la pression. Il tremblait violemment, écumait, haletait, alors que chacune de ses consciences tentait de le mouvoir dans un sens ou dans l'autre afin d'en prendre le contrôle. À ce rythme, c'est tout l'organisme de la bête qui risquait d'imploser.

C'est alors que la porte du tombeau s'ouvrit. La lumière pénétra dans la nuit, chassant l'obscurité, et celui des deux esprits qui fut le plus rapide profita de la confusion du second pour s'emparer vivement du contrôle de leur corps et s'enfuir de la prison de pierre. Les nains Forestiers, qui avaient tiré le lourd vantail conformément aux ordres de Sargan, n'eurent pas le temps de réagir. L'immense loup d'or et d'argent bondit au-dessus d'eux et détala dans les couloirs en terre. Malgré la clarté qui lui blessait les yeux, l'animal ne perdit pas un instant à tenter de se repérer et trouva d'instinct le chemin menant à la surface. À plusieurs reprises, il croisa des nains, des pégases ou des licornes qui le laissèrent tous passer, figés par la surprise. Les cris qu'ils poussèrent après son passage ne suffirent pas à alerter et à organiser la garde avant qu'il ait atteint la porte de service, à l'arrière du palais végétal. Une fois dehors, il se trouva toutefois coincé entre le monument de verdure et la falaise à laquelle celui-ci était adossé. Un seul coup d'œil lui confirma qu'il était inenvisageable de tenter l'escalade, sous quelque forme que ce fût, aussi reprit-il sa course désespérée vers la liberté.

Plus rapide que l'éclair, il fendit les rangs désorganisés du peuple des Collines, dorénavant privé de commandement et dépouillé des raisons qui l'avaient poussé à se préparer à la guerre. Comme à l'éveil d'un songe, ou d'un cauchemar, pégases et licornes erraient désormais sans but, se demandant ce qu'ils faisaient là et si les armures dont ils étaient parés étaient réelles ou non. Ce flottement bienvenu permit au loup de quitter sans encombre les environs du palais pour filer sans attendre vers la frontière. Vers le nord de Gahavia…

# — 15 —

## Narwain 29 (le lendemain) – Morlaune

*Souvenez-vous…*

*Après qu'elle eût découvert le départ d'Edoran, le but de sa mission et le peu de chances qu'il avait d'en revenir vivant… quasiment aucune, en fait, Saraë était entrée dans une rage folle, que la douleur décuplait. Mais elle avait mis cette rage au service de la quête des chants. Elle avait bien l'intention de la mener à son terme, d'écraser Mörk Örn, ainsi que tout danger qui planerait sur Gahavia, puis elle s'attaquerait à l'Unique lui-même s'il le fallait, jusqu'à ce qu'Edoran lui soit rendu. Quoi qu'il en coûte.*

*Elle monta donc jusqu'à la salle de Vision de l'Arcoa Calya et projeta son esprit à travers Gahavia, sur les traces des chants. Elle vit clairement le chant Ré, que Thorak, Zya, Thésis et Olbur étaient déjà partis chercher. Elle vit également les chants Fa et La, assez proches l'un de l'autre. Le chant Si, complètement à l'opposé, sur les rives de l'Ardwuin. Et le chant Do, pas très loin, en Morlaune…*

Parfois, les choses se révèlent contraires à ce qu'elles semblent être de prime abord...

Hermanus goûtait moyennement l'ironie de l'Unique. Pour tout dire, il trouvait son sens de l'humour un peu saumâtre. Car, étrangement, et il devait bien l'admettre, c'est en Morlaune que les défenseurs de Gahavia avaient le moins à craindre de Mörk Örn.

Pour accéder aux marais, le mage avait dû transporter ses compagnons de quête par magie, en plusieurs voyages et en plusieurs étapes, ce qui s'était avéré aussi long qu'épuisant. Il avait commencé par le capitaine Elessar, que la reine avait tenu à prendre comme garde du corps. Le vieux sage l'avait laissé seul à l'entrée du marais afin qu'il sécurise l'endroit avant l'arrivée de la Haute-Reine. Puis il était retourné au palais chercher cette dernière, ainsi que la jeune Idril Elendil, gardienne du chant Mi et désormais membre de leur groupe.

La reine, au grand désespoir d'Elessar, de Silurion, et même d'Hermanus, avait refusé catégoriquement d'emmener qui que ce soit d'autre. Elle voulait se déplacer vite et discrètement, sans s'embarrasser de guerriers inutiles... Se remémorer l'expression de Saraë à ce moment-là donnait encore des sueurs au vieil homme ! À aucune autre étape de la quête, le mage ne s'était senti aussi impuissant et incertain que depuis ce jour, dans la tour de l'Arcoa Calya, où Saraë avait décidé de partir en croisade. Car c'était bien de cela qu'il était question. Ce qu'ils accomplissaient n'était plus seulement une quête, c'était désormais une véritable croisade contre le Mal, contre ceux qui lui avaient ravi son amour. Hermanus aurait probablement dû s'en sentir heureux et soulagé, lui qui avait tant craint que Saraë ne se détourne de leur but. En réalité, il se sentait plutôt effrayé. Elle avait changé, et il n'était pas sûr que cela soit en bien. La dureté qu'elle affichait, et qui laissait son cœur aussi froid qu'une pierre, le mettait par trop mal à l'aise. Qui savait comment tout cela risquait de tourner ? Un pouvoir si puissant entre les mains d'un être dénué de peur ou d'amour... Avait-il créé un monstre ?

Ils étaient donc seulement quatre. À pied, à patauger dans

les marais maudits de Morlaune, à pester contre les moustiques suceurs de sang, à surveiller les mouvements de l'eau opaque et puante, priant que les serpents et autres créatures inhérentes aux marécages continuent à les ignorer. Ils en étaient là depuis six jours et, Hermanus devait bien le reconnaître, ils n'avaient jamais été autant à l'abri du Seigneur Noir et de ses sbires.

Les marais de Morlaune avaient été créés par l'Unique pour débarrasser Gahavia des ténèbres. Ils fonctionnaient un peu à la manière d'une souricière qui attirait et aspirait les partisans du Mal. Les moins dangereux, tels les elfes Gris ou les goblins, restaient emprisonnés là, sans espoir d'en échapper. Quant aux pires, ils disparaissaient purement et simplement, toutefois Hermanus soupçonnait qu'ils réapparaissaient en Evinshorsk, la dimension sur laquelle régnait Mörk Örn. Quoi qu'il en soit, ici, ils pouvaient être sûrs de ne pas se faire attaquer par des aquares, des maars ou des démons. Ceux-ci seraient renvoyés chez eux avant d'avoir pu poser un autre pied dans les marais. Cependant, Hermanus ne parvenait pas à s'en réjouir autant qu'il aurait dû. Il détestait les lieux.

Depuis six jours, ils conservaient la même formation. Elessar menait la marche, attentif, aux aguets, testant le sol devant lui du bout d'un long bâton avant de s'aventurer entre les fondrières et les hauts fonds bourbeux. Derrière lui venait Idril Elendil, qui s'appliquait à poser ses pas dans ceux de son prédécesseur. La jeune fille, à peine sortie de l'enfance et qui ne connaissait que le confort et la sécurité du palais, révélait un courage et une détermination étonnants. L'Unique ne s'était pas trompé en confiant l'un des chants à cette adolescente. Le cœur d'Hermanus s'en gonflait d'espoir et de fierté. Plus il la côtoyait, et plus il voyait en elle la noblesse des elfes Blancs, cette aura si particulière des grands personnages qui font l'Histoire. Il le sentait, cette petite était promise à un avenir hors du commun.

Tout à ses réflexions, le mage n'en restait pas moins concentré sur sa tâche. Suivant Idril de près, il sondait les environs sans relâche, en charge de repérer toute présence, magique ou non, dangereuse ou inoffensive. Derrière lui, Saraë assurait l'arrière-garde. Elle ne pouvait tisser de bouclier protecteur, comme elle l'avait fait lors de l'affrontement contre les mutants volants, car celui-ci l'aurait coupée des sources d'énergie extérieures. Or, elle tenait à identifier la piste du chant Do qu'elle sentait confusément dans les parages. Toutefois, elle balayait largement l'espace dans son dos avec un léger sort senseur, prête à capter la moindre tentative de filature.

Ainsi organisé, leur petit groupe avait assez peu à redouter d'être attaqué… de jour. La nuit, il en allait autrement. Tous avaient besoin de sommeil pour renouveler leurs forces. Or, c'est après le crépuscule que les créatures du marais, hormis les moustiques, étaient les plus actives. Saraë avait d'abord suggéré de marcher la nuit et de se reposer le jour, afin de minimiser les risques, néanmoins le capitaine Elessar avait très justement fait remarquer que le sol, extrêmement traître, serait encore plus dangereux sans la grise lumière diurne pour les guider. Ainsi donc attendaient-ils le couchant pour s'arrêter, cherchant un monticule de boue moins détrempé que les autres afin d'y faire un feu et tenter d'y dormir au sec. Chacun prenait un tour de garde, y compris la jeune Idril. Le feu devait absolument rester allumé jusqu'au petit matin, malgré le peu de combustible disponible, et surtout, aucune créature ne devait pouvoir s'approcher du campement. C'était impératif, vital.

Cette nuit-là, Idril, épuisée, avait demandé à remplir le dernier tour de garde. Elle espérait ainsi dormir d'une traite jusqu'à ce que le capitaine Elessar la réveille pour la relève. Et elle dormit comme un ange, en effet.

Elle rêva d'un homme. Elle parvenait à l'âge où les sens s'éveillent du sommeil de l'enfance. À l'âge où les jeunes filles découvrent que les battements de leur cœur s'accélèrent à la pensée d'un garçon qu'elles auraient ignoré un peu plus tôt... Elle rêva d'un homme magnifique, ténébreux, à la beauté sauvage. Elle rêva qu'il l'attirait à lui à coups de mots d'amour, de promesses, de regards brûlants. Quelque chose en elle lui criait de fuir, de se boucher les oreilles, de détourner le regard, pourtant elle refusa d'écouter. Elle n'entendait que lui, si beau, si attirant. Puis elle fut dans ses bras, sous ses caresses, contre son souffle chaud. Elle n'avait plus envie de rien, hormis sentir sa peau brûler au contact de la sienne. Le rêve se fit alors érotique, indécent… effrayant.

Dans un sursaut de conscience, son esprit commença à se débattre contre l'engourdissement qui le paralysait. L'enchantement se rompit, le rêve se brisa, et c'est un immonde incube visqueux et puant que l'elfe découvrit, couché sur elle. Elle voulut hurler, mais il écrasa sa bouche de ses babines infâmes, insinuant sa langue gluante entre les lèvres douces. Écœurée, elle fut prise d'une vague de nausée qu'elle réprima difficilement. La jeune fille tenta de battre des bras et des jambes, sinon pour déloger son assaillant, bien trop fort pour qu'elle eût la moindre chance, au moins dans l'espoir d'alerter ses compagnons. Rien n'y fit. Il pesait sur elle de tout son poids et la nausée menaçait à présent de l'étouffer. Se voyant perdue, violée, peut-être tuée, complètement démunie et impuissante, Idril céda à la panique. Celle-ci l'envahit avec tant de violence qu'un jet puissant de magie pure jaillit de son ventre et propulsa le démon à plusieurs mètres dans les airs, où il disparut. Sans chercher à comprendre ce qui venait de se produire, Idril Elendil roula vivement sur elle-même et bondit aussi vite que possible vers Saraë qui dormait à deux pas de là. Elle tentait de la secouer dans l'espoir de la réveiller, quand tout devint noir, vide et silencieux.

Un instant désorientée, l'adolescente ouvrit à nouveau les yeux en battant des paupières. Elle était allongée sur sa cape, à l'endroit exact où elle avait dormi. L'aube pointait, et il n'y avait pas la moindre trace de son agresseur… Avait-elle rêvé ? Non, impossible, elle sentait encore sur elle son horrible odeur, et dans sa bouche, le goût infect de… La nausée la reprit. D'un bond, elle se leva et courut vers une mare d'eau stagnante où elle renvoya d'un trait le contenu de son estomac.

— Idril, s'écria Saraë, que t'arrive-t-il ? Tu es malade ?

La reine, déjà debout, préparait le petit-déjeuner pendant qu'Elessar ravivait le feu et que le mage consultait une carte. Voyant cela, Idril prit conscience qu'elle n'avait pas accompli son tour de garde, le capitaine ne l'avait pas réveillée.

Pourquoi ? Que s'était-il passé ?

Saraë s'approcha de sa cousine, la saisit doucement par les épaules et lui mit une main sur le front.

— Tu n'as pas de fièvre, c'est déjà ça. Mais tu es toute pâle. Tu as mal quelque part ?

— Non, ça va, Ma Reine, merci. Pourquoi le capitaine ne m'a-t-il pas réveillée pour mon tour de garde ?

— Je l'ai fait, Votre Altesse, se justifia le capitaine Elessar, interloqué. Vous vous êtes levée et êtes allée vous asseoir à côté du feu. Je me suis donc couché et me suis endormi aussitôt. Seulement, quand je me suis réveillé, ce matin, vous dormiez sur votre couchage et le feu était presque mort.

— Comment cela se peut-il ? bredouilla la jeune fille. Je ne me souviens de rien, et en tout cas, absolument pas que vous m'ayez réveillée ! J'ai juste fait un rêve affreux… du moins, je ne sais pas si c'était un rêve. Cela semblait en être un au départ, puis il est devenu terriblement réel ! Et ensuite, je me suis réveillée… Je n'y comprends plus rien !

— Je crois que je comprends, moi, intervint Hermanus d'une voix douce.

Le mage se leva et vint poser une main apaisante sur l'épaule d'Idril.

— Accepterais-tu de nous raconter en détail ce qui s'est passé ? lui demanda-t-il gentiment.

— C'est que… c'est un peu gênant, balbutia l'adolescente en rougissant.

— Je m'en doute, car je crois savoir ce qui t'est arrivé. Mais pour en être sûr, j'ai besoin que tu nous racontes tout sans te sentir coupable, parce que je peux te certifier que tu n'y es pour rien. Néanmoins, ton témoignage pourra tous nous aider à ne pas subir la même attaque.

Bien que terriblement embarrassée, la jeune elfe consentit à leur narrer son rêve, confiante dans le jugement du mage. Elle rougit furieusement en racontant son émoi et ses réactions sous les mots doux et les caresses de l'inconnu. Puis elle pâlit en relatant son effroi à la découverte de l'incube, à califourchon sur elle. Sa voix se fit vibrante et passionnée quand elle évoqua sa lutte, sa panique, et enfin le geyser de magie pure qui avait projeté son agresseur dans les airs. Elle gémit d'angoisse en expliquant comment elle avait tenté en vain de réveiller Saraë. Et elle conclut, encore abasourdie, par son réveil réel, sur sa couche… comme si rien ne s'était passé. Lorsqu'elle se tut, le silence autour d'elle avait un goût de peur. Hermanus arborait le visage presque satisfait de celui qui avait vu juste, toutefois, il attendait les réactions des deux autres. La reine serrait la main d'Idril à l'écraser, révoltée par l'idée de ce qui aurait pu arriver à cette pauvre innocente. Bien sûr, elle savait ce qu'étaient incubes et succubes ! Ses précepteurs, au palais, lui avaient enseigné tout ce qu'il y avait à savoir sur ces êtres répugnants. Mais un savoir théorique ne préparait pas à l'infecte réalité. Sa rage, amorcée par la disparition d'Edoran, s'élevait graduellement et se renforçait à chaque intrusion du Mal dans son plan de sauvetage de Gahavia. En cet instant, elle aurait aimé pouvoir la déverser sur celui qui avait tenté d'abuser de son amie pendant son sommeil… même au risque d'y perdre ses pouvoirs.

Choqué, mais pensif, Elessar finit par émettre un discret raclement de gorge, comme chaque fois qu'il s'apprêtait à intervenir. Comme pour s'excuser d'avance d'oser prendre la parole, ou se donner du courage, ou peut-être un peu des deux.

— Maître Mage, commença-t-il, cela n'explique pas le fait que Son Altesse soit allée se recoucher après que je l'aie réveillée.

— Incubes et succubes peuvent nous manipuler durant notre sommeil sans qu'on en ait conscience. Pas pour de grandes choses, mais nous donner l'impression d'être allés nous coucher en ayant réveillé la personne du quart suivant, c'est possible. Ou nous pousser à retourner nous coucher alors qu'on vient de prendre son quart, c'est possible aussi. Avez-vous eu des rêves érotiques cette nuit, cher capitaine ?

— Non ! Non, bien sûr que non !!! se défendit le capitaine, outré et confus. Des rêves comme celui de Son Altesse, je m'en serais souvenu, croyez-moi !

— Donc il paraît presque certain que tu as été la seule cible de l'attaque, ma pauvre Idril.

— Vous insinuez que je me suis endormie pendant ma garde ?

— Ce n'est pas du tout ce que je veux dire. L'incube a probablement attendu que ton esprit se calme et s'engourdisse, comme cela arrive souvent au cours d'une longue garde, puis il a commencé à instiller le rêve en toi. À partir de ce moment-là, tu n'avais plus aucun moyen de te défendre. C'est une chance incroyable que ta magie se soit réveillée sous l'effet de la panique ! Sans cela, tu porterais certainement l'enfant de cet incube.

— Quelle horreur ! ! s'écrièrent les deux femmes en même temps.

— Horrible, oui, mais plus fréquent qu'on ne l'imagine. Combien d'êtres étranges, mi-humains mi-démons, arpentent le monde en se faisant passer pour des mages ou des sorciers ? Des charlatans dotés d'un pouvoir empirique et incontrôlé ! Ce sont généralement les enfants de pauvres femmes violées par un incube. Revenons-en cependant à ta magie. Si j'ai bonne mémoire, c'est la première fois que tu t'en sers, n'est-ce pas ?

— Oui, je ne savais même pas que j'en étais capable. Du moins, je ne pensais pas avoir plus de magie que les autres. Normalement, seuls les elfes des plus hautes lignées, ceux destinés au pouvoir et au commandement, peuvent jeter des sorts aussi puissants. Les autres parviennent à tisser un peu de magie pour s'aider dans la vie quotidienne, c'est tout.

— C'est étrange, en effet. Bien que tu sois de la caste des elfes Blancs, et même si tu possèdes du sang royal, tu restes la fille d'un chancelier, tu n'es pas destinée à régner. Tu n'es donc pas censée posséder un pouvoir d'une telle puissance. J'ai néanmoins une théorie sur la magie immanente. Une idée qui me travaille depuis des années et que de multiples incidents de ce type viennent étayer. Je pense qu'il n'y a pas vraiment d'êtres sans magie. Que tous les enfants de l'Unique ont reçu la capacité d'utiliser la magie résiduelle, inhérente au monde. Cette magie naturelle dont l'Unique a comblé Gahavia. Certains êtres, rares, en ont conscience dès leur plus jeune âge et sont formés afin de devenirs mages ou sorcières, ou encore magiciens elfiques. D'autres ne développent qu'une certaine forme de magie qui leur ressemble et leur est familière, tels que la plupart des elfes, les nains Forestiers, les fées ou les métamorphes, par exemple. Et puis il arrive, parfois, que l'un des leurs fasse appel de manière instinctive à la magie du monde. Comme Idril contre l'incube, ou Edoran pendant sa recherche de Saraë, en Evinshorsk…

À peine eut-il prononcé ces mots qu'Hermanus les regretta. Il aurait donné n'importe quoi pour pouvoir les ravaler et ne pas voir la douleur assombrir le visage de la reine. Mais il était trop tard, bien sûr, et le mage se maudit une fois encore de la célérité de sa langue, ou de la lenteur de son cerveau.

— Maître, intervint Elessar parfaitement à-propos, vous voulez dire que, moi aussi, je pourrais faire de la grande magie ?

— Faire, c'est un bien grand mot, Capitaine, pourtant je suis convaincu que, en cas de besoin, vous pourriez utiliser la magie, dans une certaine mesure.

— Et quels seraient mes pouvoirs, selon vous ?

— Je ne sais pas. J'imagine que cela dépend de vous, de votre personnalité, de votre force mentale, de vos principes et de votre moralité aussi. Le pouvoir qu'Idril a déclenché était purement défensif. Extrêmement puissant, parce qu'elle a une volonté énorme et que son besoin sur l'instant était grand, néanmoins, alors qu'elle aurait pu pulvériser l'incube, elle s'est contentée de le projeter au loin. Cela en dit long sur sa personnalité et sa nature profonde, ajouta-t-il avec un sourire en direction de l'adolescente.

— Je suis un soldat, s'enquit encore Elessar, je risque donc d'utiliser la magie de manière agressive ?

— Pas forcément. Vous êtes un soldat, certes, mais également un homme humble et généreux, votre sens de l'honneur est très important. Cela compte beaucoup.

— Il me semble que toutes ces supputations ne nous font

guère avancer, les coupa la reine Saraë d'une voix froide. Il est temps de revenir à la réalité et aux préoccupations concrètes qui doivent être les nôtres. Comment nous protéger des incubes et des succubes ?

— Nous ne devrions plus être en danger, maintenant, la rassura le mage. Leur attaque a échoué, ils savent que nous nous tiendrons sur nos gardes, ils ne devraient donc pas revenir. Et même s'ils le faisaient, notre esprit sera plus vigilant, dorénavant.

— Si vous le dites, répliqua la souveraine, dubitative. En attendant, Idril, tu dormiras avec moi, et désormais, les tours de garde se feront deux par deux. Nous prendrons le premier tour. Elessar et Hermanus prendront le second. Chacun devra veiller sur l'autre. À présent, remettons-nous en route.

— Bien, Majesté, agréa Idril en esquissant une révérence. Puis-je tout de même manger quelque chose avant de partir ?

— Oui, bien sûr, nous n'avons pas eu le temps de déjeuner avec cette histoire ! Il ne faut pas entamer la journée le ventre vide. Déjeunons, puis allons-y.

Ils mangèrent en silence, chacun perdu dans des pensées sombres et moroses, avant de reprendre leur route à travers le marais.

# — 16 —

## Narwain 31 (deux jours plus tard) – Au nord des Collines Enchantées

Passée la frontière des Collines Enchantées, le loup poursuivit sa course trois jours durant sans s'arrêter, sauf pour chasser et dormir quelques heures de temps à autre. Jusqu'à atteindre enfin le pays des géants où une partie de l'armée de réserve du Seigneur Noir était cantonnée. Bahran décida alors avec délectation de reprendre la forme humaine de lycante qui lui avait tant manqué… du moins essaya-t-il, sans succès. Étonné, il se concentra brièvement pour imposer sa volonté à son nouveau corps, mais rien ne se passa. Il semblait coincé dans sa forme de loup ! Assailli par la panique, puis par la rage, il tenta en vain, encore et encore, d'obliger son enveloppe charnelle à se transformer, puisant dans toute sa capacité de concentration, jusqu'à ce que son cerveau l'abandonne, jusqu'à tomber au sol, épuisé, endolori, vaincu. Tout en haletant, et le temps de récupérer quelques forces, le loup se remit à réfléchir activement. Qu'est-ce qui pouvait clocher avec la métamorphose ? C'était une caractéristique innée, on n'était pas censé la perdre ! Et malheureusement, si le problème était d'ordre magique, il n'avait plus aucun moyen d'y remédier, car en retrouvant son âme et sa liberté, il avait peut-être perdu les pouvoirs démoniaques accordés par son maître. Désormais, sans aide, il ne pourrait plus quitter ce corps. Or, demeurer à jamais sous la forme d'un simple loup, même s'il adorait cela, n'était pas envisageable. C'est un corps de lycante qu'il voulait ! Avec toutes ses facultés ! Avec la possibilité de mener en parallèle une vie d'homme, d'interagir avec les siens. Il voulait devenir Edoran de Lycantie, pas seulement sa forme animale ! En proie à la plus vive contrariété, Bahran réfléchissait à toute vitesse. Qui pourrait l'aider ? Qui possédait la magie, l'expérience et la volonté nécessaires à ce type de sort ? À part le Seigneur Noir, bien sûr, car il était hors de question qu'il s'adresse à lui.

Une raison supplémentaire, convint alors Bahran, de rallier la Forteresse et se mettre au service du nouveau commandeur des armées noires. En effet, si les rumeurs étaient avérées, il s'agissait d'un stratège, d'un chef de guerre, mais aussi d'un très puissant sorcier. Toutefois, s'inquiéta le démon, comment atteindre le maître de la Forteresse s'il restait bloqué sous cette forme ? Il allait se faire tuer bien avant d'avoir pu l'approcher ! Et même s'il y parvenait, comment lui ferait-il comprendre qui il était ? Ce qu'il attendait de lui ? Bahran en était là de ses réflexions, quand un bruit de pas dans le sous-bois, ténu, presque imperceptible, attira son attention. Sans l'acuité du loup, jamais il n'aurait entendu le froissement des feuilles, le craquement des brindilles, tant le pas était souple et léger. Il s'agissait sans doute d'un guerrier expérimenté, d'un habile chasseur ou d'une créature forestière. Doucement, le loup se tapit sous les fougères et se mit à ramper en silence en direction de l'intrus. Après quelques mètres à peine, il aperçut un mouvement entre les branches qui n'avait rien de naturel. Plissant les yeux, parfaitement immobile, il attendit que la créature bouge à nouveau. C'était un elfe ! Et même un éclaireur de l'armée gahavienne. Il était seul et semblait ne pas avoir remarqué le grand loup à la robe châtain doré et aux reflets gris. *Quel imbécile*, pensa Bahran. Il n'allait faire qu'une bouchée de ce débutant !

Très lentement, le démon-loup recommença à ramper sous

les fougères. Pas à pas, il s'approcha de l'elfe. Celui-ci fixait l'horizon par-delà la lisière du bois, observant probablement l'immense armée de Mörk Örn qui campait à l'autre bout de la vallée. Arrivé au terme de sa progression, se ramassant sur lui-même, le prédateur se prépara à bondir. Ses muscles se tendirent comme la corde d'un arc, claquèrent, vibrèrent. Un battement de cœur plus tard, celui de sa proie s'était arrêté. Sa tête roulait vers le pied d'un bouleau pendant que le loup dévorait le reste de son corps. Quand il eut terminé, repu et satisfait, il jeta un dernier regard méprisant au visage exsangue de feu l'elfe, avant de reporter son attention sur le gigantesque campement. Pas de doute, il allait devoir le traverser. Le contourner prendrait trop de temps. De plus, s'il trouvait le moyen de s'y faire des alliés, si possible hauts gradés, cela lui faciliterait la tâche pour approcher le nouveau maître de la Forteresse. Cependant, comment passer incognito au beau milieu de milliers de soldats lorsqu'on est un loup ? Là résidait tout le problème.

Soudain, ses pensées le ramenèrent à l'elfe qu'il avait décapité puis dévoré. Il avait su qu'il s'agissait d'un éclaireur à sa manière de se déplacer… mais pas seulement. Observant à nouveau la tête, il en eut la confirmation. Ses cheveux, tressés de fils de laine verte, portaient la signature typiquement reconnaissable des éclaireurs gahaviens. Aucune créature d'Evinshorsk ne s'y tromperait, car ils les traquaient sans relâche depuis des mois. Il l'avait, son laissez-passer ! Regonflé à bloc par son propre génie, Bahran le loup ferma les mâchoires sur la longue chevelure de sa proie et sortit du bois en trottinant droit sur l'armée du Mal.

Son entrée fut on ne peut plus remarquée, pour ne pas dire spectaculaire. Un loup de cette taille à l'air sauvage, suintant le danger, qui entrait volontairement et sans la moindre hésitation dans un campement regroupant des milliers de créatures d'une dizaine d'espèces différentes… dont aucune n'était un congénère ! Déjà en soi, cela avait de quoi stupéfier les sentinelles. Mais que de surcroît, il apporte, bien serrée entre ses crocs, la tête fraîchement décapitée d'un éclaireur elfe les sidéra au point qu'il avait presque atteint la tente de commandement, au centre du camp, quand deux bolgoths[2] le stoppèrent enfin avec leurs lances.

— Pas bouger ! grogna le premier, pendant que le second grondait.

Leurs lances, pointées vers son poitrail, incitèrent Bahran à choisir la prudence et la patience. Il s'assit sur son arrière-train, tenant toujours la tête sanguinolente de l'elfe par les cheveux, et attendit. Sur ces entrefaites, quelques gradés, prévenus de l'incident, arrivèrent sur place.

— Qu'est-ce que c'est que ça ? s'enquit un fenrik[3] maar. Qu'est-ce que cet animal fait ici ?

— Il est entré dans le camp et s'est dirigé droit vers la tente de l'oberst[4] avec cette tête d'elfe dans la gueule, Fenrik Bohr, lui répondit un sverjant[5] haletant qui avait suivi la progression de Bahran.

— Vraiment ? Intéressant, murmura le fenrik en plissant les yeux. Qui es-tu, Loup ? Peux-tu me comprendre ? Sais-tu parler ? tenta-t-il à l'intention de l'animal.

Le fixant droit dans les yeux, Bahran tourna lentement la tête de droite à gauche en signe de dénégation. Puis, avec la même lenteur étudiée, il se leva, approcha du fenrik sans le lâcher du regard et déposa la tête sectionnée à ses pieds, comme une offrande. Ceci fait, il marcha droit sur la tente de l'oberst, s'assit devant l'entrée et attendit qu'on l'y introduisît. Ses actes étaient suffisamment clairs pour qu'il n'ait pas besoin de traducteur.

— Oberst Exor ? appela le fenrik. Puis-je vous voir un instant ?

---

[2] Peuple endémique d'Evinshorsk. (voir Le Livre de Gahavia)

[3] Fenrik : grade de l'armée de Mörk Örn équivalent à peu près à celui de capitaine.

[4] Oberst : grade de l'armée de Mörk Örn équivalent à peu près à celui de colonel.

[5] Sverjant : grade de l'armée de Mörk Örn équivalent à peu près à celui de sergent.

— Qui me dérange ? rugit une voix à l'intérieur.

— Fenrik Bohr, Oberst. Je crois que c'est important, insista son subordonné.

— Si c'est important, va voir ton majar[6] et ne me dérange que si c'est capital !

— Bien, Oberst ! répondit le fenrik en claquant des talons. Désolé de vous avoir importuné.

Sur ce, il se détourna, tenant la tête d'elfe par les cheveux, et se dirigea vers une autre tente de dimension plus modeste. Toutefois, il n'eut pas le temps de faire plus de trois pas que le loup avait bondi sur lui, lui avait arraché son trophée des mains et s'était engouffré sous la tente de l'oberst… qui poussa un hurlement de frayeur.

Sans attendre, les gardes bolgoths les plus proches se ruèrent à l'intérieur pour protéger leur supérieur, suivis de près par le fenrik, et le majar qui avait fini par accourir, dérangé par tout ce remue-ménage. Et c'est avec étonnement qu'ils découvrirent la bête, prosternée devant un oberst figé et muet de stupeur. Ce dernier reprit cependant contenance à l'arrivée des renforts.

— Qu'est-ce que c'est que *ça* ! exigea-t-il de savoir d'une voix sèche, sans quitter le loup des yeux.

— Le problème important dont je souhaitais vous parler, répondit le fenrik d'un ton légèrement sarcastique qui suffit à chasser les derniers relents de frayeur de son supérieur.

— Au rapport immédiatement, Fenrik Bohr ! Et dans le détail ! aboya l'oberst, à présent fou de rage.

Revenant à une saine et respectueuse obéissance, le fenrik relata minutieusement l'arrivée rocambolesque de la bête et de sa tête coupée. Après quoi l'oberst, ayant repris toute son assurance et passablement intrigué par l'affaire, fit sortir tout le monde, excepté le loup, et mander son sorcier. Durant tout ce temps, le futé Bahran avait maintenu sa position déférente aux pieds de l'officier.

---

[6] Majar : grade de l'armée de Mörk Örn équivalent à peu près à celui de commandant.

— Que puis-je pour vous, Oberst Exor ? s'enquit le sorcier à son arrivée, tout en jetant un regard intrigué vers l'animal étrangement prosterné.

— Je veux que tu lises dans ses pensées, ordonna le chef suprême du campement en désignant son curieux visiteur.

— Dans les pensées d'un animal ? s'indigna le sorcier.

— Cet *animal* est entré sans peur dans le camp, répondit l'oberst en insistant sur le mot, s'est dirigé droit vers ma tente et a déposé la tête d'un elfe éclaireur à mes pieds. Permets-moi donc de douter de sa *nature* animale, sorcier.

— Vous croyez que ce pourrait être l'un des serviteurs démons du seigneur Mörk Örn ?

— C'est exactement ce que je pense, confirma l'oberst sans quitter des yeux le loup, qui acquiesça ostensiblement.

# — 17 —

Narwain 31 (le même jour) - Au nord du Palar Tàra

Sous la tente de l'oberst Exor, la tension était montée d'un cran. L'officier maar attendait avec nervosité de savoir pourquoi Mörk Örn lui envoyait l'un de ses démons. À sa connaissance, celui-ci n'employait jamais ces créatures comme simples messagers, et leur malignité n'avait d'égale que celle de leur créateur, le Seigneur Noir lui-même. Exor, bien que maar et officier supérieur des armées du Mal, faisait figure d'agneau comparé à son maître. L'idée d'avoir attiré l'attention de ce dernier au point qu'il le contacte par l'intermédiaire d'un démon, avec la tête d'un elfe pour introduction, lui glaçait l'échine. Le sorcier, de son côté, se préparait avec résignation à subir l'impact inévitablement répugnant de son esprit avec celui, dévoyé, de la bête. Certes, en tant que sorcier, il pratiquait la magie noire. Il utilisait le sang et le sacrifice afin de produire du pouvoir. Mais il s'était trouvé une fois, une seule fois, en contact avec l'esprit d'un démon, et ce seul souvenir suffisait à lui tordre les boyaux. C'était lors de l'un de ses premiers sacrifices en tant que sorcier consacré. Jeune alors, fraîchement émoulu et bouffi d'ambition, il avait voulu faire du zèle. Paralyser, puis éviscérer un maar de haut lignage, afin de puiser dans cette propriation une puissance incomparable à celle que l'on peut tirer d'un simple esclave humain. Ce qu'il ne savait pas, c'est que ce maar était déjà mort depuis longtemps et habité par un démon, espion de Mörk Örn. Ce dernier avait envahi violemment l'esprit du sorcier avant que ce dernier ait pu mettre son plan à exécution, manquant de peu de le broyer sous l'impact. Depuis cette sinistre expérience, il s'était juré de ne plus jamais tenter de sacrifier qui que ce soit d'important. Il avait même prié tout ce qu'il avait pu trouver à prier comme divinités maléfiques pour ne plus jamais avoir à croiser la route d'un démon. Et voilà qu'à présent, il lui fallait tenter de communiquer avec l'esprit de l'un d'entre eux. Il en avait l'estomac si secoué qu'il craignait de vomir par anticipation. Quant à Bahran, ce qui l'agitait se teintait d'impatience, mais également d'anxiété à l'idée que ce sorcier, puant la peur, soit incapable de l'entendre.

Néanmoins, les choses se déroulèrent mieux que ce qui avait été espérable. Le sorcier plaça ses longues mains effilées de chaque côté de la tête du loup, juste sous ses oreilles, bien trop à portée des canines acérées à son goût. Il ferma les yeux et ouvrit son esprit à la connexion. Aussitôt, Bahran fut tenté de s'engouffrer dans la brèche, mû par l'irrépressible instinct du démon qu'il avait été sous le joug du Seigneur Noir. En une fraction de seconde, il aurait pu investir le misérable sorcier de bas étage. Il aurait pu très facilement l'expulser de son corps afin d'en prendre le contrôle. C'eût été une excellente solution. Probablement la meilleure ! Rejoindre la Forteresse sous les traits et l'identité d'un mage noir se serait révélé une véritable promenade de santé. Bahran faillit bien se laisser tenter. Mais les battements puissants de son cœur de loup l'arrêtèrent. C'était le sang d'un lycante qui coulait désormais dans ses veines, et jamais plus il n'accepterait de vivre dans un autre corps que celui-là. Alors, avec autant de douceur que possible, car il allait avoir besoin de ce minable jeteur de sorts, il lui transmit les informations qu'il désirait communiquer.

Quand Bahran relâcha son emprise, le sorcier vacilla et faillit tomber. Ses jambes ne le portaient plus, son crâne menaçait d'exploser et son estomac se soulevait jusqu'au bord de ses lèvres. Au prix d'un effort surhumain, il se redressa, inspira plusieurs fois profondément, puis s'astreignit à ouvrir les paupières. Il effleura le démon des yeux en frissonnant de peur et de dégoût, pour se tourner ensuite résolument vers l'oberst Exor.

— Eh bien ? questionna le responsable du camp d'un ton pressant. Qui est-il ? Que t'a-t-il dit ?

— Il s'agit bien d'un serviteur du Maître, annonça son subalterne d'une voix tremblante. Et pas n'importe lequel. Pour des raisons qui ne nous regardent en rien, il doit impérativement conserver cette forme qui le prive de voix audible.

— Mmrrh, grogna Exor, et qu'attend-il de nous ?

— Une escorte pour le conduire à la Forteresse, en Evinshorsk. Il doit y rencontrer le Grand Commandeur.

Exor pâlit, se racla la gorge et posa sur le loup un regard dans lequel ce dernier crut lire… de la compassion ? Bahran avait entendu de vagues rumeurs sur le nouveau commandeur des armées. Il avait cru comprendre que, si Ox de Maar avait été un roc quasi indestructible, sans pitié et tout entier dévoué au Maître, il aurait eu l'air d'un rejeton de fée à côté de son successeur. On décrivait ce dernier comme sanguinaire et surpuissant. On murmurait qu'il maîtrisait toutes les formes de magie, commandait aux dragons et pouvait déchiqueter un homme d'une simple pensée. Bahran déglutit et se demanda soudain s'il n'échangeait pas finalement un cheval borgne contre un aveugle en décidant d'offrir ses services au maître de la Forteresse plutôt qu'au Seigneur Noir en personne. Mais non, à la réflexion, il avait passé bien assez de siècles entre les griffes de l'empereur du Mal pour affronter n'importe quoi plutôt que d'y retourner. Sa décision prise, il plongea son regard implacable et méprisant dans celui de l'oberst et appuya sa résolution d'un signe de tête.

— Très bien, cracha l'officier, irrité par la condescendance du prédateur. Le sorcier t'accompagnera aussi, afin que tu puisses communiquer avec ton escorte. Bohr ! cria-t-il en direction de l'extérieur.

— Oberst Exor, répondit le fenrik en passant sous le rabat de la tente.

— Prends deux bolgoths avec toi et préparez-vous à partir pour la Forteresse.

— Euh… oui, Oberst, tout de suite. Euh… puis-je connaître la raison de ce voyage, Oberst ?

— Vous devez escorter le loup jusqu'au Grand Commandeur.

— Pardon ? bredouilla le fenrik d'une voix blanche.

— Qu'est-ce que vous n'avez pas compris dans "escorter le loup jusqu'au Grand Commandeur", Fenrik Bohr ? répliqua Exor avec aigreur.

— Rien, Oberst, à vos ordres, Oberst ! salua vivement Bohr avant de se précipiter dehors.

Une heure après, ils étaient en route. L'après-midi tirait à sa fin, cependant Bahran avait fait comprendre à ses alliés qu'il refusait d'attendre davantage. Il s'était rendu à l'extrême limite nord du campement géant et avait nerveusement fait les cent pas jusqu'à ce que son escorte soit prête à partir. Il leur restait trois ou quatre heures de jour, et s'ils ne traînaient pas, ils pourraient se trouver à mi-chemin du Gouffre avant de devoir s'arrêter pour la nuit… à moins qu'il ne décide de les pousser jusqu'à ce qu'ils soient en Evinshorsk. Bohr, le fenrik, était un maar. Il montait donc à cheval et son coursier semblait taillé pour l'endurance. De même que celui du sorcier, bien que ce dernier se soit avéré moins bon cavalier. Suivre le loup ne devrait, a priori, pas leur poser de problème. Quant aux bolgoths, leur masse dissimulait une impressionnante capacité à courir vite et longtemps, il s'agissait d'une caractéristique assez stupéfiante de leur race. Même s'il aurait largement préféré voyager seul, le loup devait reconnaître qu'il aurait pu tomber plus mal en matière de compagnons de route.

Lorsqu'il vit la lumière décliner, Bahran lança un bref aboiement en direction de son escorte et accéléra l'allure. Le maar mit son cheval au galop afin de rester à la hauteur du prédateur, le sorcier l'imita et les bolgoths suivirent sans un mot. L'avantage, avec les Hordes, c'est que les soldats savaient rester à leur place, se dit Bahran, en songeant narquoisement aux Gahaviens. Ils ne passaient pas leur temps à réfléchir et à discuter les ordres.

Dans la soirée, ils doublèrent sans ralentir l'allure plusieurs patrouilles composées d'aquares Alpha et de bolgoths avec un ou deux maars à leur tête. Personne ne chercha à les arrêter. Bohr, le fenrik maar, arborait ostensiblement l'étendard de la Forteresse au bout de sa lance, et cela suffisait amplement, comme laissez-passer. En revanche, face à un groupe composite de nains, de géants et de centaures, la bannière provoqua plutôt l'effet inverse. Quand ils se retrouvèrent nez à nez avec les Gahaviens, les cinq sectateurs du Seigneur Noir pilèrent. À l'autre bout de la clairière qu'ils s'apprêtaient à traverser se tenaient deux nains, deux centaures et un géant. Ce dernier culminait à plus de trois mètres du sol et atteignait presque, en largeur, les deux bolgoths réunis, ce qui n'était pas rien ! La masse de muscles qui bâtissaient son corps était spectaculaire, toutefois, hormis ses mensurations impressionnantes, il avait tout d'un simple humain. Sa peau glabre était claire, et ses cheveux bouclés avaient des reflets blonds et roux. De grands yeux bleus illuminaient son visage plutôt avenant, et sans la gigantesque lochabre qu'il semblait manier comme une vulgaire hachette, il aurait presque eu l'air inoffensif… presque.

Détachant son regard du géant, Bahran étudia rapidement les quatre autres Gahaviens. Deux centaures, aussi puissants et féroces que peuvent l'être ces créatures. L'un bai et l'autre alezan, équipés d'arcs, de flèches et de sabres. Et deux nains, impitoyables et brutaux, un jeune et un plus vieux à barbe grise, eux aussi armés jusqu'aux dents. Pas de quoi effrayer cinq serviteurs des ténèbres, se dit le loup… s'il n'y avait eu le géant. Le temps semblait s'être arrêté tandis que les adversaires se jaugeaient, face à face. Bahran sentait la tension sourdre du sorcier, du maar et des bolgoths derrière lui. Ils se préparaient à l'assaut et attendaient vraisemblablement son ordre. Une pointe de jubilation le traversa à cette pensée. De démon honni, il était subitement passé au statut de leader respecté, et cela avait été si facile, quand il y pensait ! Un peu d'audace, de sens du spectacle, et l'armée noire était prête à le suivre n'importe où ! Il se demandait jusqu'où il pourrait aller, comme ça…

Cependant, l'heure n'était pas aux projets. Elle était à l'action, constata-t-il alors que la flèche de l'un des centaures, sifflant à son oreille, le ramenait brutalement au présent. Les Gahaviens étaient passés à l'attaque sans crier gare, sans se concerter, dans une synchronisation parfaite. Comme un seul homme, ou comme s'ils étaient télépathes… ce dont Bahran doutait, car seuls les plus grands sorciers maîtrisaient cette magie. Et pourtant, au moment où le centaure bai tirait sur Bahran – et le ratait, ce qui ne manqua pas d'étonner le démon –, l'alezan lâchait sa flèche sur Bohr, l'atteignant à la cuisse, et le géant projetait une lourde pierre à la tête de l'un des bolgoths, qui fut assommé sur le coup. Le temps pour le loup de reprendre ses esprits, les nains étaient arrivés au contact du second bolgoth qui, bien que trois fois plus grand et massif que ses assaillants, peinait à les maintenir à distance.

Bahran avait déjà vu des Gahaviens se battre et il connaissait leur valeur, mais la tournure que prenait cette attaque sauvage le déstabilisait. Toutefois, il ne pouvait se permettre de manquer de réactivité ; il devait à tout prix sauver sa peau. Si la fuite lui apparut de prime abord comme la meilleure solution, un seul regard aux centaures le convainquit que, même s'il les surpassait en endurance, question vitesse, il n'avait aucune chance de leur échapper. De plus, il ne pouvait abandonner le sorcier dont il aurait besoin pour être introduit devant le maître de la Forteresse. Ce dernier représentait son unique chance de débloquer sa métamorphose… du moins l'espérait-il.

Le sorcier ! Une pensée frappa brutalement Bahran, le plongeant dans l'effroi. Quand la flèche du centaure l'avait frôlé, il avait supposé à tort que le Gahavien l'avait manqué, alors qu'en réalité, celui-ci visait le sorcier ! Cette révélation écrasa le cœur du loup, qui voyait déjà son seul espoir de contacter le Commandeur partir en fumée. Heureusement, en pivotant sur lui-même, il découvrit avec stupeur la flèche du centaure, immobile en l'air, à quelques centimètres du front du sorcier. Bloquée par un champ de force. Éperdu de soulagement, il songea que le maar n'était peut-être pas si mauvais que cela, question magie. Ragaillardi par cette petite victoire, le loup se lança furieusement dans la bataille. Et c'est ce qui fit basculer le combat en faveur des ténèbres. Les Gahaviens, qui pensaient sauver le lycante, furent si surpris de le voir les attaquer, eux, et se battre aux côtés de leurs ennemis, qu'ils eurent une petite seconde de flottement. Seconde que surent mettre à profit les Evinshorskiens pour reprendre l'avantage.

Bahran était déjà couvert de sang de centaure quand sa victime revint de sa surprise et lui abattit son sabre sur le dos. D'une torsion de la colonne vertébrale, le loup parvint de justesse à éviter le coup de taille, et le tranchant du sabre glissa le long de sa fourrure, emportant une large bande de poils au passage. Dans le même temps, les nains s'en étaient pris au bolgoth, le harcelant de tous côtés avec la surprenante vivacité qui caractérise ces petits guerriers. Le pachyderme[7] arborait à présent une invraisemblable quantité d'entailles, et sa couleur d'origine disparaissait complètement sous le rouge sang. Plus loin, le maar, toujours à cheval, ferraillait contre le second centaure et semblait avoir trouvé là un adversaire coriace. Leurs lames virevoltaient autour d'eux, se croisant régulièrement avec violence dans d'horribles crissements métalliques. Les combattants, de force et de compétences égales, ne lâchaient pas un pouce de terrain. Aucun des deux ne parvenait à prendre l'avantage. Mais Bohr le rusé n'était pas maar pour rien. D'une brusque feinte vers la droite, il exposa complètement son côté gauche, juste le temps de laisser le centaure s'engouffrer dans l'aubaine. Et avant que ce dernier ne l'embroche, Bohr profita de son élan pour sauter à bas de son cheval, rouler au sol et

---

[7] Mammifère à peau épaisse et peu poilue comme l'éléphant, l'hippopotame, le rhinocéros...

lancer sa grande lame dans les jambes du combattant. Le coup, aussi pervers qu'efficace, trancha d'un coup les tendons du Gahavien qui s'effondra dans l'herbe, plus capable de rester debout. Pour autant, le centaure n'était pas encore mort et il tenait toujours son sabre en main. Il lutta encore plusieurs minutes avec acharnement contre les assauts répétés du fenrik. Néanmoins, cloué à terre par des postérieurs qui ne lui répondaient plus, il finit par perdre ce duel inégal. La grande lame noire le transperça de part en part alors qu'il parvenait une dernière fois à entailler l'épaule de son ennemi.

Bohr, aussi couvert de sang que Bahran et les bolgoths, était épuisé et peinait à reprendre son souffle. Accroupi près du guerrier qu'il venait de tuer, il observa rapidement les lieux autour de lui, mesurant la situation des combattants encore en lice. L'autre centaure avait également succombé sous les crocs du loup. Ce démon avait même taillé le cadavre en pièces. En revanche, les nains avaient eu le dessus sur le bolgoth qui gisait à leurs pieds, tellement déchiqueté et transpercé qu'il n'en restait que de la bouillie. Toutefois, ceux-ci ne s'attardèrent pas à contempler leur victime, car il leur restait à occire un second bolgoth, bien remis de son coup à la tête et assoiffé de vengeance.

Leur acolyte géant, lui, était aux prises avec le sorcier, qui s'était soudain révélé bien plus dangereux qu'il n'y paraissait. Était-ce la perspective de perdre la vie, ou avait-il bien caché son jeu jusque-là ? Toujours est-il que Bohr ne l'avait jamais vu si efficace et déchaîné. Au camp, il avait semblé aussi pleutre que veule, et il s'était rapidement attiré le mépris des officiers comme des simples soldats, bien qu'il fût protégé par l'oberst lui-même. Or, à présent qu'il le voyait projeter sur le géant, salve après salve, des boulets de feu et de glace sans répit ni hésitation, le fenrik avait tendance à réviser son jugement. De son côté, le géant tentait de parer au mieux l'assaut des projectiles en jouant du bouclier et du plat de sa lochabre, néanmoins, il reculait inexorablement, pas après pas, devant la fureur de son attaquant.

Sidérés par la tournure de l'affrontement, Bohr et Bahran

en avaient oublié les nains et le second bolgoth. Ce dernier, enragé par la perte de son comparse, se défoulait tel un diable sur les nains qui se trouvèrent à leur tour en difficulté. Les blessures que le premier bolgoth était parvenu à leur infliger avant de mourir les handicapaient de plus en plus sérieusement. S'ajoutait à cela la fatigue qui menaçait de les submerger. Bohr fut tenté d'aller prêter main-forte à son subordonné, bien que ce dernier n'ait pas vraiment l'air en mauvaise posture, mais il n'eut pas l'occasion de se décider, car le bolgoth poussa tout à coup un rugissement barbare et se mit à tourner sur lui-même, balayant l'air autour de lui de son épaisse masse d'arme.

Trop affaiblis, les nains n'eurent pas le temps de s'éloigner, leurs crânes explosèrent, emportés par l'élan et la force du coup. Le bolgoth vainquait, toutefois il en payait le prix. Son visage en sang et son corps en charpie en attestaient. Il chancela, tenta de se rattraper, perdit l'équilibre, puis s'effondra de toute sa hauteur en perdant connaissance. Le bruit de sa lourde chute se répercuta dans la clairière, rompant la concentration du sorcier et du géant, qui s'affrontaient toujours. Cependant, ce dernier avait l'avantage de faire face au bolgoth tombé à terre. Aussi reprit-il les hostilités plus vite que le sorcier, qui avait commis l'erreur de se détourner brièvement.

Bahran s'en rendit compte et bondit sans réfléchir à la gorge du colosse, déviant le coup destiné à décapiter le sorcier et heurtant par la même occasion le manche de la lochabre en mouvement. Le choc broya ses côtes tout juste ressoudées et le projeta sur le côté. Il roula à terre, à plusieurs mètres de là, et mordit littéralement la poussière. Toutefois, son intervention avait permis au mage noir de se ressaisir. Celui-ci bombardait à nouveau le gigantesque Gahavien en se servant, cette fois, de tout ce qui pouvait faire office de projectile autour de lui : pierres, branches, sable, pièces d'armures et armes abandonnées par les combattants, morceaux de centaure déchiqueté… nains.

Et ce fut l'un d'eux, propulsé à pleine puissance, qui abattit le dernier Gahavien. Alors qu'il avait, jusque-là, réussi à stopper ou à détourner avec la lame de sa lochabre tout ce que le sorcier lui envoyait à la figure, le géant hésita à user de son arme contre un nain, même mort, et ce dernier le percuta de plein fouet. Le cadavre, alourdi par sa cotte de mailles et hérissé des plaques métalliques acérées de son armure, fut l'arme ultime qui vint à bout de son ami et allié. Le crâne fendu du nez à l'occiput, l'immense guerrier rendit l'âme avant même de faire trembler le sol.

Le silence qui s'ensuivit fut un temps troublé par la respiration souffrante et saccadée de Bahran, par les gémissements de Bohr dont la blessure à la jambe se réveillait, maintenant que l'adrénaline retombait, et par les grognements du bolgoth qui revenait à lui. Le sorcier ne comptait pas une égratignure et, même s'il paraissait à bout de forces, il s'empressa de passer de l'un à l'autre de ses séides afin d'user sur eux de sa magie guérisseuse. C'était très inhabituel. Les sbires du Seigneur Noir n'avaient pas pour habitude de s'entraider, encore moins de soigner les blessés, même de leur propre camp. En toute honnêteté, le sorcier lui-même n'aurait su dire ce qui le motivait. Mais au bout du compte, il se félicita de pouvoir reprendre la route vers la Forteresse accompagné du fenrik et du bolgoth… et non pas seul avec le démon.

Bohr ne souffrait que d'une blessure à la cuisse, néanmoins celle-ci était profonde. La flèche tirée par le centaure, au tout début du combat, avait traversé sa chair de part en part, éraflant l'os au passage. Il avait perdu beaucoup de sang et son fémur risquait de s'infecter. Le sorcier nettoya la plaie, régénéra l'os et reconstitua les muscles. Le tout en à peine quelques minutes. La jambe du maar, comme neuve, le ferait cependant souffrir pendant des jours. La magie soignait, mais le corps devait en payer le prix au moins aussi fort que s'il avait été obligé de guérir par lui-même.

— Merci, sorcier, coassa le fenrik d'une voix cassée par la douleur. Même si je ne comprends pas pourquoi tu as agi ainsi, je te suis redevable. Et pas seulement pour avoir soigné ma jambe. Sans toi, nous n'aurions pas fait le poids face à ce géant.

— J'ai une mission à accomplir, répondit froidement le

mage noir, je me contente de faire ce qui doit l'être.

Il n'avait visiblement pas envie de s'étendre sur le sujet. Alors qu'il se détournait pour se concentrer sur le bolgoth, le fenrik reprit :

— Quel est ton nom ? Au camp, nos rapports ne justifiaient pas que je t'appelle autrement que sorcier, j'estime qu'à présent, ce serait te manquer de respect.

— Et depuis quand un fenrik des armées du Seigneur Noir se soucie-t-il de respect ? rétorqua le sorcier, narquois et méprisant.

— Je n'en sais rien, bafouilla Bohr, un peu perturbé, ça doit être la fatigue.

— Je m'appelle Xano Slavius.

# — 18 —

## Nínui 02 (deux jours plus tard, le 02 février) – Portail d'Evinshorsk

Malgré la douleur et l'épuisement, après avoir tout de même décidé de passer la fin de la nuit sur les lieux du combat avant de se remettre en route, le maar, le sorcier, le bolgoth et le loup parvinrent à rallier Evinshorsk en deux jours. Ils se traînèrent du lever au coucher, la nuit suivante, puis plus de la moitié d'une journée encore, à travers la végétation touffue qui tapissait les pentes escarpées du gouffre, se cachant des amis comme des ennemis et luttant contre le sommeil. Bahran, qui souffrait atrocement de ses côtes brisées, même ressoudées par la magie du sorcier, avait catégoriquement refusé toute idée de halte tant qu'ils ne seraient pas en terre noire. Il avait profité du contact avec l'Evinshorskien, quand celui-ci l'avait soigné, pour lui transmettre ses ordres et n'avait plus voulu en démordre.

Aussi, à peine la porte entre les mondes passée, s'effondrèrent-ils tous les quatre et sombrèrent-ils dans l'inconscience.

C'est ainsi que les trouvèrent les patrouilleurs maars.

— Qu'est-ce que c'est que ça ? s'écria le fenrik Slyde en pointant du doigt les silhouettes prostrées.

— Des morts, répondit lapidairement le majar Gueld en haussant les épaules.

Il avait tout juste porté le regard sur les corps et s'en désintéressait déjà. Gueld, l'archétype du maar de haut lignage, grand, très mince et très pâle, arborait des cheveux presque transparents à force d'être blonds, et ses yeux rouges luisaient dans la pénombre du déclin. S'il y avait eu des vampires dans le Troisième Monde, Gueld leur aurait ressemblé. Il en avait même les crocs, apanage des maars de sang noble.

— Majar, hasarda le fenrik, on devrait peut-être aller voir s'ils respirent toujours ? Ils ont l'air d'être des nôtres.

— Des "nôtres", s'esclaffa le majar, ce terme est dépourvu de sens. De plus, je vois un loup et je suis certain que tu le vois, toi aussi, se moqua-t-il. Explique-moi depuis quand les loups sont "des nôtres", comme tu dis ?

— C'est peut-être leur prisonnier, insista le soldat. Vu sa taille, il pourrait s'agir d'un de ces lycantes.

— Pouah ! cracha un autre soldat, un de ces hommes-bêtes ? Quelle horreur ! Leur goût est immonde !

— Oui, concéda Gueld tout en réfléchissant, l'air mauvais, mais ils représentent aussi une nation puissante, et surtout, on dit qu'ils sont dans les petits papiers de l'*Elfe*… emmenez-les !

— À vos ordres, Majar ! aboya le fenrik en se raidissant sur sa selle.

Et d'un geste, il envoya ses hommes ramasser les corps et les charger sur leurs montures. Celle qui hérita du bolgoth plia et renâcla. Néanmoins, quelques coups de cravache convainquirent le pauvre animal de se remettre en route malgré son chargement. Ils n'allèrent pas bien loin, leur campement ayant été monté à quelques kilomètres seulement de la porte.

Dès leur arrivée, les prisonniers furent balancés dans une fosse aux hautes parois verticales, creusée dans le sol et sur laquelle leurs geôliers apposèrent une lourde grille de métal. Tous les quatre avaient repris connaissance quand ils avaient été chargés et attachés sur les chevaux, toutefois, rien de ce qu'ils avaient pu dire n'avait modifié les ordres de Gueld. Pour le moment, ils demeuraient ses prisonniers, point final.

La chute dans la fosse tira un grognement à Bahran, qui se mua en hurlement lorsque le bolgoth lui tomba dessus, lui coupant le souffle et recassant par la même occasion ses côtes tout juste réparées, et encore tellement douloureuses. À sa décharge, le lourd soldat se releva aussi vite qu'il le put et s'éloigna précipitamment du lycante.

Une saine terreur se lisait sur son faciès disgracieux, alors qu'il tentait vainement de se faire tout petit – ce qui aurait été hilarant en d'autres circonstances – et d'éviter autant que possible le regard féroce du démon. Cependant, Bahran avait d'autres chats à fouetter que de terroriser un bolgoth. En premier lieu, il souffrait le martyre, mais ne voulait surtout pas que cela se sache. Il serra donc les mâchoires et se remit sur ses pattes en tentant de masquer ses tremblements, avant d'aller s'appuyer d'un air nonchalant à la paroi la plus proche. Ensuite, il fit un rapide état des lieux, examina brièvement le sorcier qui se relevait avec difficulté, encore très affaibli par son combat contre le géant et leur longue course de la veille ; Bohr qui hurlait des ordres à ses compatriotes indifférents, au-dessus d'eux ; et l'imposante grille en fer qui fermait leur prison tel un lourd couvercle ajouré.

Cette dernière attira plus spécialement son attention. Elle luisait par endroits d'un drôle d'éclat argenté. Plissant les yeux, le lycante concentra son regard dessus et sentit l'accablement l'écraser. La grille était couverte de runes magiques. Très probablement des sorts de scellement. Pas de doute, ils étaient faits comme des rats. Impossible de s'échapper de là, même avec les pouvoirs d'un sorcier, même avec la force d'un bolgoth, même avec l'autorité d'un fenrik maar.

Ne restait plus alors que l'art d'un démon…


Gueld était rentré directement dans ses quartiers. Il savait n'avoir aucun besoin de vérifier que ses ordres seraient appliqués à la lettre, quand bien même ceux-ci paraissaient aberrants. Il avait décidé que les trois Evinshorskiens et le loup étaient des prisonniers de guerre et les avait fait mettre aux arrêts. Il avait parfaitement conscience que c'était ridicule, mais sa rage nécessitait un exutoire. Torturer des représentants de ce pouvoir qu'il abhorrait et les faire exécuter sans autre forme de procès apaiserait son amertume.

Gueld était le seul fils, et l'unique héritier, du plus haut gradé de tous les nobles maars, celui qui venait directement après Mörk Örn dans la hiérarchie du Mal : Ox de Maar. En toute logique, à la mort de son illustre père, Gueld aurait dû devenir le maître de la Forteresse et Grand Commandeur des armées. Mais sous prétexte qu'il n'était encore que majar et qu'il n'avait pas fait ses preuves au front, le Seigneur Noir avait nommé quelqu'un d'autre à sa place. Quelqu'un qu'il n'avait aucun moyen d'évincer, d'impossible à tromper et qu'il n'aurait même pas l'idée d'essayer de faire tuer. Cette seule pensée suffisait d'ailleurs à le glacer de terreur.

Ce constat d'impuissance le rongeait et le plongeait dans une frustration dont il ne parvenait pas à sortir. Ajoutée à cela, l'humiliation d'avoir été envoyé surveiller les frontières plutôt que sur Gahavia le maintenait depuis des mois dans un état de rage absolue. Il s'était d'abord vengé sur ses hommes, avec cruauté, sans souci de justice et sans le moindre scrupule. Puis sur les populations des villages qui avaient eu le malheur de se trouver sur sa route, qu'ils soient aquares, bolgoths ou maars, sans distinction de race, d'âge ou de sexe.

À présent, il allait frapper plus fort et montrer au Seigneur qu'il ne fallait pas l'ignorer plus longtemps. La mise à mort de trois de ses sujets, dont un sorcier et un officier, surtout après les sévices qu'il prévoyait pour eux, allait très vite remonter aux oreilles de Mörk Örn. Il serait sans doute furieux, cependant Gueld savait que son maître appréciait la cruauté et l'ambition. Il était prêt à tenter le coup, si cela lui permettait de se faire remarquer.

Avec un peu de chance, le Seigneur le convierait auprès de lui, dans l'Orgonde[8]. D'autant que Gueld n'avait pas l'intention

---

[8] Ville, capitale d'Evinshorsk, temple et palais de Mörk Örn

d'en rester là. Il projetait également d'envoyer la tête du lycante à l'Arcoa Calya. Un petit rappel de la puissance des maars ne ferait pas de mal à ces chiens d'elfes.

Ces projets finirent par calmer le majar, réussissant même à le mettre de bonne humeur. Il s'endormit tard, mais excité à l'idée des réjouissances du lendemain.

112

# — 19 —

## Nínui 03 (le lendemain) – Evinshorsk – Camp des Hordes

Le soleil était levé depuis plusieurs heures. Du moins, l'espèce de lugubre clarté qui faisait office de lumière du jour en Evinshorsk. Après une nuit glaciale, les quatre prisonniers cuisaient dans leur fosse. La température était montée très vite, et Bahran estimait qu'elle devait désormais avoisiner les quarante-cinq degrés.

— Maudit climat, maugréa Bohr. Un jour on gèle, le lendemain on fond, un jour il pleut, puis tout est desséché, ensuite il neige, ou il vente, et puis ça recommence…

— Ce n'est pas le climat qui est maudit, Fenrik, assena le sorcier d'un air las, c'est nous. C'est cette terre… ce que nous en faisons.

Les mots du mage noir, et la mélancolie qui les accompagnait, auraient pu surprendre Bahran s'il n'avait déjà perçu, chez le maar, ce ressentiment à l'égard de lui-même. Bien que ce dernier ait tenté de les étouffer, ses états d'âme avaient filtré entre leurs deux consciences, chaque fois que leurs esprits s'étaient connectés. Par le passé, il était arrivé au démon de rencontrer des Evinshorskiens à l'âme plus blanche que noire. Il en avait alors éprouvé un mélange de dégoût et de haine. C'était la première fois que la nostalgie d'un serviteur du Mal déteignait sur lui. Il lui semblait parvenir à ressentir la tristesse et les regrets de cet homme, sa curiosité pour la magie blanche, son désir de vivre en paix, de connaître le soleil, de découvrir le monde… Étaient-ce les résidus de l'âme du lycante dont il portait le corps qui accroissaient sa sensiblerie ? En tout cas, de tels sentiments risquaient d'être très dangereux là où il se rendait. Il lui faudrait museler tout cela et se montrer extrêmement prudent s'il nourrissait l'ambition de s'en sortir vivant.

Pour l'heure, il devait commencer par quitter cette fosse. Ses côtes avaient une nouvelle fois guéri durant la nuit, et il se sentait plutôt en bonne forme, considérant sa situation. De plus, il avait un plan, pas simple et dont de nombreux paramètres pourraient le mener à la catastrophe au moindre grain de sable. Pourtant, il avait eu beau réfléchir toute la nuit, il ne voyait pas d'autre moyen de parvenir à ses fins.

Quand le majar Gueld eut décrété que le temps des tortures était venu, il fit déplacer la lourde grille qui obturait la fosse par deux de ses bolgoths. Deux archers maars vinrent se placer au bord du trou, et au commandement de leur majar, ils tirèrent chacun une flèche à large pointe, dont l'empennage était relié à une corde. Les flèches vinrent se ficher dans les épaules de leur acolyte bolgoth, à moitié avachi au fond de la fosse, le faisant hurler de douleur. Puis quatre de ses semblables commencèrent à tirer sur les cordes pour le hisser hors de leur prison de fortune. Les flèches faisaient office de harpon et de grappin, et ni le sang qui giclait à profusion ni les hurlements du captif ne semblèrent émouvoir les soldats.

S'en prendre à l'un des leurs était devenu monnaie courante sous le commandement du majar Gueld. On ne disait rien, on ne montrait rien, on se contentait d'obéir. Dès que le bolgoth se trouva hors de vue des autres prisonniers, la grille fut réinstallée au-dessus de la fosse. Alors, Bohr, Slavius et Bahran purent écouter à loisir les cris de douleur, le déchirement des chairs, le claquement sec des os brisés, et ce, des heures durant, jusqu'au dernier soupir. Et à mesure que montaient en eux la peur et la résignation, descendaient vers le fond de leur trou les ruisselets de sang de leur compagnon de route.

Un bref silence suivit l'ultime râle du bolgoth, puis les gardes se remirent en mouvement tandis que des ordres étaient aboyés. La grille fut à nouveau ouverte, mais à peine cette fois, juste assez pour y glisser un corps, et les maars encochèrent leurs flèches, visant désormais le sorcier. Ce dernier pâlit, laissant un masque horrifié déformer son visage. La magie des runes bloquait ses pouvoirs, et il avait compris depuis longtemps qu'il serait sans défense tant qu'il restait piégé dans cette fosse. Au-dehors, il pouvait encore espérer lancer un sort, bien qu'à vrai dire, rien ne fût moins sûr. Un majar qui prenait soin de faire graver des centaines de runes sur la grille de sa geôle avait sûrement prévu d'autres protections à l'extérieur. Xano Slavius se savait perdu. Et il y avait pire encore, à ses yeux, que la perspective de la mort. Il allait être torturé et souffrir longtemps avant de succomber, et cela, il ne pourrait le supporter. Il allait pleurer comme un enfant, crier, supplier, pour finir par mourir en lâche. Ses jambes tremblaient à présent, et ses genoux menaçaient de le lâcher, comme sa vessie qui montrait d'alarmants signes de faiblesse. Presque malgré lui, alors que les maars bandaient leurs arcs, il tourna la tête vers le démon au corps de loup, une muette supplique dans le regard : "sauvez-moi !"

Bahran ne pouvait laisser faire cela ! Il avait besoin du sorcier, et il avait aussi besoin de Bohr s'il voulait poursuivre sa route, entrer dans la Forteresse et être introduit auprès du Grand Commandeur. Sortir vivant de cette fosse ne lui servirait à rien si ces hommes mouraient. L'appel au secours silencieux de Slavius renforça sa détermination et fut le déclencheur de son passage à l'action. À l'instant où vibrèrent les cordes des arcs maars, le loup fonça sur le sorcier, le projetant contre la paroi de leur prison. Les flèches se fichèrent avec force dans le sol, juste à l'endroit où s'était trouvé le mage noir. Slavius, aussi stupéfait d'être encore vivant que d'avoir été sauvé par le démon, resta figé contre le mur de terre, bouche ouverte, sans pouvoir détacher du loup son regard éberlué. Et c'était également le cas de Bohr, des archers maars, et du majar Gueld qui observait la scène depuis le bord du trou. Ce dernier reprit cependant très vite ses esprits et s'empara brusquement de l'un des arcs. La vitesse avec laquelle il encocha puis décocha son trait prit Bahran au dépourvu. Aussi, quand il bondit dans l'espoir de l'intercepter, il était déjà trop tard pour Bohr qui se retrouva cloué à la paroi tel un papillon de collection, un carreau dans l'épaule droite.

De rage, Bahran feula avant de pivoter vivement sur lui-même en entendant à nouveau le claquement sec de la corde de l'arc. Mais cette fois encore, il arriva trop tard sur le trajet de la flèche, déjà profondément enfoncée dans l'épaule du sorcier, et dans la terre derrière lui. Slavius hurla de douleur, néanmoins, son cri ne parvint pas à masquer le rugissement de fureur du démon qui se démenait au fond de sa prison. Anticipant le prochain mouvement du majar, le loup se jeta sur le fenrik Bohr, faisant rempart de son corps. Et ce fut lui qui prit le trait du maar. La douleur cuisante qui lui vrilla la cuisse constituait en soi une petite victoire. Se redressant, dans un mouvement de rage, le loup arracha la flèche de sa cuisse avec les dents, puis se tourna vers le majar. Il le transperça du regard et découvrit pour lui son impressionnante dentition en une expression de menace sans équivoque. Un grondement sourd montait de sa poitrine, enflant et gagnant en puissance à mesure que sa colère s'enflammait. Gueld éclata alors d'un rire sadique et tira un nouveau trait qui, avant que le loup pût faire un geste, trouva l'autre épaule du sorcier, l'épinglant cruellement au mur de terre. La blessure de sa cuisse le faisait souffrir, pourtant Bahran n'était pas encore prêt à renoncer.

Tout en cherchant un moyen d'amener son adversaire à entrer en contact direct avec lui, il devait à tout prix préserver la vie de ses seuls alliés. Bohr disposant toujours d'une main libre, le démon prit le parti de protéger avant tout le sorcier. Non seulement ce dernier lui serait plus utile que le fenrik, mais il était également le plus exposé des deux. Et Bohr l'avait bien compris, qui tentait activement d'arracher, de sa main gauche, la pointe maintenant son épaule droite clouée au mur.

Couvrant les feulements du loup et les cris de douleur du sorcier et du fenrik, les huées et les vociférations des guerriers evinshorskiens amplifiaient la sensation d'étouffement et de panique de Bahran. Il savait que le prochain geste du majar serait de transpercer l'épaule valide de Bohr, mais il savait aussi qu'il ne pourrait rien faire pour l'empêcher. Ses alliés hors de combat, sans la moindre défense, et suffisamment éloignés l'un de l'autre pour qu'il soit impossible au loup de les protéger tous les deux… le démon chancela un instant, découragé. Alors, le majar Gueld éclata de rire encore une fois, banda son arc, et fit ce à quoi tout le monde s'attendait. Bohr avait presque réussi, malgré la souffrance, à se libérer de la première flèche quand la seconde pénétra violemment la chair de son autre épaule, le privant de toute liberté. Son hurlement se répercuta entre les parois de la fosse avant de se perdre dans les vivats de leurs geôliers, agglutinés autour du trou, puis il mourut sur ses lèvres en même temps que son dernier espoir. Ils étaient perdus.

Les clameurs et les rires se calmèrent, remplacés par un silence nerveux. Tous les regards étaient tournés vers le majar qui avait encoché une nouvelle flèche. Une expression vicieuse et cruelle sur le visage, celui-ci s'amusait à viser tour à tour le sorcier, le fenrik et le loup.

— Pourquoi vous en prendre à nous ? questionna Bohr d'une voix tendue par la souffrance, profitant du silence qui s'était installé. Nous sommes dans le même camp. Nous servons tous le Seigneur Noir.

— Ah oui ? répondit Gueld d'un ton narquois. Et comment expliques-tu la présence de ce Gahavien, Fenrik ?

— Nous devons le conduire à la Forteresse. Et ce n'est pas…

Un grondement de Bahran stoppa Bohr dans son élan. Jetant un bref regard vers le loup, le fenrik lut la désapprobation dans ses yeux. Le démon semblait ne pas vouloir que le majar en sache plus à son propos et Bohr n'était certainement pas en position de le défier. Il baissa donc la tête sans rien ajouter.

— Et en plus, tu prends tes ordres de cette bête ? railla Gueld. Si c'est lui, votre chef, alors qu'est-ce que vous êtes ? Des espions gahaviens, ou des traîtres evinshorskiens ?

Le fenrik ne répondit pas. Bahran s'était assis tant bien que mal sur son postérieur, affectant aplomb et nonchalance, mais dardant toutefois sur Gueld un regard brûlant de défi. Le majar pointa son arc bandé vers sa poitrine et s'adressa au fenrik.

— Dis-moi tout ce que je veux savoir ou je le tue. Qui est-il ? Pourquoi l'emmenez-vous à la Forteresse ? Je veux des réponses, sinon il meurt !

Affolé, Bohr revint chercher l'assentiment de Bahran, qui le fixa dans les yeux tout en le lui refusant d'un signe négatif de la tête. Le démon avait l'air sûr de lui, aussi le fenrik ne répondit-il rien à son geôlier, qui en hurla de rage.

— Ainsi tu préfères mourir au fond de cette fosse, lycante, plutôt que de me répondre ? Sache que je suis l'héritier légitime de la Forteresse ! Je suis le seul fils d'Ox de Maar, cracha-t-il encore, et j'entends bien être respecté comme tel !

Pendant qu'il vitupérait, le loup avait reporté son attention sur le mage noir et tentait de lui faire passer un message. En quittant le camp de l'oberst Exor, jamais Bahran n'aurait imaginé se fier un jour à ce maar faible et lâche, pourtant, les épreuves traversées ensemble lui avaient permis de découvrir en Slavius un homme intègre et avisé… Cette pensée frisait l'absurdité venant d'un démon et concernant un sorcier de Mörk Örn, néanmoins, ces deux derniers étant retenus prisonniers, torturés et menacés de mort par leur propre camp, davantage de ridicule ne changerait guère la donne. Bahran mit autant de foi et de conviction qu'il le put dans le regard qu'il adressa à son acolyte, espérant que cela suffirait à lui faire comprendre ce qu'il attendait de lui, et contre toute attente, Slavius parut saisir sa demande, car il acquiesça faiblement.

Lorsqu'il constata pour sa part que sa tirade furieuse n'avait eu aucun effet sur le loup, le majar poussa un rugissement de dépit et décocha sa flèche. Bien qu'il s'y soit attendu, Bahran n'eut pas suffisamment de temps pour esquiver. La flèche pénétra sous sa clavicule, et c'est la chance seule qui la fit déraper sur l'os, brisant la hampe contre son épaule et évitant qu'elle ne s'enfonce droit dans sa poitrine. Malgré tout, le choc l'envoya rouler au sol. Il ne perdit pas connaissance, mais il lui fallut plusieurs secondes avant de reprendre complètement ses esprits. Temps qu'il mit à profit pour lancer la deuxième partie de son plan. La blessure de sa cuisse était toujours très douloureuse, et celle de l'épaule le faisait atrocement souffrir, cependant aucune des deux n'était mortelle. Mais la hampe cassée était restée fichée dans sa chair et dépassait par le haut de sa cage thoracique. Ainsi, au vu de l'angle de la flèche, on pouvait croire cette dernière profondément enfoncée dans le poumon. Et donc, qu'il était mourant. Aussi Bahran simula-t-il une respiration sifflante et difficile, immobile au sol, dans l'attente de la réaction du sorcier… qui ne se fit heureusement guère attendre.

— Imbécile ! cria ce dernier au majar, au risque de détourner sa folie meurtrière contre lui. Vous n'avez pas idée de ce que vous avez fait ! S'il meurt, ce n'est pas seulement le Grand Commandeur de la Forteresse que vous aurez sur le dos, c'est le Seigneur Noir en personne !

L'invective téméraire de Slavius eut pour premier effet de paralyser son auditoire, bouche bée. Maars et aquares, autour de la fosse, contemplaient, qui le majar Gueld, qui le sorcier, d'un air effaré et retenant leur souffle. Aucun d'entre eux ne donnait plus de quelques secondes à vivre au prisonnier. Et effectivement, violet de colère, Gueld relevait déjà son arc armé en direction du fou.

C'est alors qu'intervint le fenrik Slyde, plus proche subalterne de Gueld, qui avait observé la scène depuis le début sans broncher.

— Majar, l'interrompit-il fébrilement, ne pensez-vous pas que nous pourrions faire remonter le loup et le sorcier afin de les interroger ? Loin de moi l'intention de remettre vos décisions en cause, je ne me le permettrais pas. Toutefois… s'il disait vrai ? Si ce loup avait une réelle importance pour notre

Seigneur…

Les mains du majar tremblaient tant il aurait aimé pouvoir lâcher cette flèche, mais même du fond de sa fureur, il ne pouvait ignorer la justesse des paroles de son lieutenant. Il prit deux profondes inspirations qui lui permirent de recouvrer son empire sur lui-même, baissa son arme et ferma les yeux une poignée de secondes. Il aurait préféré ne remonter que le loup, néanmoins, ils auraient en effet besoin du sorcier pour lire dans son esprit, puisque visiblement, le lycante refusait de muter. Gueld aurait pu tenter de l'y forcer par la torture, toutefois, l'animal était déjà trop proche de la mort pour que cela soit envisageable. Ce sorcier avait fait preuve de plus de courage qu'on aurait pu s'y attendre en le prenant à partie de la sorte. Ce fait corroborait l'idée que les éliminer tous les trois avant d'en savoir davantage pourrait s'avérer une grave erreur. Quand Gueld rouvrit les paupières, sa peau avait repris la teinte pâle qui était habituellement la sienne, et son souffle était plus régulier. Ainsi, l'étincelle de haine pure qui brillait dans son regard n'en parut que plus vibrante.

— Très bien, finit-il par lâcher, remontez-les tous les deux.

# — 20 —

## Nínui 03 (le même jour) – Evinshorsk – Camp des Hordes

Très vite, une échelle fut descendue dans la fosse et deux aquares gagnèrent le fond. Ils commencèrent par libérer Slavius en brisant les hampes des flèches qui le clouaient au mur. Le sorcier serra les dents, pourtant, il ne put retenir un gémissement de douleur au moment où les tiges de bois glissèrent de sa chair. Les aquares fixèrent ensuite une corde autour de son buste, et il fut hissé hors de sa geôle. Vint le tour du loup qui semblait mortellement blessé, respirait difficilement et restait étendu sur le côté, incapable du moindre mouvement. Pour autant, c'est avec d'infinies précautions que ses geôliers l'approchèrent. Car, outre sa taille gigantesque pour un loup, la frénésie avec laquelle il s'était démené lorsqu'il s'était agi de protéger ses équipiers avait fortement impressionné les troupes. Néanmoins, comme il ne réagissait pas, ils finirent par reprendre suffisamment confiance et lui passèrent des cordes autour des pattes.

Bahran, donc, fut également tiré du trou et traîné sur le sol boueux du camp. Ses blessures à la cuisse et à l'épaule lui arrachèrent des grognements de douleur au moment où les cordes se tendirent. Jeté sans ménagement aux pieds de Gueld malgré son corps en charpie, le démon eut bien du mal à concentrer suffisamment sa volonté pour se préparer à la suite de son plan.

Un organisme abandonné par l'esprit qui le dirige mourait sur-le-champ. C'est l'une des premières lois qu'apprenaient les démons créés par Mörk Örn. Si Bahran quittait l'enveloppe du loup pour investir, même brièvement, celle du majar, il ne pourrait plus jamais y revenir. Et le démon n'était pas prêt à renoncer à ce corps qui lui avait tant manqué, et qu'il considérait comme sien pour la première fois depuis des centaines d'années. Le moment était donc venu de vérifier un soupçon, une impression qui n'avait cessé de rôder aux frontières de sa conscience ces derniers jours. S'il voulait pouvoir investir Gueld afin de sortir sain et sauf de ce camp avec ses deux compagnons, puis réintégrer l'apparence qu'il s'était choisie, il allait lui falloir parier sur l'hypothèse que le prince Edoran n'avait pas été totalement anéanti et que ce qu'il restait de son esprit serait assez fort pour maintenir son corps en vie un laps de temps suffisant. C'était un pari très risqué, mais Bahran ne voyait pas d'autre alternative. Et il fallait faire vite. Agir avant que le majar ne donne un ordre quelconque qu'il aurait du mal à contredire par la suite. Aussi, sans s'attarder à vérifier la validité de sa théorie concernant le prince, le démon se détacha du loup et projeta puissamment son esprit contre celui de Gueld.

La folie qu'il avait lue dans le regard du majar, sa cruauté irraisonnée et injustifiée, sa manière d'agir avant de réfléchir… tout cela aurait dû le préparer à ce qui l'attendait. Malheureusement, Bahran n'avait pris en considération que sa filiation d'Ox de Maar et son statut d'officier de Mörk Örn. De plus, à sa décharge, ses trois précédentes victimes avaient été des esprits rebelles, surtout le dernier. Raisons pour lesquelles le démon mit toute sa puissance dans son attaque.

À sa grande stupéfaction, et consternation aussi, il broya instantanément la conscience du majar qui explosa sous l'impact, ne laissant strictement rien de ce qui avait été sa personnalité. L'esprit malade du maar s'était trouvé si affaibli par la haine, le ressentiment et la jalousie qu'il opposa à l'assaut du démon la consistance du beurre laissé au soleil. Bahran allait donc devoir tenter d'agir comme l'aurait fait Gueld sans aucun repère ni le moindre souvenir pour l'aider. La seule chose qui le rassurait était que, justement, ses hommes étaient habitués à le voir se comporter de manière inconsidérée. Avec un peu de chance, ils ne se rendraient compte de rien.

— Emmenez-les dans mes quartiers, immédiatement, aboya-t-il. Et faites-les soigner !

— Les faire soigner, Majar ? s'exclama le fenrik Slyde, étonné, avant de rougir violemment et de bredouiller. Euh… oui, bien sûr, tout de suite, Majar.

— Pas question qu'ils meurent avant que j'aie eu le temps de bien les… interroger, ajouta sèchement Bahran, par la voix de Gueld, en appuyant cruellement sur le dernier mot afin que personne ne se méprenne sur ses intentions.

Les soldats savaient à quel point leur majar aimait torturer, aussi trouvèrent-ils tout naturel, bien que terriblement vicieux, qu'il veuille faire soigner les blessures de ses prisonniers avant de leur en infliger de pires.

Le campement militaire s'organisait de manière très classique. Chaque section, composée d'une dizaine de soldats et de son officier, formait un carré de tentes. Les carrés, disposés par alignements de dix, entouraient une large place rectangulaire qui servait aux rassemblements et aux exécutions. Au bout de cette place se dressaient trois grandes tentes étroitement surveillées, ainsi que la fosse aux prisonniers. La première tente était celle des cuisines, la seconde, l'infirmerie, et la dernière renfermait le quartier général et les appartements privés du majar. C'est dans ces derniers que furent amenés le loup et le sorcier après qu'ils eurent été soignés par des guérisseurs, à l'infirmerie.

Les guérisseurs, des sorciers comme Slavius, evinshorskiens comme lui, s'appliquèrent tout particulièrement à atténuer ses souffrances. On pouvait faire partie de l'armée du Seigneur Noir, servir sous les ordres de la pire brute qui soit, et posséder un certain sens de l'honneur et de la solidarité. Ce que Bahran ne pouvait s'empêcher de constater de plus en plus fréquemment, depuis qu'il partageait sa route avec Bohr et Slavius. Et cela ne cessait de l'étonner et de le laisser perplexe.

— Maintenant, rompez ! ordonna le démon quand les gardes eurent poussé le prisonnier sous la tente du majar, et qu'ils eurent négligemment jeté à terre le corps du loup, toujours inconscient.

Ceux-ci s'empressèrent d'obéir, peu désireux d'être encore dans les parages quand la fureur et la cruauté vicieuse de leur chef se déchaîneraient sur ses victimes.

— Enfin seuls ! s'exclama le "majar", soulagé, après avoir écouté décroître les bruits de pas des soldats.

Slavius l'observait à la dérobée, pâle et terrifié. Toutefois, en constatant son changement de comportement, son attitude soudain détendue et la sérénité de son visage, il osa murmurer :

— Seigneur Démon ?

— Bahran, sorcier. Mon véritable nom est Bahran.

— Mais… bredouilla Slavius, le loup est toujours vivant ? Comment…

— Je vois que tu connais tes classiques, sorcier, répondit l'autre d'un ton narquois. Il est vrai qu'un corps abandonné par le démon qui le possédait meurt instantanément… en temps normal. Cependant, je dispose de pouvoirs dont tu n'as pas idée, et puis cette affaire ne te regarde en aucune façon. Donc pas de questions, pas de commentaires, contente-toi d'obéir.

— Oui, Seigneur, acquiesça Slavius en tremblant.

— Il nous faut d'abord récupérer le fenrik, poursuivit Bahran, ensuite, nous reprendrons la route sans attendre.

— Maître, osa encore le sorcier, ne vaudrait-il pas mieux patienter jusqu'au matin ? Il va faire nuit, et les routes…

— J'ai dit sans attendre ! s'emporta Bahran, avant de se radoucir. Je ne peux rester longtemps dans ce corps. Nous devrons couvrir très vite la plus grande distance possible avant d'abandonner le majar. Alors seulement, nous pourrons dormir un peu.

— Bien, Maître, lui accorda le sorcier en s'inclinant. Avez-vous un plan ?

— Évidemment que j'ai un plan, répliqua le démon, acerbe. Me prendrais-tu pour un débutant ?

— Oh non, Maître, veuillez pardonner ma présomption.

Le pauvre sorcier ne savait plus que dire pour amadouer son dangereux allié. Son regard papillonnait du démon au loup jusqu'à la porte, sans savoir sur lequel des trois se fixer. Il finit par choisir le loup, dont la respiration était redevenue ample et paisible depuis qu'il avait été soigné. Il semblait dormir. Aucun de ses muscles ne bougeait, et la conscience ne lui était pas revenue. Comme s'il n'était ni mort ni vivant. Il était évident pour le sorcier que le lycante avait été quelqu'un d'autre avant que le démon ne s'approprie son corps, mais qui ? Et si ce corps n'était pas mort, fallait-il supposer que son précédent propriétaire ne l'était pas tout à fait non plus ? Ce qu'il lui restait de conscience était-il juste suffisant pour le maintenir en vie ? Ou y avait-il bien plus ?

Slavius fut tiré de ses réflexions par la voix tonitruante de Gueld qui rappelait les gardes. Le démon passait à l'action.

— Oui, Majar ? s'enquit un soldat en passant nerveusement la tête par le rabat de toile.

Ses yeux, qui glissèrent brièvement sur le loup et le sorcier, indemnes, s'écarquillèrent de surprise.

— Faites venir l'autre immédiatement ! ordonna Bahran sans prêter attention à la réaction du maar.

— Le… Le fenrik ? questionna le garde avant de se reprendre, affolé par l'expression de son supérieur. À vos ordres, Majar ! cria-t-il en plaquant son poing fermé contre son torse.

Puis il ressortit précipitamment de la tente. Le sorcier aurait voulu savoir comment ils allaient quitter le camp, cependant il n'osait plus adresser la parole au démon. À vrai dire, il n'osait plus du tout bouger. Il se contentait d'observer l'enveloppe inerte du loup tout en jetant de discrets coups d'œil vers le nouveau Bahran. Il aurait donné cher pour savoir quelle était sa mission, connaître les circonstances dans lesquelles il était entré en possession de ce corps de lycante, et surtout, pourquoi il restait en loup et ne se transformait pas. Mais cela non plus, il n'osait pas le lui demander. Cela, moins que tout le reste, même.

Quelques minutes suffirent aux gardes pour ramener Bohr jusqu'à la tente. Ce dernier avait les épaules perforées, comme Slavius, pourtant il semblait nettement moins souffrir que le mage noir, ce que ce dernier constata avec autant d'amertume que d'admiration. Lui n'était pas un guerrier. Il n'avait jamais été entraîné dans ce sens, ce qui ne l'empêchait pas en cet instant d'avoir honte de sa piètre résistance à la douleur.

— Laissez-nous, lança Gueld à ses hommes, les défiant du regard.

Prudents, les deux soldats saluèrent avant de se retirer. Cette fois encore, le démon écouta en silence leurs pas décroître dans l'allée. Il attendit une minute de plus en fixant la porte de la tente, puis il se détendit et se tourna vers ses acolytes qui l'observaient nerveusement.

— Criez ! les somma-t-il.

Bohr et Slavius échangèrent un regard stupéfait et mirent une seconde à comprendre ce qu'on attendait d'eux. Une seconde de trop pour Bahran qui détendit le bras comme un ressort et frappa du poing l'épaule meurtrie du sorcier. Ce dernier hurla si bien qu'un sourire satisfait vint étirer les lèvres du "majar".

— Voilà ! C'est mieux, approuva-t-il, narquois, à l'adresse de Slavius, avant de fixer le fenrik.

Ce dernier pâlit, mais ouvrit grand la bouche et se mit aussitôt à pousser des cris d'orfraie. Bohr était loin d'être stupide. S'il n'avait pas été à moitié assommé par la douleur à son arrivée dans la tente, il aurait tout de suite compris que le démon était passé du corps du loup à celui du majar et qu'il avait besoin de leur coopération pour mettre son plan de sortie à exécution. Il réalisa que les quelques fractions de seconde qui lui avaient été nécessaires pour appréhender la situation auraient pu leur être fatales. Aussi entreprit-il sans plus attendre de gémir et de supplier avec autant de zèle que de conviction. Pour donner le change, le démon frappait du plat de la main le coussin du fauteuil qui trônait au centre de la pièce. Le son pouvait facilement passer pour celui de coups portés sur des corps. Après plusieurs minutes de ce traitement, le majar hocha la tête en direction du sorcier, qui cessa ses cris pour supplier.

— Laissez-moi parler ! Je vous en supplie ! Arrêtez de frapper ! Je vous dirai tout ce que je sais !

— Non ! lui défendit le fenrik, poussant le jeu plus loin. Ne lui dis rien, sorcier, le Maître l'a interdit !

— Laisse-le parler, chien ! cracha le majar. Ton tour viendra bien assez tôt.

Puis s'ensuivit un conciliabule à voix basse que, de l'extérieur, on pouvait prendre pour des aveux murmurés, et qui était en fait l'exposition par Bahran à ses acolytes de son plan d'évasion.

— C'est brillant, Maître Démon, le félicita le fenrik après l'avoir écouté.

— Appelle-moi Bahran quand nous sommes entre nous, répliqua ce dernier, à la grande surprise de ses comparses. À présent, nous allons devoir nous faire confiance mutuellement si nous voulons réussir.

— D'accord, acquiesça le fenrik. Alors moi, c'est Bohr, et lui, c'est Slavius.

Lorsqu'ils eurent mis les détails au point, Bahran passa la tête hors de la tente et siffla ses gardes.

— Allez me chercher Slyde immédiatement !

Le fenrik de Gueld arriva en courant à peine une minute plus tard.

— Majar, salua-t-il son supérieur, non sans avoir jeté un regard aux supposés suppliciés.

Découvrant ceux-ci exempts de toute trace de sévices, Slyde fronça brièvement les sourcils.

— Emmène-moi ce fenrik à la tente des soins, puis ramène-le dès que ses blessures auront été guéries. Ensuite, fais préparer mon cheval, un chariot avec de la nourriture pour trois jours, de l'eau et des couvertures. Et il me faut également une seconde monture, des armures et des armes.

— Heu… pour vous, les armures, Majar ? questionna le fenrik dans l'espoir d'en apprendre davantage sur les projets de son chef.

— Non, c'est pour nos invités.

— Pardon ?

— Ces guerriers sont bien en mission pour le Maître. Ils doivent impérativement livrer ce loup à la Forteresse au plus vite, et vivant ! Si je les en empêche, pas la peine de t'expliquer ce qu'on encourra tous. En revanche, si je les aide, j'obtiendrai peut-être enfin mon affectation pour le front, et la vôtre avec ! Donc pas de discussion, Slyde, c'est compris !?

— Oui, Majar !

Après un salut aussi bref qu'empressé, le fenrik détala en aboyant des ordres à la volée. Bahran poussa un soupir de soulagement. Il en avait trop dit. Le vrai Gueld ne se serait sans doute jamais expliqué ainsi. Il se serait contenté d'ordonner. C'était une erreur qu'il ne pourrait se permettre une seconde fois.

Un quart d'heure plus tard, un tombereau bâché attelé à un poney robuste s'arrêtait devant la tente. Deux chevaux de guerre soigneusement harnachés l'accompagnaient, menés par des maars.

— On a mis la nourriture et l'eau dans le chariot, indiqua Slyde au majar Gueld, avec des couvertures et les armes que vous avez demandées.

— Très bien, Fenrik. Nous partons immédiatement. Je les accompagne jusqu'à la Forteresse. Je serai de retour dans moins de dix jours.

— Vous comptez partir alors que la nuit va tomber… et sans escorte, Majar ? s'étonna le fenrik, de plus en plus suspicieux.

Sans se donner la peine de lui accorder un regard, Gueld tira son glaive du fourreau de son subordonné et le lui enfonça d'un geste fluide entre deux côtes. Le fenrik tomba à genoux en gémissant, les mains plaquées contre sa plaie sanglante, et leva vers son majar des yeux pleins d'effroi et d'incompréhension.

— J'en ai assez de t'entendre contester mes décisions, Slyde, se justifia-t-il avec ennui. Tu ne mourras pas, je sais viser. Mais ne traîne quand même pas trop à faire soigner ça. Dès mon retour, nous prendrons la direction de la Porte. Tenez-vous prêts !

D'un claquement de doigts, il fit signe à deux bolgoths de charger le corps du loup dans le tombereau, où Xano Slavius grimpa à son tour avant de s'emparer des guides. Puis Bohr et le faux majar Gueld se mirent en selle, et ils quittèrent le camp.

Ils chevauchèrent près d'une demi-heure en silence avant d'oser se détendre.

— Vous croyez qu'ils nous ont suivis ? s'enquit Bohr à voix basse.

— Je ne détecte aucune présence, annonça le sorcier.

— Nous nous sommes suffisamment éloignés, décida Bahran. Fenrik, pars devant et trouve-nous un endroit discret et abrité. Nous y laisserons le corps du majar Gueld lorsque j'aurai récupéré le mien.

Le guerrier salua d'un sec hochement de tête, mit son cheval au galop et fila vers des monticules rocheux que l'on distinguait à quelques kilomètres de là.

— Puis-je vous poser une question, Seigneur Démon ? sollicita Xano Slavius avec précaution.

— Bahran.

— Pardon ?

— Je m'appelle Bahran.

— Euh… oui. Toutes mes excuses, Maître Bahran.

Le sorcier déglutit, glissa un regard circonspect à son alter ego, puis se lança.

— Conserver le corps du majar Gueld ne serait-il pas plus avantageux pour vous que de retourner dans celui du loup ?

Bahran mit si longtemps à répondre que Slavius pensa qu'il ne le ferait pas.

— Si, à tous les niveaux, admit finalement le démon. Sauf un : ce corps, celui du lycante… c'est le mien. Il est ce que j'étais, et ce que je veux redevenir. Tu comprends ?

Lequel des deux fut le plus décontenancé par cette révélation ? Impossible de le dire. Que l'une des âmes noires de Mörk Örn se souvienne de ce qu'elle avait été avant qu'il la corrompe, que ce damné désire le redevenir, et qu'il ait suffisamment confiance en quelqu'un pour le lui avouer… tout cela dépassait l'entendement… de loin.

— Je comprends, Seigneur Bahran, confia néanmoins Xano Slavius avec humilité, conscient de l'honneur qui lui était fait. Vous pouvez compter sur mon aide, sur mon silence et sur ma loyauté.

La loyauté.

Un mot qui n'existait pas en Evinshorsk.

Le monde était-il en train de changer ?

Bahran hocha la tête en signe de reconnaissance, mais n'ajouta rien. Autre chose le perturbait. L'étalon de Gueld se comportait de manière étrange depuis le moment où il avait mis le pied à l'étrier, et il était certain que cela n'avait rien à voir avec le fait qu'il était un démon. Le roi des pégases ne l'avait pas senti, alors un simple cheval… Or, celui-ci affichait une nervosité suspecte. Il piaffait et encensait comme s'il brûlait de fuir, pourtant son cavalier peinait à le faire avancer. Chaque fois qu'il cessait de le pousser en avant, l'étalon ralentissait. Par chance, dès qu'il aurait récupéré son corps de loup, il pourrait se débarrasser de cette bête capricieuse.

Tandis qu'ils approchaient de l'escarpement dont les parois rocheuses, plutôt abruptes, ne laissaient entrevoir aucun passage, ils furent hélés par Bohr qui se tenait debout, une dizaine de mètres au-dessus de leurs têtes, sur la crête acérée d'un énorme roc.

— Dirigez-vous vers la droite, leur indiqua-t-il en tendant le doigt. Vous trouverez une anfractuosité dans laquelle vous pourrez vous glisser.

— Même le tombereau ? s'inquiéta Bahran.

— Non, Seigneur, il ne passera pas. Vous allez devoir prendre le loup en croupe et abandonner la carriole. Vous suivrez le boyau sur une vingtaine de mètres et vous arriverez dans une espèce de caverne à ciel ouvert. Ensuite, le boyau continue vers le nord et débouche sur l'autre côté de la crête.

Suivant les instructions du fenrik, ils longèrent la muraille et trouvèrent facilement l'entrée du tunnel étroit. Slavius descendit de la charrette et commença aussitôt à dételer le poney, sur lequel il arrima les sacs contenant la nourriture et les armes. Bahran, lui, mit pied à terre afin de pouvoir hisser le loup sur la selle de son cheval. Cependant, il n'avait pas encore touché le sol que l'étalon le bouscula violemment pour s'approcher du tombereau. Tombé sur les fesses, le démon aboya une volée de jurons à destination de la monture mal élevée tout en se remettant debout. Afin d'éviter un nouvel écart de l'animal quand il lui installerait son précieux corps sur le dos, il prit soin de l'attacher aux ridelles de la remorque. L'étalon aurait dû se dérober, tenter de se soustraire à la longe qui le maintenait si proche du corps d'un loup, prédateur par excellence. Surtout un de cette taille ! Pourtant, l'encolure arquée par-dessus la rambarde, le destrier tendit au contraire la tête vers le lycante inconscient jusqu'à le toucher, frôler son crâne et caresser son museau. Ses naseaux frémirent tandis qu'un son doux, profond, telle une vibration, émanait de sa gorge. Puis, la pinçant du bout de ses lèvres mobiles, il tira gentiment sur la fourrure du loup, comme pour le réveiller.

132

# — 21 —

## Nínui 03 (le même jour) au soir - Evinshorsk

*Spartak… mon cheval…*

*C'est bien toi ?*

*Est-ce que je suis mort ?*

*Oui, si tu es là, c'est que je suis mort, bien sûr… ou alors… ?*

*Ma vision est trouble, mais… ces roches, ce gris, ce ciel plombé… Evinshorsk ? Alors, est-ce que… ?*

*Le démon ! Sargan… Malkor… Oh, Unique ! Qu'ai-je fait ? Mes amis…*

*Mais… si je suis de retour dans ma conscience, où est ce fichu démon ? Je ne le sens plus…*

*Et qui est ce maar à côté de Spartak ? Qu'est-ce qu'il me veut ? Il m'attrape ! Je ne peux pas bouger ! Mon corps ne me répond plus, que m'arrive-t-il ? Pourquoi me charge-t-il sur mon cheval ?*

*Il me croit sans doute mort, ou inconscient. Il faut qu'il continue à le croire. Je dois en apprendre plus sur la situation avant d'agir.*

Edoran avait repris connaissance en entendant le frémissement sourd et guttural qu'émettait Spartak chaque fois qu'il lui *parlait*, autrefois, et récupérait peu à peu de son acuité mentale.

Inconscient de ce qui se tramait dans l'esprit du lycante en son absence, Bahran guida l'étalon dans un couloir qui s'enfonçait entre les rochers. Ils débouchèrent assez rapidement sur une doline d'une dizaine de mètres de diamètre. Gueld examina les lieux avant de signifier son approbation.

— L'endroit idéal pour ce que nous avons à faire. Bohr, va surveiller l'entrée sud. Slavius, tu te charges du passage nord. Que je ne sois dérangé sous aucun prétexte.

— Maître Démon…

— Bahran !

— Oui, pardon, s'excusa Slavius. Ne pensez-vous pas qu'il serait judicieux de soigner le loup avant que vous ne réintégriez son corps ? Cela vous éviterait d'avoir à supporter la douleur.

— Non. D'abord parce que la douleur n'est rien pour moi, et puis parce que je suis déjà resté trop longtemps hors de mon corps. Je ne peux le maintenir en stase indéfiniment.

C'est le boniment que le démon avait choisi de servir à ses acolytes pour leur cacher la vérité : que l'esprit du lycante conservait une étincelle de vie. Trop faible pour être perçue, même par lui, mais suffisante pour assurer la survie du corps. Pas indéfiniment toutefois, et il ne pouvait courir le risque que le loup meure avant son retour.

Sa référence à la douleur, et donc à son passé aux mains du Seigneur Noir, avait empli le regard du sorcier de commisération et de respect, détournant opportunément ses pensées de l'état de conscience du lycante blessé.

De son côté, ce dernier ne perdait pas une miette de la conversation. Il comprit ainsi que le démon avait provisoirement changé d'hôte et habitait maintenant cet officier maar. Pour quelle raison ? Et comment cela était-il possible ? Peu importait ! L'urgence, concernant Edoran, était de se préparer à voir le démon le posséder à nouveau. Au souvenir de la première fois où ce monstre était entré dans sa tête, la conscience du chevalier frémit d'horreur et de dégoût. Il avait bien failli disparaître, même s'il s'était battu contre l'invasion comme jamais il ne l'avait fait auparavant. Et il ne savait d'ailleurs pas vraiment comment ni pourquoi il était toujours là. Il lui était également impossible de déterminer durant combien de temps il était resté « absent », et donc, pendant combien de temps il avait abandonné sa mission, ses compagnons, la quête des chants… Saraë.

La puissance des émotions qui gonflèrent en lui, à l'évocation de celle qu'il aimait plus que tout, acheva de le réveiller. Il retrouva d'un seul coup sa pleine détermination, sa force et l'acuité de son esprit. D'après ce qu'il pouvait discerner entre ses paupières entrouvertes, il se trouvait en Evinshorsk, aux mains du démon qu'il était chargé d'anéantir et de deux maars : un sorcier et un soldat. Espérer reprendre le contrôle total de son corps afin de tuer le démon maintenant aurait été stupide et illusoire. Laisser ce dernier entrer en lui à nouveau et le combattre de l'intérieur… suicidaire et terrifiant. Néanmoins, c'était probablement sa meilleure option.

— Nous disposons de dix jours avant que Slyde ne commence à se poser des questions et ne parte à la recherche de son supérieur, expliqua Bahran.

— À moins qu'il ne le cherche pas et fasse lever le camp pour déguerpir avant que ce fou dégénéré ne revienne… C'est ce que je ferais, maugréa Bohr, s'attirant un regard noir du démon.

— Ce n'est pas notre affaire, Fenrik ! le rabroua-t-il. Nous allons passer la nuit ici, le temps pour moi de réparer mon corps de l'intérieur. Nous reprendrons la route à l'aube, direction la Forteresse, sans s'arrêter et discrètement ! Pas question de revivre un tel désastre.

— Avez-vous d'autres instructions à nous transmettre, Seigneur Bahran, avant que… vous savez ? bafouilla le sorcier.

— En effet ! Quand nous arriverons là-bas, Xano, l'instruisit le démon, tu demanderas à parler au nouveau Grand

Commandeur de toute urgence. Tu annonceras détenir des informations capitales sur la prisonnière secrète qui s'est enfuie de la Forteresse le mois dernier grâce au grand dragon Bleu et sur ceux qui ont assassiné Ox de Maar. Cela devrait suffire à nous introduire auprès de lui.

— Mais qu'est-ce que je lui dirai ensuite ? Je ne sais rien des informations dont vous parlez !

— Quand tu seras devant lui, tu lui expliqueras la vérité. Je suis un démon créé par Mörk Örn, envoyé en mission sur Gahavia afin de capturer le prince Edoran de Lycantie, mais pour une raison inconnue, le corps de mon hôte reste bloqué sous sa forme de loup. S'il est le puissant sorcier que l'on prétend, il devrait pouvoir me rendre ma capacité à muter.

— C'est ça, la vérité ? s'étonna le sorcier.

— Plus ou moins, oui, éluda Bahran avant de s'approcher de Spartak et d'empoigner le loup à bras-le-corps pour le poser délicatement au sol.

L'étalon broncha à nouveau, gratta du pied puis se mit à pousser la tête du lycante du bout du chanfrein, soufflant encore dans sa fourrure à pleins naseaux, comme s'il tentait de le réveiller.

— Et débarrassez-moi de cet animal stupide ! éclata le démon en bousculant le cheval qui coucha les oreilles en montrant les dents.

Bohr vint le récupérer et le tint fermement par la bride avant de l'entraîner vers l'accès sud. Xano Slavius se plaça sans un mot à l'entrée du passage vers le nord. Tous deux, malgré leur intense curiosité, tournèrent le dos à leur supérieur qui s'apprêtait à passer d'un corps à un autre. Le sorcier aurait donné n'importe quoi pour assister à ce mystère, cependant Bahran avait été très clair sur ce point : il ne voulait pas de témoins. En fait, il n'y avait rien à voir, et c'est précisément ce qui devait demeurer secret. Autant conserver le doute et l'ignorance autour du processus. C'est ce qui lui garantissait, ainsi qu'à ses pairs, la crainte des autres espèces. Ayant vérifié que ses acolytes ne regardaient pas, le démon s'agenouilla près du loup et, tout simplement, se glissa en lui.

Aussitôt, l'enveloppe charnelle du majar Gueld s'affaissa, vide et inutile. Bahran n'eut pas une pensée à l'égard de cet hôte qu'il quittait, l'esprit focalisé sur celui qu'il investissait pour la deuxième fois. Car à la seconde où il reprit les commandes du corps du lycante, une puissante vague de douleurs l'assaillit, due à ses multiples blessures qui n'avaient pas encore guéri. Dès qu'il put tenir la souffrance à distance, et avec d'infinies précautions, il fit le tour du propriétaire, cherchant à déceler la moindre trace de la conscience d'Edoran. Mais il ne trouva rien de plus que l'infime odeur mentale laissée auparavant par ce dernier.

*Exactement comme la dernière fois,* se dit-il. *Son esprit n'a pas survécu, et seuls les vestiges de sa volonté demeurent accrochés à son corps, permettant à son cœur de battre encore. C'est pathétique, néanmoins ça m'arrange.*

Bahran se remémora toutes les fois où, alors qu'il œuvrait dans le corps d'Aromë, le lycante et lui s'étaient affrontés, ne serait-ce que verbalement ou par le regard. L'opiniâtreté du jeune prince l'avait agacé, cependant il ne pouvait se défendre d'en avoir été impressionné et presque admiratif. Et c'est avec une sorte de pincement au cœur qu'il refoula ces souvenirs, laissant fermement derrière lui cette page de sa vie afin de se concentrer sur le présent… et sur l'avenir.

# — 22 —

## Nínui 04 (le lendemain) - Morlaune

Par moments, Saraë indiquait un changement de direction, se fiant à l'écho du chant Do qui résonnait en elle. Les heures s'étiraient, longues et lourdes, comme l'atmosphère de Morlaune. Combien de temps encore devraient-ils patauger dans la vase ? se demandaient-ils tous. Harcelés par les insectes, attaqués par les sangsues et les serpents d'eau, pourchassés par les rats et par de gros lézards à la dentition impressionnante, ils restaient sans cesse aux aguets, tendus, sur les nerfs. La moiteur et la puanteur de l'air n'arrangeaient pas non plus leur moral. Après deux semaines de marche éprouvante, ils étaient au bord de l'épuisement.

Alors qu'Idril s'effondrait sur un semblant de berge sablonneuse, à bout de forces et de volonté, Saraë sentit soudain ses genoux se dérober sous elle. Le chant Do s'était mis à vibrer avec une intensité telle qu'elle en avait la tête qui tournait. Jamais, même au contact de Thorak et Zya, même au contact d'Idril, même quand les sept chants l'avaient guérie en Evinshorsk, même quand ceux-ci l'avaient rappelée dans la grotte des licornes, jamais elle n'avait ressenti la vibration avec autant de puissance.

Dans la vase jusqu'aux cuisses, un peu désorientée par le choc, l'elfe Blanche aux cheveux bleus entendait des cris, pourtant ils lui semblaient lointains, comme étouffés par un brouillard étrange. Elle percevait du mouvement autour d'elle comme si des gens se battaient. Mais au ralenti, et en silence. Puis la souffrance et la peur l'envahirent, toutefois ce n'était pas les siennes ! Elle se mit à suffoquer sous cette terreur qui venait de l'extérieur et comprimait sa raison. Paniquée, Saraë fit appel à sa magie elfique, érigeant de solides barrières autour de son esprit, et elle repoussa l'envahisseur hors de sa tête. Ses idées redevinrent claires et ses sens affûtés. Le fracas des armes et les éclaboussures de boue la ramenèrent totalement à la conscience claire de ce qui l'entourait. Sans plus perdre un instant, elle bondit hors de l'eau et fit face au danger. Seul en armes, Elessar défendait tant bien que mal Idril et Hermanus contre une bande d'elfes Gris. Le mage, blessé, tenait à deux mains son crâne ensanglanté. Il demeurait assis, prostré, en état de choc.

Petits et malingres, leurs assaillants dissimulaient une peau grise et parcheminée, sale et ridée, sous d'improbables armures de bois flotté. Dans leur visage aux traits tordus s'enfonçaient de petits yeux noirs à l'éclat malveillant. Ils étaient une douzaine, attaquant sans relâche en hurlant les voyageurs épuisés qui leur faisaient face. Un seul d'entre eux se tenait à l'écart, l'air désespéré, en haillons et couvert d'ecchymoses… le porteur du chant !

Les yeux de Saraë le voyaient tel qu'il était : laid et pitoyable. Tandis que le chant le nimbait d'une aura lumineuse, dorée, magnifique. Par le truchement de Do, elle avait accès à l'âme de cet être que rien n'engageait à aimer. Ni l'histoire de sa race, ni la réputation des siens, ni son physique ingrat… et pourtant, le cœur de la reine bondit dans sa poitrine quand elle croisa le regard épouvanté du petit être. Ainsi, c'était de lui qu'émanaient la terreur et la souffrance qui l'avaient envahie. Qu'il ait projeté ses émotions vers elle volontairement ou pas, elle les avait reçues de plein fouet. Bouleversée, mais animée d'une énergie nouvelle, la Haute-Reine dressa brusquement un bouclier magique entre ses compagnons et les elfes Gris. Ces derniers furent jetés à terre par le poing d'air provoqué par l'apparition du bouclier.

Hermanus blessé à la tête d'un jet de pierre dès le début de l'agression, Idril tétanisée et encore trop inexpérimentée, et Saraë mise hors-jeu par le chant, les elfes Gris ne s'étaient même pas rendu compte qu'ils s'attaquaient à des magiciens. L'Unique les ayant privés de tout pouvoir depuis leur disgrâce, les petites créatures craignaient les sorts plus que tout autre danger. Effarés par l'intervention magique de Saraë, certains se relevèrent d'un bond et détalèrent entre les roseaux, quand les autres se figeaient sur le sol, paralysés d'effroi. Seul le porteur du chant, toujours à l'écart, observait la Haute-Reine avec intérêt et… espoir ?

Lorsque plus un elfe Gris ne bougea, Saraë expira un lent soupir de soulagement. Délicatement et à gestes comptés, elle sortit de l'eau pour rejoindre ses compagnons sur la berge sud de ce bras de marais qu'ils avaient commencé à traverser avant l'attaque. Derrière elle, Elessar demeurait vigilant, arme au clair, et Idril passait un linge humide sur la tempe d'Hermanus qui avait repris ses esprits. Sur l'autre berge, les elfes Gris ne remuaient plus un cil, pétrifiés par la terreur que leur inspirait l'usage de magie. La plupart restaient allongés à terre. Quelques-uns avaient plaqué leur dos contre les arbres rabougris qui délimitaient le pourtour de la petite clairière. D'autres encore tentaient de passer inaperçus au milieu des joncs. Mais pas un ne faisait mine de vouloir s'échapper. Ils devaient penser que Saraë les foudroierait sur place s'ils bougeaient.

Tant mieux, se disait la jeune reine, au moins, ils n'auraient pas à leur courir après.

— Capitaine Elessar, déclara-t-elle d'une voix suffisamment forte pour être sûre d'être entendue de tous, ne les quittez pas des yeux. Au moindre mouvement, abattez-les avec votre puissante magie guerrière !

S'il fut surpris, le capitaine, en parfait soldat, n'en laissa rien paraître. Il hocha simplement la tête, le regard rivé sur ses adversaires. Le bras de marais qui les séparait ne mesurait guère plus de cinq ou six mètres de large et semblait peu profond, pas plus d'un mètre cinquante dans les creux. Chacune des berges sablonneuses descendait en pente très douce jusqu'à l'eau sur près de dix mètres et s'étendait sur une quarantaine de long de part et d'autre du ruisseau. Le tout formait une aire dégagée un peu plus sèche et propre que le reste des alentours. Le brouillard qui pesait constamment sur Morlaune y paraissait même moins dense, ce qui rendait l'endroit presque plaisant.

La situation étant désormais plus calme, bien qu'encore tendue, et Saraë parvenant à tenir à distance de son esprit les émotions de l'elfe Gris, elle entendait à présent clairement le chant Do. Elle se tourna vers Idril, toujours penchée sur Hermanus. La jeune fille n'avait pas l'air d'entendre quoi que ce soit. C'était étrange, parce qu'elle avait très bien perçu la vibration de celui de Thorak et Zya, à l'Arcoa Calya.

— Idril, l'appela doucement Saraë, tu ne sens rien ?

— Si, Ma Reine, répondit l'adolescente en levant les yeux vers elle, mais je ressens également une si forte opposition que cela me met mal à l'aise.

— Oui, je la sens aussi. J'imagine que ce doit être difficile pour un être issu de l'obscurité d'être porteur de lumière.

— Sûrement, cela me fait craindre qu'il ne veuille pas nous suivre ou qu'il nous attire des ennuis.

— Je ne crois pas qu'il représente le moindre risque, Idril, il a été choisi par l'Unique. Pourtant, tu as raison, nous devons rester vigilants. Comment va le mage ?

— Je vais bien, merci, intervint sèchement Hermanus. Ce n'est pas un coup sur la tête qui va m'arrêter. J'ai connu pire.

Il avait, en effet, l'air bien plus vexé que souffrant, et cette constatation arracha un sourire à Saraë.

— Alors, je vous résume la situation, proposa-t-elle à mi-voix à ses trois compagnons. L'elfe Gris qui se cache à moitié derrière le gros rocher, à droite de la plage, vous le voyez ?

— Celui qui a cette espèce de bonnet de laine bleu ? demanda Elessar.

— Oui, celui-là, confirma Saraë. C'est lui, le porteur du chant Do.

La déclaration de la Haute-Reine tomba dans un silence estomaqué, tandis que tous les regards se tournaient vers la malheureuse créature.

— Comment se fait-il que vous ne l'ayez pas senti avant qu'on soit attaqués ? s'étonna Hermanus. Et comment se fait-il que, moi, je ne l'aie pas senti ?

Saraë haussa les épaules avec perplexité.

— Peut-être le chant vous a-t-il quitté depuis trop longtemps pour que vous en ayez conservé la trace ? Quant à moi, souvenez-vous, je n'ai compris que le chant résonnait chez Idril que lorsqu'elle m'est tombée dans les bras, au palais. Et je n'ai su que Thorak et Zya portaient Sol qu'au moment où je me suis trouvée face à eux, dans la caverne des licornes. Celui-ci, je le sentais confusément depuis plusieurs jours, je vous l'ai d'ailleurs dit, mais je présume qu'il me faut être directement en vue du porteur pour le capter pleinement, et probablement même à courte distance.

— Ce n'est pas une très bonne nouvelle, grogna le mage, on aurait pu tourner autour pendant des jours et des jours sans le trouver, si les elfes Gris ne nous avaient pas attaqués.

— Oui, je crains bien que vous n'ayez raison, et je me demande comment se débrouillent Thorak et les autres, alors qu'ils n'ont même pas ma capacité à pister les...

— Majesté, l'interrompit Elessar, regardez ! Le porteur du chant !

Saraë se retourna pour apercevoir le petit elfe à bonnet bleu en train de se débattre contre quelque chose qui semblait vouloir le tirer derrière le rocher.

— Hermanus, on ne doit pas le perdre, aidez-le ! ordonna la souveraine.

Le mage, qui s'était relevé et dont la tempe s'ornait d'une belle estafilade, tendit un bras devant lui et ouvrit la main, projetant un jet de lumière contre le bloc de pierre. Il s'agissait de magie pure, brute, du même type que celle dont avait usé Idril pour se débarrasser de l'incube. Toutefois, Hermanus n'utilisait pas seulement une magie défensive, comme Idril ou

Saraë, la sienne pouvait également s'avérer offensive. Il en avait donné une preuve foudroyante contre les mutants volants de Mörk Örn. Cette fois, son éruption de pouvoir percuta la roche qui se fendit en deux. Les hémisphères ainsi créés roulèrent sur la grève, révélant un elfe Gris moins malingre, plus musclé et surtout mieux vêtu que les autres. Il avait lâché le porteur du chant et s'était figé à l'instant où sa cachette s'était brisée.

— Ne bouge plus, ordonna Saraë en le pointant du doigt.

Malgré son injonction et la peur que lui inspirait la magie, celui qui avait tout l'air d'être le chef de la bande, pivota subitement et s'enfuit en courant à travers les joncs, provoquant la débâcle éperdue, bruyante et désordonnée de ses acolytes. À l'exception du porteur du chant qui, lui, resta totalement immobile, fasciné par la superbe magicienne elfe dont il ne pouvait détacher le regard.

Saraë reporta son attention sur lui et leva lentement les mains en signe de paix.

— Je suis heureuse de t'avoir trouvé, Porteur du chant Do, le salua-t-elle d'une voix calme et douce.

Elle espérait l'acquérir très vite à la cause, obtenir sa confiance avant que la peur ne le fasse détaler lui aussi. Cependant, ses précautions s'avérèrent inutiles. Il n'allait pas s'échapper : il l'attendait depuis des mois !

— Je Schotz, se présenta-t-il d'une voix tremblante. Tu emmènes ?

— Oui, tu viens avec nous, Schotz, lui répondit-elle en souriant. Est-ce qu'ils t'ont fait du mal ? s'inquiéta-t-elle encore en désignant les joncs derrière lesquels avaient disparu ses comparses.

Il y jeta un œil méfiant, puis déglutit et acquiesça.

— Eux frappent Schotz. Beaucoup frappent quand Schotz écoute musique dedans. Quand Schotz veut pas taper ou voler gens. Musique dit à Schotz être gentil. Veut plus être Gris, maintenant, termina-t-il d'un ton plus vif.

— Pourquoi ton chef voulait-il t'emmener de force ?

— À cause de vous, là. Chef dit vous apporte magie pour

détruire. Il dit vous trouve nous à cause de moi. Il dit je appelle vous… ça un peu vrai, longtemps je pense fort quelqu'un vient chercher Schotz.

— Nous sommes venus pour toi et nous allons t'emmener, c'est vrai, reprit Saraë d'une voix douce, mais nous n'avons pas l'intention de détruire quoi que ce soit, notre magie n'est pas mauvaise.

D'abord, le petit elfe Gris glissa un regard craintif vers le rocher brisé, ensuite vers le mage, pour revenir à l'elfe aux cheveux bleus.

— Hermanus a utilisé sa magie afin de te sauver, Schotz, reprit-elle. Il n'aurait jamais blessé quiconque. Me fais-tu confiance ? Acceptes-tu de rester avec nous ?

Schotz parut réfléchir intensément, il examina soigneusement Elessar, Idril et Hermanus, puis poussant un profond soupir, il finit par acquiescer en silence.

Sur un geste d'invitation de Saraë, il les rejoignit d'un pas hésitant sur leur côté de la berge. Idril lui sourit et lui tendit une outre d'eau claire, ce qui acheva de le convaincre qu'il se trouvait en territoire ami.

— Parfait, intervint gravement Hermanus. À présent, nous avons un autre problème à régler.

— Oh, juste un de plus… marmonna Elessar d'un air blasé.

— Un problème grave, insista le mage en le fusillant du regard. Utiliser notre magie ici, en Morlaune, n'était pas une riche idée. Regardez !

Il exhibait le cristal sorcier du roi des nains qu'il venait de sortir de sa poche. Celui-ci était devenu noir et glacé, alors qu'il aurait dû être transparent et tiède.

— Que lui est-il arrivé ? s'inquiéta Saraë.

— Je crains que mon flux de magie n'ait ouvert une connexion entre ici et Evinshorsk en passant par le cristal. Mörk Örn possède lui aussi des objets du même genre. Le nôtre est peut-être entré en résonnance avec l'un de ceux du Seigneur Noir. C'est la seule explication qui me paraisse plausible.

— Cela signifie-t-il qu'il peut à tout moment savoir où l'on est et ce que l'on fait ? paniqua Idril.

— Je ne le crois pas, non, la rassura le vieux sage. Mais il pourra sans doute épier nos futures conversations si nous nous servons à nouveau du cristal.

— Nos prochaines conversations avec Thorak, c'est ça ? voulut se faire préciser Elessar.

— C'est ça, lui confirma Hermanus. Nous devons impérativement empêcher Thorak d'utiliser le cristal. Sous quelque prétexte que ce soit.

— Oui, mais comment le lui faire savoir sans le contacter avec, justement ? s'enquit Saraë.

— Nous allons devoir l'utiliser. Une dernière fois. Je ne vois pas d'autre solution. Et tenter de lui en dire le moins possible.

La reine réfléchit un moment, puis soupira.

— D'accord, allez-y, Maître Mage.

Hermanus tint le cristal entre ses mains jointes et se concentra sur son ami Thorak. La roche se mit à rougeoyer, avant de se réchauffer enfin, puis le sage sentit la présence du dragon.

— Qu'y a-t-il, vieil épouvantail ? l'apostropha Thorak.

— Tais-toi et écoute, ô lézard ventru ! rétorqua le mage avec raideur.

En peu de mots, il tenta d'indiquer au dragon un lieu de rendez-vous sans que Mörk Örn, s'il écoutait, puisse le deviner, avec l'espoir que Thorak ou l'un de ses compagnons comprendrait. C'était tout ce qu'il pouvait faire.

— Vous les avez envoyés nous attendre chez Tillamina Maripena, la reine des fées ? s'étonna Idril.

— C'est exact, jeune fille, acquiesça l'humain. Selon Saraë, c'est là que nous trouverons le ou la gardienne du chant La, n'est-ce pas, Votre Majesté ?

— Oui, c'est bien notre prochaine étape, confirma la reine.

— Parfait, poursuivit Hermanus. En attendant, j'ai faim et j'ai mal au crâne. Cet endroit me semble acceptable pour bivouaquer. Nous allons nous installer ici pour la nuit, ainsi nous pourrons faire plus ample connaissance.

— Il reste plusieurs heures avant le coucher du soleil, Maître Hermanus, objecta le capitaine.

— Que vous pourrez employer à nous chasser quelque chose de mangeable, cher Elessar, rétorqua le vieux sage. Nous sommes au sec, à l'abri, et nous avons grand besoin de discuter avec notre ami Schotz, ici présent. Donc, nous camperons à cet endroit.

Idril retint un sourire amusé et déposa son baluchon au pied d'un saule, avant de commencer à rassembler des pierres pour le foyer. Quand ils furent tous les cinq assis autour du feu, se régalant de poule d'eau rôtie accompagnée de rhizomes de massette grillés, Saraë demanda au mage de raconter à leur nouvel allié la prophétie des sept chants. Au fur et à mesure du récit, que le mage prenait soin de mettre à la portée de l'elfe Gris en usant d'un langage simple et imagé, le petit être ouvrait des yeux de plus en plus effrayés.

— Vous dire chants combattre Noir Seigneur ? balbutia-t-il. Nous combattre Noir Seigneur ?

Il fit une pause, espérant apparemment que quelqu'un le contredise, puis il se mit à crier, entre colère et incrédulité.

— Fous, tous fous ! Vous mourir ! Et si vous croire que Schotz aussi fou que vous… Non ! Schotz reste ici.

— Tout seul ? l'interrogea Saraë d'une voix douce.

Il y réfléchit intensément, fronçant les sourcils et serrant les mâchoires. Il regarda autour de lui, l'air désemparé, comme s'il cherchait dans son environnement familier les réponses à ses questions, puis il observa avec soin les inconnus qui partageaient leur feu avec lui. Trois Hauts-elfes et un humain, tous de grands magiciens visiblement. Et le plus étonnant, c'est que la superbe femme aux cheveux bleus semblait être le chef des autres.

— Qui êtes-vous exactement ? prononça-t-il très distinctement en fixant Saraë dans les yeux.

— Schotz… tu sais parler aussi bien que nous ! s'exclama celle-ci avec surprise et indignation.

— Je… apprends vite. Et me concentre, aussi. Sinon, c'est

dur.

— Incroyable ! intervint Hermanus, très excité. Un elfe Gris qui utilise la magie inhérente ! C'est assez rare pour être noté !

— Non ! hurla Schotz. Pas magie ! ! Non, non, non, jamais ! Interdit, magie ! Malheur !!

— Calmez-vous, Schotz, le rassura Idril en souriant. Hermanus ne vous accuse de rien, et certainement pas d'avoir enfreint la loi de l'Unique en utilisant la magie.

Ce disant, elle lança au vieux mage un regard noir.

— Nous savons, reprit-elle, que les elfes Gris ont été privés de magie par l'Unique quand il a créé Morlaune et a exilé le Mal hors de Gahavia. Mais Hermanus, ici présent, pense que tout le monde est potentiellement capable d'utiliser une certaine forme de magie, un pouvoir que l'on aurait en nous, une énergie que l'on pourrait tirer de tout ce qui nous entoure. Un don de l'Unique, en quelque sorte. Comprenez-vous ?

— Vous voulez dire, articula Schotz avec soin, que quand je m'efforce de parler comme vous, j'utilise une magie que l'Unique m'accorde volontiers ? Mais sans me le faire savoir ?

— C'est à peu près cela, oui, concéda l'adolescente. Nous pensons que si l'Unique ne voulait pas que vous l'utilisiez, vous en seriez tout simplement incapable. À nos yeux, c'est un don qu'il vous fait pour nous prouver, et pour vous prouver à vous aussi, que vous avez votre place dans la lumière.

— Est-ce que, hésita encore le petit elfe, je peux faire plus ?

— Ça, lui répondit cette fois Hermanus, nous devrons le découvrir au fur et à mesure. Mais vous pouvez compter sur moi pour vous aider et vous apprendre ce que je sais, comme je le fais pour Idril.

L'elfe Gris détailla à nouveau la jeune fille avec attention, puis inspirant un grand coup, il reposa sa question initiale :

— Qui êtes-vous exactement ?

— Je suis Saraë Calimehtar Elendil, lui révéla enfin l'elfe aux yeux violets, je suis la Haute-Reine des elfes, et voici Idril Elendil, fille du chancelier d'Allorée. Le capitaine Elessar Voronwë, qui commande la cavalerie légère des Sept Collines.

Et le mage Hermanus Taliesin, que l'Unique a choisi pour nous montrer la voie. Et qui portait le chant Do avant vous.

Le petit elfe ne dit rien, il ne bougeait plus un cil et on aurait même pu croire qu'il s'était arrêté de respirer. Il dardait un regard fixe, sans expression, sur Saraë, quand brusquement, comme frappé par la foudre, il s'effondra sur le sol avant de se mettre à hurler... de rire. Il semblait ne plus pouvoir s'arrêter. D'abord surpris, puis vaguement amusés, les elfes et le mage le regardèrent un moment se tordre ainsi de rire. Mais très vite, ils furent partagés entre inquiétude et agacement. Plus précisément, Idril et Saraë se mirent à s'inquiéter de sa santé mentale, allant jusqu'à craindre qu'il ne soit victime d'un quelconque mauvais sort. Hermanus, lui, pinçait les lèvres, froissé d'être la cause d'une telle hilarité. Et qu'une créature si frustre et barbare osât se moquer de la reine des elfes scandalisait Elessar.

En réalité, il ne s'agissait de rien de tout cela. Le pauvre Schotz avait subi une telle pression depuis que le chant Do l'avait investi, harcelé par les siens, inquiet et bouleversé par les sentiments que le chant faisait naître en lui, puis il avait été tellement soulagé par sa rencontre avec ses sauveurs, terrifié aussi par ce qu'ils lui avaient révélé, et enfin, stupéfié par leur importance et leur puissance... qu'il avait craqué. Tout simplement. C'en était trop pour lui, si insignifiant, si stupide et si vil.

Peu à peu, son rire s'apaisa, se muant en sanglots et en tremblements, et ce n'est qu'à cet instant qu'Hermanus réalisa ce qui se passait. Aussitôt, il s'agenouilla auprès du petit être frêle et posa le bout de ses doigts sur ses tempes. Avec douceur et sollicitude, il le calma, avant de l'endormir. Pendant ce temps, Idril s'était occupée de lui préparer une couche près du foyer. Lorsqu'il fut installé, paisible, les quatre voyageurs se rassirent autour du feu, un peu secoués par la crise de leur nouvel allié.

— La vie a beau être dure en Morlaune, il n'a pas été préparé à de tels bouleversements, commenta le mage.

— Ces gens vivent si isolés et éloignés du monde,

poursuivit Idril, quelle tristesse !

— Leur problème, c'est surtout qu'ils n'ont aucune culture, ne connaissent rien de ce qui se passe à l'extérieur. Ils restent sur de vieilles croyances erronées ! s'insurgea Elessar.

— Je crois, avoua pensivement Saraë, que j'aurais réagi comme lui à sa place.

— Majesté, se récria le capitaine, vous êtes un modèle de courage et de volonté ! Vous n'auriez jamais piqué une telle crise !

— Ah, Elessar, noble capitaine des elfes, lui répondit la reine en souriant, tu ne m'as pas vue le soir de l'attaque de l'Ombre, en Allorée. Si Mère n'avait pas été là pour réagir et organiser la défense, nous serions probablement tous morts à l'heure qu'il est. J'étais tellement paniquée que je n'arrivais même plus à bouger ni à aligner deux pensées cohérentes. Je n'étais qu'une jeune princesse insouciante et frivole, à cette époque.

— Il y a un an à peine, lui glissa Hermanus avec un petit sourire.

— Cela me semble si loin pourtant, murmura-t-elle, le regard perdu dans les limbes du passé. Ma vie était si claire et douce, mon avenir si certain, si bien programmé… Je ne pensais alors qu'à celui que je rencontrerais un jour et que j'aimerais…

Sa voix se brisa soudain, comme c'était le cas chaque fois que le souvenir d'Edoran revenait la percuter de plein fouet.

— Cependant, vous vous êtes reprise très vite, Majesté, la consola le mage. Ne vous morigénez pas ainsi ! Aussitôt que vous avez dû endosser le manteau du pouvoir, vous avez agi de la meilleure des manières et n'avez plus baissé les bras. Je ne vous l'ai jamais dit, pourtant vous m'impressionnez beaucoup et je suis extrêmement fier de combattre à vos côtés.

— Et moi également, Ma Reine, renchérit Elessar. Vous êtes un exemple pour nous tous, car nul plus que vous n'a eu à perdre et n'a souffert durant cette guerre.

— Ma plus chère amie, s'attendrit Idril en prenant Saraë

dans ses bras, laisse-moi t'aider.

La toute jeune elfe aux pouvoirs flambant neufs utilisa sa magie pour envoyer une vague de chaleur et d'amour embrasser l'âme de sa cousine. Saraë se sentit tout de suite mieux. Comme si tous ceux qu'elle aimait l'étreignaient et lui disaient : "on est là, avec toi, on ne te laissera pas tomber". C'était doux et chaud, et l'amour d'Idril permit à sa souveraine de repousser dans le petit coin sombre où elle l'avait confiné son chagrin concernant Edoran. Au moins pour un temps, car ce dernier semblait si profond qu'il ne pouvait trouver de réel apaisement.

— Merci, petite sœur, chuchota la reine à l'oreille de l'adolescente.

Puis elle se redressa, tourna la tête vers Schotz qui dormait comme un bienheureux et déclara :

— Demain, nous repartons tôt. Nous devons retrouver Thorak et les autres au plus vite en Faërie. Il nous faudra instruire notre petit ami sur la route, en douceur, point par point, et si possible avec tact. À notre arrivée, il est important qu'il soit à cent pour cent avec nous et prêt au combat.

Ses trois compagnons acquiescèrent sans un mot, soulagés de la voir reprendre son flambeau. Ils s'installèrent à leur tour pour la nuit et s'endormirent pendant que la reine assurait le premier tour de garde. Elle avait lourdement insisté pour qu'ils la laissent un peu seule. Elle avait besoin de réfléchir. Cependant, à mesure que l'obscurité l'enveloppait de ses voiles, ce furent ses démons, et des images d'Edoran, qui envahirent son esprit.

Elle le revoyait lors de leur première rencontre, à l'Arcoa Calya, aussi jeune et innocent qu'elle. Si beau, si plein de vie et de promesses. Puis brisé et épuisé lors de l'Appel, mais rendu plus fort et désirable par la rudesse qu'il avait gagnée au combat. Quand il s'était agenouillé à ses pieds, elle avait manqué défaillir de joie et d'émotion. Elle s'en souvenait avec une acuité presque violente. Elle se souvenait aussi de la première fois où elle avait entendu son appel télépathique, alors qu'elle gisait depuis des jours au fond de la forteresse d'Evinshorsk. La voix de son aimé, dans sa tête, était devenue une bouée de sauvetage, une corde à laquelle elle pouvait s'accrocher… l'espoir. Il était venu la chercher. Il avait tout bravé, et il l'avait retrouvée. Jusque-là, elle n'avait osé croire qu'il éprouvât pour elle plus que de la loyauté, pourtant, à ce moment précis, elle avait enfin compris qu'il l'aimait, lui aussi. Ensuite, il y avait eu l'instant magique du premier baiser, dans la grotte d'Armédia. Après cela, elle avait lutté pied à pied pour lui arracher chaque baiser, chaque caresse, pour le toucher, jour après jour, quand lui tentait, à son corps défendant, de l'en dissuader. Il était si noble et si… tellement trop honnête. Un sourire attendri fleurit sur les lèvres de Saraë. Alors, le chagrin et la douleur redoublèrent, comme la vague dévastatrice d'un tsunami après que la mer s'est trompeusement retirée. Car Edoran avait quitté sa vie. Car tant qu'elle ne l'aurait pas retrouvé, elle n'aurait plus ses mains, sa bouche, son corps, son sourire, son regard, tout son cœur et toute son âme… elle n'aurait plus rien qui vaille la peine d'exister. Et la douleur se transforma en rage, encore une fois, comme chaque fois que ses pensées prenaient ce chemin-là. Parce qu'aussi longtemps qu'elle vivrait, pas un instant elle ne cesserait de se battre pour le retour de son aimé. Elle savait parfaitement ce qu'elle avait à faire : réunir les sept chants sacrés, les lier, détruire le Seigneur Noir, Evinshorsk et toutes les créatures qui en étaient issues. Puis, si cela ne suffisait pas, elle partirait en guerre contre l'Unique jusqu'à ce qu'il consente à lui rendre Edoran. Et rien ne l'arrêterait, car elle était une guerrière.

Et comme d'habitude, ces dernières pensées calmèrent son cœur en feu. Forte de cette volonté, elle retrouva une certaine paix, suffisante pour que son attention puisse à nouveau se tourner vers le présent.

La nuit s'allongeait.

Ses compagnons de voyage dormaient, confiants et sereins.

Elle veillait.

# — 23 —

## Nínui 04 (le même jour) – Centauria

Pour parcourir les plaines, Thorak avait repris les airs, chevauché par Olbur et Zya. Thésis avait abandonné ses ailes pour le dos de Sorcha, qui lui avait généreusement proposé de la prendre en croupe. Ainsi, les deux jeunes femmes pouvaient-elles parler et faire connaissance, tout en demeurant en contact avec le dragon, dont l'ouïe exceptionnelle lui permettait de suivre leurs conversations.

Au fil des jours, la guerrière aelder découvrit une personne enjouée et intelligente, courageuse et passionnée. Sorcha racontait sa jeunesse avec enthousiasme, les parties de chasse, la vie en bande, les amis, la liberté… mais jamais elle n'évoquait son présent. Elle éludait systématiquement toute allusion à son choix de vie. Et la raison pour laquelle elle avait fermé la porte de son passé joyeux. Au quotidien, elle tentait de maintenir sa personnalité vibrante derrière un mur de tristesse et de résignation. Thésis n'osait pas aborder le sujet de front. Pourtant, elle pressentait que les états d'âme de la centauresse, et les secrets qui semblaient en être la cause, risquaient de gêner la quête à un moment ou à un autre si l'on n'y mettait pas bon ordre. Sans insister plus, elle se promit de s'en ouvrir à Zya, dont l'intuition et le tact dépassaient largement les siens. Elle, mieux que personne, saurait amener la novice à se confier.

Les plaines de Centauria étaient immenses, et le dire ne leur rendait pas justice. Les sillonner en tous sens sans savoir quoi chercher, ni où, avait quelque chose de ridicule et de désespéré. C'est néanmoins ce qu'ils firent durant des semaines, interrogeant tous ceux qu'ils croisaient et courant de fausses pistes en désillusions. Vers le milieu de leur deuxième semaine d'exploration, ils reçurent un appel d'Hermanus par le biais du cristal sorcier. Zya, qui le gardait contre elle, dans un pli de son corsage, le sentit soudain chauffer à travers l'étoffe. Quand elle l'en tira, il rougeoyait.

— Thorak, mon ami, alerta-t-elle le dragon, il faut atterrir, le mage Hermanus cherche à nous joindre !

— Tout de suite, très chère, répondit le grand Bleu en piquant vers le sol.

Sautant à terre dès qu'ils se furent posés, l'ondine s'avança vers la tête massive du dragon et appliqua le cristal contre son front.

— Qu'y a-t-il, vieil épouvantail ? lança Thorak.

— Tais-toi et écoute, ô lézard ventru ! rétorqua le mage du tac au tac.

Le dragon se tut, sidéré par le ton froid et mordant de son ami.

— Je t'écoute, finit-il par répondre gravement.

— Pour des raisons de sécurité, nous allons devoir nous passer du cristal sorcier, vous devez désormais le garder enfermé et ne surtout plus l'utiliser.

— Comment nous retrouverons-nous, en ce cas ?

— Lorsque vous aurez terminé, dirigez-vous vers le nord. Attendez-nous où les ailes sont poussière. C'est tout.

La communication fut brutalement interrompue, et le cristal redevint terne et froid. Les compagnons s'entre-regardèrent un moment, inquiets et bouillonnants de questions.

— Je ne sais pas ce que ce vieux hibou a encore été trafiquer, mais ça ne sent pas bon du tout, finit par gronder Thorak.

— Quoi qu'il en soit, intervint Thésis, ses ordres sont clairs. Plus de cristal sorcier et rendez-vous chez les fées dès qu'on aura le porteur du chant. Il ne sert à rien de conjecturer, puisque de toute façon, nous n'obtiendrons aucune réponse.

— Voilà, c'est pour ça que je t'aime ! lui lança Olbur avec enthousiasme. Tu ne t'amuses pas à compliquer les choses plus qu'elles ne le sont, et tu comprends tout ce que dit cette espèce de fou d'Hermanus ! Je trouve ça incroyable.

— Je suis à la fois une guerrière et une guérisseuse, ne l'oublie pas, sourit l'aelder.

— Pour qu'Hermanus ait usé de telles précautions verbales, fit remarquer le grand Bleu, perplexe, c'est qu'il a dû arriver quelque chose de très grave. Espérons que la quête ne soit pas compromise…

— Si elle l'était, le rassura Zya, il ne nous aurait pas demandé d'aller l'attendre chez les fées avec le porteur du Ré. Il s'est certainement passé quelque chose, tu as raison sur ce point. Toutefois, rien ne doit nous empêcher de mener à bien notre mission. Donc, sors cette inquiétude de tes pensées, mon doux ami, et concentre-toi sur notre but.

Zya caressa d'une main tendre le mufle de son âme-sœur, puis elle rangea soigneusement le cristal dans son corsage et remonta sans tarder sur le dos du dragon. Ils reprirent leur route, chacun tentant par-devers lui de s'expliquer l'étrange message d'Hermanus.

Cet après-midi-là, alors que le groupe était déjà profondément enfoncé dans le cœur des plaines, une bande de jeunes centaures aborda Thésis et Sorcha. Afin d'éviter d'effrayer les nouveaux venus, comme il en avait si souvent fait l'expérience, Thorak s'éleva un peu plus haut dans les airs et resta en vol stationnaire à l'abri des nuages. Malgré la distance, il pourrait tout de même, s'il se concentrait, capter l'essentiel de ce qui se dirait au sol.

Avisant les courtes boucles de la centauresse, Parov, un centaure bai foncé, inclina respectueusement le buste.

— Mes respects, Novice. Puis-je vous demander ce qui vous a conduite si loin dans les plaines, et en si étrange compagnie ? s'enquit-il en lorgnant la cavalière juchée sur sa compatriote.

— Je suis en mission pour les sages, répondit la centauresse avec aplomb. Comment t'appelles-tu ?

— Mon nom est Parov, fils d'Oslav. J'emmène ce groupe de recrues rejoindre les troupes levées par le Conseil pour aller combattre en Edheldôr tout en raccompagnant ces trois femelles à la Crevasse-Mère. Et toi, comment te nommes-tu ?

— Je suis Sorcha de l'Unique. Des étrangers sont à la recherche d'un centaure très particulier. Mon rôle consiste à les aider à le trouver, puis à les assister dans la suite de leur mission.

Le jeune curieux observa Thésis avec intérêt avant de questionner la novice.

— Une "mission" ? Tu parles d'étrangers… où sont les autres ? Et qui est donc ce centaure ? Peut-être puis-je t'aider. Cela fait des mois que nous sillonnons cette partie des plaines, nous avons croisé pas mal de monde.

— Je ne sais pas qui il est, en réalité, dut admettre Sorcha avec embarras, car il n'a aucun signe distinctif, si ce n'est qu'il est habité par une musique étrange, ce qui le conduit probablement à se comporter de manière inhabituelle.

— C'est maigre comme informations.

— C'est pourtant tout ce que nous possédons, avoua la novice d'un air désabusé.

— Ce n'est pas vraiment tout, Sorcha de l'Unique, tonna l'ample voix du Diamant Stellaire alors qu'il se posait à proximité.

Voyant la conversation bien engagée, Thorak s'était finalement décidé à les rejoindre, provoquant un intense mouvement de panique parmi les autochtones.

— Nous avons, Zya et moi, le chant Sol pour nous guider ! reprit-il d'une voix tonitruante. Lorsque nous serons suffisamment proches du chant Ré, Sol devrait entrer en résonnance avec lui. Tout ce dont nous avons besoin, c'est d'un indice pour savoir vers où chercher.

Précipitamment, les jeunes centaures s'étaient éloignés dans la plaine. Assez loin pour se sentir à l'abri, mais suffisamment près toutefois pour entendre ce qui venait de se dire. Leur curiosité et leur fascination étaient telles que même la terreur que peut inspirer un dragon ne parvenait pas à les convaincre de fuir tout à fait.

— Approchez, Centaures, reprit Thorak sur le même ton, il sera plus commode de s'entretenir sans avoir à crier. Ne craignez point mon courroux ni ma faim, je suis un dragon-gardien, pas un sauvage !

— Je vais aller leur parler, proposa Sorcha en prenant le galop.

Un peu plus tard, bien que guère rassurés, quelques-uns acceptèrent d'approcher, tandis que le reste du groupe demeurait à prudente distance avec la novice. Parov, le leader de la bande, s'inclina avec déférence devant la gigantesque créature ailée, puis il prit courageusement la parole.

— Seigneur Dragon, ce sera pour nous un honneur immense de servir un gardien. Un privilège ! Je vais m'entretenir avec mes amis afin de tenter de découvrir, dans leurs observations, le moindre indice pouvant vous être utile. Certains d'entre eux ne se sont joints à notre groupe que récemment, ils auront peut-être rencontré celui que vous cherchez, ou quelqu'un qui l'aura vu.

— Que voilà de sages paroles, très cher Parov, l'encouragea le grand Bleu, nous allons donc vous laisser réfléchir tous ensemble, et je m'en vais profiter de ce temps pour attraper un ou deux bisons. J'en ai aperçu un plein troupeau à deux tirées d'ailes.

— Estomac volant !

— Pardon, Maître Olbur ? Auriez-vous une objection à ce que je me sustentasse ?

— C'est que, Maaîître Dragon, vous vous êtes prodigieusement sustenté il n'y a pas deux heures de cela, ce me semble !

— Et alors ? Si j'ai faim ! Est-ce que je vous restreins dans vos grommellements et vos bouderies ? Non ! Bien que vous me cassassiez continuellement les oreilles, je vous laisse râler tout votre saoul ! Mon péché mignon à moi, c'est le bison, donc, je vais chasser le bison, ne vous en déplaise !

— Dans ce cas, permettez que je descende de votre dos. Pas question de me faire à nouveau asperger de sang et de tripaille en plein vol. Si au moins vous mangiez proprement !

— Et sans mains, comment découperais-je ma viande, Môssieu j'ai-toujours-quelque-chose-à-dire ?

— Suffit ! Cessez immédiatement ! éclata la douce Zya. Je sais que votre second péché mignon à tous les deux, c'est cet incessant duel verbal, mais Thésis et moi, nous n'en pouvons plus !

Elle eut un profond soupir, puis poursuivit plus calmement :

— Thorak, mon doux ami, prends ton envol et va chasser, si tel est ton bon plaisir. Quant à vous, très cher Olbur, votre sagacité nous sera salutaire pour démêler l'intéressant de l'inutile dans les informations que ces jeunes gens voudront bien nous soumettre.

Comme toujours, l'Ondine devenue femme savait apaiser les esprits et recentrer tout le monde autour du sujet qui importait véritablement. Et comme toujours, c'est pour le moins contrits que le dragon et le nain acceptèrent la réprimande et remirent à plus tard leur exaspérante occupation.

Après avoir admiré, béat, l'essor puissant de Thorak, Parov soupira, à la fois de soulagement et de dépit. La terreur provoquée par le dragon n'était cependant pas partie avec lui. L'éblouissement devant sa grâce et sa majesté non plus. Ce mélange de peur et d'admiration, de désir et de répulsion n'avait rien d'inhabituel : lorsqu'on rencontrait un dragon pour la première fois, c'est généralement ce qui arrivait. Néanmoins, l'ambivalence des sentiments qui l'agitaient tordait le ventre de Parov, lui laissant dans la gorge un goût amer. Le goût de la jalousie. Car lui n'était pas terrifiant, et il ne volerait jamais non plus.

Il leva le regard vers le reste de son groupe qui refusait obstinément d'approcher la zone d'atterrissage du dragon.

Sorcha était en grande discussion avec eux. Les voix de ses amis les plus proches qui commençaient à parler avec les étrangers le ramenèrent à ce qui les occupait.

— J'arrive du nord, j'étais au pied de la Barrière avec ma famille, disait l'un. J'ai traversé une bonne partie du pays et rencontré plusieurs bandes qui, comme la nôtre, se dirigeaient vers l'Edheldôr, toutefois je n'ai rien remarqué de particulier.

— Moi, pareil, ajouta un autre. Je remonte de la côte australe. Je n'y ai pas croisé grand monde, et personne qui m'ait paru suspect.

— Suspect, c'est un bien grand mot, lui précisa Zya en souriant. Ai-je l'air "suspecte" à vos yeux ? Si vous faites abstraction de mon physique, très éloigné du vôtre, bien sûr ! Le chant que je porte en moi ne se voit pas de l'extérieur, et pourtant, il est bel et bien là.

— C'est vrai, intervint Thésis, on ne le voit pas, mais il suffit de te côtoyer un peu pour sentir qu'il t'habite. Tu as souvent le regard lointain, comme si tu écoutais un son que toi seule peux entendre.

— Et c'est le cas.

— Ton regard est lumineux, poursuivit l'aelder. Tu respires la paix et l'harmonie. Non, tu n'es pas suspecte, tu es seulement différente, et cela se voit pour qui prend le temps d'y regarder de plus près.

— Je comprends mieux ce que vous attendez, maintenant, osa alors timidement une centauresse alezane, et j'ai peut-être croisé celui que vous cherchez. Un centaure très puissant, un guerrier. Ma sœur et moi voyagions de la frontière de Lutry, où vivent nos cousins, à la Crevasse-Mère où se trouvent nos parents. En chemin, alors que nous nous apprêtions à nous arrêter pour bivouaquer, nous sommes tombées sur un centaure aussi séduisant qu'intimidant. Il était seul et avait déjà allumé son propre feu, nous lui avons donc demandé l'hospitalité. Ma sœur ne se sentait pas tranquille, car elle craint les inconnus, pourtant il nous a accueillies avec gentillesse et a partagé son repas avec nous. Ce qui me fait penser qu'il peut s'agir de celui que vous cherchez, c'est qu'il n'a plus prononcé un seul mot après nous avoir dit que son feu était le nôtre. Il nous a donné à manger en silence, puis s'est retiré à la limite du cercle de lumière et s'est mis à observer les étoiles. Il est resté ainsi, immobile et mutique, jusqu'à ce que nous nous endormions. Son visage et son regard trahissaient sa douleur et sa mélancolie.

— Je ne vois pas bien en quoi ça le désignerait, la coupa Parov. Tout le monde connaît des centaures ermites, des solitaires qui choisissent de vivre retirés des zones habitées et qui évitent les relations avec les autres.

— C'est vrai, admit sa comparse, cependant, tout le monde sait aussi que ces ermites abhorrent la violence et les armes. Ce sont des pacifistes. Or, ce centaure-là était un guerrier ! Il portait une épée magnifique au fourreau, plusieurs dagues attachées à ses bras, une grande lance de chasse et un arc à double courbure de chaque côté du poitrail, et dans le dos, un carquois rempli de flèches à pointe barbue. Pas grand-chose à voir avec un ermite ! conclut-elle sèchement à l'intention de Parov.

— Effectivement, dans ce cas… marmonna ce dernier.

— Malgré tout, vous auriez aussi pu ne croiser qu'un guerrier taciturne, j'en connais ! intervint Thésis.

— C'est là où vous vous trompez, et où Selma a sans doute vu juste, dut encore concéder Parov. Parmi les autres peuples, je veux bien croire qu'il puisse se trouver des guerriers renfermés sur eux-mêmes, défiants et circonspects. Mais pas chez les centaures. Un combattant, un soldat ordinaire en aurait, au mieux, profité pour conter ses exploits haut et fort en en rajoutant à mesure que les demoiselles s'extasiaient et aurait, au pire, fini par profiter d'elles comme si c'était un dû. Vous n'avez guère été prudentes en lui demandant l'hospitalité.

— Je sais me défendre, et puis là n'est pas la question. Ce soldat était l'un des plus impressionnants qu'il m'ait été donné de voir, certainement l'un des plus puissants guerriers de Centauria. Or, son comportement, ce silence, cet air triste, ça ne collait pas du tout !

— Alors, on tient peut-être notre gardien, se réjouit Zya. Où exactement l'avez-vous croisé ?

— Beaucoup plus à l'est d'ici. Non loin du cercle Qendër, répondit Selma.

— Le cercle Qendër ? Qu'est-ce que c'est ? s'informa Thésis.

— Il s'agit d'un point de convergence magique, comme il en existe à quelques endroits du monde, lui expliqua Parov. Un lieu où les couloirs d'énergie confluent jusqu'à former un nœud de pure puissance magnétique. Cette énergie est invisible et même imperceptible pour le commun des mortels. Seuls les mages et les sorciers peuvent la sentir, la capter et l'utiliser. Pour eux, ces lieux sont des réservoirs inépuisables de pouvoir.

— Quel rapport avec notre centaure ? Serait-ce aussi un sorcier ? demanda le nain qui, jusque-là, s'était étonnamment contenté d'écouter sans intervenir.

— Non, répondit cette fois Selma, du moins, je n'en sais rien, pour être tout à fait franche. Cependant, le cercle Qendër a pu l'attirer pour des tas d'autres raisons. Il s'agit de l'un des plus importants points de repère de notre pays. Dans nos vastes plaines, tout élément géologique ou géographique stable nous permet de nous orienter. Nous nous en servons pour affiner une direction, donner un rendez-vous ou déterminer une distance. Lorsque nous avons croisé cet étrange guerrier, nous nous trouvions à deux jours à l'est du cercle Qendër, et quand nous nous sommes séparés, au matin, il s'est dirigé plein ouest, donc droit vers le cercle.

— Comment trouve-t-on ce fameux cercle ? voulut savoir Thésis.

— La novice qui vous accompagne saura sans doute vous y conduire… mais disposez-vous d'une carte ? s'enquit Selma trop heureuse de pouvoir se rendre utile.

— Oui, acquiesça l'aelder, ainsi que d'une boussole. Vos sages ont été généreux avec nous.

— Alors, je vais vous montrer. Le cercle Qendër se trouve à l'exact point de croisement de la voie du sud, qui part de la frontière de Faërie et descend jusqu'à la baie des Chimères, avec la voie Transverse, qui part de l'extrême pointe ouest du continent et file droit jusqu'à la Crevasse-Mère, à l'est de Centauria. La voie Transverse coupe littéralement le pays en deux parties, nord et sud.

— Donc, à la jonction de ces deux routes importantes se trouve le cercle Qendër, c'est bien ça ? s'assura encore Zya après avoir déplié le parchemin.

— C'est cela, oui, lui confirma Parov. Mais avec votre guide, vous ne pouvez pas le manquer.

— À partir de là, reprit Selma en laissant filer son index sur la carte, si vous voulez revenir à notre campement, et retrouver le point de départ du guerrier solitaire, revenez sur vos pas vers l'est pendant deux bonnes journées…

— Trois heures de dragon, la coupa Olbur.

— Oui, mais deux bonnes journées pour Sorcha et moi, rectifia Thésis en lui faisant les gros yeux.

— Exact, autant pour moi, s'excusa le nain, désolé de vous avoir interrompue, Damoiselle Selma. Reprenez, je vous prie.

— Deux bonnes journées plein est, donc, puis plein ouest. En revanche, je ne peux vous certifier qu'il aura conservé cette direction. Il est possible qu'il ait contourné le cercle pour gagner l'océan. Ou qu'il ait fait mine de se rendre au cercle histoire de nous induire en erreur…

— Quel intérêt aurait-il eu à agir ainsi, il ne vous connaissait pas et ne savait pas qu'on se lancerait à sa recherche, souligna Thésis.

— Vous avez raison, rougit la centauresse, je suis désolée de ne pouvoir être plus précise.

— Cela ne fait rien, la rassura Zya, vous nous avez déjà beaucoup aidés. C'est la meilleure piste que nous ayons eue depuis le début de nos investigations. Dès que Thorak sera revenu de sa chasse, nous nous remettrons en route. À quelle distance pensez-vous que nous soyons du cercle Qendër ?

— Oh, pas très loin, la renseigna Parov, quatre jours, tout au plus. Il vous faudra ensuite une petite semaine avant d'atteindre l'océan, si c'est bien là qu'il va.

— Nous pourrions être rendus d'ici une dizaine de jours, si nous nous dépêchons, se réjouit Olbur. Et je n'en serais pas fâché. Où que nous allions par la suite, j'espère ne plus avoir à le faire en volant.

— Il y aurait une autre solution, Olbur… le cheval, lui rappela Thésis, taquine. Or, je crois bien que vous détestez les chevaux !?

— Je ne déteste pas les chevaux ! se défendit-il en jetant des regards effarés vers les centaures. C'est juste que je n'ai confiance qu'en mes propres pieds. Ils m'ont toujours conduit là où je voulais aller.

— Certes, mon cher, intervint le Diamant Stellaire en se posant fort à propos près du petit groupe, mais pas sur les terres centaurines. De plus, si nous devons parvenir au terme de cette quête avant que le Mal n'ait dévasté Gahavia, nous ne pouvons nous permettre de nous promener.

— Thorak a raison, Maître Olbur, renchérit Zya. Aussi difficiles que soient les conditions de notre voyage, parce que c'est également difficile pour moi qui suis un être aquatique, je vous l'assure, la quête des chants doit rester notre absolue priorité. Notre confort ne pèse guère dans la balance, vous ne croyez pas ?

— Alors vous, vous avez le chic pour me rabattre le caquet. Que voulez-vous que je réponde à cela sans me couvrir davantage de ridicule ? Évidemment que vous avez raison !

Sur ces sages paroles, le nain fit signe à Sorcha de les rejoindre, puis les cinq compagnons reprirent leur route en direction du cercle Qendër.

# — 24 —

## Nínui 05 (le lendemain) - Evinshorsk

Edoran s'appliquait à se rendre aussi indécelable et évanescent que possible, tout en restant concentré sur le démon qui violait son esprit pour la seconde fois. Il avait à présent l'avantage de l'expérience et aurait bientôt celui de la surprise. L'autre ne se doutait, en effet, pas un instant qu'il n'était désormais qu'invité dans son corps d'emprunt, et ce, pour un temps limité.

Pour l'heure, l'indésirable semblait peiner à apprivoiser la douleur causée par les blessures irradiant de son épaule et de sa cuisse. Surprenant de la part d'un être que le Seigneur Noir avait créé et forgé dans la souffrance… Interpellé, Edoran s'intéressa aux différences entre le démon qui avait brutalement percuté son esprit dans les geôles de Sargan, et celui qui se faisait maintenant appeler Bahran, visiblement moins sûr de lui, moins agressif, moins… démoniaque.

Le premier, il l'avait perçu comme une masse compacte, solide, ténébreuse, d'où sourdait la puanteur méphitique de Mörk Örn. L'attaque avait été directe, violente, frontale, dans la totale certitude de la victoire et sans la moindre parcelle de scrupule. Alors qu'aujourd'hui, le lycante sentait nettement la prudence du personnage, son hésitation, tel un flottement dans sa psyché. Il semblait avoir des doutes sur sa propre nature, sa légitimité. Cette découverte étonnante faillit valoir au chevalier de se trahir, tant les perspectives qu'elle offrait l'enthousiasmèrent. Avec des fondations affaiblies, si Edoran s'attaquait aux murs avec suffisamment de patience et d'habileté, c'est toute la construction mentale du démon qui pourrait s'effondrer… le laissant alors seul maître à bord.

# — 25 —

## Nínui 06 (le lendemain) – Evinshorsk

Il fallut le reste de la nuit au loup pour consolider au mieux la cicatrisation de ses chairs et remettre son corps en état de voyager. Au matin, il se mit debout, s'ébroua, effectua quelques pas raides et engourdis dans l'espace réduit dont il disposait, puis quand il s'estima prêt, il s'adressa à ses acolytes d'un bref jappement avant de s'élancer vers le sud. Edoran se souvenait que Thésis et lui avaient mis dix-sept jours pour rallier la Forteresse depuis la porte d'Evinshorsk, lorsqu'ils cherchaient Saraë. Mais alors, ils ne connaissaient pas la route, tâtonnaient et avaient plus qu'un peu erré dans ce monde inhospitalier. Cette fois-ci, c'est Bahran qui choisissait le chemin, et il mena un train d'enfer, sans presque prendre de repos, jusqu'à toucher au but.

# — 26 —

## Nínui 07 (le lendemain) - Frontière occidentale de Morlaune

Guidés par l'elfe Gris, il ne fallut que quelques jours à Saraë, Idril, Hermanus et Elessar pour atteindre la frontière ouest de Morlaune. À la vue des immenses plaines de Centauria, les yeux de Schotz s'écarquillèrent jusqu'à presque sortir de leurs orbites. Bien qu'ayant habité toute sa vie à proximité de l'océan vert, il ne l'avait encore jamais contemplé. Rares étaient ceux de son peuple qui se risquaient à s'éloigner du cœur des marais. Ils préféraient rester terrés dans ces lieux dont ils connaissaient chaque recoin et où ils pouvaient se dissimuler aisément. Il fallut à Saraë une bonne dose de patience et de persuasion pour le convaincre de mettre un pied sur la lande rocailleuse qui précédait le gigantesque plateau herbeux battu par les vents. Le petit être grisâtre et malingre tremblait de tous ses membres, et ses grands yeux noirs voltigeaient d'un bout à l'autre du ciel infini. Tant et si bien qu'Elessar eut pitié de lui.

— Schotz, une longue marche nous attend et nos jambes sont bien plus grandes que les vôtres. M'autoriseriez-vous à vous porter sur mon dos afin que nous puissions avancer plus vite ? lui proposa-t-il avec diplomatie. Ainsi, vous seriez moins fatigué.

D'abord alarmé que le soldat s'adresse à lui, puis méfiant par habitude, l'elfe Gris observa le capitaine en plissant les paupières. Sa haute stature, ses épaules larges, ses jambes solides… en cas de fuite, une telle monture lui serait bien utile, admit-il. Encore hésitant, il lança un regard interrogatif à Saraë, qui opina en souriant, l'encourageant ainsi à accepter la proposition du capitaine. Schotz acquiesça alors en silence, sans oser croiser les yeux du Haut-elfe, et c'est tout aussi silencieusement que ce dernier le souleva pour le jucher sur ses épaules. À partir de ce moment-là, les quatre marcheurs purent adopter un rythme beaucoup plus rapide. La monotonie des plaines occupait les trois quarts de leur paysage, toutefois les pics acérés de la Sierra Lacerada, sur leur droite, leur assuraient un repère qu'ils s'appliquaient à conserver. Au bout de quelques heures, un troupeau de jeunes centaures qui galopaient au loin les aperçut et bifurqua dans leur direction.

— Attention, prévint Hermanus, nous enfreignons leur loi la plus sacrée en foulant Centauria du pied. Je vais tenter de leur expliquer la situation, cependant, préparez-vous à devoir vous défendre.

— Je peux les empêcher de nous atteindre, lui rappela la Haute-Reine. Ils ne seront pas une menace. En revanche, si vous les ameniez à nous venir en aide… quelques montures rapides seraient les bienvenues.

— Monter des centaures ? s'exclama Idril Elendil, choquée. Mais… cela ne se fait pas. Jamais ils n'accepteront !

— Nous avons bien monté des pégases, chère cousine, rétorqua Saraë avec un clin d'œil. Pourquoi pas des centaures ?

À l'approche de la harde, par mesure de précaution, la jeune reine déploya un bouclier invisible composé d'air épaissi. Les équidés furent d'abord ralentis dans leur mouvement, avant de se voir complètement empêtrés dans un piège qu'ils ne pouvaient appréhender. Plus fâchés qu'effrayés par ce qui leur arrivait, ils se mirent à invectiver les quatre blasphémateurs qui avaient osé fouler aux pieds leur précieuse terre. Ils leur ordonnèrent de cesser leurs diableries et de les libérer, les maudirent jusqu'à la centième génération, leur promirent une mort lente et douloureuse… puis se turent enfin pour écouter ce que ces derniers avaient à dire. Puisque de toute façon, il n'y avait rien d'autre qu'ils pussent faire.

— Je suis Saraë Calimehtar Elendil, Haute-Reine des elfes, Grande prêtresse de l'Unique et Oracle des sept chants, déclama d'une voix forte la jeune femme aux cheveux bleus.

Debout bien droite devant ses compagnons et face à la quinzaine de centaures, elle paraissait bien plus grande qu'elle ne l'était en réalité. Son aura naturelle, qu'elle cachait d'ordinaire sous des couches de doute et de mésestime, flamboyait maintenant autour d'elle. Elle avait mis dans l'évocation de chacun de ses titres le poids des pouvoirs qui lui étaient conférés et celui des responsabilités qui lui incombaient. Cela eut son petit effet, car les quinze centaures, bouche bée, mirent un genou à terre dans un bel ensemble, le poing frappé contre le torse et le front obligeamment courbé. Hermanus poussa un sifflement impressionné avant de s'esclaffer.

— Alors ça, Madame, c'est de la haute diplomatie de guerre. Je ne suis pas fâché d'être dans votre camp.

— Oui, je sais, vous me l'avez déjà dit, rétorqua-t-elle du tac au tac, avant de s'adresser à nouveau aux centaures : Messieurs, je vais lever le bouclier qui vous empêche d'avancer et nous pourrons parler en toute civilité.

Ils acquiescèrent, et elle fit taire sa magie. Les centaures se relevèrent, un peu hébétés, et jetèrent vers elle des regards intimidés.

— Peut-on savoir, osa tout de même l'un d'eux, plus courageux que les autres, ce que la personne la plus importante de tout Gahavia vient faire en Centauria, à pied et sans escorte, alors même que son pays est en guerre ?

— Hé, se récria Elessar, je suis l'escorte !

À quoi Idril et Saraë pouffèrent… ce qui détendit grandement l'atmosphère.

— Bien, les interrompit Hermanus, reprenons notre sérieux. Nous n'avons pas beaucoup de temps, aussi vais-je vous exposer la situation sans détour. Vous savez donc que

Mörk Örn a attaqué le Haut-Trône, l'Allorée et tout l'Edheldôr, que ses troupes en font actuellement le siège et que lorsque le pays elfique sera tombé, c'est vers le reste de Gahavia que notre ennemi ancestral se tournera.

— Oui, nous le savons ! D'importantes troupes ont été mobilisées en Centauria, et nous étions en route pour les rejoindre.

— C'est parfait ! s'exclama le mage, rassuré. Il semblerait que le seigneur Elgard ait bien accompli sa tâche. C'est une bonne nouvelle. En ce qui nous concerne, mes compagnons et moi poursuivons également un objectif capital pour la victoire de Gahavia. Notre mission doit demeurer secrète, je ne vous en dévoilerai donc pas les arcanes, néanmoins, si vous consentez à nous aider, vous serez cités parmi les glorieux combattants de la justice et de la paix, et votre nom entrera dans l'Histoire.

— Il en fait un peu beaucoup, là, non ? chuchota Idril à l'oreille de sa cousine.

— Non, souffla celle-ci en retour, c'est même du grand art… Il sait parler aux centaures, ce vieux renard. Regarde leurs yeux briller. Il n'y a pas plus orgueilleux qu'un centaure.

— Comment pouvons-nous vous venir en aide ? s'enquit le porte-parole du groupe en frappant derechef son poing contre son torse.

— Nous devons nous rendre en Faërie le plus vite possible, l'informa Hermanus. À pied, outre le fait que nous contrevenons à vos lois, nous sommes très lents. Nous aurions besoin de montures rapides et endurantes…

Un silence circonspect suivit la déclaration du mage, qui attendit patiemment que l'idée germe d'elle-même. Mieux valait qu'elle vienne directement des centaures plutôt que de lui, et son attente fut bientôt couronnée de succès.

— Nous pourrions vous emmener, proposa le jeune chef de la bande.

— Vous ? fit mine de s'étonner le mage. Mais… vous accepteriez de nous prendre sur votre dos ? Ce serait un tel honneur !

Se tournant vers ses congénères, le centaure chercha leur assentiment du regard, qu'il obtint sans difficulté et même avec enthousiasme.

— Oui, confirma-t-il en s'inclinant vers la Haute-Reine, nous le ferons. Pour la victoire !

— Je vous présente le mage Hermanus Taliesin, dit Saraë en désignant le négociateur. Ma cousine, la princesse Idril Elendil, notre escorte, le capitaine Elessar Voronwë, et enfin, notre ami Schotz, l'elfe Gris.

— Votre ami ?

— C'est une longue histoire, mais oui, notre ami. Et vous, quel est votre nom ?

— Ouros, pour vous servir, Majesté, se présenta-t-il en cognant une nouvelle fois ses pectoraux du poing.

Il nomma ensuite un à un ses compagnons, puis les cinq voyageurs prirent place chacun sur le dos d'un centaure, bien qu'il leur fallût, encore, une sérieuse dose de persuasion avant de réussir à jucher Schotz sur sa monture. Les premiers kilomètres s'avérèrent aussi pénibles pour le pauvre elfe que pour le dos du petit Abel. De taille inférieure à celle de ses congénères, c'est ce dernier qui avait été affecté au portage de la créature des marais, le plus léger des quatre voyageurs. Cependant, la totale inexpérience de l'équitation de Schotz l'amenait à rebondir sur l'échine d'Abel aussi douloureusement pour son fondement que pour les vertèbres du centaure. Au bout de quelque temps, néanmoins, les conseils de sa monture commencèrent à s'avérer fructueux. Son assiette se stabilisa. Il prit de l'assurance, et même du plaisir à cette chevauchée… au profond soulagement d'Abel. Accrochés aux épaules de leurs guides, les voyageurs purent alors se laisser aller à l'ivresse de la vitesse et à l'espoir de gagner enfin du terrain sur leur ennemi.

# — 27 —

## Nínui 08 (le lendemain) - Centauria - Cercle Qendër

Plus qu'un simple point de repère sur une carte, plus qu'un moyen de se diriger à travers les grandes plaines, le cercle Qendër constituait surtout un important lieu de rendez-vous et de rencontre pour tous les centaures. Peuple voyageur par excellence, ces derniers étaient constamment en partance, ou à sillonner les routes, ou cheminant à travers la plaine et se rendant d'un point à l'autre du pays. Les familles et les amis, bien que très proches et soudés, se retrouvaient souvent dispersés aux quatre coins de Centauria. Et, du plus jeune au plus vieux, ils passaient le plus clair de leur temps à se rendre visite les uns aux autres. Bien qu'ils aient tous un foyer auquel se rattacher, ils se sentaient davantage nomades que sédentaires et ne pouvaient résister à l'appel de l'horizon. Tout prétexte valait de prendre le départ d'une nouvelle expédition. Et dans leurs régulières traversées du pays, ils s'arrêtaient presque systématiquement au cercle afin de prendre et donner des nouvelles d'eux, de la famille, du pays et du monde, mais également pour se reposer, prendre du bon temps et faire du commerce. Du coup, ce simple puits naturel dans la plaine désertique s'était transformé, au fil des années, en une véritable cité. Vaste, prospère et très peuplée, même si elle ne comptait que peu de résidents permanents, c'était une ville mouvante dont les maisons de toile chatoyaient et où les rues changeaient sans cesse de visage. Très animée, parfois trop, on y rencontrait foultitude de peuples, d'animaux et d'objets venus des quatre coins de Gahavia. Car la réputation de la ville de toile, connue de tous les négociants et marchands du continent, en faisait un carrefour commercial incontournable.

Et comme toute face a forcément son revers, le marché noir, la violence et la corruption y régnaient au même titre que la richesse culturelle, les échanges commerciaux et l'émulation artisanale. Pour le simple visiteur, l'émerveillement se heurtait à l'effroi à chaque carrefour. La beauté et la variété des couleurs, des sons, des parfums, la diversité des peuples et des langages, l'abondance des étals proposant mille objets, superbes ou insolites, venus de toutes les contrées de Gahavia, se mesuraient à la violence d'un hurlement, du sang, du meurtre, du vol. Certains voyaient leur main coupée pour un fruit ou un pain, alors que d'autres, escrocs notoires et assassins patents, plastronnaient dans les rues sans la moindre inquiétude. Les femmes vertueuses ne sortaient que dûment escortées au milieu des danseuses exubérantes et peu vêtues. Le pauvre, affamé, mourait aux pieds du riche. La brute avinée frappait de frustration l'érudit silencieux. La fée côtoyait… l'aquare !?

C'est avec un ahurissement proche de la panique qu'Olbur aperçut en effet, dans une ruelle obscure où les tentes sales et rapiécées puaient le rance et le moisi, un aquare Alpha ! Celui-ci se dissimula prestement derrière sa capuche, pourtant le nain en était sûr, il l'avait bel et bien vu !

Plus tôt dans la journée, en approchant des environs du cercle Qendër, Sorcha avait suggéré à Thorak de contourner la cité et de les attendre de l'autre côté. En effet, outre l'étroitesse des rues qui empêcherait le grand dragon de progresser à son aise, avait-elle argué, les humbles mortels qui vivaient là ne manqueraient pas de ressentir la terreur inhérente à sa "glorieuse apparence". Or, les mouvements de foule en panique provoquaient toujours leur lot de catastrophes… De plus, les compagnons avaient convenu de se glisser *discrètement* dans la population afin d'obtenir les informations qu'ils cherchaient sans attirer la curiosité sur leur mission.

Un peu vexé, mais néanmoins bon prince, Thorak avait entrouvert les babines, dévoilant à demi ses crocs luisants et acérés en ce qui passait chez lui pour un sourire.

— De toute façon, avait-il répliqué, j'avais l'intention de partir chasser. Allez-y sans moi et amusez-vous bien. Mais attention, ne revenez pas sans informations ! Je vous attendrai dans deux jours sur la route de l'ouest.

Ainsi Olbur, Zya, Thésis et Sorcha s'étaient-ils glissés dans la ville de toile, en fin d'après-midi, par la porte est. Après avoir réservé des chambres dans une agréable auberge, ils s'étaient séparés, choisissant chacun un quartier afin de commencer leurs investigations.

D'après la centauresse qui les avait mis sur la piste de l'étrange guerrier, celui-ci avait pris la direction de l'ouest à partir d'un point situé à l'est du cercle. Ils avaient donc commencé leurs recherches par là sans avoir malheureusement retrouvé la moindre trace ni du campement ni du centaure. C'est pourquoi ils avaient décidé de découvrir si celui-ci était passé par la ville mouvante. Autant chercher une aiguille dans une botte de foin, selon Olbur, pourtant, cela valait mieux que de sillonner les plaines au hasard.

L'irascible nain avait choisi le quartier sud, dans lequel se trouvait la guilde des orfèvres. Loin d'être le plus en vue, malgré les métiers d'art qui y prospéraient, ce quartier rassemblait également les tonneliers, tanneurs, éboueurs, ainsi que les miséreux. De rue en rue, les odeurs âcres, grasses ou pestilentielles agressaient les narines. Cependant, c'est l'odeur des tavernes, enivrante et piquante, qui attira Olbur. Son récent passé de pilier de bar avait refait surface à mesure qu'il approchait des lieux de débauche communs à tous les territoires du Troisième Monde, et c'est avec une coupable griserie qu'il avait poussé la porte du premier tripot. Officiellement, il venait à la pêche aux renseignements. Il avait assuré ses acolytes féminines qu'il pourrait se faufiler sans risques dans ce genre d'endroits, contrairement à elles, et surtout, sans trop se faire remarquer. Tout le monde sait que les langues se délient quand elles sont bien arrosées, et le nain comptait là-dessus. Même si elles subodoraient une motivation beaucoup moins noble, les dames l'avaient laissé agir à sa guise, lui accordant qu'il avait en effet de réelles chances de trouver quelques informations intéressantes dans les tavernes de la ville. Néanmoins, Olbur dut finir par admettre, après des heures d'espionnage acharné qui le laissèrent vaseux et titubant dans les ruelles étroites, qu'il n'avait rien trouvé. Rien de constructif tout au moins. Jusqu'à ce que son regard tombe inopinément sur la gueule écailleuse de cet aquare Alpha !

La stupeur dégrisa le nain plus vite qu'une douche froide. Et ce ne fut pas tant la présence du saurien qui fit dresser ses cheveux sur sa tête que la désagréable et inquiétante impression que la bête *le suivait.* Que cet aquare voulût rester discret et anonyme dans la foule, c'était compréhensible, vu qu'il se trouvait en plein territoire ennemi, même si les gens d'ici ne disposaient encore que d'informations parcellaires à propos de la guerre et de l'invasion. La mobilisation de Centauria était en cours, mais les lignes de front se situaient bien loin de leur quotidien. Les gens d'ici ne se souvenaient d'ailleurs des créatures de Mörk Örn qu'au travers des récits et légendes… Personne n'en avait plus vu depuis près de mille ans. L'apparition soudaine d'une telle bête créerait assurément un mouvement de panique fort dangereux. Rien de tel que la houle d'une foule terrifiée pour commettre en toute impunité meurtres et enlèvements…

Le fait que l'aquare se soit caché si soudainement, à l'instant précis où Olbur l'avait découvert, laissait donc clairement penser que c'était surtout *de lui* que la créature voulait éviter d'être vue. Après ce qui était arrivé à Saraë dans le Pic du Marteau, pas question de se faire avoir à son tour ! Fendant la foule où elle était la plus dense, Olbur regagna l'auberge sans tarder. Il se doutait que ses compagnes d'aventure ne seraient pas encore rentrées, toutefois, il se sentirait plus à l'abri dans la salle commune en les attendant. Tout ce qu'il espérait, c'est que, si celui qu'il soupçonnait être un espion du Seigneur Noir décidait de le suivre pour découvrir où ils logeaient, il ne pourrait pas alerter sa hiérarchie avant qu'ils aient tous le temps de disparaître.

Malheureusement, si l'aquare Alpha le suivit bel et bien jusqu'à son auberge, comme Olbur l'avait craint, il n'en informa pas moins ses congénères tout en pistant sa proie. Car ce que le nain ignorait, c'est que même si leur aspect extérieur paraissait clairement reptilien, leur esprit et leur mode de fonctionnement, eux, s'apparentaient plutôt à celui des insectes. Les aquares manipulaient une espèce de conscience collective basique qui leur permettait d'échanger sensations, émotions et flashs visuels, et ce, à des kilomètres de distance ! Ainsi, tous les aquares Alpha présents dans le cercle Qendër apprirent-ils instantanément vers où converger pour débusquer ceux qu'ils cherchaient.

De derrière le rabat de la tente auberge, Olbur guettait le retour de ses équipières quand il remarqua des mouvements furtifs à plusieurs angles de ruelles. Plissant les yeux, retenant son souffle, il se concentra sur le débouché de la venelle la plus proche. La nuit, tombée depuis longtemps, n'offrait qu'un ciel sombre, sans lune ni étoiles pour nourrir le regard. Cependant, les murs de toile des maisons laissaient filtrer suffisamment de clarté pour que le nain finisse par distinguer l'ample cape grise de son espion. Alerté, il parcourut des yeux les autres carrefours, du moins, tous ceux qu'il discernait depuis son observatoire. Un, puis deux, puis trois, puis cinq et dix, tous occupés par un ou deux aquares qui, si l'on ne savait que chercher, auraient pu passer inaperçus. Une bouffée de colère lui monta des entrailles, dirigée contre lui-même, stupide ivrogne sans cervelle, qui avait si bien conduit leurs ennemis jusqu'à eux. Et les filles qui ne tarderaient plus à rentrer ! Elles allaient se jeter sans le savoir dans la gueule du loup, et par sa seule et unique faute ! Olbur enrageait, la honte et la culpabilité faisaient trembler ses mains, et la peur qu'il ressentait pour elles lui comprimait la gorge. Il devait faire quelque chose, trouver comment se débarrasser des aquares au plus vite, ainsi qu'un moyen de prévenir Zya, Thésis et Sorcha. Mais il ne parvenait pas à quitter la nuit du regard. Ses yeux sondaient sans cesse la gueule sombre des rues, scrutant chaque mouvement, chaque tache grise, surveillant les reptiles. Comme si les perdre de vue une seconde pouvait les faire disparaître… et réapparaître devant lui pour l'emmener l'Unique sait où ! Prenant enfin conscience de la lâcheté de sa réaction, le nain se secoua, se morigéna, puis se força à se détourner vers l'intérieur de l'auberge.

La salle principale, dans laquelle il se tenait, accueillait une dizaine de tables de quatre personnes, toutes occupées, un bar bondé à cette heure et un foyer central où tournait une broche. Dans la toile du fond, derrière le comptoir, s'ouvrait la cuisine qui menait aux dépendances des propriétaires. Des parois latérales partaient deux couloirs qui menaient aux différentes chambres, louées par les voyageurs de passage. Les cloisons étant de laine épaisse ou de toile cirée, aucune intimité n'était à espérer dans un tel endroit, malgré son confort étonnant. De moelleux tapis et d'épais coussins couvraient le sol, de lourds rideaux et voilages multicolores tapissaient les murs, et une multitude de photophores éclairaient chaque pièce de leur douce lumière. Aleesha, la patronne, une centauresse gironde à la jolie robe pommelée, tenait son établissement pour le plus cossu de tout le cercle et mettait un point d'honneur à ce que ses clients aient envie d'y revenir. Mais pour le moment, ni les riches tapis ni les douces lumières n'intéressaient Olbur ! Il avait stupidement laissé sa hache dans sa chambre, craignant d'en être encombré dans les tavernes, et se retrouvait avec deux courtes dagues pour toutes armes. Toutefois, il avait repéré un peu plus tôt, alors qu'Aleesha les informait des horaires des repas, une impressionnante hallebarde appuyée contre une des parois de la grande salle. C'est celle-ci qu'il cherchait du regard à présent. Quand il la découvrit, à moitié cachée par une tenture épaisse, à la droite du long bar, il se précipita pour s'en emparer.

Elle mesurait près de deux mètres de long, avec sa hampe taillée dans de l'acacia épais, rigide et très dur. Elle était équipée en outre d'une hache à large lame courbe, d'un long pic pointu et d'un crochet acéré faisant dos à la hache. Le tout forgé dans un acier d'une qualité incomparable. En admirant cette merveille, son cœur de nain forgeron faillit éclater de plaisir. Ce que cette hallebarde faisait là, Olbur n'en avait cure, ni à qui elle appartenait, pas plus qu'il ne s'inquiéta qu'elle fît trois fois sa taille. Car il allait régler ce dernier point, et pas plus tard que tout de suite. Avisant la serpe qu'Aleesha utilisait pour fendre son petit bois, non loin du foyer central, il s'en empara et l'abattit d'un coup sec et efficace sur la hampe d'acacia, la raccourcissant d'un bon mètre cinquante. Sa nouvelle arme était prête, remarquablement équilibrée, plus redoutable encore que sa vieille hache, et désormais, parfaitement adaptée à sa taille. Satisfait, plus sûr de lui et déterminé que jamais, Olbur regagna son poste de guet, derrière le rabat de toile, et reprit sa surveillance des alentours.

Après seulement quelques minutes d'attente, il vit déboucher de l'artère de droite, en provenance des quartiers ouest, Sorcha et Thésis qui marchaient côte à côte au milieu des passants, tranquillement, inconscientes du danger. Les deux jeunes femmes s'entretenaient avec insouciance des résultats de leurs recherches, sans se douter des oreilles néfastes qui les écoutaient. Ouvrant le rabat à toute volée, Olbur s'avança à leur rencontre et les interpella d'une voix forte :

— Ah, chères amies ! Je commençais à m'impatienter, vous alliez être en retard pour le souper ! Il faut nous coucher tôt si nous voulons partir à l'aube vers la Crevasse-Mère !

L'idée lui était venue que les aquares n'oseraient probablement pas les enlever au milieu de tant de Gahaviens, au cœur du cercle Qendër. En leur faisant croire qu'ils se dirigeraient vers l'est au petit matin, il espérait les pousser à tenter une embuscade le long de cette route, et donc à quitter le cercle avant eux en prenant la mauvaise direction… leur laissant alors le champ libre pour filer immédiatement plein ouest. Du moment qu'il n'avait rien appris sur le porteur du chant, et ses équipières pas plus que lui, visiblement, s'éloigner des aquares aussi vite et loin que possible devenait leur priorité.

— Quoi ? s'exclama Thésis, surprise tant par l'attitude du nain que par sa déclaration. Qu'est-ce que…

— Attendez, taisez-vous, lui chuchota Sorcha en lui serrant le bras.

Elle avait repéré le regard inquiet d'Olbur, qui volait ostensiblement de droite à gauche, ainsi que la hallebarde tronquée qu'il serrait avec fermeté dans son poing. De toute évidence, il se passait quelque chose et leur camarade s'ingéniait à les prévenir à mots couverts. Entrant dans son jeu, la centauresse lui répondit plus fort :

— Oui, nous n'avions pas oublié, Maître Nain. Ne vous inquiétez pas, nous, centaures, sommes des lève-tôt ! Dès les premières lueurs du jour, nous serons déjà à cheminer vers l'est. Nous devons en effet rallier la capitale au plus vite !

Qui que soient ceux qu'Olbur entendait tromper, elle espérait que sa voix avait été suffisamment ferme pour leur sembler crédible. Malheureusement, au moment où elle percevait le soulagement du nain d'avoir été compris et qu'elle se détendait un peu, l'attaque fusa. De tous côtés, des dizaines d'aquares Alpha se ruèrent sur eux, griffes et dents en avant. Le risque d'enlever, ou de tuer, des Gahaviens au milieu de milliers de leurs compatriotes ne leur posait apparemment pas de problème… Aveu de puissance ou de stupidité ? se demanda furtivement Olbur. Il n'était plus temps de s'en poser la question. Brandissant sa hallebarde comme une hache, il entama la danse mortelle que tout nain qui se respecte apprend dès qu'il tient sur ses pieds. Au même instant, Thésis, en guerrière affûtée, tirait ses deux épées courtes de ses fourreaux de cuisses et se mettait à virevolter entre les bras tranchés et le sang jaillissant de ses ennemis.

Bien que novice au service de l'Unique, et donc pacifiste, Sorcha n'avait rien oublié des chasses sauvages de son adolescence. De toute la puissance de ses sabots ferrés, elle rua, frappa, écrasa tant qu'elle le put, évitant les griffes acérées et les mâchoires mortelles de ses agresseurs qui, malgré tout, lui lacéraient la peau, laissant de larges plaies profondes sur sa croupe et le long de ses flancs. Son sang ruisselait, l'affaiblissant et la faisant trébucher. Bientôt, la centauresse chuta sur les genoux, avant de s'effondrer sur la terre battue de la ruelle, aussitôt ensevelie sous les lézards puants et vociférant.

Thésis, guerrière et guérisseuse, se sentait entière dès lors qu'elle soignait. Accomplie, en paix et en communion avec elle-même et avec le monde quand elle imposait les mains pour guérir. Mais lorsqu'elle se battait, elle se sentait vivante ! Plus vivante qu'à aucun autre moment. Le sang déferlait puissamment dans ses veines, charriant rage, désir, orgueil et un irrépressible sentiment d'invincibilité. Ceux qui ne l'avaient jamais vue se battre ne la connaissaient pas vraiment, car la Thésis guérisseuse se montrait aussi douce et discrète qu'était sauvage et implacable Thésis la guerrière. Ainsi, c'est avec une joie inhumaine et carnassière qu'elle s'était jetée dans la bataille. Ses cris de rage, d'enthousiasme et de défi résonnaient à travers la nuit tandis qu'elle mettait en pièces tous les lézards qui s'imaginaient pouvoir l'approcher. Entendant l'appel au secours de Sorcha, ses sanglots de douleur et de terreur, elle tourna la tête afin d'apercevoir la centauresse et surprit un aquare qui s'apprêtait à la frapper dans le dos. D'un vif et prodigieux coup de taille, elle envoya Dextre l'ouvrir par le milieu, puis Senestre, en estoc, lui transperça le cœur… pour peu qu'il en eût un. Le sort de son amie l'inquiétait cependant, aussi ne perdit-elle pas plus de temps et entreprit-elle de s'ouvrir un chemin vers Sorcha à travers les sauriens de Mörk Örn, ne laissant que débris, morts et cris derrière elle. Ses bras secs et nerveux frappaient sans relâche, de Dextre et de Senestre, ses épées bien-aimées. Ses pieds vifs et agiles sautillaient, virevoltaient de droite, de gauche, l'emportant dans une danse qui désarçonnait ses adversaires et les laissait, gauches et lents, à la merci de sa rage meurtrière.

Toutefois, leur nombre ne semblait pas diminuer, et malgré son talent et sa bravoure, l'aelder n'avançait guère. Sorcha demeurait hors d'atteinte, vulnérable… perdue. Le sentiment de frustration de la guerrière avait beau décupler sa rage, il arrivait toujours plus d'ennemis qu'elle n'en pouvait occire. Elle entendait dans son dos les coups incessants de la hallebarde d'Olbur, manifestement aussi submergé qu'elle. Elle n'osait se retourner pour s'en assurer. Elle l'entendait frapper, grogner, vitupérer, ce qui en soi était plutôt bon signe : il n'était pas mort et ne perdait pas espoir. À l'inverse, elle ne distinguait plus du tout la centauresse. Un mur d'aquares lui en cachait la vue, l'empêchant de vérifier qu'elle vivait toujours. La situation empirait de minute en minute et s'annonçait plus que critique, quand une créature  gigantesque s'abattit sur la ville. Comme un seul homme, sbires de Mörk Örn et Gahaviens levèrent les yeux vers l'effroyable monstre qui s'apprêtait à les broyer, et la terreur déferla sur eux telle une lame de fond. Les aquares poussèrent des hurlements stridents tout en se bousculant pour décamper au plus vite par les venelles encombrées. Car c'était bien la mort qui fondait sur eux, toutes griffes et tous crocs dehors, et un feu rougeoyant au fond de la gorge. En Evinshorsk, plus encore que sur Gahavia, les dragons étaient de loin les créatures les plus puissantes et les plus sauvages. Seuls le Seigneur Noir et quelques-uns de ses plus fidèles commandants parvenaient à les soumettre. Dans les rangs du commun, ils causaient des ravages, se nourrissant sans distinction des alliés comme des ennemis. Aussi, la vue de la bête piquant du ciel vers l'artère où ils se trouvaient suffit-elle à déclencher leur panique incontrôlée et leur déroute. Ainsi, quand Thorak se posa, écrasant malgré lui des dizaines de tentes sous sa masse imposante, ne restaient plus qu'Olbur, Sorcha et Thésis au milieu des cadavres. Tous les autres avaient fui. Sans perdre un instant, le dragon saisit le nain entre ses crocs pour le déposer sur son dos où l'attendait déjà Zya. Puis il attrapa délicatement Sorcha de ses doigts griffus et il reprit aussitôt son envol, non sans s'être assuré que l'aelder avait muté et décollait dans son sillage.

# — 28 —

## Nínui 09 (le lendemain) - Centauria

Des heures durant, ils volèrent vers l'ouest, n'osant se poser, trop proches encore du cercle et des ennemis qui s'y trouvaient. Sans l'ombre d'un doute, les aquares avaient suivi des yeux la créature majestueuse qui s'enfuyait à tire-d'aile vers le couchant, emportant hors de leur portée les otages qu'ils étaient chargés de ramener au Seigneur. Et de toute évidence, ils les poursuivaient déjà, en dépit de la peur que leur inspirait le dragon ; celle que suscitait Mörk Örn étant autrement plus persuasive.

À l'aurore, enfin, Thorak consentit à amorcer sa descente vers le sol, cherchant du regard un endroit aussi abrité que possible dans l'immensité verte. Il finit par repérer un renflement de la plaine derrière lequel le sol s'était affaissé, suffisamment pour qu'ils s'y trouvent protégés des vents et des curieux. Ses passagers en tout cas, ses propres dimensions lui interdisant toute discrétion.

Aussitôt à terre, Zya se précipita vers la centauresse que le dragon avait délicatement déposée sur un épais tapis de graminées. Sorcha était inconsciente, et de multiples blessures sillonnaient son corps. L'ondine ne disposait pas d'eau pour nettoyer les plaies, les algues médicinales séchées qu'elle conservait dans sa sacoche devraient donc suffire. Elle proposa de confectionner un emplâtre pendant que Thésis mettait à l'œuvre toute sa science de guérison. Zya cueillit de larges feuilles d'herbe grasse qu'elle broya jusqu'à obtenir une pâte à laquelle elle mélangea ses algues. L'aelder, de son côté, avait placé ses mains grandes ouvertes au-dessus des déchirures les plus inquiétantes. Alors qu'elle se concentrait sur sa magie, ses paumes puis son corps tout entier se mirent à luire faiblement. Jamais encore elle n'avait dû user de son pouvoir avec une telle intensité. Même pour Edoran, à la Forteresse ! Elle sentait le poison s'accrocher à la chair et au sang de Sorcha. Et elle avait beau s'acharner à l'en déloger, il s'avérait terriblement tenace.

— Crois-tu qu'elle s'en sortira ? lui murmura Zya.

— Si leurs griffes et leurs crocs ne contenaient pas de venin, je pourrais la guérir sans peine, mais je ne connais pas assez ces aquares pour venir à bout de leur poison.

Elle inspira profondément, souffla, puis fronça les sourcils en redoublant de concentration.

— Quand nous étions sous le Pic du Marteau, reprit-elle un peu plus tard, et qu'ils ont enlevé Saraë, Edoran a été blessé par les griffes de l'une de ces créatures. De simples égratignures, pourtant, il a fallu bien plus de temps que d'ordinaire pour le soigner.

— C'est vrai, renchérit Olbur, d'autant qu'Edoran en tant que lycante, est censé guérir plus vite que nous autres.

— Alors, concéda Zya d'une voix lasse, nous n'avons plus qu'à prier pour que Sorcha soit assez forte. Mes algues ne lui seront peut-être d'aucun secours, malheureusement… Je me sens si impuissante !

— Personne ne te reproche rien, mon aimée, intervint Thorak de sa voix profonde et grave. Chacun de nous a fait ce qu'il pouvait, et si tu ne m'avais pas alerté grâce au lien qui nous unit, je ne serais jamais arrivé à temps pour vous secourir.

— C'est bien vrai ça ! s'exclama encore Olbur. Comment as-tu su, Zya ? Tu n'étais même pas avec nous devant l'auberge !

— J'arrivais, l'informa-t-elle. J'étais encore à plusieurs rues de là quand j'ai entendu les sons métalliques d'un combat. J'ai tout de suite compris ce qui se passait, et j'ai aussitôt appelé mon bien-aimé par la voie de nos cœurs.

— Par la voix du chant ? voulut vérifier l'aelder, stupéfaite. Vous pouvez communiquer à distance parce que vous êtes unis par le chant Sol, c'est ça ?

— C'est exact, amie Thésis, confirma le dragon. Bien qu'avec mon ouïe exceptionnelle, j'aurais très vite entendu moi-même vos appels au secours.

— On n'a jamais "appelé au secours", grommela le nain, pour qui vous nous prenez ?

— Insinueriez-vous, Maître Nain, que sans mon intervention, vous n'eussiez pas tous été dans de beaux draps ? s'enquit le dragon en le toisant avec mépris.

— Je ne sais pas ce que nous "eussions", mais votre arrogance commence à m'échauffer sérieusement les oreilles !

— Stop ! intervint Thésis. Nous étions effectivement dans de sales draps, et je suis persuadée que Thorak aurait fini par entendre le bruit des combats et serait venu nous chercher, mais je sais aussi que, sans la bravoure et la clairvoyance d'Olbur, Sorcha et moi serions mortes avant d'avoir eu le temps de nous rendre compte de quoi que ce soit. Donc, cessez vos chamailleries !

— Mortes, murmura Zya d'une voix tremblante, ou pire…

— En effet, admit le nain, nous aurions pu être emmenés tous les trois en Evinshorsk. Et l'Unique seul sait ce que Mörk Örn serait en train de nous faire subir pour obtenir ce qu'il recherche.

Il reprit, après une pause durant laquelle il rangea visiblement sa fierté au fond de sa poche :

— Je m'excuse, Dragon. Je te dois une fière chandelle, et je ne suis pas près de l'oublier.

— Chacun d'entre nous mérite la gratitude de tous, déclara Zya, parce qu'hier soir, chacun d'entre nous a contribué à la sauvegarde des autres. Notre force consiste à rester unis et à nous entraider, n'oublions jamais cela, mes amis. Car c'est une chose dont ne bénéficient pas nos ennemis.

— Elle a raison, renchérit Thésis. Pour le moment, nous

disposons de quelques heures de relative sécurité. Nous devrions en profiter pour prendre du repos.

Après s'être allongée une heure ou deux, l'aelder reprit cependant sa surveillance. Elle vola le plus haut possible au-dessus de leur campement de fortune, mais dans toutes les directions, elle ne vit que la plaine, infinie, mouvante, déserte. Aucune trace du moindre aquare aussi loin que portât le regard.

Lorsque le soleil atteignit son zénith, chacun se prépara à reprendre la voie des airs. Sorcha ne s'était toujours pas réveillée, cependant elle n'avait pas l'air de souffrir et ne présentait pas de fièvre. Ce qui semblait encourageant. Pour l'heure, ils avaient décidé de poursuivre vers l'ouest afin d'atteindre l'océan, où des communautés de centaures s'étaient installées sur les falaises. Zya espérait y trouver des prêtresses et leur confier la blessée. Et comme ils ne savaient toujours pas vraiment où chercher le chant Ré, cette direction en valait une autre. Dès qu'Olbur et Zya se furent installés sur son dos, Thorak saisit doucement la novice meurtrie avec les doigts griffus de ses pattes avant, la cala entre ses bras repliés, puis déploya ses ailes. Thésis, métamorphosée en aigle des Cîmes, planait déjà haut dans le ciel, tournoyant à l'affût d'un éventuel danger. Quand Thorak l'eut rejointe, ils bifurquèrent ensemble vers le couchant et filèrent jusqu'à l'océan.

# — 29 —

## Nínui 10 (le lendemain) – Centauria – Falaises de l'ouest

Ce n'est qu'au petit matin, après plus de quinze heures de vol, que Thésis, épuisée, entendit enfin le roulement sourd du ressac contre les grandes murailles de craie. Qu'elle sentit les parfums de l'iode, des algues, des vents du large. Puis qu'elle vit, dans les nuances grises du jour naissant, la ligne plus sombre des eaux inquiétantes qui couraient tout le long de l'horizon. Sur un signe de Thorak, elle plongea vers le sol à la recherche d'un endroit où trouver de l'aide, tandis qu'il poursuivait son vol majestueux en direction de l'océan. Très vite, l'aelder repéra quelques fines colonnes de fumée. De hautes maisons, bâties au pied d'un escarpement et sur les coteaux menant à la falaise. Le bourg avait l'air plutôt cossu, et en tout cas, devait abriter plusieurs centaines d'âmes.

— Qui dirige ce village ? demanda précipitamment Thésis à la première centauresse qu'elle rencontra, juste après avoir repris forme humaine.

Entre deux âges, large d'épaules, de poitrail et de croupe, la robe et la chevelure parsemées de gris, et coiffée d'un chignon strict, la femme-cheval l'observait sans mot dire, nettement désapprobatrice.

— Pouvez-vous me conduire aux sages ou aux prêtresses ? insista l'aelder, comme l'autre ne répondait pas.

— Et en quel honneur, je vous prie ? requit alors la centauresse en la toisant d'un air froid.

Thésis soupira et ferma brièvement les paupières, histoire de se recentrer. Entre le long vol, la peur de perdre Sorcha, l'urgence de poursuivre leur quête et la menace qui pesait sur eux, elle avait du mal à garder à l'esprit que, pour les gens qu'elle rencontrait, elle ne ressemblait guère qu'à une étrangère un peu louche et très loin de chez elle.

— Je suis désolée, s'excusa-t-elle d'un ton plus mesuré et en baissant le regard en signe de respect. Nous sommes des voyageurs. Nous transportons une jeune centauresse, une novice de l'Unique qui est gravement blessée. Nous avons besoin d'aide.

— Ah, dans ce cas, suivez-moi, lui enjoignit la centauresse d'une voix sèche.

— Je m'appelle Thésis, tenta la guérisseuse en chemin pour engager la conversation.

Mais l'autre ne répondit pas. Elle la conduisit jusqu'à la plus vaste construction du village et lui fit signe d'attendre devant la porte. Elle entra seule. Thésis oscillait entre rage, frustration et remords. Son manque de diplomatie, connaissant la susceptibilité des centaures, pouvait leur faire perdre un temps, et une aide, précieux. Elle en était encore à se morigéner quand la porte s'ouvrit de nouveau.

— Où se trouve cette novice dont vous avez parlé à la sage ?

Une minuscule centauresse, très âgée, voûtée, ridée et efflanquée se tenait dans l'embrasure. Son regard noir et sévère sembla transpercer l'aelder, sondant son âme au plus profond.

— C'était votre sage ? s'exclama Thésis, consternée. Je suis désolée, je l'ignorais, pourrez-vous lui transmettre mes plus profondes excuses pour mon impolitesse, Mère ?

— Vous devrez le faire vous-même, rétorqua cette dernière, alors que son visage se détendait.

Thésis crut même apercevoir l'ombre d'un sourire étirant ses lèvres parcheminées.

— Sorcha se trouve certainement non loin des falaises, à

l'heure qu'il est. Mes amis doivent m'y attendre, ainsi que les secours que je pourrai ramener.

— Alors, ne perdons pas de temps. Car si vous, une guérisseuse aelder, affirmez que c'est grave, c'est que ça l'est.

*Comment sait-elle que je suis une guérisseuse ?* s'interrogea Thésis. Elle observa à nouveau la vieille prêtresse et fut une fois encore ébranlée par l'acuité de son regard.

— Ce que je sais, vous n'imaginez pas à quel point *vous* aimeriez le savoir aussi, Guérisseuse, lui confia la centauresse, sibylline. Mais il n'est pas encore temps. Suivez-moi, maintenant.

La prêtresse prit en trottinant la direction des falaises sans un mot pour personne, pourtant, plusieurs habitants se joignirent à elle en chemin et l'accompagnèrent. Thésis les regarda s'éloigner un instant, interdite, secouée par cette étrange rencontre, puis elle se transforma et s'envola à leur suite.

Le vent qui soufflait des terres comme un forcené et s'élançait à corps perdu dans le vide vertigineux surplombant l'océan paraissait vouloir arracher le centaure à la roche pour le jeter au pied des falaises. Les longs cheveux noirs du guerrier claquaient dans les rafales, et les crins de sa queue battaient ses flancs. Néanmoins, lui demeurait immobile, absolument inébranlable face aux éléments déchaînés. Le visage grave, les poings serrés, le regard impavide et perdu dans la contemplation de l'horizon… Exactement tel que Saraë l'avait vu, des semaines auparavant, dans la salle de Vision de l'Arcoa Calya.

Chaque jour, il quittait sa retraite, une caverne étroite et peu profonde, quoique bien abritée, pour se rendre au sommet de ce piton, face à l'océan. Chaque jour, il tentait de laisser son désespoir et sa solitude le persuader de sauter, de mettre fin à son calvaire. Mais chaque jour, l'obsédante mélodie qui le harcelait depuis des mois l'en empêchait, retenant son geste et caressant son âme comme pour la soulager. Si cela n'apaisait pas vraiment sa souffrance, c'était néanmoins suffisant pour l'empêcher d'y mettre fin.

Et ainsi, chaque jour, il retournait sur les falaises et luttait contre le chant de vie qui l'habitait.

— Écartez-vous, laissez-la respirer ! ordonna la vieille centauresse pour la troisième fois. Et laissez-moi faire mon travail !

Ceux qui l'avaient accompagnée, ainsi que Thésis, Zya et Olbur, reculèrent encore un peu, mais pas trop, curieux de comprendre comment elle procédait. Dès son arrivée, l'ancienne avait insisté pour qu'on la laissât seule avec Sorcha, envoyant même promener Thorak d'un geste impatient. Ce dernier, plus amusé qu'offensé, était allé se poster à bonne distance, au bord de la haute muraille de craie, et feignait de contempler l'océan en contrebas sans pour autant perdre une miette de ce qui se tramait dans son dos. Rien qu'à l'oreille, il pouvait deviner les faits et gestes de tous ceux qui se trouvaient là. Cependant, son attention se concentrait tout particulièrement sur l'antique prêtresse. Car elle ne faisait strictement rien. En effet, si elle était bien penchée sur Sorcha et l'observait attentivement, elle n'esquissait pas un geste, ne prononçait pas une parole, son visage et son regard demeuraient fixes et sans expression. Le dragon ne percevait pas la moindre onde de magie émanant d'elle. Alors, que pouvait-elle bien être en train de trafiquer ?

Après plusieurs minutes d'un silence opaque, la prêtresse se releva enfin, se tourna vers Thésis et lui fit signe, d'un sec hochement de tête, de s'approcher.

— Tu es très forte, Guérisseuse. Les algues de ton amie ont aidé, certes, toutefois c'est ta magie qui l'a sauvée.

— Enfin, Mère, elle n'est pas sauvée. Elle ne réagit à rien, elle ne s'est pas réveillée une seule fois depuis que je l'ai soignée.

— Son corps est guéri, crois-moi, persista la vieille, il n'y a plus la moindre trace de poison dans son sang, et ses plaies sont en très bonne voie de cicatrisation.

— Mais alors, s'enquit Thésis, perplexe, pourquoi ne se

réveille-t-elle pas ?

— Parce qu'elle est passée trop près de la mort, susurra la centauresse.

Elle arborait un air si énigmatique que Thésis pensa soudain avoir affaire à une folle.

— Si près que celle-ci la tient encore dans ses bras, persista cependant la vieille. Et elle ne la lâchera pas facilement.

— Que peut-on faire, alors ? susurra Thésis sur le ton de la conspiration, comme si elle entrait dans son jeu.

— Ne te moque pas de moi, fillette, tu ne sais pas ce que je sais ! se fâcha la prêtresse. Je connais le moyen de ramener la novice à la vie, je n'ai certes pas besoin de toi pour ça ! Et si je t'en parle, c'est uniquement pour te rendre service, même si tu ne l'as pas mérité jusqu'ici !

— Et en quoi cela me rendrait-il service, en dehors du fait que Sorcha est mon amie et que je veux la voir vivre ? cingla l'aelder, à bout de fatigue et excédée de se voir traiter en enfant.

— Je vais t'envoyer chercher le remède pour la sauver, reprit calmement la centauresse. Et quand tu reviendras, tu t'agenouilleras devant moi.

— C'est ce qu'on verra, marmonna Thésis en la fusillant du regard. Où trouverai-je ce remède ?

— Suis la falaise en direction du nord jusqu'à ce qu'elle forme un éperon rocheux au-dessus du vide. Au bout de ce surplomb, tu trouveras ce que tu cherches.

— Et qu'est-ce que c'est ? insista Thésis. Une plante ? À quoi ressemble-t-elle ?

— Tu devras le découvrir par toi-même. Je ne peux t'en dire plus. Maintenant, file ! Le temps t'est compté.

Sur ces mots, l'aelder se transforma, déploya ses ailes et fusa dans la direction indiquée.

Aussitôt, ses amis se précipitèrent vers la vieille prêtresse et la novice qui gisait toujours, inconsciente, à ses pieds. Et jaillirent les questions d'Olbur et de Zya :

— Où l'avez-vous envoyée ?

— Que s'est-il passé ?

— Que savez-vous ?

Auxquelles la prêtresse ne répondit pas.

Pendant ce temps, Thésis luttait contre les vents violents et tourbillonnants du littoral. Elle n'avait jamais approché l'océan d'aussi près. Les embruns, les odeurs de sel et d'iode perturbaient son vol et son équilibre. Malgré tout, elle prit un plaisir enivrant à frôler à pleine vitesse le sol vert et brun de Centauria pour déboucher brutalement sur le vide bleu et blanc des falaises et de l'eau. Quel vol ! Quelle jouissance ! Elle tournoya une ou deux fois à fleur des vagues, puis reprit de la hauteur afin de longer la crête de calcaire vers le nord. Il ne lui fallut que quelques minutes avant d'apercevoir l'impressionnante langue de roche qui brisait la rectitude de la falaise pour s'avancer au-dessus des flots. La roche formait une pointe de seulement deux ou trois mètres de large, mais de plus d'une vingtaine de long. Elle ne reposait quasiment sur rien, défiait le vide et paraissait sur le point constant de se détacher de la muraille crayeuse.

Et tout au bout de cette saillie, telle la figure de proue d'un gigantesque navire, se tenait un centaure.

Superbe, bâti comme un guerrier, il se tenait droit, face à l'horizon, indifférent aux vents qui fouettaient ses longs cheveux noirs et les envoyaient voler en tous sens. De larges épaules musclées que le hâle de sa peau magnifiait dominaient un corps équin respirant la grâce, l'équilibre et la force. Thésis se demanda s'il s'agissait d'un guérisseur ou d'un sorcier, et surtout, comment il pouvait venir en aide à Sorcha. Elle plana un moment autour de lui afin de l'observer également de face et fut frappée par l'expression de son visage : vide, résignée. Il semblait comme mort. Troublée, Thésis se posa sur la corniche, quelques mètres derrière lui, et reprit forme humaine.

— Pardonnez-moi de vous déranger, Maître Centaure, l'interpella-t-elle prudemment. J'ai été envoyée à la recherche d'un remède. Seriez-vous un sorcier ou un guérisseur ?

— Allez-vous-en, qui que vous soyez, répondit-il d'une voix

lasse.

— Mais j'ai besoin de votre aide, insista-t-elle.

Le centaure poussa un profond soupir avant de reprendre doucement :

— Même si je le voulais, je ne pourrais rien pour vous. Je ne suis ni sorcier ni guérisseur. Je ne suis qu'une âme perdue. Je ne sais qui vous a envoyée à moi, mais cette personne était mal renseignée. Maintenant, allez-vous-en et laissez-moi.

— Vous n'allez tout de même pas sauter ? voulut s'assurer Thésis qui n'avait pas la moindre intention de s'en retourner bredouille.

Le centaure se contenta de hausser les épaules sans un mot.

Thésis détailla l'espace restreint sur lequel ils se trouvaient tous les deux. Le remède pour sauver Sorcha devait pourtant se trouver quelque part par ici. Elle devait l'identifier et le rapporter à la vieille prêtresse. Comme son interlocuteur ne disait plus rien et ne faisait pas non plus mine de s'apprêter à plonger dans le vide, l'aelder reprit la parole :

— C'est une vieille prêtresse de l'Unique qui m'envoie. Elle m'a dit que je trouverais un remède sur cet éperon. Or, je ne vois rien d'autre que vous. Qui êtes-vous ?

À la mention de la prêtresse, elle avait vu ses épaules se raidir et ses poings se serrer. Nul doute qu'il s'agissait d'un guerrier : malgré son étrange apathie, il conservait des réactions combatives, et il semblait ne pas porter le clergé dans son cœur. C'est alors que la lumière se fit dans l'esprit de Thésis. Ce centaure paraissait vivant à l'extérieur et mort à l'intérieur, comme Sorcha. Comme elle, il avait renoncé à l'existence qu'on lui avait tracée et, comme elle, avait fui dans l'exil. Un tel comportement n'était pas courant, chez les centaures. Et même rare au point que… peut-être…

Fébrile et sur le point de tenter quelque chose de fou, Thésis se remit à parler d'une voix forte et sèche :

— Soldat, nous avons besoin de toi pour sauver Sorcha.

Soudain il tituba, comme si un rocher lui était tombé dessus. Il écarta les sabots afin de reprendre son équilibre et porta les mains à son visage. Il les passa sur son crâne, empoigna ses cheveux par poignées, tira dessus, leva la tête et poussa un cri, croisement d'un hurlement de loup et d'un rugissement de lion. Très impressionnant.

Figée, l'aelder eut le bon sens d'attendre qu'il se calme et se tourne enfin vers elle. Ce qu'il fit très vite, d'un mouvement souple et vif, très différent de son comportement jusque-là. Son regard aussi était bien différent de celui qu'elle lui avait vu en volant autour de lui. Il était à présent sauvage et brûlant, et semblait hésiter entre la joie, l'incrédulité et la colère. Pourtant, c'est avec indignation qu'il s'adressa à elle.

— Et toi, qui es-tu pour oser rompre ma retraite et me harceler de questions ?

— Je suis Thésis, aelder, guerrière et guérisseuse, et amie de Sorcha.

— Qu'est-ce qu'elle a ? demanda-t-il cette fois sans emportement, mais avec une note de panique dans la voix.

— Elle a été attaquée par des aquares Alpha.

— Par des quoi ?

— Des créatures de Mörk Örn… mais c'est trop long à t'expliquer maintenant, il y a urgence pour Sorcha. Leurs crocs et leurs griffes empoisonnés ont failli la tuer. J'ai guéri son corps, toutefois, son âme refuse de revenir… et à présent que je te vois, je comprends beaucoup de choses. Je pense que tu es le seul à pouvoir la ramener.

— Pourquoi ?

— C'est à cause de toi qu'elle a choisi le noviciat, n'est-ce pas ? Parce qu'elle ne voulait pas d'un autre que toi, et parce que c'est ce qui aurait forcément fini par arriver si elle n'avait pas décidé de devenir une prêtresse.

— C'est exact. Et c'est également la raison pour laquelle j'ai déserté la milice et me suis exilé ici. Depuis des mois, je tente de mettre fin à mes jours, sans succès.

— Pourtant, bluffa l'aelder avec aplomb, sans vouloir remuer le couteau dans la plaie, ça ne me paraît pas bien difficile de sauter ! À cet endroit, tu n'aurais aucune chance de t'en tirer.

— Je sais, c'est ce que je me dis aussi chaque jour. Seulement, je n'y arrive pas. Quelque chose m'en empêche.

— C'est la volonté de l'Unique. Il veut sans doute que tu ramènes Sorcha.

— Et après ? Elle reste une novice, et la loi est la loi. Rien ne peut nous libérer de notre fardeau.

— Je ne sais pas pour toi, Guerrier, mais j'ai tendance à faire confiance à l'Unique. Accompagne-moi, sauve celle que tu aimes, et on verra bien ce qui arrivera.

Le centaure poussa un nouveau soupir, réfléchit un instant, puis sembla prendre sa décision et marcha vers Thésis.

— Montre-moi le chemin.

— Si ça ne te dérange pas, j'aimerais reprendre mon autre forme. Tu pourras me suivre au galop.

Il hocha la tête en fronçant les sourcils d'un air intrigué puis, quand elle redevint aigle des Cîmes, eut un sourire admiratif. Enfin, l'aigle prit son envol et redescendit vers le sud, suivi du centaure au galop.


Thorak le perçut tout de suite, alors même que le centaure ne constituait encore qu'un vague point à l'horizon.

Le chant Ré.

Qui claironnait haut et fort telle une trompette de cavalerie et semblait faire vibrer l'air alentour. Zya, qui l'avait senti elle aussi, se tourna vers sa moitié, un sourire radieux sur le visage. Thésis avait trouvé le troisième des sept chants ! Après Sol, qui s'était incarné dans leurs deux âmes jointes, et Mi, qui avait choisi Idril Elendil, cousine de la Haute-Reine, apparaissait Ré sous les traits d'un guerrier magnifique et sauvage. Sa robe baie brillait sous le soleil, comme sa peau dorée sous laquelle roulaient des muscles puissants. Ses longs cheveux noirs cascadaient dans son dos et volaient autour de sa tête, telle la crinière d'un étalon impétueux. Des tatouages sombres ornaient son visage et ses bras, ajoutant à son allure impressionnante. Cependant, quand il pila devant le corps étendu de Sorcha et qu'il ploya pour s'agenouiller auprès d'elle, c'est la détresse d'un enfant perdu que reflétait son regard sombre.

— Sorcha… murmura-t-il. Sorcha…

— Oui, l'encouragea la vieille prêtresse, appelle-la ! Fais-la revenir.

— Mais comment ? l'implora-t-il. Je ne suis pas guérisseur. Que puis-je faire pour la réveiller ?

— Donne-lui une raison de vivre.

Le silence se fit autour du couple. Le centaure tenait dans ses bras le haut du corps de celle qu'il aimait. Désemparé, son regard errait le long de ses traits, se perdait sur les visages qui les entouraient, puis revenait vers elle comme un navire à la recherche de son port.

Quelle raison de vivre pouvait-il bien lui donner ? Les lois de leur peuple interdisaient la seule qui lui vînt à l'esprit. La seule pour laquelle il se battrait, lui aussi. Vivre avec elle, pour toujours. L'aimer et la chérir, elle, à l'exclusion de toute autre. C'était contraire aux règles qui régissaient la vie des centaures. C'est pourquoi elle avait choisi le noviciat, et lui, l'exil. Parce qu'aucun des deux n'était prêt à partager l'autre avec qui que ce soit. Parce que le vide et la solitude brûlaient moins que le désir et la jalousie. Était-ce viable à long terme ? Clairement pas, et ils le savaient tous les deux.

Alors quoi ? Fuir Centauria ? Vivre en parias, en étrangers, ailleurs sur Gahavia ? Jamais aucun centaure n'avait survécu longtemps loin des plaines. Tous ceux qui avaient tenté de se construire une existence loin de la terre d'émeraude étaient revenus la queue entre les jambes. Et ils en avaient payé le prix. Cependant, l'autre alternative qui s'offrait à eux ne ramènerait pas Sorcha. La vieille prêtresse avait raison. Elle ne se battrait pas pour retourner à la Crevasse-Mère en tant que novice, sans lui. Ou pire, avec lui et en tant que centauresse destinée à enfanter avec les mâles que lui désigneraient les prêtresses. Cette option n'en était pas une, jamais, plutôt mourir !

Ne rien faire, donc. La laisser partir. La serrer contre lui jusqu'à ce que l'Unique l'ait reprise, puis retourner sur les falaises et, cette fois, faire le grand saut. La rejoindre…

Elle semblait dormir. Qu'elle était belle, dans la paix du sommeil ! Sa carnation sombre avait certes un peu pâli si on y regardait bien… De larges cernes violets ombraient ses paupières, et ses pommettes autrefois pleines pointaient sous sa peau. Elle avait souffert. Elle souffrait encore. Il remarqua sa respiration courte et le voile de sueur qui couvrait son front. Il aurait voulu qu'elle ouvre les yeux afin de pouvoir plonger une dernière fois dans ses prunelles chaudes, dont la teinte variait du chocolat le plus noir à l'ambré de la noisette. Il aurait voulu que les lèvres charnues qu'il avait si souvent embrassées s'élargissent sur le sourire radieux qu'elle ne réservait qu'à lui.

Mais cela n'arriverait plus. Plus jamais. Sauf si…

Sauf s'il décidait de s'affranchir des règles, de suivre son instinct, son désir, la mélopée entêtante qui le poussait à vivre et les adjurations de l'invraisemblable groupe de personnes qui l'entouraient. Un dragon – un DRAGON !!! – un nain, une femme qui ressemblait à une sirène, mais avec… des jambes !!! La femme-oiseau qui était venue le chercher, et tous les centaures du village voisin qui formaient un cercle autour d'eux. Tous attendaient qu'il la sauve. Ils ne savaient pas que la ramener à la vie, c'était la condamner à une existence pire que la mort. Avec ou sans lui.

Il leva les yeux vers la vieille centauresse.

— Prêtresse, l'implora-t-il encore, je ne peux pas faire ça.

— Tu peux, mais tu ne sais pas si tu le veux, n'est-ce pas ?

— Je ne sais pas si je le dois. Vous ne savez pas…

— Je sais bien des choses, le coupa-t-elle. Je sais que le monde est en train de changer et que, bientôt, nos lois devront s'y adapter. Je sens aussi que l'Unique a besoin de toi. Que Gahavia a besoin de toi ! Et toi, tu as besoin de cette jeune personne.

Elle s'interrompit, le temps de le laisser s'imprégner de ses paroles, puis elle reprit en le transperçant d'un regard acéré :

— Ne sens-tu pas l'urgence ?

Bien sûr qu'il la sentait. À travers la mélodie, elle n'avait cessé d'enfler depuis des jours. Et depuis l'arrivée de la femme-oiseau, c'était devenu un tintamarre ahurissant dans sa tête.

— Que te dit ton cœur ? tenta encore la prêtresse.

Son cœur brisé lui faisait mal à en crever. Il battait au rythme de sa musique intérieure et saignait un peu plus à chaque pulsation. Son cœur voulait Sorcha. Et il voulait vivre. Il se débattait, essayait d'échapper à l'emprise de la raison, de lui faire croire qu'il restait de l'espoir pour eux deux.

Perdu, le centaure tourna machinalement son regard vers le dragon. Ce dernier l'observait en silence, pourtant, ses grands yeux de saurien flambaient d'une foi et d'une détermination qui firent frissonner le guerrier.

« *Aie confiance !* » gronda une voix dans sa tête. La voix du dragon ? se demanda-t-il, stupéfait. L'immense bête acquiesça et reprit par le même biais :

« *Tu es le gardien du chant Ré. Nous sommes à ta recherche depuis de longs mois. Tu es l'un des éléments clés du dessein de l'Unique pour sauver Gahavia, ainsi que nous le sommes, ma Zya et moi.* »

— Nous sommes en tout huit gardiens, continua le grand Bleu à voix haute, pour sept chants sacrés. Nous devons retrouver les autres et rentrer au plus vite à l'Arcoa Calya, en Edheldôr, afin d'user de ce qui est probablement notre seule arme contre les forces de Mörk Örn, qui menacent à nouveau d'asservir notre monde. Nous avons besoin de toi. Toi, tu as besoin de Sorcha. Aussi, fais ce qui doit être fait, et qu'on en finisse.

— Alors ça, c'est le meilleur discours que je t'aie jamais entendu débiter, mon cher lézard ! s'exclama Olbur. Concis, droit au but, efficace… ce n'est pas dans tes habitudes.

— L'heure n'est plus aux jeux de mots, répliqua Thorak. Comment t'appelles-tu, Centaure ?

— Dosator, se présenta le guerrier. Je ne comprends rien à vos histoires de chants de guerre.

— Nous t'expliquerons tout cela et nous répondrons à chacune de tes questions, je te le promets, intervint Zya, mais d'abord, tu dois ramener Sorcha. Le temps presse. Fais-nous confiance, je t'en prie. Écoute ton cœur !

Ramener Sorcha, lui donner une raison de vivre, puis partir avec elle sur les routes de Gahavia, entourés de cette étrange compagnie… se rendre en pays elfique… sauver le monde ?

Dosator partit d'un immense éclat de rire, un peu hystérique, qu'il eut bien du mal à calmer. Ensuite, essoufflé, le visage brillant de larmes, il décida de lâcher prise et de laisser son désir prendre la décision. Il étreignit le visage de sa bien-aimée dans ses larges mains, se pencha sur elle et goûta ses lèvres pour la première fois depuis de trop longues années. Il l'embrassa avec douceur et passion, avec urgence et folie, en lui chuchotant tous ces mots d'amour qu'il avait contenu à grand-peine après leur dernière rencontre. Il la supplia de revenir à elle, de ne pas l'abandonner, à présent qu'ils étaient de nouveau réunis. Et le miracle se produisit.

Elle ouvrit les yeux.

D'abord brumeux et perplexe, son regard s'alluma en le reconnaissant et se mit à étinceler de joie et d'amour.

— Dosator… murmura-t-elle.

Alors ses lèvres s'étirèrent en un sourire si lumineux qu'il éclaira tout son visage, entraînant avec lui celui, rouillé, du guerrier centaure.

— C'est tellement romantique ! s'exclama Zya en écrasant une larme.

— Pathétique, oui ! bougonna Olbur tandis qu'il se détournait, les yeux étrangement brillants.

— C'est surtout un miracle, déclara Thésis, ou un signe de l'Unique…

— Qu'est-ce que tu veux dire ? l'interrogea le nain en glissant vers elle un regard perplexe.

— Tout simplement, lui annonça-t-elle, triomphante, que ce centaure est notre chant Ré.

Bouche bée, Olbur se tourna vers le couple enlacé.

— Une aiguille dans une botte de foin, tu parles ! Tout est lié… Il nous a baladés à travers tout Centauria, alors que tout était déjà prévu.

— Qui ?

— L'Unique, pardi !

— Tu crois vraiment qu'il s'amuse à nous promener quand sa création est en péril ? Moi, je pense qu'il nous donne un maximum de clés pour qu'on y arrive, mais que c'est quand même à nous de faire le boulot. Certainement que les signes étaient là, seulement nous ne les avons pas vus. Si j'avais davantage interrogé Sorcha sur sa situation qui me paraissait étrange, j'aurais peut-être compris que le centaure dont elle était amoureuse était si différent des autres. Et c'est lui que nous aurions cherché depuis le début, en connaissant alors son nom et sa description.

— Quoi qu'il en soit, les interrompit Zya, nous avons ce que nous étions venus chercher. Dès que Sorcha sera en mesure de reprendre la route, nous rejoindrons les autres en Faërie.

Avec l'aide de Dosator, la centauresse blessée put rapidement se remettre debout. Elle tremblait bien encore un peu sur ses jambes, rémanences du venin d'aquare, néanmoins, elle avait repris des couleurs et semblait complètement tirée d'affaire. Elle ne lâchait pas la main du grand guerrier et restait collée contre son flanc, alors que la prêtresse l'examinait de près.

— Bien, conclut cette dernière avec satisfaction, je pense que nous sommes arrivés au bout de cette partition. À votre tour de jouer la vôtre ! ajouta-t-elle en se tournant vers les compagnons.

— Vous étiez au courant de tout ? s'étonna Thésis.

— Pas de tout, non, admit la vieille, j'ai cependant reçu un don de prophétie qui me permet d'entrevoir et de sentir des choses. Ainsi, j'ai pressenti, à l'arrivée de ce grand gaillard sur nos terres, que je devais attendre un événement qui expliquerait sa présence. J'ai également senti que cela avait un rapport avec de la musique, et que la survie de notre monde en dépendait. En voyant débarquer une métamorphe ailée, puis un dragon voyageant avec un nain et… une ondine dotée de jambes, je me suis dit que nous y étions. Voilà pourquoi je vous ai envoyée chercher Dosator. À présent, nous allons tous nous rendre au village et vous allez accepter notre hospitalité. L'heure du repas, c'est sacré quand on a mon âge.

Sur ce, elle commença à redescendre la pente herbeuse en direction des habitations, suivie par tous les centaures qui l'avaient accompagnée à l'aller. Après s'être concertés d'un regard amusé, Thorak, Zya, Thésis et Olbur rejoignirent Sorcha et Dosator.

— Venez, les invita la métamorphe. Nous discuterons de tout cela en nous restaurant.

Les centaures avaient dressé de hautes tables à tréteaux autour desquelles ils mangeaient debout. Celles-ci croulaient sous les mets variés, produits de leur chasse et de leurs cultures. Le vin et l'absinthe coulaient à flots, car on fêtait le miracle de la guérison de Sorcha. La vieille prêtresse, autorité suprême dans toute cette partie de Centauria, avait convaincu ses consœurs que l'union de Sorcha et Dosator était un commandement de l'Unique et qu'elles devaient donc s'y plier, même si cela allait à l'encontre de leurs lois.

Thorak et Zya, tous deux porteurs de chant, avaient longuement conversé avec le défenseur du Ré, lui expliquant tout ce qu'ils savaient de la guerre en cours, des sept chants et des enjeux que représentait leur mission. Dosator avait écouté avec un calme étonnant, posant çà et là quelques questions pointues et à-propos. Il possédait une finesse d'esprit et une pondération qui tranchaient avec la nature brute et emportée de la plupart de ses congénères.

— C'est à peine croyable, s'émerveilla-t-il après que Zya lui eût expliqué comment se concentrer pour percevoir, « entendre » et reconnaître le chant des autres porteurs. Plus je me tiens près de vous, et plus j'ai l'impression que nos chants fusionnent !

— Oui, et c'est encore plus intense avec le toucher, renchérit la protectrice du Sol.

— Vraiment ? Est-ce que je peux…

Dosator tendit la main vers Zya et patienta jusqu'à ce qu'elle établisse le contact, ce à quoi elle consentit en souriant. Leurs paumes se joignirent, amplifiant aussitôt le volume harmonique qui les habitait tous deux.

C'est à ce moment-là que cela se produisit.

L'ondine, qui n'en était déjà plus vraiment une, écarquilla les yeux, se mit à trembler, puis à convulser, avant de s'effondrer brutalement au sol sous les cris d'alerte de Thorak et de Dosator. Ses prunelles s'étaient révulsées, une mousse bleuâtre affleurait ses lèvres, tout son corps était arqué et tendu… Elle ne respirait plus.

Le dragon, affolé, se mit à pousser des gémissements aigus en caressant la peau écailleuse de Zya de son énorme mufle. Dosator s'écarta pour laisser approcher Thésis et la vieille centauresse. L'aelder s'agenouilla aux côtés de l'ondine et s'adressa à Thorak.

— Mon ami, laisse-moi l'examiner, s'il te plaît.

— Elle est brûlante, gronda-t-il. Ce n'est pas normal. Son aura a changé, le chant s'est intensifié au point de me hurler dans les oreilles et je n'arrive plus à atteindre son esprit.

Le corps de l'ondine s'était relâché après les convulsions, pourtant, elle n'avait pas repris conscience.

— Je vais essayer quelque chose, proposa l'aelder. Tu veux bien ?

— Fais tout ce que tu pourras, souffla le dragon. Je ne peux pas la perdre, Thésis. Tu comprends ? Je ne peux pas…

— Je sais, oui. Au-delà de la quête, de notre mission et des chants, j'ai conscience de tout ce qu'elle représente pour toi. Je ne peux rien te garantir, mais je te jure de faire mon possible.

Après un dernier regard chargé de peur, de douleur et de confiance, le dragon releva son immense tête vers le ciel, abandonnant à *celle qui est double* le sort de sa bien-aimée.

Néanmoins, rien de ce que tenta la guérisseuse ne changea quoi que ce soit l'état de Zya, qui demeura sans connaissance, fiévreuse et transpirante jusqu'au matin suivant.

# — 30 —

## Nínui 11 (le lendemain) – Centauria – Falaises de l'ouest

Quand Thésis reprit son tour de veille après avoir dormi quelques heures, elle croisa Olbur au chevet de la malade.

— J'ai réussi à envoyer le grand lézard prendre l'air, maugréa-t-il. Il devenait insupportable.

L'aelder sourit avec tendresse.

— Tu t'inquiètes pour lui, n'est-ce pas ?

— On ne devrait pas avoir à souffrir comme ça par amour.

— Tu es le plus à même de comprendre sa peine. Tu devrais aller le rejoindre. Il a besoin de l'épaule d'un ami…

Surpris, Olbur leva les yeux vers elle, comme pour s'assurer que c'était bien à lui qu'elle s'adressait. Lui, qui avait si peu l'habitude qu'on le qualifiât d'ami. Et c'est le regard un peu embué d'émotion qu'il prit le chemin des falaises, par où avait disparu le dragon.

C'est sur ces mêmes falaises que Dosator les trouva quelques heures plus tard, alors qu'il galopait à leur recherche. Debout côte à côte, face à l'océan, les deux silhouettes comiquement disparates se tenaient immobiles, unies dans le silence, les yeux rivés sur l'horizon. Un nain et un dragon. Liés par les affres de la perte, les tourments de l'amour.

Un crachin glacé se mêlait aux embruns qui jaillissaient des vagues, bondissaient sur les rochers et montaient à l'assaut des murailles de craie. La barbe d'Olbur et les écailles de Thorak en étaient scintillantes. Le vent du large, qui poussait les nuages dans les terres, piétinait sans vergogne bruyères et ajoncs qui tapissaient la lande. Ses longs cheveux noirs voltigeant dans les bourrasques, le centaure fébrile les rejoignit sans ralentir l'allure et pila dans leur dos.

— Elle est réveillée ! s'écria-t-il.

Tournant vivement la tête et le cou vers le village en contrebas, le dragon déploya ses ailes, prêt à dévaler la pente en rase-mottes.

— Mais… rajouta vivement le messager, il y a quelque chose qui cloche… avec ses yeux.

Stoppant net l'élan du dragon.

— Qu'est-ce qui ne va pas ? gronda ce dernier. La fièvre l'aurait-elle privée de la vue ?

— Non, le rassura Dosator en lui présentant ses paumes ouvertes. Du moins, pas à ma connaissance, se reprit-il.

Après tout, il n'en savait rien, tout ce qu'il avait vu, c'était…

— Quand elle a ouvert les yeux, ils n'étaient plus comme avant. Ils étaient… plutôt comme…

Il hésitait sur le choix des mots à présent, craignant la fureur du saurien.

— Ils étaient comment ? le pressa Olbur. Dépêche-toi avant de finir en brochette, notre grand ami est en train de bouillir.

C'était vrai. Déjà, des bouffées de vapeur s'échappaient des naseaux et de la gueule entrouverte du Diamant Stellaire qui semblait peiner à conserver son calme. Le nain ne l'avait jamais vu dans un tel état de détresse.

— Ses pupilles sont fendues, débita le centaure à toute vitesse. Comme celles d'un… serpent, précisa-t-il alors que ses interlocuteurs le fixaient sans mot dire, effarés.

Olbur osa un coup d'œil en coin vers son ami, qu'on aurait dit pétrifié d'horreur.

— C'est ce que je craignais par-dessus tout, rauqua enfin

Thorak en jetant à nouveau un regard désespéré vers le village. Mörk Örn a trouvé un moyen de l'atteindre. Il est en train de la transformer en aquare.

Ce fut au tour de Dosator d'écarquiller les yeux de stupeur.

— Vous croyez ? Mais comment pourrait-il faire une chose pareille alors qu'il est… il est bien exilé dans les Terres Noires, n'est-ce pas ?

— En théorie, oui, acquiesça le nain. Cependant, nous ne pouvons être sûrs de rien. Après l'attaque de l'Ombre et l'invasion des Hordes, qui nous dit qu'il n'est pas là en personne, en train de miner nos forces et de nous éliminer l'un après l'autre ?

Dosator ne put s'empêcher de scanner les alentours, comme pour débusquer leur ennemi. La peur descendit le long de son échine en un long frisson glacé.

— Mais… objecta Olbur à destination de ses deux acolytes, Zya peut aussi bien être en train de se transformer en vipérine. Ses écailles ressemblent plus, actuellement, à celles d'un reptile qu'à celles d'un poisson, alors si elle a également les pupilles fendues, désormais…

— C'est qu'elle se transforme en aquare, trancha Thorak, aveuglé par l'angoisse.

— Ou, avança Dosator qui entrevoyait une autre possibilité, en dragon ?

— Ne dis pas de bêtises, aboya Olbur en glissant un regard tendu vers Thorak.

La grande bête bleue s'était figée, à présent tout entière tournée vers le village centaure. Après une embardée causée par le choc, son cerveau tournait à plein régime. Était-il possible… ? Plutôt qu'une malédiction de Mörk Örn, ce qui arrivait à sa bien-aimée se révélerait-il être en fait une bénédiction de l'Unique ? Son âme-sœur, sa compagne… Le cœur cognant et le souffle court, il propulsa son long corps dans la pente d'un puissant battement d'ailes et rejoignit les maisons en moins d'une minute. Il se posa à quelques encablures de celle qui abritait Zya et approcha son énorme tête de l'entrée, essayant de distinguer les occupants par l'ouverture.

— Elle va bien, le héla Thésis, sortie à sa rencontre. Elle est encore un peu faiblarde, mais elle se remet rapidement. Tu pourras la voir très bientôt.

— Qu'est-ce qu'elle fait ?

— Là, elle mange, lui avoua-t-elle avec un poil d'embarras que le dragon ne manqua pas de repérer.

— Qu'est-ce qui ne va pas avec le fait qu'elle mange ?

Il était agité et fébrile, même si, nota l'aelder, il paraissait plus excité qu'inquiet.

— Eh bien, annonça-t-elle, encore un peu surprise, elle a réclamé de la viande. Grillée. Pas d'algues ni de poisson…

La joie qui éclata sur le faciès du dragon désarçonna encore plus la guérisseuse que le choix alimentaire de sa patiente. Ils avaient longuement discuté quand ils avaient constaté que les écailles de l'ancienne ondine changeaient, durcissaient, se chevauchaient et prenaient une teinte grise et opaque. Thorak et elle avaient émis l'hypothèse que, d'une manière ou d'une autre, leur ennemi semblait avoir trouvé le moyen d'obliger Zya à muter. Tous deux craignaient qu'elle ne se transforme en aquare, et les dernières évolutions semblaient confirmer cette funeste théorie. Aussi Thésis ne comprenait-elle pas l'optimisme affiché de son ami.

— Comment peux-tu prendre tout ça si bien ? l'interrogea-t-elle. Est-ce que j'ai loupé quelque chose ?

— Les aquares se nourrissent exclusivement de sang, lui rappela le grand Bleu avec assurance et jubilation.

L'aelder fronça les sourcils, partagée entre soulagement et incompréhension. Elle considéra avec circonspection son alter ego, qu'elle sentait prêt à exploser. Celui-ci battait de la queue et frappait ses flancs de ses ailes, trahissant un état d'agitation très inhabituel.

— Mais alors, si ce n'est pas en aquare, en quoi est-elle en train de se transformer ? lui demanda-t-elle, bien consciente que c'était la question qu'il attendait.

— En dragon ! claironna-t-il, émerveillé.

Les yeux de la guérisseuse s'arrondirent de surprise, elle cilla, puis un sourire illumina ses traits.

— Mais oui, tu as raison ! Tu as sûrement raison, s'exclama-t-elle à son tour avec enthousiasme. Pourquoi n'y ai-je pas songé plus tôt ? Cela me paraît tellement évident, maintenant. Vous êtes tous les deux les gardiens du chant Sol : l'Unique t'offre une compagne !

— Non, c'est bien plus que cela, Guérisseuse, réfuta Thorak avec émotion. Il m'offre une partenaire... et une nouvelle raison de vivre.

# — 31 —

## Nínui 11 (le même jour) - Evinshorsk - La Forteresse

Après cinq jours de course, le loup, le fenrik maar et le sorcier se présentèrent à la porte du gigantesque édifice.

— On dirait qu'il n'y a personne, s'étonna Bohr en fronçant les sourcils.

Immobile, Xano se concentrait sur les sensations et les ondes qu'il percevait. Bahran grondait de frustration, et Edoran jubilait de le voir perdre ses moyens. Durant ces cinq longues journées, il avait œuvré avec la précision et la délicatesse d'un elfe, instillant subtilement dans l'esprit du démon des émotions que ce dernier n'était pas préparé à ressentir : peur, doute, tristesse, mais aussi joie, tendresse, espoir… Toutes ces pensées qui ne lui appartenaient pas, et dont il ignorait la provenance, le déstabilisaient. Il avait l'impression de devenir fou, oscillant de plus en plus entre l'angoisse et la rage. Edoran, tel le chasseur à l'affût, attendait patiemment son heure. Lui savait que la porte et tout le bâtiment étaient protégés par un sort dimensionnel. Qu'à moins d'actionner la syllorbe depuis l'intérieur, ils n'avaient aucune chance d'en franchir les murs. Il assistait donc au spectacle de Bahran écumant de détresse et de colère, du pauvre sorcier tentant vainement de démêler les vibrations magiques qui crépitaient autour d'eux et du maar soucieux qui faisait son possible pour se faire oublier. Ces deux-là n'avaient rien à voir avec ce qu'Edoran avait pu expérimenter des Hordes de Mörk Örn. Ils en faisaient de bien piètres serviteurs. Pour leur malheur, tous deux étaient dotés d'une conscience et d'un cœur. Quand il s'en était rendu compte, le chevalier s'était juré qu'il essaierait de les sauver… pour peu qu'il soit en mesure de se sauver lui-même. Cependant, son objectif principal demeurait inchangé : trouver un moyen de détruire le démon puis, s'il le pouvait, de ralentir Mörk Örn afin de donner du temps à Saraë et à sa quête des chants. Coûte que coûte.

Le visage lumineux et expressif de sa bien-aimée flotta un instant aux frontières de sa conscience, qu'il s'empressa de repousser au fond de sa mémoire avant que le démon ne le remarque. Il devait conserver une concentration et une prudence absolues jusqu'à ce qu'il soit parvenu à se débarrasser définitivement de cet hôte encombrant. Surtout lorsqu'ils se trouveraient en présence de ce fameux grand sorcier, s'il était aussi puissant que ce qu'on en disait. Et s'il se référait à la sensation épidermique que provoquaient sur sa fourrure les flux de pouvoir alentour… c'était certainement le cas.

À cet instant, un formidable remous secoua les ondes autour de la porte, alarmant Bahran et Xano, et affolant les chevaux. Puis une sorte de courant d'air sembla les traverser avant que tout ne revienne à la normale.

*Qu'est-ce que c'était que ça ?* glapit le démon en regardant le sorcier.

Celui-ci dut comprendre la question non formulée du loup puisqu'il y répondit spontanément.

— Quelqu'un a perturbé les flux d'énergie. C'est comme si… quelqu'un avait franchi les portes. Mais nous n'avons rien vu.

Il fronça les sourcils, cherchant une explication dans ses maigres connaissances ésotériques.

— Nous l'avons tous senti, pourtant, intervint Bohr. Du moins, moi, je l'ai senti… pas vous ?

— Si, tu as raison. Le courant d'air froid. Un sort doit permettre d'entrer et de sortir sans se faire voir.

— Mais est-ce que celui qui est sorti…

— Ou entré.

— Oui, ou entré, tout à fait. Est-ce que lui nous a vus ?

— Excellente question, Fenrik, acquiesça le sorcier.

Et la réponse était vraisemblablement « oui », puisque, au même instant, une vague de froid mordant les traversa encore… puis les immenses portes de la Forteresse commencèrent à tourner sur leurs gonds.

Aussi tendu l'un que l'autre, bien que pas pour les mêmes raisons, Edoran et Bahran déployèrent leurs sens lupins vers ce qui se trouvait de l'autre côté des imposants vantaux d'acier. Des remugles de mort, de sang et de souffre les assaillirent d'abord, puis l'odeur caractéristique des mörkhunds, les « chiens de l'enfer » du Seigneur Noir, aussi hauts que des poneys et dangereux que des tigres de prairie, les effluves vaseux métalliques des aquares, et enfin, la puanteur doucereuse et écœurante des bolgoths. Leurs oreilles frissonnantes perçurent, derrière les grondements des chiens et les vociférations des bolgoths, le fracas d'acier des armes que l'on dégaine. Dès que l'espace entre les vantaux fut suffisant, aucun détail de la scène qui s'offrit au regard du loup ne leur échappa. Des dizaines de mörkhunds, de bolgoths, de maars et d'aquares les attendaient de pied ferme au milieu d'une grande cour intérieure.

Déglutissant péniblement, Xano Slavius talonna son cheval, franchit les portes, suivi de ses acolytes, et chercha du regard le plus gradé des forces en présence. Un grand maar très maigre s'avança au-devant d'eux. Ses yeux rouges flamboyaient dans son visage émacié, ses longs cheveux blanchâtres, nattés en dizaines de tresses fines, pendaient de part et d'autre de ses épaules osseuses, et une pierre d'asservissement, aussi noire que la nuit, affleurait entre ses yeux, enchâssée dans son lobe frontal. Bohr et Xano échangèrent un regard, perplexe pour l'un, inquiet pour l'autre. On n'usait pas d'une pierre d'asservissement à la légère. Le sort n'était déjà pas à la portée de n'importe qui, exigeait une maîtrise et une puissance rares, et se destinait généralement à faire plier un ennemi puissant…

or celui-ci était un maar. Qu'avait-il bien pu faire pour mériter un tel châtiment ? Edoran se souvint de celle qu'il avait dû retirer du front de Thorak, lorsque celui-ci croupissait dans une caverne de cette même Forteresse. Un frisson d'horreur faillit le trahir, qu'il contint à grand-peine. Observant plus attentivement, il remarqua que la maigreur cadavérique du maar révélait une ossature épaisse, reste sans doute d'un physique imposant. Avant la pierre, ce devait être un colosse. Peut-être aussi impressionnant qu'Ox de Maar, le précédent Grand Commandeur, que Thésis et lui-même avaient tué.

— Je suis l'oberst Arnfag, se présenta-t-il d'une voix caverneuse et sans que la moindre expression vînt troubler son visage. Qui êtes-vous, et que faites-vous ici ?

— Je m'appelle Xano Slavius, se présenta le sorcier en retour, d'un ton plus ferme que ne l'était son assurance. Le fenrik Bohr et moi-même avons été mandatés par l'oberst Exor pour conduire auprès du Grand Commandeur le seigneur Bahran, démon de Mörk Örn, ajouta-t-il en désignant le loup.

— Si c'est un démon, qu'il se montre, exigea Arnfag en croisant les bras sur sa poitrine.

— C'est justement la raison de notre présence ici, expliqua alors Xano. Le seigneur Bahran est… coincé dans le corps de ce loup. Il a besoin de l'aide du Grand Commandeur pour… débloquer la métamorphose.

— Et pourquoi ne se contente-t-il pas de changer d'hôte ? s'enquit l'oberst, suspicieux.

Un instant décontenancé, le sorcier glissa un regard vers le loup avant de se redresser de toute sa taille et d'assener avec conviction :

— Je ne discute pas les ordres du Seigneur Noir. Je ne cherche pas à comprendre ses raisons. Je n'essaie pas de donner sens à ses desseins. Et vous ?

Arnfag se renfrogna, puis pivotant sur ses talons, leur lança :

— Pied à terre ! Laissez vos montures à mes hommes et suivez-moi !

Ainsi entrèrent-ils dans la Forteresse et entamèrent-ils la

longue ascension vers la tour du Grand Commandeur. Edoran reconnaissait chaque couloir, escalier et porte qu'il avait franchis un mois plus tôt avec Saraë sur le dos.

Un mois.

Il lui semblait que c'était dans une autre vie.

Arrivé enfin devant les deux lourds panneaux de bois aux épaisses ferrures qui avaient marqué jadis l'entrée du domaine d'Ox de Maar, le lycante se prépara mentalement à ce qui allait suivre. Le fameux sorcier allait-il réussir à débloquer la métamorphose ? Cela aurait-il une incidence sur la non-perception qu'avait Bahran de son hôte discret ? Le thaumaturge s'en apercevrait-il, lui ? Pouvait-il le chasser de son propre corps ? Autant de questions dont il n'aurait la réponse qu'au moment où cela arriverait. Il devait donc demeurer concentré au maximum, prêt à toutes les éventualités et à agir dans l'urgence, quoi qu'il advienne.

Deux bolgoths ouvrirent les portes, Arnfag entra le premier, suivi des trois intrus poussés par les gardes maars qui fermaient la marche. Ils avancèrent jusqu'au milieu de la grande pièce dont Edoran ne se souvenait que trop bien. Les murs tapissés de lourdes étoffes sombres, les braseros brûlant une huile pestilentielle, le sol jonché de paille moisie qui cachait mal les traces de sang sur le dallage, le lit à baldaquin, au fond à gauche, qui s'apparentait plus à un instrument de torture qu'à une couche, et… contre le mur de droite, sur une estrade, l'imposant trône de granit supportant et glorifiant le Grand Commandeur des armées de Mörk Örn, le plus puissant sorcier de tout Evinshorsk… une femme.

Une maar à la beauté démoniaque, dont les cheveux teints en rouge s'assortissaient à ses yeux et à ses lèvres maquillées de sang, et tranchaient avec la pâleur diaphane de sa peau. Elle se tenait droite, impassible, et observait les nouveaux arrivants stupéfaits. Edoran, profitant que Bahran avait la même curiosité que lui, détailla avec effroi le jaseran de fines chaînes qui, du cou de la sorcière, descendait jusqu'au sol, et dont les maillons tranchants zébraient sa peau de milliers de coupures sanguinolentes. Elle était nue sous sa « robe » de fer. Bahran releva les yeux vers son visage pour s'apercevoir qu'elle l'observait attentivement. Plongé dans ce regard pernicieux qui semblait lire à travers lui, il se sentit soudain pris au piège.

— Que m'amènes-tu là, Arnfag ? s'enquit-elle d'une voix suave et faussement amicale.

— Le maar et le sorcier disent qu'ils sont envoyés par l'oberst Exor pour que vous délivriez un démon du Seigneur de la forme de loup dans laquelle il est coincé… apparemment, Votre Grandeur.

Elle haussa un sourcil sans quitter le démon des yeux.

— Tiens donc…

— Votre…

Elle fit taire Xano avant qu'il ait pu dire deux mots, simplement en levant la main, puis elle se leva et, d'une démarche sinueuse de serpent, s'approcha du loup. Il était si imposant que sa tête effleurait la poitrine de la maar, pourtant grande.

— Un lycante, n'est-ce pas ?

Là encore, Xano s'apprêtait à répondre, quand il fut réduit au silence par l'œillade furieuse d'Arnfag. Les questions de la maîtresse n'en étaient pas toujours, il fallait apprendre à reconnaître celles qui exigeaient une réponse de celles qui n'étaient que rhétoriques.

Elle posa la main à plat entre les oreilles de l'animal et, avant qu'il ait eu le temps de s'y préparer, entra de force dans son esprit. Elle agissait sans la moindre subtilité, à la manière brutale de ceux pour qui les autres ne sont que des outils, sans valeur propre et sans importance. L'intrusion sauvage surprit Bahran, sans toutefois le déstabiliser. Alors qu'Edoran se figeait, priant l'Unique que la sorcière ne le perçoive pas, son colocataire renforça en hâte des défenses qu'il avait négligemment laissées à l'abandon, trop sûr de lui et de son statut de démon. Cela ne suffit pourtant pas à bloquer l'intruse qui poursuivit son investigation. En quelques secondes, elle avait cerné les contours de l'âme de Bahran et s'adressait à lui.

— *Donc, tu es bien un démon de notre Seigneur, créé par*

*lui durant les Ères Noires à partir d'un lycante, de l'âme d'un traître et de quelques gouttes de son propre sang. Intéressant… Je n'avais encore jamais eu l'occasion d'étudier de près l'une de ses créations. Vous êtes devenus si rares… si précieux…*

Les mots de la sorcière rassurèrent Bahran, qui prit la parole à son tour.

— *Je m'appelle Bahran. Quel est ton nom, Grande Commandeure ?*

— *Bahran ? Depuis quand les démons portent-ils un nom ?*

Malédiction ! maugréa Edoran par-devers lui. Cet imbécile allait les faire tuer.

— *C'était celui du lycante,* bafouilla le démon en réfléchissant à toute vitesse.

— *Ton dernier corps ?* tint-elle à se faire préciser, le plongeant plus encore dans les ennuis.

Que ce dernier corps soit celui du prince Edoran, favori de la Haute-Reine des elfes, pouvait s'avérer un atout qu'il devait à tout prix préserver, aussi opta-t-il pour la vérité, quitte à passer pour un imbécile sentimental.

— *Non, le premier, Grande Commandeure,* avoua-t-il donc. *Le nom m'est revenu quand j'ai endossé cette enveloppe et… je l'ai conservé.*

— *Soit, ça n'a pas la moindre importance. Comment se fait-il que tu ne puisses opérer la métamorphose ? As-tu déjà rencontré ce genre de… désagrément ?*

— *Jamais, Grande Commandeure, je…*

— *Assez avec ce titre stupide ! Je suis Xinthia Laska, la seule, l'unique, la plus grande magicienne de tout l'Ambar Neldëa. Et tu m'appelleras « Maîtresse », si tu veux que je te sorte de là où tu t'es mis.*

La conscience de Bahran prit la teinte et la consistance de la plus profonde déférence afin d'apaiser la sorcière. Celle-ci se considérait visiblement comme l'égale de Mörk Örn, et il ne prendrait pas le risque de la contrarier.

— *Bien, Maîtresse. Pensez-vous être en mesure de débloquer la transformation ?*

— *Évidemment que je le suis, pour qui me prends-tu ? Mais... permets-moi de comprendre... pourquoi n'investis-tu pas plutôt un autre corps, si celui-ci est défaillant ? Es-tu complètement coincé dans celui-là ?*

Là, il est temps de jouer mon atout, songea le démon.

— *Non, Maîtresse, je le pourrais. Cependant, cet hôte n'est autre que le prince Edoran de Lycantie, amant et favori de la Haute-Reine des elfes, Saraë Calimehtar Elendil. Il me semble important de le garder « en vie ». Il pourrait nous être utile avant la fin...*

Elle demeura silencieuse un moment, bien que sa présence écrasante n'ait pas diminué d'intensité.

— *Tu as raison. Il peut avoir son utilité. Et sous forme lycante, tu peux avoir la tienne...*

Une onde de satisfaction lubrique et morbide traversa la conscience du loup de part en part, faisant se dresser les poils des deux mâles.

— *Quel que soit le prix à payer, je m'en acquitterai,* assura Bahran qui avait compris que l'aide ne serait pas gratuite.

— *Je l'entendais bien ainsi,* lui confirma Xinthia Laska. *En échange de mon aide, tu t'engages ici et maintenant à devenir mon esclave personnel pour la durée qui me conviendra. Tu feras ce que je te dirai, uniquement cela, sans protester ni rechigner, jusqu'à ce que j'en décide autrement. Jure, et je résous ton problème.*

— *Et après, Maîtresse ? Serai-je libre ? Pourrai-je partir ?*

Elle prit son temps avant de répondre, pesant le pour et le contre, mais surtout, prenant plaisir à torturer son nouveau jouet.

— *Tu le seras. Je t'en donne ma parole.*

L'éclair de joie pure qui transperça le démon fit presque pitié à Edoran. Lui, ne croyait pas une seconde aux promesses de la sorcière. Celle-ci n'était visiblement pas du genre à s'embarrasser de serments, de scrupules, d'honneur ou d'honnêteté. Pour la battre, il allait devoir jouer son jeu et devenir aussi sale, vil et machiavélique que Xinthia Laska, elle-même, « la seule, l'unique, la plus grande magicienne de tout l'Ambar Neldëa ».

— *Alors, c'est d'accord.*

Ainsi Bahran scella-t-il leur destin à tous les deux, pour le pire ou… pire encore.

— *À partir de maintenant,* expliqua l'autocrate, *tu m'appartiens. Je vais procéder au rituel qui te liera à moi et qui me permettra de t'ordonner de te métamorphoser. Après cela, la transformation sera à nouveau possible.*

— *Et je pourrai muter quand je le voudrai ?*

— *Tu le pourras, mais tu ne le feras pas. Rappelle-toi les termes de notre accord : « Ce que je te dirai, uniquement cela, sans protester ni rechigner ». Tu ne muteras donc qu'à mon bon vouloir.*

Sur ce, elle quitta l'esprit de Bahran aussi brutalement qu'elle y était entrée, le laissant chancelant. Il secoua la tête et se rééquilibra assez vite pour la voir tourner les talons et regagner son trône. Autour d'eux, personne n'avait bougé, comme si la conversation avait duré moins d'une seconde. Et peut-être cela avait-il été le cas, vu le regard perplexe que Xano Slavius posait sur leur hôte.

— Que l'on prépare l'autel, la lame de Gwâth[9], les réceptacles et les calices ! ordonna Xinthia Laska. Et qu'on m'apporte dix élémentaires parmi les plus jeunes. Tout de suite !

Aussitôt, une envolée de moineaux vida la pièce de ses occupants, à part Arnfag, Bohr, Xano, Bahran, et bien sûr, Xinthia Laska. Cette dernière tourna vers eux son regard de sang assorti d'un sourire pervers.

— Le spectacle devrait vous plaire, susurra-t-elle. Mettez-vous à l'aise.

---

[9] Du sindarin : ombre, crépuscule (nom) gwâth [gwaith]

Elle désigna d'un geste dédaigneux les deux marches qui menaient à la chaire de granit… et à ses pieds. Arnfag les poussa rudement en avant, comme ils hésitaient à s'approcher d'elle, ce qui la fit rire. Le fenrik et le sorcier prirent place sur les degrés de pierre, sans piper mot, et se tassèrent l'un contre l'autre, aussi éloignés que possible de la magicienne. Le loup, lui, ne bougeait pas une oreille, attendant servilement les ordres. Quelques minutes plus tard, une large pierre plate, épaisse d'une vingtaine de centimètres et assez grande pour accueillir un bolgoth, avait été déposée au centre de la pièce. Une rainure courait sur son pourtour, percée de six gouttières qui donnaient sur l'extérieur. Six vasques de terre cuite furent disposées sous les gouttières. Dix trépieds de fer forgé, soutenant chacun une coupe de bois d'une vingtaine de centimètres de diamètre, furent installés de part et d'autre de la pierre, cinq d'un côté et cinq de l'autre. Enfin, un sorcier maar, vêtu d'un large manteau à capuchon profond et porteur d'un masque lisse et noir qui couvrait l'intégralité de son visage, s'avança. Une longue lame courbe en acier noir, pourvue d'une poignée en bronze gravée de symboles, était posée à plat sur ses mains.

— Allonge-toi sur la pierre, ordonna la sorcière à Bahran qui s'exécuta. À partir de maintenant, je ne veux plus entendre un mot, prévint-elle les acolytes du loup. Et toi, mon esclave, pas un geste ! Pas un frémissement, c'est clair ? Si tu bouges avant la fin du rituel, tu mourras.

Le cœur du démon battait à tout rompre, de peur comme d'excitation. Il avait hâte d'évoluer à nouveau sous la forme lycante qu'il avait tant aimée et n'avait plus connue depuis plus de mille ans. Il pressentait bien que le fameux rituel n'aurait rien d'agréable, mais n'était-il pas prêt à tout ? De son côté, Edoran tentait de se cuirasser mentalement afin de résister à ce qu'il allait devoir endurer dans les minutes à venir. Pas question de laisser la peur, la douleur, ou même la magie le chasser de ce corps qui était le sien. Les gouttières de la pierre laissaient supposer qu'une grande quantité de liquide, vraisemblablement du sang, serait versée. Le lycante s'attendait à un cérémonial macabre. Il pria l'Unique que sa volonté suffise à le préserver de l'horreur à venir.

Quand tout fut prêt, les portes s'ouvrirent sur six bolgoths qui encadraient dix fillettes humaines, dont la plus vieille ne devait pas avoir six ans. Sales et nues, elles étaient attachées toutes ensemble par des colliers reliés à une longue chaîne. Néanmoins, à l'instar des humains qu'Edoran avait déjà pu voir dans les camps d'engraissement, elles semblaient en bonne santé. Cela n'avait rien d'étonnant, compte tenu du fait que ces gens constituaient l'essentiel du régime alimentaire des maars. Soudain, la vue de ces enfants et le souvenir des camps rallumèrent la mémoire du lycante. Lorsqu'ils avaient arpenté Evinshorsk, Thésis et lui, et découvert les élevages de viande humaine, ils avaient entendu des gardes évoquer le goût particulier de « la sorcière » pour les bébés femelles. Les soldats avaient eu l'air choqués et effrayés de la quantité qu'elle « consommait » alors qu'apparemment, elle ne les mangeait même pas. Revenant à la scène qui s'exécutait sous ses yeux, Edoran comprit qu'il allait découvrir le fin mot de cette histoire… et il n'en avait pas la moindre envie.

Les bolgoths séparèrent les petites filles les unes des autres, puis les enchaînèrent chacune à l'un des dix trépieds. Dès qu'ils eurent terminé, Xinthia Laska quitta son trône, descendit les marches de l'estrade et se positionna face à la pierre, surplombant la tête du loup. D'un geste, elle décrocha l'attache de sa robe de fer qui tomba à ses pieds, dévoilant un corps sensuel et terrifiant. Des centaines de griffures et d'estafilades sanguinolentes zébraient sa peau, suintant le long de ses courbes érotiques. Lentement, elle leva et écarta les bras de part et d'autre de ses épaules, paumes vers le haut, puis elle se mit à psalmodier d'une voix forte dans une langue sombre aux accents rocailleux. Comme la magie circulait en elle, sa peau se mit à luire d'un étrange éclat lunaire. Aussitôt, deux des bolgoths s'emparèrent de l'une des fillettes, qui ne réagit pas. Ces enfants étaient-elles droguées ? Ou l'horreur de leur vie les avait-elle déjà déconnectées de la réalité ? Alors que l'un d'eux, dont les défenses jaunâtres indiquaient qu'il était le plus vieux, maintenait la fillette tête en bas au-dessus du corps du loup, le plus jeune immobilisa fermement son petit visage entre ses mains, larges comme des battoirs. Le sorcier masqué s'avança, brandissant la lame courbe, et d'un geste élégant, la décapita. L'instant d'après, le jeune bolgoth venait déposer la tête sans vie, crâne vers le bas, sur le trépied d'où il avait détaché l'enfant. L'autre, pendant ce temps, maintenait le petit cadavre à l'aplomb du loup de manière que tout le sang de la victime se déverse sur lui. Du coin de l'œil, Xano vit Arnfag découper et déjointer la mâchoire du petit crâne afin d'en exposer le contenu : le cerveau de la fillette.

Sur l'autel, après avoir inondé la bête et la table de pierre, le flot rougeoyant s'écoulait dans la rigole et empruntait les gouttières, avant d'être récupéré dans les jattes de terre cuite.

Le sacrifice recommença de la même manière… dix fois de suite. Les petites filles, les unes après les autres, se voyaient retirer leur collier pour se faire décapiter, tête en bas, par le sorcier masqué pendant que Xinthia Laska psalmodiait de plus en plus fort. Dix fois, le sang chaud s'écoula sur la fourrure désormais poisseuse et imbibée du loup. Terré au fin fond de son petit coin de conscience, Edoran tentait de faire abstraction de ce qui se passait autour de lui. Il investissait toute sa concentration dans un mantra qu'il se répétait inlassablement : « pour Saraë, pour les sept chants, pour Gahavia, pour l'Unique, pour Saraë, pour les sept chants… ».

L'odeur insupportable de l'hémoglobine, mêlée à celle de l'huile des braseros, saturait l'atmosphère. Bohr se sentait suffoquer et Xano luttait contre la nausée. Tout ce sang ! Même pour eux qui étaient nés et avaient grandi en Evinshorsk, c'était écœurant.

Bahran assistait au rituel sans réagir, seulement animé par le désir de redevenir « lui-même », plein et entier, comme au temps de sa jeunesse, au temps d'avant Mörk Örn. Son esprit fracturé tournait en boucle, persuadé qu'aussi ignobles soient le procédé et le prix versé par les victimes, seul comptait le résultat. Dans son délire, accentué par la difficulté grandissante qu'avait sa conscience de s'accommoder de l'horreur, il se voyait à nouveau lycante, chez lui, avec ses parents et ses amis, reprenant la vie qu'il avait vécue… un millénaire plus tôt.

Quand la dernière des dix petites filles eut été asséchée de son fluide vital, que la dernière goutte de sang, après avoir baigné le corps étendu sur la pierre, eut rejoint l'une des jattes de terre cuite et la dernière petite tête eut été déposée sur le dernier trépied, Xinthia Laska cessa son invocation. Elle laissa retomber ses bras le long de son corps et, vidée de toute force, vacilla sur ses jambes. Arnfag se précipita à ses côtés pour la soutenir. Puis il la guida vers le plus proche des trépieds avant de reculer à distance prudente. La sorcière plongea alors ses mains dans le petit crâne, recueillant le cerveau encore tiède de la première enfant sacrifiée, et le porta à sa bouche. Consciencieusement, elle absorba, mâcha et avala l'organe gélatineux, ce qui sembla la ragaillardir immédiatement. Sans attendre, elle passa au trépied suivant et dégusta pareillement la deuxième cervelle, puis la troisième, et ainsi jusqu'à la dixième. Pendant ce temps, les bolgoths avaient empilé les petits corps dans un coin de la pièce et s'appliquaient désormais à remuer le sang dans les coupes de terre cuite afin qu'il ne fige pas. Le sorcier masqué avait nettoyé sa précieuse lame et passait à présent derrière les bolgoths agenouillés pour jeter des herbes séchées dans les jattes dont le contenu se mettait à luire.

Après s'être outrageusement restaurée, Xinthia Laska reprit sa position à l'aplomb du loup… qui n'avait toujours pas changé de forme. L'absorption de matière grise, de ce type très particulier de substance cérébrale, celle de très jeunes humains de sexe féminin, avait, en revanche, produit un effet incroyable sur la sorcière. Comme chaque fois. Elle paraissait avoir rajeuni de dix ans, toutes ses plaies avaient cicatrisé et sa peau lumineuse resplendissait. Ses cheveux rougeoyaient dans la pénombre tel un brasier. Elle était aussi belle que la nuit, puissante que les étoiles et terrifiante qu'un trou noir.

Pour la seconde fois, elle écarta les bras à hauteur de ses épaules, paumes vers le haut, et se remit à psalmodier. Les mots, différents de la première invocation, sonnaient comme des ordres plus que comme une prière. Tranchants et durs, ils heurtaient les oreilles de l'assistance qui ne pipait mot. Sur un signe du sorcier masqué, les bolgoths se relevèrent et, l'un après l'autre, vinrent déverser sur la sorcière le contenu des calices de terre. Alors qu'elle poursuivait son effrayante mélopée, couverte de la tête aux pieds de ce sang légèrement luminescent, le corps du loup se mit à luire de la même manière, puis à convulser, de plus en plus violemment. Sous l'effet du rituel, la mutation forcée provoquait un réajustement des os et des chairs qui, en règle générale, s'accomplissait sans la moindre douleur, juste le temps d'un souffle. Cette métamorphose-là tordait le corps en tous sens, s'opérait dans la violence et la contrainte. Bahran, éperdu de souffrance, se mit à hurler à pleins poumons. Edoran, qui partageait ses sensations, sanglotait dans le silence de son esprit, recroquevillé sur lui-même, incapable de penser à autre chose qu'au martyre qu'ils subissaient, au risque de se trahir.

Le calvaire dura de longues minutes, au terme desquelles un lycante au physique splendide, puissant, aux muscles déliés, et aux traits sauvages et séduisants, reposait sur la longue pierre plate où, plus tôt, s'était trouvée une bête poilue. Il respirait fort, de manière heurtée, pénible, mais il respirait. Il ouvrit les yeux, leva les mains devant son visage, les tourna sur elles-mêmes afin de les admirer, puis partit d'un gigantesque éclat de rire. La magicienne l'observait, un éclat émerveillé et concupiscent dans le regard. Elle ne s'était pas attendue à ce qu'il soit aussi attirant sous cette forme, et mille pensées lubriques s'agitaient déjà dans son crâne. Oh, comme elle avait bien fait de le prendre pour esclave…

Tranquillement, de sa démarche chaloupée et sinueuse, elle s'approcha du catafalque, grimpa dessus et s'installa à califourchon sur les cuisses de son nouveau jouet. Tous deux étant couverts du sang des innocentes, elle plaça ses paumes sur l'abdomen du lycante et se mit à le caresser, étalant le liquide rouge sur son torse, ses épaules, ses flancs, son sexe… puis elle lui prit les mains pour les poser à plat sur sa propre peau et l'incita à l'imiter. Leurs caresses mutuelles les emportèrent rapidement vers une excitation qu'ils assouvirent en une danse sauvage sous les yeux impassibles ou choqués de l'assistance. Après quoi, repue, Xinthia Laska ordonna que son esclave soit lavé et attaché aux montants de son lit. Sans un autre regard pour lui, elle désigna Xano et Bohr à Arnfag, avant de quitter la pièce.

L'oberst asservi conduisit d'abord le sorcier deux étages plus bas, dans l'enfilade de pièces réservées à ses confrères. Xano fut confié à l'homme masqué qui avait participé au rituel un peu plus tôt. Ce dernier, qui n'avait toujours pas retiré son masque, instruisit le nouveau en quelques mots dénués d'émotion :

— Tu trouveras une paillasse libre dans la pièce du fond, si tu as besoin de dormir. De la nourriture est montée ici une fois par jour. Si tu rates la distribution, tu mangeras le lendemain. Le reste du temps, tu prépares les potions dont la liste est dressée là, autant que tu peux en produire. Et tu te présentes à la maîtresse chaque fois qu'elle te fait appeler, immédiatement. C'est tout, tu n'as rien d'autre à savoir.

—… Bien, euh… Maître.

— Il n'y a qu'une seule maîtresse, ici, c'est Xinthia Laska. Appelle-moi Skall. Et mets-toi au travail !

— À toi, maintenant, signala Arnfag au fenrik Bohr.

Ce dernier lança un regard désolé à Xano avant de suivre l'oberst dans les entrailles de la Forteresse. Il fut affecté à la section volante : les estafettes qui passaient leurs journées à courir de haut en bas à travers la citadelle pour porter messages et ordres divers. Tout comme son compagnon d'infortune, Bohr allait devoir se résigner à demeurer prisonnier de ce lieu de cauchemar, sans perspective d'en sortir un jour. Tous deux n'avaient jamais établi de contact, et encore moins de liens, avec quiconque, avant de se retrouver propulsés sur les chemins de l'Ambar Neldëa avec un démon prisonnier dans un corps de loup à escorter. C'est à l'étrangeté des circonstances qu'ils durent d'avoir communiqué, découvert leurs affinités, et enfin, sympathisé. L'amitié n'était pas chose commune, et loin d'être encouragée, chez les serviteurs de Mörk Örn. En effet, la défiance et la délation, bien plus favorisées, permettaient mieux aux autorités de conserver une mainmise efficace sur les troupes. Les menaces et les punitions faisaient le reste, garantissant une discipline impeccable. Ou presque, si l'on prenait en compte le fait qu'en ces lieux, un oberst, l'un des plus hauts gradés des armées du Seigneur, portait une pierre d'asservissement… Il y avait de quoi se poser des questions.

Et ils s'en posaient, Bohr et Xano. Au fil de leur périple, ils avaient appris à compter l'un sur l'autre. Ils avaient appris l'entraide et la loyauté. Même à l'égard de ce drôle de démon dont les ambitions ne s'accordaient pas tellement avec celles de leur maître à tous. Vivre libres et en paix. Voilà la nouvelle attente qui les liait. L'espoir fou et irréalisable dont ils n'avaient jamais osé rêver auparavant, et que ces dix derniers jours avaient pourtant fait germer. Espoir aussitôt trahi par la sujétion de Bahran à Xinthia Laska. En donnant tout pouvoir sur lui à la sorcière, le démon venait, de fait, de sceller le destin de ses acolytes.

Edoran observait avec une prudente jubilation l'effondrement psychique du démon qui partageait son corps. Ce dernier avait tout misé sur les pouvoirs de la sorcière afin d'atteindre son objectif, son obsession. Redevenir le lycante qu'il était avant que Mörk Örn ne le kidnappe, le séquestre et le transforme en une créature sans âme, entièrement vouée à le servir. Déjà fragilisé par ce désir qui le consumait, Bahran avait enduré le rituel en fracturant son esprit. Une partie était restée focalisée sur la finalité : retrouver sa vie d'avant ; l'autre avait subi, épouvantée, l'acte horrible et sanglant qu'en tant que démon, il aurait exécuté sans sourciller, mais qu'en qualité de lycante, Gahavien innocent tourné vers la lumière de l'Unique, il ne pouvait supporter. Quand tout avait été terminé et qu'il s'était retrouvé enchaîné sur le lit de Xinthia Laska, la réalité du pacte qu'il avait conclu avec elle l'avait percuté de plein fouet. Il avait, certes, retrouvé son corps et sa capacité à muter, mais ni la liberté ni – encore moins ! – sa vie d'avant. C'était une existence de servitude, d'indignité et de déchéance qui l'attendait… et il avait signé pour cela. Cette prise de conscience, alors qu'il gisait, attaché aux montants du baldaquin, nu et tremblant de froid, acheva de réduire sa conscience disloquée en morceaux épars, vulnérables…

C'est l'opportunité qu'Edoran avait espérée et attendue, et qui lui était offerte sur un plateau. Lui, avait souffert l'abomination du sacrifice en se retirant au plus profond de sa psyché et en érigeant des murs aussi opaques que possible entre son âme et la scène qui se déroulait autour de son corps. Le fait qu'il n'en ait pas eu les commandes à ce moment-là l'avait largement aidé à faire abstraction de la réalité. Après cela, il avait tout de même dû lutter contre l'abattement et le désespoir. Cependant, constater les dégâts causés à son hôte lui avait redonné toute la force dont il avait besoin, et la volonté de poursuivre la lutte. Coûte que coûte.

Ne sachant de combien de temps il disposait avant le retour de la sorcière ni ce qu'elle ferait alors de lui, il décida de passer immédiatement à l'action. Il rassembla ses émotions – sa peur de ne pas y arriver, sa colère à l'encontre de leurs ennemis, son désir de retrouver Saraë, sa volonté farouche de vaincre… – en un poing mental solide et incisif qu'il envoya s'écraser contre les lambeaux de pensée de Bahran. Celui-ci, dans un sursaut de réflexe de survie, tenta de bloquer l'attaque, aussi violente qu'inattendue. Il se débattit avec l'énergie du désespoir, luttant contre l'anéantissement de manière anarchique et désordonnée, mais en y mettant tout ce qu'il lui restait de personnalité. Il n'était, toutefois, plus assez fort pour vaincre. Il s'en rendit compte très vite. Il avait perdu. Il avait relâché sa vigilance, s'était égaré dans des chimères pendant que son hôte, furtif et clairvoyant, avait patiemment attendu le moment de sa revanche. Edoran se tenait désormais là, au cœur de lui-même, bien campé sur l'assurance de sa légitimité, une aura de puissance et de confiance en lui brillant autour de sa conscience, alors que Bahran rétrécissait, se voyait inexorablement repoussé, évacué sans merci d'un esprit qui n'avait jamais été le sien. Et c'est avec un éclat, affaibli mais bien réel, d'admiration pour son ennemi qu'il abdiqua… puis disparut.

Sans perdre un instant à savourer sa victoire, Edoran réinvestit chaque cellule de son être, réapprivoisa muscles et articulations, sens, sensibilité de l'épiderme, battements du cœur… Se sentir à nouveau chez lui, seul maître à bord, lui fit presque tourner la tête de soulagement ! Cependant, il ne s'attarda pas non plus sur ce bonheur tout neuf, bien conscient que le danger était loin d'être écarté. Il devait rapidement réfléchir au comportement à adopter vis-à-vis de Xinthia Laska. Jouer le rôle de Bahran le démon, accéder à tous ses désirs et caprices, endurer les tourments qu'elle semblait avoir prévus pour lui… jusqu'à ce qu'une opportunité de s'enfuir s'offre à lui. Même si l'espoir semblait mince, il devait y croire. Pour Saraë. Pour Gahavia et tous ceux qu'il aimait, il ne pouvait cesser d'y croire.

Malheureusement, la Grande Commandeure de la Forteresse ne réapparut pas avant de nombreuses heures. La nuit était tombée sur le ciel gris d'Evinshorsk. Épuisé, affamé et transi de froid, Edoran peinait à demeurer éveillé. Il était même certain d'avoir piqué du nez à plusieurs reprises. Il craignait plus que tout que la sorcière n'arrive alors qu'il dormait, vulnérable et sans défense. Pourtant, lorsque les grandes portes s'ouvrirent sur sa tortionnaire, il était parvenu à se ressaisir et se tenait prêt, affûté, concentré.

Elle traversa la longue pièce, à nouveau vêtue de sa robe de mailles qui cliquetait autour d'elle à chacun de ses pas, en direction du lit. Elle arborait un air las et préoccupé que le lycante ne s'attendait absolument pas à trouver sur son visage. Soudain, elle le vit et écarquilla les yeux, confuse… comme étonnée. Elle réinvestit très vite le masque hautain et lubrique qui la caractérisait, néanmoins, son prisonnier avait clairement perçu sa surprise. Avait-elle oublié sa présence ?

— Ah, mon cher démon, l'interpella-t-elle avec dédain, voyons si tu as de la conversation, maintenant que je t'ai rendu un… corps délicieusement fonctionnel.

Edoran se redressa, autant que ses liens le lui permettaient, se concentra pour réfréner ses tremblements et prit la décision dont il retournait les implications dans sa tête depuis des heures : quelle attitude adopter face à sa geôlière ? Se comporter comme un démon arrogant et sûr de lui, la défier ? Ou feindre la soumission, lui complaire et... voir où cela mènerait ?

— Je suis à vos ordres, Maîtresse, déclara-t-il en inclinant humblement le buste.

Elle haussa un sourcil et attendit de croiser son regard avant de reprendre :

— Donc, ce corps est celui d'un prince lycante dont se serait entichée la Calimehtar... Par le plus grand des hasards... serait-ce le même lycante qui s'est introduit ici il y a un mois, a étripé mon idiot de prédécesseur avant de fuir avec **MA** prisonnière et le plus puissant dragon de l'Ambar Neldëa que *J*'avais asservi ?

Refoulant son envie de laisser éclater sa fierté, de gonfler le torse en souriant de toutes ses dents, Edoran se contenta d'un rictus entendu.

— Lui-même, Maîtresse.

— Et tu me l'offres sur un plateau... Par l'enfer ! Cela va être jouissif au possible de le torturer.

— Il est mort, Maîtresse. Pardonnez-moi ! Mais... me torturer ne servira à rien, puisque cela n'aura aucun impact sur lui. Ni sur elle...

Elle eut une moue dépitée, vite remplacée par une torsion menaçante de la bouche.

— Lui, peut-être pas. Mais elle, rien n'est moins sûr.

Edoran s'affola de la cruauté qu'il pouvait clairement lire dans le regard de Xinthia Laska. Si elle remettait la main sur Saraë, qui sait ce qu'elle était capable de lui faire encore endurer ? Déjà, apprendre que c'était elle, et non Ox de Maar, qui l'avait torturée lors de sa captivité dans les geôles de la Forteresse lui avait donné envie de la déchiqueter de ses dents. Alors si cette sorcière s'avisait à nouveau de toucher un seul cheveu de sa reine... Le lycante inspira profondément afin de se calmer et de conserver un air servile. Inoffensif.

— Tu as l'air frigorifié, remarqua sa geôlière contre toute attente, et tu dois sûrement avoir faim. Ce genre de rituel tire sur l'organisme.

Tout en parlant, elle s'était approchée de lui et avait tiré une clé de son décolleté, avec laquelle elle venait de déverrouiller ses chaînes.

— Je vais te faire apporter de quoi te couvrir. En attendant, si tu veux manger, tu as de la viande juste-là. Nourris-toi.

Elle lui désigna les petits corps exsangues, abandonnés là quelques heures plus tôt. Il déglutit, refoulant la nausée qui menaçait de le trahir. Elle eut un rictus moqueur.

— On a l'estomac délicat, démon ? Tu as passé trop de temps à bouffer des fleurs chez ces bellâtres d'elfes !

Elle partit d'un grand rire et quitta la pièce en roulant des hanches, laissant son invité face à la pile de cadavres étêtés.

Que se passerait-il, se demanda Edoran, s'il ne les mangeait pas ? En serait-elle fâchée ? Amusée ? Aurait-il droit à autre chose ? Ou pas… Peut-être allait-elle l'affamer jusqu'à ce qu'il s'abaisse à consommer la chair des fillettes sacrifiées ?

Et c'est en effet ce qu'il advint.

Quand Xinthia Laska reparut, accompagnée d'une femelle maar chargée de tissus et de fourrures, elle piqua une crise de colère spectaculaire en constatant qu'il n'avait pas touché à « son repas ». Elle tempêta et le menaça des pires sévices jusqu'à ce qu'il se résigne.

— Me permettriez-vous, Maîtresse, requit-il néanmoins, de manger sous mon autre forme ? Mes dents de loup sont plus… efficaces pour déchiqueter et broyer la viande.

D'un air agréablement surpris, elle lui accorda cette faveur avec un geste désinvolte de la main. Elle l'observa redevenir le grand loup à la fourrure châtaine, aux reflets argentés et aux yeux dorés qu'il était à son arrivée. Elle s'installa sur son trône sans le quitter du regard, puis assista avec un évident plaisir au repas de la bête. De son côté, Edoran tentait de ne voir dans sa pitance que de la viande et des os, et non plus des corps d'enfants humains. Il avalait de la nourriture qui lui rendrait la force nécessaire pour s'évader, vaincre ses ennemis, retrouver Saraë… survivre à tout prix. Les remords viendraient. Plus tard. Lorsqu'il pourrait se permettre le luxe d'en avoir.

Les jours qui suivirent imprimèrent le rythme de ce qui semblait être l'organisation habituelle de la Forteresse. Après s'être octroyé quelques heures de repos, quatre ou cinq tout au plus, en fin de nuit, Xinthia Laska usait sexuellement de son esclave. Pendant ce temps, des bolgoths allaient et venaient dans la pièce pour préparer le bain de la Maîtresse. Le lycante devait alors la laver, huiler son corps couvert de cicatrices, puis la vêtir de sa robe de fer. Après quoi elle se faisait apporter un grand calice de sang frais pendant que lui devait se nourrir sur les carcasses désormais avariées des fillettes. Ensuite, elle disparaissait généralement pour le reste de la journée, ne réapparaissant que très tard dans la nuit. Ces longues journées solitaires mettaient les nerfs d'Edoran à rude épreuve. La sorcière le rattachait aux montants du lit avant de quitter la chambre, aussi n'y avait-il rien qu'il pût faire que ronger son frein et ressasser les mêmes pensées moroses.

# — 32 —

## Nínui 13 (deux jours plus tard) - Centauria

Deux jours plus tard, c'est sous un rideau de pluie glaciale que Dosator et Sorcha, montés par Thésis et Olbur, prirent la route de Faërie en longeant la côte vers le nord. Après seulement quelques heures de chevauchée, les deux cavaliers frissonnaient sous les capes de cuir que leur avaient fournies les centaures du village. Pour l'aigle des Cîmes, nínui évoquait la neige et le froid, mais aussi le bleu éclatant des ciels de montagne. La température de Centauria était loin d'atteindre celles dont Thésis avait l'habitude en cette période de l'année, néanmoins, il lui semblait n'avoir jamais eu aussi froid de toute sa vie. Et cela tenait autant à l'humidité qui infiltrait son corps qu'aux vents du large qui transissaient tout sur leur passage. Pour le nain, nínui était l'un des rares mois agréables dans le Désert Brûlant, quand les températures diurnes s'avéraient enfin supportables. Même si les coteaux du Pic, surtout dans les hauteurs, connaissaient la neige et les gelées matinales, les pluies d'automne et les giboulées printanières, rien n'approchait l'inconfort de ces trombes d'eau qui vous fouettaient en inépuisables rafales.

Bref, aucun des deux n'appréciait le climat hivernal des plaines…

— C'est à ces pluies de saison que l'on doit l'abondance d'herbe au printemps et de foin en été, leur avait expliqué

Sorcha qui subissait sans férir la violence des éléments. Alors pour nous, cette eau est une bénédiction.

À quoi Olbur avait répondu par un grognement sans équivoque.

Très loin au-dessus de leurs têtes, de l'autre côté des nuages, une Zya en plein désarroi chevauchait un Thorak débordant d'allégresse. L'ex-ondine qui n'était pas encore tout à fait un dragon avait d'abord, à son réveil, été choquée par sa nouvelle apparence. En particulier par l'espèce de crête osseuse qui avait remplacé sa longue et luxuriante chevelure aux mille nuances de vert et de bleu. Mais également par l'aspect désormais grené de ses écailles, dont elle regrettait la douceur soyeuse. Bien que son grand compagnon ait montré un enthousiasme éloquent à l'idée qu'elle devînt un dragon, comme lui, et bien que, de son point de vue, elle le trouvât magnifique, une part d'elle ne pouvait concevoir qu'il pût réellement apprécier sa nouvelle physionomie. Elle se trouvait repoussante. Ni ondine, ni vipérine, ni dragonne… elle ne ressemblait à rien, et la déception gâchait l'excitation qu'elle aurait dû ressentir à l'idée de devenir un dragon. Et d'être comme lui. Son âme-sœur.

Chaque jour, au coucher du soleil, Thorak traversait les nuages pour se poser sur le sol détrempé des grandes prairies. De son souffle brûlant, il asséchait un espace concentrique. Ses puissantes pattes munies de longues griffes creusaient la terre jusqu'à trouver des pierres que Zya montait en petit tertre. Puis le dragon les inondait de flammes jusqu'à ce qu'elles soient presque en fusion et dégagent une chaleur satisfaisante. Après quoi il reprenait son vol, laissant Zya avec leurs quelques bagages et, pendant qu'elle organisait le campement, le Diamant partait chasser de quoi les nourrir tous les six. Quand les centaures et leurs cavaliers atteignaient l'étape, tout était prêt pour les accueillir. Et chaque soir, après un bref repas revigorant, les deux centaures, l'aelder, le nain et… Zya se pelotonnaient sous les ailes imperméables du dragon pour y passer la nuit. Cette dernière prenait place contre le flanc du grand bleu, juste sous la jointure de l'aile gauche, là où elle pouvait entendre les puissants battements de son cœur.

Sept jours durant, ils opérèrent ainsi, pressés d'arriver aux abords du bois de Lutry. La pluie ne cessa pas un instant de se déverser sur la plaine. De temps à autre, Thésis sautait du dos de Sorcha et filait à tire-d'aile vers les nuages qu'elle traversait comme une flèche pour déboucher enfin sous un soleil certes froid, mais sec ! Elle accompagnait alors, pendant une heure ou deux, le vol rapide et majestueux du dragon, avant de replonger auprès de ses compagnons d'infortune qui, eux, n'avaient d'autre choix que d'endurer le déluge.

# — 32 —

## Nínui 15 (deux jours plus tard) – La Forteresse

Dans ce qui lui sembla être l'après-midi du quatrième jour, Edoran reçut la visite surprise de Xano Slavius. Le maar arborait des traits tirés d'où sourdaient une inquiétude et un ressentiment par trop visibles. S'il n'apprenait pas à dissimuler ses émotions, songea le lycante, il signerait sa perte, un jour ou l'autre.

— Maître Bahran, chuchota le sorcier après avoir discrètement traversé la grande pièce, je suis venu voir comment vous alliez.

Il tordait ses mains l'une contre l'autre et observait le lycante d'un air anxieux. N'ayant, jusque-là, connu que sa forme lupine, il semblait impressionné par le corps du guerrier.

— Il n'est pas très prudent de vous aventurer jusqu'ici, Xano, l'avertit le pseudo-démon à voix basse.

— Ne vous inquiétez pas pour cela, Maître, le rassura Slavius, j'ai pris les précautions nécessaires. J'ai observé les gardes, et toutes les allées et venues depuis que nous sommes ici. La Grande Commandeure passe ses journées dans les catacombes, sous les geôles. Elle y a son… laboratoire. Les sorciers lui préparent des litres et des litres d'une potion spéciale dont elle fait une énorme consommation, toutefois, je n'ai pas réussi à savoir à quoi cela pouvait lui servir. Pour moi, ça ressemble à une potion de restauration de vie ou de santé, mais qui serait incomplète. À laquelle il manquerait un ingrédient essentiel. C'est donc certainement ce qu'elle fait dans son laboratoire, elle finalise les potions. Pourquoi lui en faut-il autant, ça…

— Respire, Xano, lui ordonna le lycante d'une voix calme et basse.

La nervosité l'avait poussé à débiter en quelques secondes plus de mots qu'il n'en avait prononcés durant les dix jours de leur voyage.

— Oui, pardonnez-moi, Maître, je…

— Je croyais t'avoir déjà dit de m'appeler Bahran, le coupa Edoran qui se souvenait de la conversation entre le démon et le sorcier quand il avait repris conscience grâce à… Spartak !

Où son cheval pouvait-il bien se trouver en ce moment ?

— Es-tu libre de tes mouvements ? demanda-t-il à Xano.

— Oui, on ne me surveille pas tant que je produis la quantité de potion exigée.

— Et Bohr ?

— Encore plus libre que moi. Il est affecté à la messagerie interne. C'est lui qui porte les messages et les ordres à travers toute la Forteresse. Il a accès partout, et personne ne s'étonne de le voir ici ou là.

— Parfait, sourit le lycante. Si je ne me trompe pas sur ton discours, Bohr et toi êtes prêts à faire ce qui sera nécessaire pour quitter cet endroit, n'est-ce pas ?

Xano se figea soudain, pris par le doute. Il avait présumé que le Bahran qu'il avait appris à connaître sur le chemin désirerait plus que tout recouvrer sa liberté. Toutefois, l'image du démon se soumettant de son plein gré à un rituel indigne et répugnant, s'offrant en esclavage à une magicienne psychopathe lui revint en mémoire et lui fit craindre le pire. Quelles étaient ses réelles intentions ? Venait-il de se trahir devant l'ennemi, détruisant toutes ses chances de désertion ? Le démon allait-il le dénoncer ? Le faire chanter ?

— Je vous fais confiance. À tous les deux, scanda le lycante en le fixant d'un regard intense. Et j'attends de vous la même confiance. Ce qui nous lie, c'est la volonté de fuir cet endroit le plus vite possible. Alors, est-ce que vous êtes avec moi ?

Le sorcier sembla s'affaisser sur lui-même sous le coup du soulagement.

— Oui, nous sommes avec vous. Dites-moi ce que vous attendez de nous. Je peux vous jurer sur ce que j'ai de plus précieux que je ne vous trahirai jamais.

— J'ai besoin de savoir une chose, Xano, le sonda Edoran avec gravité. Jusqu'où es-tu prêt à aller pour la paix à laquelle tu aspires ? Pour vivre dans un monde où tous les êtres sans distinction de race vivraient en harmonie les uns avec les autres. Pour éradiquer la menace que Mörk Örn fait peser sur l'Ambar Neldëa.

Slavius rivait des yeux exorbités et abasourdis sur le fou qui osait prononcer de telles paroles. « Éradiquer Mörk Örn » ? Comment une telle chose serait-elle possible ? « Vivre en harmonie » avec tous les autres peuples ? Quelle chimère était-ce là ? Jamais, jamais jusqu'à ce jour, il n'avait osé caresser de telles espérances. Après un long silence circonspect, il avança une réponse.

— Dans un monde utopique où de tels fantasmes seraient réalisables, commença-t-il prudemment, je serais prêt à tout, à n'importe quoi… oui, je serais prêt à n'importe quoi pour avoir une chance de vivre dans la paix avec tous les autres peuples… surtout les fées, ajouta-t-il dans un chuchotement embarrassé. J'ai toujours rêvé de rencontrer une fée en vrai.

Edoran sourit, amusé, en imaginant le timide sorcier hôte de Tillamina Maripena et de ses « filles ».

— Je vais te faire une promesse, Xano Slavius, lui déclara-t-il alors d'un ton solennel. Je te jure qu'à compter de cet instant, tout ce que je dirai ou ferai, toutes mes décisions et tout ce que je vous demanderai, à Bohr et à toi, n'aura qu'un seul et unique but : abattre Mörk Örn et rétablir la paix dans l'Ambar Neldëa. Je te le jure, moi aussi, sur ce que j'ai de plus cher au monde. Sur ce qui m'est plus cher que ma propre vie.

Xano fronça les sourcils, troublé et perplexe.

— Durant tout ce temps où vous vous êtes battu pour atteindre cet endroit, il m'avait semblé que ce qui vous importait le plus au monde, c'était votre vie. Votre vie en tant que lycante, libre…

Edoran ne répondit pas tout de suite. Pendant de longues secondes, il sonda le regard de son vis-à-vis, tentant de mesurer l'impact de ce qu'il allait révéler sur ce maar né et élevé en Evinshorsk sous le joug du Seigneur Noir. Ce maar dressé à l'obéissance, et pour qui la délation et la défiance étaient presque des qualités naturelles. Ce maar qui pourtant aspirait à une vie de paix et de liberté, qui rêvait de rencontrer une fée… Puis il songea à Saraë, et il comprit qu'il n'avait de toute façon pas d'autre choix que de tenter le tout pour le tout.

— Tu as raison, Xano. C'est tout ce qui importait à Bahran le démon. Mais… je ne suis pas lui. Il n'y a plus personne d'autre dans ma tête que moi, Edoran de Lycantie, fils de Roelof et chevalier servant de Sa Majesté Saraë Calimehtar Elendil, Haute-Reine des elfes. Et ce qui m'importe à moi, c'est de détruire Mörk Örn une bonne fois pour toutes et rétablir la paix dans notre monde. Alors maintenant, il va falloir que tu me dises si tu es avec moi… ou contre moi.

La mâchoire du sorcier s'était décrochée dès les premiers mots, puis il avait considéré le lycante d'un regard neuf, un brin émerveillé, presque fier.

— Vous l'avez tué ? questionna-t-il.

Edoran acquiesça.

— Comment ?

— Son obsession avait beaucoup affaibli son esprit avant qu'il n'ait à subir le rituel. J'ai profité de sa faiblesse pour frapper dès que j'en ai eu la possibilité, après la transformation.

— Vous étiez… toujours là ? Je veux dire… je croyais que l'âme de l'hôte disparaissait au moment de la possession ?

— C'est le cas, la plupart du temps. Le démon écrase la conscience de sa victime et n'en conserve que les caractéristiques dont il a besoin pour revêtir son identité.

Seulement, dans le cas présent, je m'étais bien préparé. Ce n'est pas comme s'il m'avait eu par surprise. Je savais à quoi j'avais affaire. Aussi, quand il a envahi mon esprit et a tenté de l'écraser, j'ai lutté. Je l'ai repoussé autant que j'ai pu, et honnêtement, j'ai bien cru avoir perdu. Je suis resté inconscient pendant des jours… jusqu'à ce que la présence de Spartak me tire du néant.

— Spartak ?

— Mon cheval. Je ne sais pas comment il a atterri en Evinshorsk. Je l'ai perdu quelque part à l'est de l'Edheldôr, après l'arrivée des Hordes. C'était il y a… six mois. La veille de Lugnasad.

La tristesse avait envahi la voix du chevalier à l'évocation de ce jour funeste qui avait vu périr Boris, son écuyer, son ami.

— Il a certainement été récupéré par les troupes en place, hasarda le sorcier. Comme celles-ci sont régulièrement remplacées par des fraîches, par roulement, il est possible que…

— Bref, l'interrompit le lycante. J'ai repris conscience alors que nous nous éloignions d'un campement, je crois, et que le démon occupait le corps de ce… Gueld.

— Oui, bien sûr ! s'exclama Xano. Cela explique beaucoup de choses…

— Notamment que mon corps ait survécu à son absence.

Le sorcier acquiesça, l'air agacé.

— Il m'a menti, constata-t-il.

— C'était un démon, lui fit remarquer Edoran.

L'ironie d'une telle évidence leur arracha un rire sans joie, créant entre eux une complicité nouvelle qui leur réchauffa le cœur.

— Vous êtes donc un vrai lycante. Un Gahavien.

Le chevalier acquiesça en silence, dans l'attente du verdict de Xano qui le considérait comme on observe un phénomène rare.

— Eh bien, se lança ce dernier, ce sera un honneur pour moi que de lutter à vos côtés, Edoran de Lycantie.

Après avoir quitté le prisonnier de Xinthia, le sorcier s'était empressé de descendre au niveau de la cour intérieure, sur laquelle donnaient les quartiers des sentinelles et des estafettes, mais Bohr en était absent. Sollicité en permanence par les uns et les autres pour transmettre leurs ordres et doléances, le fenrik pouvait aussi bien se trouver dans les cachots qu'au sommet de la tour principale, et qui sait quand il reviendrait… Dépité, bien que toujours aussi fébrile et exalté par la tournure de la situation, Xano confia un message pour son ami à l'un des gardes, puis il regagna son étage et se remit au travail. Le soir tombait lorsque Bohr se présenta à l'entrée de l'aile des sorciers. Son compère l'entraîna dès qu'il le vit dans une réserve contenant de l'huile, du suif, du chanvre, ainsi que de nombreux moules à chandelles. Personne ne se lançait dans la fabrication de bougies à cette heure de la journée, ils seraient donc tranquilles pour la discussion qu'ils devaient avoir.

— Que se passe-t-il pour que l'on soit obligés de se cacher ainsi ? s'enquit le fenrik.

— Nous nous côtoyons depuis longtemps, même si nous ne nous étions jamais parlé avant l'arrivée du démon, posa le sorcier. Malgré cela, je pense que nous pouvons reconnaître tous les deux que nous nous comprenons, n'est-ce pas ?

— Eh bien, je suppose que oui, hésita le maar. Si tu essaies de me demander à quel point je te fais confiance, je te rassure tout de suite, je te fais plus confiance qu'à n'importe qui d'autre.

Xano parut soulagé. Il sourit, puis reprit :

— Je vais être bref et aller droit au but. Je veux sortir d'ici. Je veux non seulement quitter cet endroit, mais aussi ce pays maudit et tout ce qu'il représente. Je veux… déserter, tourner le dos au Seigneur, aux ténèbres, à… tout ça. Je veux vivre en paix. Sur Gahavia. Devenir l'un d'entre eux.

Bohr le considéra, bouche bée, durant quelques secondes, avant de prendre une vive inspiration.

— Ah. Oui, en effet, c'est… audacieux. Non ?

— Pire que ça, sourit à nouveau Xano. C'est suicidaire, complètement fou, et même, probablement impossible.

Cependant, il existe peut-être une faible chance. Mais je ne t'en parlerai que si tu es avec moi.

— Tu veux que je joue ma vie sur l'hypothèse d'une faible chance ?

— Oui. Si je ne me trompe pas sur la personne que tu es, moi aussi, je te fais confiance.

Bohr secoua la tête, désemparé. Il sonda le regard de son vis-à-vis, à la recherche de réponses qui n'existaient pas et n'y trouva qu'une volonté farouche, un courage et une force qu'il n'y avait jamais vus avant. C'est ce qui le décida.

— D'accord. Dis-moi ce que tu sais.

Ce fut alors au sorcier de prendre une profonde inspiration.

— Bahran est mort peu après le rituel.

— Quoi ?

— Laisse-moi finir. Le démon a été détruit par son hôte qui, pendant tout ce temps, s'était caché à l'intérieur de sa propre conscience. Le prince Edoran, celui-là même qui aurait réussi à s'introduire dans la Forteresse pour libérer la reine des elfes et le dragon Bleu. Il est à nouveau aux commandes de son corps et de ses actes, et il m'a proposé une alliance. Lui aussi est décidé à quitter cet endroit. Toutefois, il n'entend pas en rester là. Il ambitionne d'anéantir Xinthia Laska et Mörk Örn afin de libérer tout l'Ambar Neldëa de leur joug.

— Impossible !

— Peut-être bien, mais réfléchis ! Que risque-t-on à essayer ? La mort ? N'est-on pas déjà morts si on reste ici, esclaves de cette… folle ? Ton âme n'est-elle pas déjà morte, après toutes ces années au service du Seigneur ? Qu'est-ce qui serait le pire, dis-moi ? Mourir en essayant de trouver mieux ? De changer le monde ? Ou survivre, jour après jour, sans rien faire d'autre que subir ?

Bohr ne répondit pas. Parce qu'il n'y avait rien à dire. Ses yeux, brillants d'émotions contenues, suffisaient à exprimer son choix.

— Qu'a-t-il l'intention de faire ? questionna le soldat maar.

— Je ne sais pas encore. Il faut que tu t'arranges pour aller le voir et parler avec lui. En tant qu'estafette, tu es celui de nous trois qui sera le plus libre de ses mouvements. C'est toi qui me rendras compte, désormais.

— Bon sang… un Gahavien. Un lycante. Si on m'avait dit…

— À qui le dis-tu ? rit son complice. Nous voilà embarqués dans une drôle d'aventure.

— Oui, mais avec un allié pareil… se prit à rêver le fenrik. Tu as raison, d'un coup, tout semble possible.

— Va le voir, l'encouragea Xano.

— Il est trop tard pour ce soir. Même si Xinthia Laska ne remonte que dans plusieurs heures des catacombes, c'est trop risqué. J'attendrai demain matin qu'elle soit descendue.

# — 33 —

## Nínui 16 (le lendemain) – La Forteresse

Le lendemain, peu après l'aube, Bohr se glissait dans les appartements désertés de la Grande Commandeure. Le lycante l'attendait, toujours enchaîné au montant du lit, mais désormais revêtu d'une grossière tunique de lin. Dans un coin de la pièce, la carcasse de la dernière fillette pourrissait, empuantissant l'atmosphère. Le fenrik refoula un haut-le-cœur et se demanda comment le prisonnier pouvait supporter une telle odeur en permanence.

— Bienvenue, mon ami, l'accueillit Edoran. Je suppose que si tu es là, c'est que je peux t'appeler mon ami ?

— J'avoue que je reste perplexe, admit le maar. Qui me dit que tu n'es pas encore le démon ? Qu'il ne s'agit pas d'un piège pour nous faire accuser de traîtrise ?

— Tu as raison de te méfier. C'est une grande qualité dont nous aurons besoin. Si je pouvais te donner une preuve, je le ferais, malheureusement j'ai bien peur que tu ne sois contraint de me croire sur parole et de m'accorder ta confiance sans autre garantie que l'espoir de nous voir nous en sortir tous les trois.

En réalité, Bohr avait déjà pris sa décision, cependant, la franchise du lycante ne fit que la renforcer.

— Qu'attends-tu de moi ?

— J'ai des raisons de penser que Delila, la reine des licornes, pourrait être enfermée ici, ainsi que l'ont été Thorak et Saraë.

Crois-tu être en mesure de la localiser ? Et si tu en as l'opportunité, de la libérer ?

Le fenrik écarquilla les yeux. Fureter dans les cachots pour enquêter sur la présence d'une licorne, il le pouvait… La libérer ?

— Chaque chose en son temps, tempéra le lycante. Vois déjà si tu parviens à la trouver, nous aviserons ensuite.

— Bien, Maître, s'inclina le maar sans réfléchir.

— Je préférerais que nous soyons amis, si tu n'y vois pas d'inconvénients, protesta Edoran en souriant.

# — 34 —

## Nínui 18 (deux jours plus tard) - La Forteresse

Il ne fallut pas deux jours à Bohr pour localiser la reine Delila. Le cachot qu'elle occupait se trouvait à l'écart des autres, au bout d'un passage encombré d'éboulis et envahi de toiles d'araignées. Elle semblait avoir été oubliée là. Cruellement amaigrie, elle avait survécu en léchant le salpêtre des murs humides. Sa robe blanche ne brillait plus, sa corne non plus, ses yeux désormais secs brûlaient à présent de rage, et cela, pour une créature des Collines Enchantées, tenait du sacrilège.

Quand le fenrik monta raconter à Edoran ce qu'il avait découvert, celui-ci en eut le cœur serré, toutefois il entrevit l'avantage de la situation. Une licorne dont les larmes ne risquaient plus de provoquer sa mort serait capable de survivre assez longtemps pour rentrer chez elle et protéger son peuple. Cela devenait… possible.

— Il faut qu'elle reprenne des forces, expliqua-t-il à son allié. Trouve le moyen de lui fournir des végétaux dignes de ce nom, et de l'eau également. D'ici deux à trois jours, elle devrait être en mesure de s'échapper.

— S'échapper d'ici ? Mais com…

— Je sais comment, Bohr. Je l'ai déjà fait. Et je serais étonné qu'ils aient réparé la montagne après que Thorak l'a éventrée.

Bohr fronça les sourcils, puis acquiesça.

— En effet, depuis le toit du donjon, on aperçoit un

énorme trou près du sommet de la colline nord.

— Est-ce que tu sais où se trouve le nid des dragons noirs ?

— La dragonnerie ? Oui, je sais où elle est. Pas très loin de la galerie dans laquelle est enfermée la licorne.

— Parfait. Au pied du nid, sur la gauche, une anfractuosité permet d'accéder à un tunnel qui monte en ligne droite vers le nord. À un moment donné, à peu près aux trois quarts de l'ascension, une autre crevasse s'ouvre sur une grotte immense. C'est là qu'était retenu le dragon que j'ai libéré. Il en a effondré le plafond, qui est à ciel ouvert, à présent. Delila pourra certainement fuir par là. Après quoi il lui faudra atteindre le portail dimensionnel, retourner sur Gahavia et atteindre les Collines sans être à nouveau capturée…

Ils se regardèrent en silence, les mêmes funestes doutes affligeant leurs pensées.

— Je vais déjà essayer de lui faire reprendre des forces, décida le maar. Chaque chose en son temps. Ensuite, nous trouverons bien une solution pour qu'elle rentre chez elle saine et sauve.

Edoran sourit avec chaleur.

— Je suis tellement heureux de vous avoir trouvés, Xano et toi. Vous me redonnez espoir pour ce monde.

— C'est vous qui êtes notre espoir, Maître Lycante, sourit à son tour le fenrik.


Les écuries de la Forteresse regorgeaient de foin et de luzerne que les maars avaient volés sur Gahavia en même temps que les chevaux et qu'ils avaient engrangés en grande quantité. En trouver n'avait donc pas été difficile. Ce qui l'avait été, en revanche, c'est d'en transporter des ballots entiers jusqu'aux geôles souterraines les plus éloignées, dans les profondeurs de la citadelle, puis jusqu'à la cellule de la licorne. Bohr avait commencé par dissimuler des petits fagots sous son armure, jusqu'à ce qu'il tombe sur des bolgoths transportant des cadavres de mörkhunds vers les catacombes. Du temps d'Ox de Maar, le régiment basé ici se devait de demeurer l'une des élites des Hordes, aussi les combattants étaient-ils astreints à un entraînement intense et constant, et ils participaient à de nombreuses missions «coup-de-poing», tant sur Gahavia qu'en Evinshorsk. Mais depuis que Xinthia Laska avait été nommée au poste de Grand Commandeur à sa suite, les choses avaient bien changé. La sorcière ne s'intéressait que moyennement à la guerre, du moins d'un point de vue martial. Elle se concentrait sur un autre type de lutte, basée sur la traîtrise, la ruse, la magie noire, la terreur… Conséquemment, les guerriers cantonnés à la Forteresse s'ennuyaient ferme. Pour tuer le temps, ils s'étaient mis à organiser des combats clandestins. Combats d'humains, d'aquares, de bolgoths, de vörgs... leurs favoris étant les duels de mörkhunds. Les chiens de l'enfer se livraient à des matchs d'une violence et d'une brutalité sans commune mesure, qui excitaient et déchaînaient les passions des soldats maars au point de leur faire oublier la guerre et baisser leur vigilance.

Ces rixes organisées avaient lieu quotidiennement dans l'une des basses-cours de la citadelle, et Bohr apprit que les corps des vaincus étaient entassés derrière les écuries, puis évacués dans une fosse située sous les catacombes. Ni vu ni connu. Il vit aussitôt la chance lui sourire. Alors que les combats s'enchaînaient, détournant l'attention de ses «collègues», il ouvrit le ventre des trois mörkhunds déjà trépassés, les vida de leurs viscères qu'il jeta en pâture aux autres chiens encagés, puis leur bourra la panse de foin et de luzerne avant de les recoudre grossièrement. Le soir venu, lorsque les bolgoths furent chargés de se débarrasser des cadavres, Bohr les accompagna afin de, soi-disant, surveiller qu'ils s'acquittaient correctement de leur tâche.

— On ne peut pas leur faire confiance, à ces pachydermes, avait-il argué.

Plus tard, alors qu'ils atteignaient l'embranchement menant vers le long escalier des catacombes à gauche, et au cachot de la licorne à droite, il ordonna aux porteurs de déposer leur chargement dans la première geôle du couloir.

— On n'a pas le temps de lambiner, prétexta-t-il. Allez prendre vos tours de garde avant qu'Arnfag vous fasse fouetter. Vous descendrez les carcasses demain matin à la première heure.

Les bolgoths grognèrent un salut, trop heureux d'échapper à la corvée pour discuter un ordre, même inhabituel, et remontèrent la galerie sans se retourner. Une fois seul, Bohr récupéra le foin et la luzerne dans la panse des chiens géants, et en quelques allées et venues, transporta son magot jusqu'à la cellule de la prisonnière.

— Reine Delila, l'appela-t-il en retirant la barre de la porte.

Recroquevillée contre le mur du fond, la licorne le considérait avec effroi. Elle devait s'attendre à ce qu'on l'exécute, ou pire…

— Je viens en ami, la rassura le maar.

Du moins tenta-t-il de la rassurer, ce qui ne fonctionna pas du tout. Les yeux de la reine s'écarquillèrent encore plus d'entendre le mot « ami » sortir de la bouche d'un serviteur de Mörk Örn.

— Je viens de la part du prince Edoran de Lycantie. Il est ici, prisonnier comme vous, mais il va trouver un plan pour nous sortir de là.

Comme elle le dévisageait avec l'air de croire qu'il était fou, il se rendit compte qu'en effet, son discours pouvait prêter à confusion.

— Le sorcier Xano Slavius et moi-même avons tourné le dos au Seigneur Noir et prêté allégeance au chevalier Edoran. Ensemble, nous voulons mettre fin au règne de Mörk Örn pour vivre en paix sur Gahavia. Actuellement, Edoran est l'esclave personnel de Xinthia Laska, la Grande Commandeure, mais il travaille à mettre au point un plan visant à anéantir la sorcière et nous permettre de nous enfuir d'ici. Et si possible à détruire Mörk Örn, par la même occasion.

— Est-ce que c'est vrai ? murmura Delila. Edoran est ici ?

Le reste du discours du maar la laissait bien trop perplexe pour qu'elle s'y attardât. Elle préférait se concentrer sur le plausible.

— Oui, Votre Majesté. Il m'a chargé de vous trouver à manger afin que vous recouvriez vos forces. Quand vous en serez capable, je vous ferai évader. Toutefois, vous devrez regagner les Collines Enchantées par vos propres moyens.

— Edoran viendra aussi ?

— Je ne crois pas, non. Enfin, il ne m'en a pas parlé, mais… je ne pense pas que ce soit son intention. Je lui poserai quand même la question, promit le fenrik, indécis. En attendant, vous devez manger. Je vous ai apporté du foin et de la luzerne en quantité, et vous aurez aussi de l'eau.

La licorne eut un mouvement de recul devant l'odeur et l'aspect du monticule peu ragoûtant que le soldat venait de pousser devant elle.

— Ah, euh… oui, toutes mes excuses pour ça. J'ai dû user de moyens peu conventionnels pour vous livrer. Si vous parvenez à faire abstraction des restes de sang et de viscères, vous verrez que ce fourrage est d'excellente qualité, il vient tout droit du Palar Tàra.

# — 35 —

## Nínui 20 (deux jours plus tard) – Centauria

Enfin, au zénith du septième jour, Thorak piqua vers le sol pour se poser non loin de la lisière sylvestre. La veille au soir, ses compagnons et lui s'étaient accordés sur le fait qu'il aurait été fort peu diplomate qu'un dragon atterrisse directement dans la clairière de Tillamina Maripena. Ils avaient décidé que seules Sorcha et Thésis traverseraient Lutry pour se présenter à la reine et attendre l'arrivée d'Hermanus et Saraë. Connaissant le prix de l'hospitalité des fées, Dosator avait préféré décliner l'invitation. Olbur, d'abord tenté par l'expérience, s'était finalement rangé à son avis. L'heure n'était pas au batifolage. Quant à Zya, elle avait exprimé le souhait de rester avec Thorak. Sa physiologie étant encore instable, elle ne se sentait en sécurité qu'auprès de son compagnon.

La pluie s'était enfin arrêtée, laissant un sol détrempé que les rayons du soleil réchauffaient lentement. Thorak et Zya s'appliquèrent à dresser, cette fois encore, un campement aussi confortable que possible pour leurs compagnons. Au fil des jours, l'ex-ondine avait apprivoisé sa nouvelle apparence et s'était découvert de nouvelles aptitudes. Elle était désormais beaucoup plus forte physiquement, plus résistante aux températures. Elle voyait plus loin et avec une acuité incroyable, son ouïe aussi s'était développée, ainsi que son odorat. Tous ces changements étaient, de prime abord, assez perturbants, néanmoins les perspectives qu'ils promettaient l'avaient grandement aidée à les accepter.

— Quand tu auras tes ailes, la rassurait régulièrement Thorak, et que nous pourrons voler côte à côte, tu verras les choses autrement. Il me tarde tant que tu puisses ressentir ce que c'est de voler. De sentir l'air te porter. De voir le monde à tes pieds. On se sent tellement puissant… et libre.

— C'est déjà ce que je ressens, lui avait-elle répondu la première fois, quand je suis sur ton dos.

— Non, avait-il réfuté, tu n'imagines pas à quel point c'est différent ! Mais tu verras, tu comprendras.

Thésis les rejoignit alors que le pâle soleil hivernal cédait sa place aux premières ombres vespérales.

— Dosator s'est tordu le boulet[10] dans un terrier de renard, les prévint-elle. Sa blessure n'est pas très grave et j'ai réduit la foulure, cependant, je leur ai demandé d'avancer plus lentement afin de ne pas trop charger son articulation. Ils devraient arriver d'ici une heure.

— Tout est prêt, de notre côté, lui sourit Zya. Ce soir, nous camperons au sec, enfin !

Thésis la considéra un instant avec stupéfaction avant d'éclater de rire, sous l'œil perplexe de Thorak.

— Je suis désolée, s'excusa l'aelder en gloussant, mais une ondine qui se plaint de l'humidité, avouez que c'est hilarant, non ?

Le dragon fronça les sourcils, prêt à défendre la réaction de son âme-sœur sur ce sujet encore sensible, quand celle-ci pouffa également à la plaisanterie. Le son aérien et délicat de ce rire, qu'il n'avait plus entendu depuis trop longtemps, lui réchauffa le cœur. Zya était-elle enfin prête à assentir à sa transformation ? Il l'espérait tellement !

— J'aimerais bien voir de plus près ce fameux bois de Lutry, déclara pensivement Thésis quelques minutes plus tard. J'en ai tant entendu parler… je me demande si on sent quelque chose

---

[10] Articulation du cheval la plus proche du sabot.

en passant entre les arbres, si la magie à l'œuvre est perceptible.

— Allez-y toutes les deux, leur proposa le grand Bleu, toutefois, ne vous éloignez pas trop de l'orée, ce serait dommage de vous y perdre alors qu'on est tout près de retrouver nos amis. De mon côté, je vais aller chasser un peu.

Les deux jeunes créatures, l'une empennée, l'autre écailleuse, s'approchèrent avec prudence et fascination des hautes colonnes végétales qui marquaient la porte de Faërie. La frontière entre l'océan herbageux de Centauria et la sombre futaie de Lutry dominait le paysage comme l'aurait fait une muraille. Et de fait, le bois enchanté constituait une barrière à l'efficacité redoutable pour qui n'était pas jugé digne de fouler les sentiers du Petit Royaume.

— Tu sens quelque chose ? s'enquit Zya en dévisageant Thésis qui avait posé sa main sur l'écorce d'un grand frêne.

— Non, rien du tout, lui avoua l'aelder, dépitée, après quelques secondes de concentration.

— Peut-être qu'il faut avancer sur l'un des sentiers ?

— De toute façon, je ne me risquerais pas à le traverser hors pistes. C'est si sombre…

Alors qu'elles essayaient toutes deux de percer la semi-obscurité de la forêt, hésitant sur la conduite à tenir, désireuses de tenter l'aventure tout en en redoutant les conséquences, un bruit de clochettes, sonnant au rythme d'un pas leste, les alerta.

— Quelqu'un vient, chuchota Thésis.

— Oui ! Quelqu'un qui vient… de Lutry, ajouta Zya.

— Nous devrions peut-être regagner le camp, suggéra l'aelder, inquiète.

— Pourquoi ? contesta l'ondine. Il s'agit probablement d'un voyageur qui arrive de la cour de Tillamina.

— Et si c'était un paria ? S'il avait été rejeté par l'enchantement ? Jugé indigne d'approcher le Petit Peuple ? supposa Thésis. Cela en dirait long sur lui, tu ne penses pas ? En tout cas, moi, je n'ai pas envie de faire la connaissance de quelqu'un que ce bois aurait refoulé.

— Tu m'étonnes, Thésis, s'émut l'ex-ondine en fronçant les sourcils. Où sont passés ton courage, ton ouverture d'esprit et ta bienveillance ? En ce qui me concerne, si je ne sens pas la magie de ce lieu à l'œuvre, je perçois bel et bien l'avancée de quelque chose de très fort.

L'aelder ouvrit de grands yeux incrédules.

— Un chant ?

Zya acquiesça en silence, concentrée sur ce qu'elle entendait.

— Fa, si je ne m'abuse.

Les pas s'approchaient toujours, tintinnabulant, écrasant feuilles mortes et brindilles, écartant branches et fougères sans chercher à se cacher ni à se montrer discrets. Thésis et Zya demeuraient à l'affût, l'aelder tentant de percer les ombres de la forêt, quand l'ondine se concentrait sur la musique de son chant. Ce dernier vibrait d'excitation à proximité de son homologue.

Puis il fut là, émergeant des fourrés, luth sur l'épaule, grelots aux poignets et aux chevilles, couvert de tissus bariolés et arborant une énorme barbe rousse. Son allure de ménestrel joyeux contrastait avec l'air las et désabusé qui marquait ses traits. En passant de l'orée à la pleine lumière, il plissa les paupières, se protégeant un instant les yeux de son bras avant de le laisser retomber en soupirant avec résignation. Il ne semblait pas avoir remarqué qu'il n'était plus seul. Clairement accablé, il s'écroula lourdement sur une souche, posa les coudes sur ses genoux et enfouit sa tête dans ses larges mains.

Thésis et Zya échangèrent un regard perplexe et compatissant, puis décidèrent de l'aborder.

— Je vous souhaite le bonjour, Maître Ménestrel, le salua la première. Je me nomme Thésis, guerrière et guérisseuse aelder, pour vous servir.

L'homme redressa vivement le buste et observa les arrivantes avec stupéfaction.

— Et je me nomme Zya, se présenta la seconde avec hésitation. Je… ne saurais trop vous dire ce que je suis, ne suis plus ou suis en train de devenir, ajouta-t-elle avec humour.

Cependant, et bien que mon apparence n'en laisse rien deviner, je peux vous affirmer que nous avons un point commun.

Après un instant de flottement, l'homme parut se ressaisir et se leva pour s'incliner devant elles.

— Léorace, énonça-t-il d'une voix chaude et profonde, ménestrel félide et accessoirement perdu… dans ce bois, dans ma vie, dans les desseins abscons de l'Unique.

Devant l'air interrogateur de ses interlocutrices, il soupira encore, puis précisa :

— Cela va faire trois mois que j'essaie de traverser cette maudite forêt. Et, quel que soit le chemin que j'emprunte, je me retrouve immanquablement ici.

Les jeunes femmes échangèrent un sourire entendu, visiblement complices d'un secret dont il serait le dupe.

— Je ne suis pas indigne de ce bois, se défendit-il. Ni de Faërie. J'y suis même attendu… je m'y sens… appelé ! J'ai essayé de m'en éloigner, mais c'est impossible, mes pas me ramènent toujours à cet endroit précis.

— Je vous crois, le rassura doucement Zya. Cependant, ce n'est pas chez les fées que vous êtes attendu. Pas dans un premier temps, du moins. C'est ici que vous devez être. Et c'est moi que vous n'avez cessé de chercher. Ainsi que mon compagnon, Thorak, que vous rencontrerez bientôt. Et un autre de mes camarades également. Tous les quatre, nous partageons un secret. Un don extraordinaire.

— La musique ? présuma-t-il. L'entendez-vous, vous aussi ?

— En effet, lui confirma-t-elle. Mon compagnon et moi-même sommes porteurs du chant Sol. Dosator porte le chant Ré. Et vous, c'est le Fa.

— Co… comment le savez-vous ? s'émerveilla-t-il.

— Je peux le sentir. Votre chant m'appelle, comme s'il cherchait à fusionner avec le mien, expliqua-t-elle en tendant la main vers lui.

— Attends, Zya, la freina Thésis. Ne le touche pas encore.

— Quoi ? Mais… pourquoi ?

— Je n'y avais pas vraiment réfléchi jusqu'ici, pourtant… ta dernière crise a eu lieu au moment où tu as touché Dosator, n'est-ce pas ? Il se pourrait donc que le contact direct avec un porteur de chant déclenche les mutations. Si c'est le cas, peut-être vaudrait-il mieux que Thorak soit à tes côtés. Et que nous soyons à découvert, dans la prairie. Pas sous les arbres… on ne sait jamais.

— Pourquoi ça ? s'inquiéta cette fois le ménestrel.

— Tu as raison, admit Zya en reculant d'un pas. Ô Unique ! Si seulement tu disais vrai ! Je suis maintenant très pressée d'essayer.

— Pressée pour quoi ? insista Léorace.

— Accompagnez-nous jusqu'à notre bivouac, Maître Ménestrel, toutes les réponses à vos questions vous y seront données, je vous le promets, l'invita l'aelder.

Il sembla hésiter, observant tour à tour les deux étranges créatures que le destin venait de mettre sur sa route, puis il haussa les épaules et les suivit hors de Lutry.


Le fameux campement ébranla encore un peu le nouveau venu. On était loin du simple foyer de pierres entouré de quelques couvertures. Un large cercle d'au moins vingt mètres de diamètre avait été tracé dans les hautes herbes, elles-mêmes couchées et soigneusement aplaties. Un énorme brasier constitué de pierres incandescentes réchauffait l'atmosphère. Un cadavre d'antilope, prêt à être dépecé, attendait à proximité.

— Notre ami a déjà rapporté le dîner, remarqua Thésis. Je m'occupe d'en embrocher les gigots et de découper le reste pendant que tu prépares Léorace à… tu sais quoi.

— À quoi dois-je être préparé ? s'alarma une nouvelle fois le félide.

Au même moment, le *flap* caractéristique de deux ailes géantes battant au-dessus de leur tête les interrompit.

— À lui, sourit Zya. Mon compagnon. Thorak.

Les yeux écarquillés vers le ciel, le cœur battant à cent à l'heure, le ménestrel regarda descendre des nuées la plus gigantesque créature qu'il ait jamais vue.

— Un dra… gon ?

— Surtout, ne paniquez pas, tempéra l'ondine de sa voix douce. Aucun mal ne vous sera fait. Thorak est un dragon-gardien, protecteur des Collines Enchantées et de Gahavia. Et vous vous apercevrez très vite qu'il est aussi l'un de vos pairs. Tout comme moi.

Conscient de l'effet qu'il produisait, Thorak avait pris l'habitude de contenir son enthousiasme, de se mouvoir avec lenteur et économie de gestes face aux individus qui ne le connaissaient pas. Sauf à vouloir leur ficher la trouille de leur vie. Ce qui pouvait s'avérer utile.

— Bienvenue à toi, Seigneur Lion qui nous apporte le Fa, tonna l'ample voix du dragon. Un ménestrel, ajouta-t-il d'un air amusé. Un lion… ménestrel. Décidément, les voies de l'Unique ne cessent de m'étonner.

— Je suis bien une ondine-dragonne, le contra Zya en souriant.

— Les manigances de l'Unique ne devraient plus nous surprendre, leur rappela Thésis. Dosator et Sorcha en sont un bel exemple.

— Edoran et Saraë aussi, renchérit Thorak. Voilà qui nous offre une merveilleuse lueur d'espoir, ne croyez-vous pas ?

Elles acquiescèrent en silence, priant avec ferveur qu'il ait raison et que l'Unique consente à réunir le lycante et la reine des elfes. Puis Thésis retourna s'occuper du dîner pendant que ses acolytes initiaient leur nouvelle recrue aux secrets de la quête. Quand Dosator, Sorcha et Olbur arrivèrent un peu plus tard, Léorace agitait nerveusement ses grelots alors que les paroles de ses hôtes frayaient leur passage en lui.

— Léorace, l'interpella Zya, j'aimerais te présenter nos autres compagnons. Dosator, gardien du chant Ré, Voici Léorace, félide, porteur du chant Fa et ménestrel.

— Enchanté de te connaître, Léorace, le salua le centaure en frappant son torse de son poing.

— L'honneur est mien, Seigneur Centaure, répondit le lion d'une courbette.

— Voici Sorcha, ma compagne, poursuivit Dosator en prenant une Sorcha rougissante par la main.

— Et le petit grincheux, là, c'est Olbur, ironisa Thorak. Nain de son état, porteur de rien du tout, mais dont l'Unique nous a affublés pour une raison qui ne nous est pas encore apparue… et de la présence duquel nous ne saurions nous passer.

— Sa Vénérabilité est bien trop bonne, grommela le nain. Mon pauvre Léorace, ne faites pas la bêtise de sympathiser avec ce pachyderme. Il vous le rendrait en vous traitant de la pire des manières.

Ce ne fut que lorsque les deux jouteurs éclatèrent de rire que les épaules du lion perdirent un peu de leur raideur. Il transpirait encore d'avoir cru assister à un pugilat, et son cœur battait à tout rompre.

— Cessez vos enfantillages, tous les deux, les gronda Zya avec tendresse. Je pense que notre ami Dosator devrait se reposer et montrer son entorse à Thésis. Et… il est temps pour moi d'entrer en contact avec Léorace.

— Tu es sûre, ma douce ? s'inquiéta Thorak.

— J'ai hâte, mon ami, le rassura-t-elle. Hâte de voir si nous avons raison.

Sous les regards tendus, attentifs, anxieux et fébriles de ses compagnons, Zya s'approcha du félide et lui tendit la main.

— Que dois-je faire ? demanda celui-ci, perplexe.

— Rien du tout. Juste poser ta main dans la mienne, lui expliqua-t-elle, sereine. Il ne t'arrivera rien et… tu ne sentiras rien, n'est-ce pas, Dosator ?

— Ce n'est pas tout à fait exact, la corrigea le centaure. Ton chant bondira à l'intérieur de toi, révéla-t-il au félide, comme pour se ruer vers Zya. Et tu sentiras des picotements à votre point de contact, mais rien de douloureux, et cela s'arrêtera très vite.

— D'accord, acquiesça alors le ménestrel. Allons-y, je suis prêt.

Il leva le bras et plaça sa paume dans celle de la jeune

femme. Comme prévu, il eut l'impression que son hôte mélodieux rugissait de joie et d'enthousiasme, au point qu'il fut surpris que les autres ne l'entendent pas. Les fourmillements commencèrent à l'endroit où sa peau touchait celle de l'étrange ondine. La sensation rappelait celle que l'on éprouve après avoir dormi sur son bras. Les petites aiguilles remontèrent vivement jusqu'à son épaule, explosèrent dans sa poitrine, puis redescendirent par le même chemin pour repasser dans le corps de Zya. Celle-ci fut soudain prise de convulsions. Les doigts toujours crispés autour de ceux du lion, elle s'effondra au sol, le corps secoué de tremblements violents. Léorace accompagna sa chute du mieux qu'il le put, retenant sa tête avant qu'elle ne heurte le sol. Son regard alarmé passa de la pauvre créature en transe à ses compagnons, effrayé à l'idée d'avoir provoqué son malaise. Il surveillait surtout la réaction du dragon, qui pouvait très bien le tuer en une fraction de seconde, et de mille manières différentes. Néanmoins, ce dernier, et bien qu'il semblât inquiet et agité, ne parut pas le tenir le moins du monde pour responsable de ce qui arrivait.

— Elle se stabilise, indiqua Thésis au bout de quelques longues minutes.

Chacun poussa un soupir de soulagement, alors que Zya, enfin apaisée, sombrait dans le sommeil. Sa main lâcha celle du méncstrcl, qui plia et déplia discrètement les doigts afin d'y faire revenir un peu de sang. La guérisseuse, qui s'était agenouillée à la tête de son amie dès le début de la crise et lui avait enveloppé le visage de ses paumes, appliqua deux doigts sur sa jugulaire avant de poser l'intérieur de son poignet sur le front de la malade.

— C'est comme la dernière fois, annonça-t-elle. Son cœur bat vraiment très vite et elle brûle de fièvre, mais sa respiration demeure ample et lente. Je pense que nous ne devons pas nous inquiéter. C'est bon signe. La mutation doit suivre son processus.

— Allez-vous enfin m'expliquer de quoi il est question ? s'énerva soudain le ménestrel.

— Expliquez-lui, vous autres, grogna Thorak sans un

regard pour le pauvre félide. Thésis et moi, nous veillons sur Zya.

— Venez, invita gentiment Dosator en tendant la main vers Léorace. Laissons-les tranquilles.

Le centaure conduisit le nouvel arrivant vers le feu de camp, au bord duquel Olbur s'affairait déjà aux préparatifs du repas. Le nain s'était avéré surprenant à maints égards durant leur périple. Il s'était notamment découvert des talents culinaires qu'il prenait plaisir à partager avec ses compagnons.

Son entorse l'ayant fatigué, Dosator se coucha sur l'épaisse paillasse d'herbes géantes que Sorcha leur avait préparée. Cette dernière prit place à ses côtés et Léorace vint s'asseoir sur la branche que le nain utilisait déjà comme siège.

— Vous voilà dans de beaux draps, marmonna celui-ci à l'intention du lion.

— Qu'est-ce que vous voulez dire ?

— Que vous êtes parti pour sauver le monde. Comme nous autres…

Sorcha leva les yeux au ciel.

— Ne l'effrayez pas inutilement, voyons ! le tança la novice avant de sourire au ménestrel. Je vais tout vous expliquer.

Plusieurs heures furent nécessaires au récit de la centauresse, cent fois coupé par les ajouts, pas toujours appropriés, mais souvent passionnants, du nain et par les mille questions du lion. Le jour avait sombré depuis longtemps quand le crépitement du feu devint le seul son audible dans la plaine. Dosator s'était endormi, Olbur et Léorace semblaient perdus dans leurs pensées, alors Sorcha se leva pour aller prendre des nouvelles de Zya auprès de Thésis et de Thorak.

Toujours inconsciente, celle qui n'avait désormais plus grand-chose d'une ondine semblait dormir paisiblement. Lors de sa dernière mutation, ses longs cheveux s'étaient agglomérés en une solide crête osseuse recouverte d'un cuir dur et épais, qui prenait naissance au milieu de son front, entre ses deux yeux, et suivait la courbe de son crâne jusqu'à la nuque où elle fusionnait avec sa colonne vertébrale hypertrophiée. Sous chacune de ses omoplates, on devinait à présent les excroissances de ce qui deviendrait des ailes… Le processus semblait suivre son cours et, peu à peu, transformer la créature marine en dragonne. La centauresse nota, toutefois, que la température de l'air augmentait fortement à mesure qu'elle approchait de Zya. À quelques mètres d'elle, la chaleur s'apparentait à celle du foyer qu'elle venait de quitter, de l'autre côté de leur campement. Bientôt, la fournaise qui émanait du corps de son amie l'empêcha d'avancer. Les prunelles pleines d'interrogations, elle se tourna vers Thésis qui se tenait elle aussi à bonne distance.

— Thorak pense que c'est normal, chuchota la guérisseuse en haussant les épaules.

Celui-ci n'avait pas lâché une minute le chevet de sa bien-aimée, insensible à l'atmosphère brûlante qu'elle dégageait. Concentré, il surveillait chacune de ses respirations.

— Elle est encore toute petite, expliqua-t-il à voix basse sans la quitter des yeux. La température de son corps entier correspond à celle qui anime le cœur d'un dragon adulte de bonne taille, comme le mien. Toute la masse de chair, d'os, de cuir et d'écailles qui entoure mon cœur atténue la flamme qui m'habite. C'est pourquoi vous ne ressentez que peu mon feu intérieur. Pour l'instant, celui de Zya est ouvert à tous les vents, sans protection. Et je crains qu'elle ne se mette bientôt à cracher des flammes qu'elle ne saura pas tout de suite maîtriser. C'est pourquoi je surveille aussi attentivement sa respiration. Dites aux autres que, si je vous ordonne de fuir dans le bois de Lutry, vous devrez le faire aussitôt et sans discuter.

— Vous pensez qu'elle pourrait nous brûler… sans s'en rendre compte, Maître Dragon ? s'enquit Sorcha.

— Est-ce qu'elle ne risque pas d'incendier la forêt ? demanda Thésis dans le même temps.

— Malheureusement oui, et fort heureusement non, leur répondit-il respectivement. Lutry est enchanté, ne l'oublie pas, Guérisseuse. Vous y serez en sécurité.

— Comment pouvons-nous l'aider ? s'inquiéta encore la centauresse.

Thorak sembla hésiter et réfléchir, puis au bout d'un long moment :

— Nous devons faire confiance à l'Unique, se résigna-t-il, bien que visiblement soucieux.

264

# — 36 —

## Nínui 21 (le lendemain) – Centauria

Quand l'aube les tira du sommeil, Zya s'était réveillée et se tenait assise en tailleur entre les pattes avant du grand dragon Bleu, entourée de ses longues ailes membraneuses. Elle méditait, ainsi qu'il le lui avait appris, afin de dompter les flammes qui cherchaient à lui échapper. D'un regard, Thorak enjoignit à ses compagnons de ne pas la déranger et de demeurer à l'écart. C'est donc en silence que Thésis et Sorcha prirent la direction du bois de Lutry afin de rallier Faërie et le domaine de Tillamina Maripena, et qu'Olbur, Dosator et Léorace s'éloignèrent dans la plaine afin d'y trouver de quoi boire, manger et refaire du feu.

La centauresse et l'aelder, bien qu'intimidées, n'eurent aucune difficulté à traverser la forêt enchantée. Elles n'eurent même pas cent mètres à parcourir pour trouver l'orée opposée et déboucher à proximité d'un village de farfadets. Ces derniers, toujours aussi peu accueillants, les interceptèrent à l'entrée de leur bourgade et leur indiquèrent sans attendre le chemin qui menait au royaume des fées. Lorsqu'elles commencèrent à entendre le bruissement des milliers de petites ailes, l'après-midi touchait à sa fin. Mais elles durent marcher encore pendant près de trois heures avant d'apercevoir enfin l'arbre-palais de la reine.

# — 37 —

## Nínui 21 (au même moment) – Centauria – Aux abords de Lutry

Deux semaines suffirent à Saraë et aux siens pour traverser les grandes plaines, grâce à l'endurance des centaures. Ces derniers se relayaient pour porter leurs hôtes et se reposaient alternativement, ainsi n'avaient-ils à s'arrêter que quelques heures, au plus noir de la nuit, afin de dormir un peu. Cette organisation eut pour conséquence heureuse leur arrivée aux abords de Lutry avant la fin du mois de nínui, et pour conséquence douloureuse, l'épuisement physique des cinq cavaliers.

— Nous devrions nous rendre immédiatement chez les fées où nous pourrons récupérer tranquillement, suggéra Saraë après avoir pris congé d'Ouros et de ses camarades.

Ceux-ci avaient décidé de rebrousser chemin sans attendre afin de rallier l'immense armée qui s'apprêtait à défendre Gahavia, au sud de l'Edheldôr.

— Eh bien, Votre Majesté, si vous n'y voyez pas d'inconvénients, je pense qu'Elessar, Schotz et moi-même préférerions prendre du repos, ici et maintenant, avant d'aller chez les fées, recommanda Hermanus.

— Et pour quelle raison ? s'étonna la reine des elfes.

— À cause des honoraires du gîte, Votre Majesté.

Saraë le dévisagea, interdite.

— Mais de quoi diable parlez-vous ? Je ne comprends pas un traître mot de ce que vous dites !

— Il me semble qu'en tant que Haute-Reine des elfes, et donc suzeraine du Petit Peuple, vous devriez être plus au fait de ses coutumes, Votre Majesté.

— Oh, ça suffit avec vos « Votre Majesté », Hermanus ! Arrêtez de tourner autour du pot et expliquez-moi de quoi il retourne. Je suis fatiguée, j'ai froid et j'ai faim. Ce n'est vraiment pas le moment de me chatouiller !

— Très bien, se renfrogna-t-il. Vous l'aurez voulu. En Faërie, vous ne serez pas accueillie chez les farfadets, et je vous déconseille fortement l'hospitalité des lutins, si vous tenez à vos possessions. Donc, la seule alternative, ce sont les fées.

— Oui, et alors ? De toute façon, c'est là que nous allons, je vous rappelle.

— Certes. Toutefois, il faut savoir que l'hospitalité, chez les fées, n'est pas gratuite. En tout cas, pas pour tout le monde. En fait, Idril et vous pourrez en bénéficier gracieusement, contrairement à nous autres… mâles, qui devrons nous acquitter de l'écot[11].

— Mais qu'est-ce que vous racontez ? s'écria Saraë, redoutant de comprendre où il voulait en venir.

— Rien de bien méchant, en réalité, ne vous offusquez pas, la rassura le mage en se retenant de rire. Il s'agit d'un don librement consenti, que les mâles séjournant chez les fées sont invités à effectuer à chacun de leur passage. Une sorte de contribution à la survie de l'espèce.

— Librement consenti ? appuya l'elfe en rougissant.

— Bien sûr ! Quel homme refuserait les faveurs d'une fée ? ajouta Hermanus avant de fermer rapidement son bec devant le regard noir et outré de la petite reine.

— En tant que sa suzeraine, je pourrais ordonner à Tillamina Maripena de nous recevoir… gratuitement.

---

[11] Note à payer – Quote-part réglée autrement qu'en argent (cf. : Wikipédia)

— Et ainsi priver ses filles, vos sujets, d'un hommage indispensable à leur avenir ?

Saraë faillit s'étouffer.

— C'est comme ça que vous le nommez ? ! Mais enfin, c'est ridicule. Encore, pour Elessar, je ne dis pas, mais vous… et Schotz…

Le vieux sage éclata d'un rire qui résonnait tout de même d'un brin de vexation.

— Me trouveriez-vous trop vieux ?

Elle ne sut que répondre, les joues soudain écarlates.

— Et notre ami Schotz, que lui reprochez-vous ?

— Mais… rien.

L'elfe Gris, qui avait jusque-là écouté sans rien dire, prit la parole. Ses grands yeux noirs brillaient comme un ciel étoilé.

— Vous dire Schotz… heu, je… je « aller avec » une fée ? Moi ?

Hermanus lui sourit en acquiesçant.

— Oui, mon ami. Les fées ont besoin de nous pour concevoir la prochaine génération. De nous tous. De toi aussi.

Pour la première fois, les trois Hauts-elfes et le mage humain virent un sourire gigantesque s'épanouir sur le petit visage chiffonné du natif de Morlaune, illuminant ses traits d'étonnante manière. Saraë leva les yeux au ciel, Idril pouffa et Elessar tenta de dissimuler un sourire derrière ses longs cheveux blonds, mais son regard, aussi pétillant que celui de Schotz, et ses joues rosies d'excitation le trahirent. La petite reine leva les mains en signe de reddition et leur tourna le dos en grommelant un « tous les mêmes » désabusé.

# — 38 —

## Nínui 21 (au même moment) – La Forteresse

Trois jours plus tard, Bohr monta faire son rapport à Edoran.

— La reine Delila est prête, Maître.

Xano et lui ne parvenaient toujours pas à l'appeler par son prénom ni à le tutoyer. Leur conditionnement primait encore sur leur désir de liberté et d'égalité, néanmoins le lycante prenait son mal en patience, attendant que le temps et la confiance fassent leur œuvre.

— Elle a récupéré des forces, poursuivit le fenrik. Elle a hâte de se mettre en route.

— J'avoue que je culpabilise de l'envoyer seule au-devant des dangers qu'elle rencontrera sur son chemin. Et si, plutôt que de la sauver, je précipitais son trépas ? Maintenant que tu as réussi à la maintenir à peu près en bonne santé, ne ferait-on pas mieux de la laisser à l'abri, dans sa cellule ? Le temps qu'on trouve un moyen plus sûr de lui faire quitter ce monde ?

— Je ne crois pas qu'elle acceptera, Maître, objecta le maar. De plus, elle m'a confié que, depuis que ses forces sont revenues, elle peut à nouveau sentir la présence de ses dragons-gardiens. Elle pense que, lorsqu'elle sera à l'air libre, elle arrivera peut-être à leur envoyer un message télépathique afin qu'ils la retrouvent.

— C'est vrai ? s'enthousiasma le lycante. Ce serait inouï !

Les dragons-gardiens peuvent encore circuler d'un monde à l'autre sans passer par les portails. Ils sont les seuls à savoir le faire. Quand nous avons fui Evinshorsk avec Saraë, Thorak n'a mis que quelques heures pour rallier les Collines Enchantées.

— Maître, l'interpella le fenrik plein d'espoir, si des dragons-gardiens sont capables de venir chercher la licorne et de s'en retourner sur Gahavia, est-ce que… peut-être pourraient-ils nous emmener aussi ?

C'était tellement tentant qu'Edoran faillit céder à ce désir brûlant. Recouvrer sa liberté, s'échapper d'ici, rentrer à la maison, revoir Saraë, ses amis, son père… et puis quoi ? Avouer son échec ? Admettre qu'il avait abandonné sa mission ? Qu'il n'était pas à la hauteur ? Les décevoir tous pour un simple caprice ?

— Non, Bohr. Partir maintenant n'est pas une option, malheureusement. Nous avons une tâche à accomplir qui conditionnera directement notre avenir et celui de tout l'Ambar Neldëa. On ne peut pas laisser tomber. Trop de gens comptent sur nous.

— Des gens qui ne savent même pas qu'on existe…

— Peut-être ne le sauront-ils jamais, tu as raison. Pourtant, cela n'enlèvera rien à la valeur de nos actes, Bohr. Nous serons des héros, même si personne n'en a jamais conscience. L'Unique, lui, le saura.

— L'Unique déteste les Evinshorskiens.

— Tu te trompes. L'Unique combat le mal, les ténèbres. Il punit ceux qui choisissent la haine, la cruauté. Il condamne la malveillance. Mais si vous combattez pour la paix, l'amour, la liberté et l'équité entre les peuples, alors il vous accueillera à bras ouverts.

Les mots d'Edoran émurent le maar, qui n'avait pas l'habitude de ce genre de propos.

— Est-ce que tu me fais toujours confiance ? le sonda le lycante.

Bohr acquiesça, puis frappa son plastron de son poing fermé pour faire bonne mesure.

— Je suis avec vous, affirma-t-il. Qu'est-ce qu'on fait au sujet de la licorne, finalement ?

— Dès que tu estimeras l'opération moins risquée, conduis-la à la dragonnerie et montre-lui l'entrée du tunnel qui mène à la surface. Est-ce que tu l'as exploré ?

— Oui, Maître, ainsi que vous me l'aviez suggéré. Tout est comme vous l'aviez dit.

— Parfait. Ne prend aucun risque, il ne faut pas que quiconque te soupçonne de quoi que ce soit.

— Ne vous inquiétez pas, je ne suis qu'un messager. Je suis quasiment invisible pour la majorité des gens d'ici. Je reviendrai vous faire mon rapport dès que possible.

— Merci, mon ami. Je te revaudrai ça, un jour ou l'autre. Je te le promets.

— Si nous gagnons la guerre, je n'aurai besoin de rien d'autre.

# — 39 —

## Nínui 21 (le même jour) – Estives astoréennes, à l'aube

L'herbe gelée craquait sous les pas des soldats. Ils s'étaient mis en route au milieu de la nuit et avaient progressé discrètement jusqu'à leur objectif.

Quelques jours plus tôt, la division définitive des troupes pour la guerre à venir avait été arrêtée, ainsi que le plan d'action de chaque unité. Les quinze mille combattants de l'armée alliée avaient été répartis, en fonction de leurs atouts, dans les vingt-cinq bataillons que comptait désormais l'ost gahavien. Chaque bataillon, dirigé par un commandant expressément nommé pour cette mission, comptait douze compagnies de cinquante combattants. Chaque compagnie, elle-même sous les ordres d'un capitaine, comptait cinq sections de dix hommes, dont un lieutenant. Les vingt-cinq commandants de bataillons prenaient, eux, leurs ordres du conseil des généraux, dont Elgard et Oswald faisaient partie, avec Talios pour Centauria, Edwen Ivanneth pour les elfes et Draban pour les nains.

Les cinq camps retranchés des Hordes les plus proches de leur base avaient été le premier objectif choisi par les généraux. Dix des vingt-cinq bataillons, soit six mille combattants, se tenaient à présent prêts à attaquer, pendant que le reste de l'armée contournerait le siège par le sud pour lancer d'autres attaques à l'aplomb de Liliarée.

Le fait que le siège s'étende sur des centaines de kilomètres autour de l'Edheldôr présentait autant d'avantages que d'inconvénients. Certes, ils n'avaient pas à combattre toute l'armée ennemie d'un seul coup, mais il leur faudrait certainement batailler durant des semaines pour espérer en venir à bout. Les généraux avaient donc opté pour des frappes ciblées par des unités très mobiles plutôt que pour une bataille rangée.

Ainsi, Roelof, précédent roi annuel de Lycantie et père d'Edoran, se tenait en cet instant embusqué derrière un surplomb rocheux dominant le village de toile et de bois qu'il visait. Selon ses estimations, et d'après les rapports des éclaireurs, près de deux cents maars, trois cents bolgoths et une centaine d'aquares tenaient cette position, la plus occidentale des territoires occupés par l'ennemi. Ils ne disposaient que d'une maigre meute de mörkhunds, pas plus de dix, et d'aucun vörg. Pour l'heure, à peine une centaine de sentinelles et quelques tambouilleurs qui s'activaient à préparer le premier repas n'étaient pas endormis dans les tentes ou les fosses.

Roelof et ses troupes n'allaient en faire qu'une bouchée.

Les Evinshorskiens ne s'attendaient pas à être attaqués. Car, sachant désormais, grâce au travail des éclaireurs gahaviens, que les aquares Alpha étaient capables de communiquer entre eux par la pensée, fût-ce de manière frustre et imprécise, Athora, l'amiral aelder, et ses troupes avaient traqué et éliminé tous les lézards qu'ils avaient pu trouver entre Morlaune et la Nimsirith. Il était, à l'heure actuelle, peu probable que la présence de l'ost si près de leurs lignes soit connue des serviteurs de Mörk Örn.

Un cliquetis agaçant détourna le lycante de son observation. À quelques mètres de lui, un elfe dont la carnation déjà pâle avait viré au vert tremblait si fort que les flèches de son carquois s'entrechoquaient. Vêtu d'un simple pantalon de cuir et d'une chemise de lin, le pauvre homme n'avait rien d'un guerrier et tout d'un brave éleveur de chevaux.

— Comment t'appelles-tu, l'ami ? lui demanda Roelof.

— Heledir Lamath, Monseigneur, se présenta l'elfe.

— Éleveur d'Astoréens ? supposa le lycante.

— Heu… oui, confirma l'autre, surpris.

— Mon fils est passionné de chevaux et il tient les vôtres pour le summum de l'excellence.

Le compliment tira un léger sourire à l'éleveur. Et les flèches cessèrent instantanément de cliqueter.

— Quand on aura renvoyé ces suppôts du diable dans le trou d'où ils n'auraient jamais dû sortir, vous me présenterez vos poulains. J'aimerais en offrir un à Edoran.

— Je ne savais pas les loups si subtils, susurra une voix espiègle à son oreille.

C'était celle d'Avianor Elesméra, la générale des fées, qui n'avait pratiquement pas quitté Roelof depuis les rives du Rio da Paz. À la fois pétillante, énergique et armée d'une volonté de fer, la fée avait plus d'une fois étonné le lycante par son sens de la chasse, ses capacités d'archère et son intelligence tactique. Loin d'accepter de se laisser traiter en simple figurante à cause de sa taille minuscule, elle avait activement pris part aux conseils, décisions et entraînements des troupes. Elle était même la plus tyrannique de tous les instructeurs de l'ost gahavien.

— Un soldat enfermé dans sa peur est un soldat mort, rétorqua Roelof sur le même ton. Or, j'ai besoin que tous mes hommes soient opérationnels.

— C'est le moment ! les interrompit Sem, dont les longs doigts étaient entrelacés aux racines d'une bruyère sauvage. Tout le monde est en place.

— Très bien, se redressa le lycante en levant un bras au-dessus de sa tête. On y va.

Il lança sa main vers l'avant en signe de mise en route, et aussitôt, des centaines de loups, félins, nains, centaures et autres guerriers de toutes sortes déferlèrent sur le camp. Il leur fallut d'abord franchir une haie de pieux appointés, plantés en biais et tournés vers l'extérieur, puis un fossé aux versants abrupts et de près de trois mètres de profondeur, pour enfin atteindre les premières constructions : des tranchées peu profondes et recouvertes de branchages qui servaient d'abris aux bolgoths. Les capacités particulières des lycantes et des félides leur permirent de franchir tous ces obstacles sans trop de difficultés, de même pour les centaures, les aelders et les fées. Les vipérines mutèrent et s'infiltrèrent en silence entre les mailles de la barrière défensive ennemie. Sur leur passage discret, maars et aquares tombaient comme des mouches, foudroyés par leur venin. Elfes et nains, en revanche, durent attendre que des brèches aient été ouvertes dans la palissade et des ponts jetés sur les tranchées, avant de pouvoir entrer à leur tour dans la bataille. Toutefois, ils ne restèrent pas inactifs pendant que leurs alliés leur ouvraient la voie. Les flèches elfiques abattirent avec précision toutes les sentinelles qui entendaient s'interposer.

Dès qu'ils purent pénétrer dans le camp, les nains jouèrent de leurs haches et détruisirent méticuleusement les abris des bolgoths, avant de s'attaquer aux rangées de tentes destinées aux aquares et aux maars.

À intervalles réguliers, des espaces laissés libres accueillaient des foyers destinés à la préparation des repas et des arènes qui servaient de terrains d'entraînement. Combattants des deux camps s'y retrouvèrent pour engager des corps-à-corps violents, pendant que d'autres passaient les tentes au peigne fin, y débusquant tous ceux que l'alarme n'avait pas encore réveillés.

Roelof, qui s'était d'abord élancé en courant, galopa bientôt sous sa forme lupine. Il sauta sur la première sentinelle qu'il rencontra et lui arracha la moitié du visage. C'était un maar. Sans perdre son élan, il prit appui sur le corps de sa victime en train de s'effondrer et se jeta sur un aquare Alpha qui sortait précipitamment d'une tente. Ce dernier n'eut pas plus de chance que le maar. Le puissant coup de griffes qui lui lacéra la gorge l'emporta en quelques secondes à peine. Galvanisé par ces deux premières frappes, c'est avec un hurlement farouche que le lycante s'attaqua ensuite à un bolgoth. Après une foulée d'appel, il bondit sur le dos du géant, agrippa ses épaules de ses griffes meurtrières et tenta de lui écharper le mufle. Haute de près de deux mètres et large comme un bœuf, cuirassée de la tête aux pieds, la créature ne laissait guère d'ouverture aux crocs acérés du loup qu'il tentait d'empaler sur ses défenses. Mais Roelof tenait bon, arrimé à son cou massif. Il esquivait les coups de boutoir tout en s'acharnant à atteindre les parties les moins coriaces de son adversaire : la tête, les yeux, le nez. Malheureusement, la brute possédait d'autres armes que les canines proéminentes de sa mâchoire inférieure, et le lycante n'aurait pas dû l'oublier. Roelof rugit de douleur lorsque la masse d'arme vint percuter ses côtes de plein fouet, juste avant qu'un énorme poing ne les frappe de l'autre côté. À coup sûr, il en avait plusieurs de cassées, ou au moins fêlées, pourtant cela ne fit que décupler sa colère. Se détournant de la face porcine du bolgoth, il happa le poignet tenant la masse et le broya entre ses mâchoires. En hurlant, l'autre lâcha son arme. Le loup en profita pour lui taillader les yeux de ses griffes. Le monstre essaya de l'assommer à grands coups puissants de son unique poing, mais le lycante n'était pas prêt à céder. Il arracha l'oreille, puis le nez de son opposant, faisant gicler son sang dont il fut aspergé. Quand le géant rendit les armes et s'abattit tel un arbre sur le sol, Roelof roula sur lui-même afin d'absorber le choc, néanmoins ses côtes meurtries lui tirèrent un glapissement de douleur.

Autour de lui, la bataille faisait rage. Principalement archers, les centaures, elfes et fées abattaient tous ceux qui tentaient de s'échapper. Dans le camp, les nains opéraient un véritable carnage à coups de haches. Loups et félins déchiquetaient leurs proies. Les vipérines glissaient, discrètes et létales, dans les tentes encore occupées… d'où personne ne ressortirait vivant. Du ciel, les escadrons d'Athora lâchaient sur les constructions de toile et de bois des torches enflammées. La fumée qui s'épaississait rendait difficile le repérage des ennemis, altérait la respiration et brûlait les yeux des combattants. Roelof reprit un instant forme humaine afin de rediriger les largages vers les zones nord, de manière à couper toute retraite aux Hordes sans gêner les Gahaviens dans leur progression. Puis il fit signe à deux centaures armés de claymores de prendre à revers les mörkhunds qui s'attaquaient à une unité d'elfes et de nains.

— Attention ! entendit-il au même moment lui crier Avianor Elesméra.

Sa voix lui sembla bien plus forte que d'ordinaire, comme si elle ne provenait pas d'une créature aussi grande qu'un colibri. Il se retourna vers elle juste à temps pour la voir s'interposer entre lui et le carreau d'arbalète qui visait son cœur. Le bouclier qu'elle brandissait, et qui avait grandi avec elle, ne suffit malheureusement pas à arrêter le trait, bien trop puissant, qui termina sa course entre les côtes de la fée, profondément enfoncé dans son poumon droit. Mû par un réflexe atterré, Roelof la reçut dans ses bras et accompagna sa chute jusqu'à terre. Le bolgoth à l'arbalète n'eut pas le temps d'apprécier son triomphe. Une flèche fine à la pointe affûtée jaillit pile entre ses deux yeux après avoir transpercé sa boîte crânienne. Derrière le monstre abattu, à quelques mètres, se tenait Heledir Lamath, l'éleveur de chevaux.

Roelof avisa la blessure de la fée, comprenant instantanément qu'elle n'en réchapperait pas.

— Je t'ai sauvé la vie, Lycante, flagorna-t-elle.

— Oui, sourit-il en retour. Et avec panache ! Quelle crâneuse tu fais, Avianor Elesméra…

— Tu te souviendras de moi ?

— Toujours.

Elle rendit son dernier souffle à l'instant où, submergé par la violence de l'attaque et bien obligé de reconnaître sa défaite, le dernier officier maar encore debout ordonnait la capitulation.

Le cœur lourd malgré la victoire, Roelof confia le corps de la guerrière de Faërie à Heledir Lamath, avec pour mission d'attendre qu'il ait recouvré sa taille naturelle et de le ramener ensuite coûte que coûte au camp de base afin qu'elle y soit inhumée avec les honneurs. L'elfe accepta en saluant d'une main sur le cœur, avant de prendre Avianor en charge pendant que Roelof rejoignait les autres officiers auprès du chef de camp maar.

Tous les Evinshorskiens survivants furent faits prisonniers, hormis les aquares Alpha qui avaient été exécutés sur-le-champ afin d'éviter qu'ils avertissent leurs congénères. À midi, tout était terminé, l'attaque éclair se soldait par un succès. Et même si l'on déplorait des pertes, l'engagement et la motivation des Gahaviens s'en trouvèrent fortifiés.

hormis les aquares Alpha qui avaient été exécutés sur-le-champ afin d'éviter qu'ils avertissent leurs congénères. À midi, tout était terminé, l'attaque éclair se soldait par un succès. Et même si l'on déplorait des pertes, l'engagement et la motivation des Gahaviens s'en trouvèrent fortifiés.

# — 40 —

## Nínui 22 (le lendemain) – Evinshorsk

Quand Delila déboucha hors de la montagne, quelques heures avant le lever du jour, elle commença par inspirer longuement l'atmosphère extérieure, bien que l'odeur toujours légèrement cendreuse et soufrée n'eût aucune commune mesure avec l'air parfumé de ses collines natales, puis elle se concentra afin d'envoyer un appel mental en direction de ses gardiens. Elle sentait leur présence, quelque part vers l'ouest, trop proche pour qu'ils soient sur Gahavia. C'est donc de ce côté qu'elle dirigea ses pas dans l'espoir qu'ils l'auraient entendue et seraient en route pour la récupérer. L'expérience traumatisante de son enlèvement et de son long séjour au fond de ce cachot, sans la moindre explication ni aucun contact avec qui que ce soit, avait au moins eu ceci de positif : elle avait trouvé en elle une force et une résistance insoupçonnées. Elle avait appris à maîtriser son immense empathie de manière à ce que ce soit désormais elle qui puisse l'utiliser sans en être victime. Elle ne se laisserait plus jamais submerger par des émotions qui l'auraient tuée auparavant.

Elle était devenue une reine guerrière…

# — 41 —

## Nínui 22 (le même jour) – Aux abords de Lutry

Le lendemain matin, après une bonne nuit réparatrice, Saraë, Hermanus et leurs compagnons s'apprêtèrent à entrer dans le bois enchanté. Elessar paraissait soucieux et jetait de fréquents regards vers les profondeurs de Lutry. Aussi, Hermanus vint-il s'enquérir de ce qui le tracassait.

— Je me pose une question, Maître Mage, commença le capitaine à voix basse. Schotz étant un elfe Gris, un… maudit, en quelque sorte. Ne risque-t-il pas d'être refoulé par le bois ?

— Je n'en suis pas sûr, répondit le mage, mais étant donné que Morlaune l'a laissé partir, je ne vois pas de raison pour que Lutry s'oppose à ce qu'il entre en Faërie. C'est un porteur de chant, après tout. Choisi par l'Unique pour combattre Mörk Örn. Peut-être devrions-nous lui faire confiance.

— Oui, bien sûr, admit l'elfe un peu honteux. C'était une question stupide.

— Aucune ne l'est, mon jeune ami. Ne perdez pas de vue que nous naviguons dans le brouillard…

Ils s'avancèrent dans la pénombre, dépassèrent les premiers fourrés, s'aventurèrent sous la futaie et trouvèrent assez vite un sentier bien tracé qui serpentait vers le nord.

— C'est la bonne direction, assura Saraë. La sensation est encore faible, toutefois, il me semble que le chant La résonne plus fort dans cette direction.

Ils suivirent donc le sentier, qui déboucha moins d'une heure plus tard sur une splendide clairière.

— Nous y voilà ! s'exclama Hermanus, ravi.

Il était le seul à être déjà venu et reconnut immédiatement le cœur du royaume des fées.

— C'est si près de la frontière ? s'étonna Elessar.

— Oui et non, dut reconnaître le mage avec un sourire amusé. Lutry peut apparemment choisir la longueur du trajet de chacun, ainsi que sa difficulté. Le bois aurait aussi bien pu nous faire tourner en rond pendant des heures avant de décider de nous conduire ici.

— C'est donc plutôt un bon présage que nous y soyons arrivés si vite, supposa Idril Elendil.

— Je le pense, en effet, confirma le vieil homme, satisfait. Mais allons donc présenter nos hommages à la reine !

La forêt s'était ouverte sur une place en herbe d'une centaine de mètres de diamètre, où s'élevaient une vingtaine d'arbres immenses et majestueux. Leur canopée était si vaste que l'on pouvait passer de l'un à l'autre en marchant. La lumière du jour filtrait à travers un millier de trous dans le feuillage, nimbant la clairière d'un éclat mystérieux et enchanteur. Au centre, plus grand et large encore que les autres, trônait l'arbre-palais de Tillamina Maripena. Son fût était creusé, à un mètre cinquante du sol, d'une cavité à l'ouverture en arche de près de cinquante centimètres de haut et qui occupait toute la surface intérieure de l'énorme tronc. C'est de là que la reine des fées administrait son peuple et recevait ses visiteurs.

Alors qu'ils traversaient l'agora végétale en direction de l'imposant *Fagus Sylvatica*[12], des dizaines, puis des centaines de minuscules êtres ailés plongèrent des hauteurs pour venir voleter autour d'eux. Le bruissement de leurs élytres, associé aux éclats de rire perlé qui cascadaient dans l'air, grisait et étourdissait peu à peu les cinq pérégrins.

— Tâchez de rester concentrés, les prévint Hermanus. Le

---

[12] Hêtre commun

rire des fées a des propriétés étranges et… dangereuses.

— Que risquons-nous ? s'inquiéta Idril dont la tête tournait déjà comme si elle était ivre.

Le mage lui jeta un regard évaluateur, mesurant l'avancée du sortilège sur elle.

— Tout dépend de vous, Votre Altesse, répondit-il. Une poussée de libido dévorante ou une crise de fou rire à vous en étouffer jusqu'à ce que mort s'ensuive.

Tous le fixèrent, les yeux écarquillés, choqués par cette révélation.

— Les fées sont dangereuses ? s'étonna Elessar, abasourdi. Mais je croyais que…

— Nous étions de jolies petites choses fragiles et décoratives ? l'interrompit la voix flûtée de l'une de leurs hôtesses, qui se mit à grandir jusqu'à atteindre la taille d'une elfe.

Drapée dans un assemblage de voiles multicolores et transparents, elle avait l'allure d'une odalisque au sortir du sérail, mais l'attitude d'une déesse.

— Votre Majesté, salua le mage en s'inclinant avec emphase, merci de nous accueillir sur vos terres.

— Tout le plaisir est pour nous, cher Hermanus, rétorqua la souveraine avec un clin d'œil entendu. Et qui m'amenez-vous donc ?

— Permettez-moi de vous présenter Sa Majesté Saraë Calimehtar Elendil, Haute-Reine des elfes et Grande prêtresse de l'Unique, l'informa-t-il en désignant l'oracle des sept chants.

Les yeux de la fée s'écarquillèrent légèrement avant qu'elle ne plonge dans une profonde révérence.

— C'est un tel honneur, Votre Haute-Majesté ! la salua-t-elle avec émotion après s'être redressée. Ma fille, Elionora, m'a tant parlé de vous. Elle ne tarit pas d'éloges. Elle est revenue complètement transformée de son voyage.

— Tout l'honneur est pour moi, Votre Majesté, objecta une Saraë rougissante. Je suis toutefois troublée, je ne me souviens pas d'avoir côtoyé votre fille, seulement de l'avoir aperçue lors de l'Assemblée, avant les… événements.

— Oh, oui, c'est exact. Mais elle a vu tout ce que vous avez fait, comment vous avez pris les choses en main, et elle a assisté à votre investiture. Elle vous porte la plus profonde admiration. C'est pourquoi j'ai déjà mis mes meilleures archères ainsi que ma ministre de la Guerre à votre disposition. Elles ont rejoint les troupes de coalition il y a plusieurs semaines. Je m'engage à vous apporter toute l'aide possible, quelle que soit, par ailleurs, la raison de votre présence ici.

Incapable de masquer son émotion comme elle aurait dû savoir le faire, Saraë, les larmes aux yeux, prit la main de la reine des fées dans les siennes.

— Et moi, je vous jure, Tillamina Maripena, sur tout ce que j'ai de plus sacré et précieux, que je sacrifierai jusqu'à la dernière goutte de mon sang pour sauver Gahavia et protéger ses peuples. Je ne prendrai pas de repos avant d'avoir vaincu Mörk Örn une bonne fois pour toutes.

— Est-ce dans ce but que vous vous trouvez ici, aujourd'hui ?

— Précisément. Nous sommes à la recherche d'une arme que l'Unique a cachée pour nous en prévision de ces temps sombres. Mais je vous en dirai davantage en privé, si vous le voulez bien. Non que je craigne la présence de traîtres en Faërie, cependant…

— Nous savons tous que les lutins ne sont pas fiables, qu'ils sont aussi sournois que des renards et fuyants que des anguilles, chuchota Tillamina.

— On parle de moi ? sortit une voix flûtée de derrière un massif de fougères.

Alors que tout le monde se tournait dans cette direction, un bonhomme pas plus haut qu'une botte et mince comme une brindille émergea des plantes bien plus grandes que lui. Le pas conquérant, il s'avança sans embarras jusqu'au-devant de la Haute-Reine qui, d'un geste, avait arrêté le réflexe de protection du capitaine Elessar. L'intrus avait tout d'un homme en miniature, avec une large bouche faite pour le rire, des yeux pétillants, des joues rouges de bon vivant et le fin nez pointu du renard qui éleva le premier lutin. Car c'était bien ce qu'il était.

Il allait pieds nus, ne portant qu'un pantalon de coton qui lui arrivait au-dessus des mollets et un gilet sans manches de grossière toile bleue. Un grotesque chapeau vert complétait sa vêture.

— Seppi, pour vous servir, Votre Sublime Majesté, déclama-t-il en balayant le sol de son improbable couvre-chef. J'étais, et suis toujours, l'ambassadeur des lutins et grand ami des métamorphes. Je pourrais dire que je suis un frère pour mes très chers compagnons Edoran et Boris. Quand j'ai appris que des elfes se trouvaient en Faërie, je suis aussitôt venu dans l'espoir de recevoir des nouvelles de mes valeureux compagnons d'aventure. Je suis certain que vous ne pouvez manquer de connaître ce grand guerrier qu'est le prince Edoran ? ! Ainsi que son fidèle et courageux écuyer Boris ? Sauriez-vous, par chance, quelque chose sur ce qu'il est advenu d'eux depuis cette funeste tragédie ?

Dans le silence empesé qui suivit la tirade du lutin, tous les regards, inquiets ou curieux, se tournèrent vers Saraë, livide, qui semblait peiner à respirer. Hermanus, Idril et Elessar savaient à quel point c'était là un sujet sensible, et chacun craignait la réaction de leur souveraine et amie. La reine des lieux, et les quelques fées toujours sur place, attendaient quant à elles de voir la plus puissante magicienne de la planète remettre cet impertinent à sa place. Quant à Schotz, qui avait perçu l'intense détresse de celle dont les iris avaient subitement viré au violine rougeoyant, il dardait sur le lutin des yeux chargés de colère et de violence contenue. Depuis qu'elle l'avait trouvé dans les marais, l'elfe Gris vouait un véritable culte à sa protectrice.

— Edoran effectue une mission pour notre cause, à l'heure actuelle, intervint calmement Hermanus sans entrer dans les détails. Je suis par contre au regret de devoir vous annoncer le décès de son écuyer, Boris, tombé au combat.

La nouvelle provoqua des hoquets de stupeur et de peine chez les fées, ainsi que quelques lamentations, et les irrépressibles sanglots de Seppi qui s'était effondré, en larmes, dans les bras d'Elionora Maripena. La fille de la reine des fées s'était en effet tenue discrètement auprès du lutin jusqu'à ce moment-là, où elle avait soudain grandi pour atteindre la taille de son ami et pouvoir l'envelopper de ses bras. Et tandis qu'elle le consolait sous le regard désapprobateur de sa mère, le capitaine Elessar prit la parole.

— J'ai eu l'honneur de connaître et de combattre auprès de Boris, durant la bataille du Palar Tàra. J'ai été très impressionné par le courage et la détermination dont il savait faire preuve en dépit de son jeune âge. Il est mort en héros, Maître Lutin. Plutôt que des larmes, il mériterait des chants de gloire.

— Vous avez raison, sanglota Seppi.

S'essuyant les joues et le nez, il se moucha bruyamment dans un magnifique carré de velours noir brodé de fil d'or et bordé de fins cordons tressés, avant de reprendre d'une voix tremblotante :

— Mais il était mon ami le plus cher, avant Elionora. Et nos ventres étaient frères ! brailla-t-il en explosant à nouveau en sanglots dans le velours.

Toute l'assemblée le considérait en silence, les uns compatissants ou attendris, les autres un peu gênés ou agacés par son manque de dignité. Hermanus l'observait en plissant les paupières et en fronçant les sourcils, dérangé par l'impression que quelque chose n'était pas à sa place dans cette scène pitoyable. C'est alors qu'il comprit, écarquilla des yeux effarés avant de sauter sur le petit bonhomme et de lui arracher son mouchoir.

— Comment avez-vous eu ça ? vociféra-t-il en agitant du bout des doigts la pauvre étoffe couverte de morve et de larmes.

— De quoi s'agit-il, Maître Mage ? s'enquit Idril Elendil, alarmée par l'éclat du vieux sage.

— C'est l'aumônière dans laquelle je conserve le cristal sorcier ! Qu'avez-vous fait de ce qui se trouvait dedans, misérable mécréant ?!

— Non, tu n'as pas recommencé ! protesta sèchement Elionora Maripena, les poings sur les hanches, en fusillant le lutin du regard.

Celui-ci, penaud, les mains cachées derrière le dos, balayait le sol du bout du pied sans plus oser lever les yeux vers la fée.

— Tu m'avais pourtant promis, Seppi ! Tu sais que si tu veux que nous puissions rester amis, il faut que tu cesses de chaparder !

— C'est pas ma faute, finit-il par bougonner. Quand je vois quelque chose qui traîne, je ne peux pas m'empêcher de le ramasser.

— Et où cette aumônière traînait-elle, précisément ? le questionna le mage avec sévérité.

— Euh, eh bien… c'était quelque part par-là, indiqua le petit homme en agitant vaguement la main du côté d'Hermanus.

— Quelque part comme dans la poche intérieure de ma cape, fermée par un lacet ?

— C'était pas bien fermé.

— Ce qui vous dédouane de l'avoir fouillée, j'imagine ?!

Le mage fulminait à tel point qu'il ne s'aperçut pas qu'autour de lui, tout le monde se retenait de glousser. Même Saraë réprimait à grand-peine un éclat de rire. Pour sûr, l'épisode avait au moins eu le mérite de faire retomber la tension ambiante.

— Et où se trouve à présent le cristal qui était rangé là-dedans ? insista Hermanus en secouant de plus belle le carré de velours.

Le lutin sembla hésiter et peser le pour et le contre avant de parler. Ce fut finalement un coup de coude de la fille de la reine des fées dans ses côtes qui le décida à s'exprimer.

— Je vous l'ai conservé bien à l'abri, jusqu'à ce que vous lui trouviez un « rangement » plus sûr, le sermonna Seppi du ton d'un adulte parlant à un jeune enfant.

Le mage, excédé, prit une profonde inspiration qui présageait une explosion des plus désagréables pour les tympans de l'auditoire, aussi Saraë se décida-t-elle à intervenir.

— Donnez-le-moi. Maintenant.

Ton sévère, regard ferme, main tendue… pas d'équivoque : Seppi avait plutôt intérêt à s'exécuter sans discuter.

Pourtant, il discuta quand même. On ne se refait pas.

— Bon, mais c'est vraiment parce que c'est vous, Votre Très Gracieuse Majesté. Il aurait été bien plus en sécurité avec moi, mais puisque vous insistez, je vous le remets, mais c'est à vos risques et périls, vous ne viendrez pas vous plaindre que je ne vous avais pas prévenue !

Sous les hoquets choqués de l'assistance, il glissa la main dans la poche élimée de son pantalon et en ressortit le précieux cristal, cadeau d'Aldur Poing d'Acier, le roi des nains. Sans un mot, le mage récupéra son bien, le fourra dans la poche intérieure de sa cape, dont il renoua soigneusement le lacet, avant de tendre avec répulsion le carré de velours souillé au lutin.

— Faites-en ce que bon vous semble, et que je ne reprenne plus jamais l'une de vos mains à proximité de mes poches ou je vous la coupe !

Dépité, le lutin accorda une vague révérence à la Haute-Reine et tourna les talons.

— Je vous demande de l'excuser, Votre Haute-Majesté, ainsi que vous, Maître Mage, les implora humblement Elionora Maripena. Seppi n'a pas un mauvais fond, bien au contraire. Par de nombreux aspects, je dirais même qu'il est un héros comme on en voit peu. Totalement inconscient de sa propre valeur. Et si sa nature de lutin s'exprime parfois plus qu'il ne peut s'en garder, ça n'est jamais prémédité ni dans le but de nuire à quiconque.

Saraë fronça légèrement les sourcils en considérant la fille de la reine des fées.

— Elionora Maripena… cela me revient à présent ! C'est donc vous qui étiez ambassadrice de Faërie lors de la dernière Assemblée Décennale en Edheldôr, n'est-ce pas ?

— C'est exact, Majesté.

— Et, corrigez-moi si je me trompe, mais si ce que l'on m'a raconté est exact, l'ambassadeur des farfadets et vous-même aviez d'abord abandonné votre homologue lutin lors de votre voyage vers l'Allorée ? Puis vous l'aviez traité avec fort peu d'égards à son arrivée dans l'Arcoa Calya, au point que les ambassadeurs métamorphes qui l'escortaient avaient dû intervenir… Or, cet ambassadeur lutin n'était-il pas précisément la même personne que vous défendez si ardemment aujourd'hui ?

— Eh bien… si, avoua la fée un peu gênée. Mr Grudger et moi-même avions entamé ce voyage ferrés de lourds *a priori* sur les lutins et sans aucune confiance à l'égard de notre compagnon de route. Ce fut une monumentale erreur dont j'ai eu tout le temps de prendre conscience à la suite des… événements que nous savons. Et lors de notre retour, durant lequel Seppi m'a sauvé la vie à plus d'une reprise, j'ai appris à le connaître, à l'apprécier et à le respecter. Beaucoup ici ne comprennent pas mon attachement ni mon amitié pour un lutin, parce que ceux-ci sont depuis toujours méprisés et incompris. J'ai probablement déçu ma mère et nombre de mes sœurs en accordant ma confiance à Seppi, néanmoins, je ne le regrette pas et ne reviendrai pas dessus. Aussi, Votre Haute-Majesté, je vous le demande une fois encore : veuillez pardonner sa maladresse à mon ami, car il n'avait pas de mauvaises intentions.

Le plaidoyer de la jeune fée, s'il offusqua sa mère, n'avait pas manqué d'attendrir Hermanus. De toute façon, le mage ne gardait jamais rancune longtemps à quiconque, et ses colères, si vives soient-elles, ne duraient guère. De son côté, Saraë sourit, s'avança et prit dans ses mains celles d'Elionora qui, durant son discours, avait insensiblement grandi jusqu'à atteindre la taille de son interlocutrice.

— Votre franchise et votre loyauté vous honorent, Elionora Maripena, vous ferez une grande reine lorsque votre temps sera venu. Je pense qu'Hermanus Taliesin sera d'accord avec moi pour ne conserver aucun grief envers Maître Seppi ? ajouta-t-elle en se tournant vers le mage qui acquiesça. Quant à vous, Maître Lutin, sachez que je vous suis reconnaissante de l'amitié et la loyauté dont vous faites montre à l'égard d'Edoran de Lycantie et de son écuyer. Comme vous, j'éprouve des sentiments profonds pour ce chevalier, c'est pourquoi votre intervention m'a bouleversée. Mais je ne vous en tiens pas rigueur, au contraire. Cela me fait du bien de pouvoir parler de lui.

L'émotion de la Haute-Reine, palpable, provoqua chez les fées un ébranlement allant de l'attendrissement à la mélancolie. Soudain, nul n'osait plus parler de peur de briser la rêverie nostalgique dans laquelle Saraë semblait s'être perdue. Comme le silence s'étirait, légèrement embarrassant, un minuscule tourbillon de rires et de couleurs vint s'inviter au beau milieu de l'assemblée, batifolant autour des têtes avec force cris d'allégresse et éclats de joie.

# — 42 —

## Nínui 22 - Faërie

— Revenez ici tout de suite, petites friponnes ! s'égosillait la minuscule voix d'une fée qui pourchassait le mini tourbillon, tentant vainement de le contenir.

— Que se passe-t-il encore ? claqua sèchement Tillamina Maripena, figeant tout net l'intruse.

Celle-ci se mit à grandir jusqu'à se tenir à égalité avec sa souveraine et ploya dans une révérence aussi rapide qu'agacée.

— Elles ont recommencé, Majesté. Je ne sais plus quoi faire de ces deux petits monstres !

— Qu'est-ce que tu racontes, Pépia Ipamena ? Tu les adores, comme nous toutes.

— N'empêche que je n'en peux plus de leur courir après à longueur de journée.

La reine des fées éclata de rire.

— C'est le prix à payer pour avoir bénéficié d'une semence exceptionnelle, tu ne crois pas ? Et où est Uitsili Satacoma ?

— Elle arrive, ronchonna encore la fée brune en dardant un œil morose sur le petit tourbillon coloré qui papillonnait autour de leurs invités.

Pépia Ipamena n'était que faste et volupté. Toute en courbes, la peau chaude et dorée piquetée par endroits d'exotiques taches de rousseur, la gironde créature possédait des atouts charnus à la douceur sans pareille. Sa chevelure dévalait son dos en une cascade de boucles souples d'un châtain aussi onctueux que du praliné. Ses yeux noirs en amande, bordés d'épais cils bruns, et qui d'ordinaire pétillaient d'enthousiasme et de gourmandise, arboraient en cet instant la noirceur du courroux. Elle avait un visage rond comme le soleil et des lèvres pulpeuses qui ne demandaient qu'à sourire. Saraë aurait aimé dégager autant de sensualité, d'assurance et de caractère. Ce n'est que sous le regard de son loup qu'elle avait commencé à s'accepter et… presque, à se sentir belle. Mais il était parti, et depuis, ne restait plus d'elle que la reine guerrière, celle qui n'hésiterait devant rien pour détruire Mörk Örn. Elle avait l'impression que tout ce qui avait pu être désirable et féminin en elle était mort avec la disparition d'Edoran.

— Où sont passées ces deux petites chipies ? interrogea alors une voix mélodieuse, brisant les pensées moroses de Saraë.

La nouvelle venue était blonde comme les blés, et ses longs cheveux ruisselaient telle une eau pure sur ses épaules et dans son dos. Elle avait le teint très clair, une peau au grain parfait, aussi douce que lisse, et qui rosissait sous l'effet de la contrariété de la plus charmante manière. Son visage en forme de cœur encadrait un petit nez en trompette et deux immenses yeux d'un bleu encore plus vif que les cheveux de Saraë. La bouche de la fée était ronde et pleine comme un bouton de rose. Elle avait un long cou gracile et de fines épaules. Son corps tout entier n'était que finesse, délicatesse et légèreté. Même ses seins petits et pointus évoquaient la douceur et l'ingénuité… un leurre d'innocence cachant un piège volcanique !

Cette fois-ci, l'elfe reçut le charme de l'arrivante comme une dague en plein cœur. Elle ne savait quoi, toutefois quelque chose chez ces filles provoquait en elle une vague nauséabonde, et néanmoins puissante, de ressentiments. Elle ne les connaissait pas ; elles ne lui avaient rien fait, et pourtant, elle ressentait le besoin instinctif de les détester. Pulsion qui n'était absolument pas dans sa nature ! À peine quelques secondes plus tard, elle comprit malheureusement ce que son instinct avait essayé de lui dire.

— Edora Lycantalia ! Lupa Metamorphia ! Venez ici tout de suite, jeunes demoiselles ! ordonna Tillamina Maripena en tendant la main d'un air sévère.

Aussitôt, le petit tourbillon coloré se dirigea vers elle et se posa sur sa paume ouverte. Il s'agissait de deux enfants fées, encore trop jeunes pour être capables de grandir à volonté, et donc, ne mesurant pas plus de quelques centimètres de haut.

*Edora Lycantalia et Lupa Metamorphia ?* se répéta Saraë, atterrée. Son cœur battait plus fort depuis l'appel de ces noms, et elle avait peur de comprendre pourquoi.

— Votre Haute-Majesté, l'interpella la reine, puisque vous tenez le prince Edoran en haute estime, j'ai l'honneur de vous présenter ses enfants, Lupa et Edora, respectivement les filles d'Uitsili Satacoma, ma porte-parole, et Pepia Ipamena, ma ministre des Affaires étrangères. Toutes deux ont reçu la semence de notre lycante préféré lors de son passage chez nous, au printemps dernier. Approchez-vous, voyez comme ces petites ressemblent à leur père.

Bien entendu, Tillamina ne se doutait pas un instant de la souffrance qu'elle occasionnait par ses mots. Elle était sincèrement fière et honorée, et très loin d'imaginer que Saraë Calimehtar Elendil, Haute-Reine des elfes, Grande prêtresse de l'Unique et plus haute autorité de tout Gahavia, avait pu s'amouracher à ce point d'un simple chevalier, métamorphe qui plus est. Nul n'aurait pu l'imaginer. Encore moins une fée, pour qui l'amour était un sentiment interdit, une malédiction, un désastre.

*En effet, souvenez-vous, un peu à l'instar des centaures et des vipérines, les fées avaient établi des règles strictes, des milliers d'années plus tôt, afin de préserver leur espèce. Chez les centaures, les prêtresses déterminaient les partenaires sexuels, et il n'y avait pas d'union à long terme. Les vipérines, à quelques exceptions près, enlevaient les mâles qu'elles désiraient voir les féconder, puis les tuaient. Les fées, elles, récoltaient leur semence en guise de tribut, droit de passage, loyer… mais contrairement aux vipérines ou aux centaures, tomber amoureuse de leur partenaire ne leur coûtait pas simplement la disgrâce et la désapprobation générale. Non, une fée qui choisissait d'aimer perdait ses ailes, au sens propre du terme, et sa capacité à changer de taille. Elle grandissait jusqu'à s'accorder avec l'élu de son cœur, puis perdait ses ailes et ses pouvoirs. Elle devenait une simple humaine, certes parée de la beauté des fées et pourvue d'une durée de vie plus longue, mais sans plus jamais voler ni être autorisée à vivre en Faërie. Pour elle, c'était l'exil et l'anonymat. Sachant cela, aucune fée ne se laissait aller à ressentir quoi que ce soit de plus que désir et plaisir, tous deux éphémères. L'amour pouvant unir deux êtres, aussi fort que celui qu'éprouvaient Edoran et Saraë, leur était totalement étranger.*

C'est pourquoi Tillamina Maripena ne mesura à aucun moment la portée de ses paroles.

Aussi blanche que la craie, l'elfe royale s'avança lentement vers son homologue, comme si chaque pas la rapprochait un peu plus d'une mort certaine. Ses pupilles, hésitant entre une haine sans nom et le plus profond désespoir, passaient d'un rose si pâle qu'il en était presque blanc à un bleu nuit proche du noir, dans un effet stroboscopique effrayant. La magie, en réponse à son humeur, crépitait autour d'elle, soulevant ses cheveux sous l'effet de l'électricité statique. Dire qu'elle ressemblait à une sorcière psychopathe en totale perte de contrôle relevait de l'euphémisme.

— Par l'Unique, s'alarma le mage, pressentant la catastrophe. Majesté ! Saraë… je vous en prie, mon petit, calmez-vous.

Alors qu'il s'apprêtait à se mettre en travers de son chemin, il fut retenu par Idril Elendil.

— Attendez, Hermanus. Laissez-la traverser cette épreuve, je crois qu'elle en a besoin.

— On ne peut pas prendre ce risque, Idril, la rabroua-t-il. Si elle utilise la magie pour blesser ou tuer quelqu'un, si elle rompt ses vœux envers l'Unique, nous sommes perdus.

— Faites-lui un peu confiance, bon sang ! La pensez-vous capable de s'attaquer aux enfants d'Edoran ? Vraiment ?

— À elles, non…

— Faites-lui confiance, répéta Idril, je vous en conjure.

Le regard à la fois doux, déterminé et totalement assuré de la jeune princesse ébranla le vieil homme. Inquiet, prêt à intervenir à la moindre étincelle, mais disposé à accorder le bénéfice du doute à sa protégée, Hermanus la laissa donc poursuivre sa route.

Autour d'eux, une tension inconfortable s'était emparée de l'assemblée. Elessar avait instinctivement posé la main sur son épée, Schotz se tordait les doigts en gémissant d'angoisse, les fées chuchotaient entre elles dans un bruissement ponctué d'exclamations inquiètes. Quant à Tillamina Maripena, même si elle gardait la paume ouverte et le bras éployé, même si ses traits figés conservaient un air calme et assuré, elle tremblait de tous ses membres. Ce qui n'était certes pas le cas des deux minuscules créatures ailées qui babillaient, tout excitées, dans le creux de sa main.

Quand elle fut suffisamment proche pour distinguer clairement les traits des deux fillettes, Saraë se pencha, plissa les paupières et les examina tour à tour. Les crépitements le long de ses bras, qui soulevaient ses cheveux, s'étaient un peu calmés. Ses yeux avaient presque cessé de clignoter, néanmoins, c'est l'obscurité de la colère qui dominait ses pupilles alors qu'elle cherchait les traces de son bien-aimé sur les petits visages de ces enfants qui n'étaient pas les siens.

Qui étaient ceux de ces asparas[13] de Pépia et Uitsili.

Les mini-fées, que l'apparence apocalyptique de l'elfe n'avait pas l'air d'effrayer, observaient cette dernière avec émerveillement. Celle qui devait être Lupa Metamorphia tenait de sa mère, Uitsili Satacoma, un teint de rose et des cheveux blonds. Mais l'héritage d'Edoran ne faisait aucun doute dans

---

[13] Nom des nymphes qui charment les dieux du paradis d'Indra par leurs danses voluptueuses et leurs chants. (ref : CNRTL)

les mèches fauves qui striaient sa blondeur, ou dans l'éclat ambré de ses prunelles. En rivant ses yeux à ceux de l'enfant, Saraë sentit son cœur se crisper, puis fondre de tendresse en y retrouvant le regard de son bien-aimé. Ces prunelles si particulières, dont avait également hérité Edora Lycantalia, la fille de Pepia Ipamena. Chez la seconde enfant, les reflets fauves, argent et dorés emblématiques du lycante chatoyaient également dans une chevelure crépue. Seuls son teint mat et la rondeur de ses joues évoquaient sa mère.

Il n'y avait pas le moindre doute, ces petites fées étaient bien les filles d'Edoran.

Ce qui voulait dire qu'il avait batifolé avec ces… courtisanes.

Saraë avait parfaitement conscience de sa mauvaise foi. Elle savait que les fées avaient besoin de la semence des mâles d'autres espèces pour préserver la leur. Elle ne pouvait évidemment pas leur en vouloir pour ça. C'est le fait qu'elles y aient pris du plaisir qui la dérangeait. Et pire, l'idée qu'Edoran ait pu y prendre du plaisir la mettait hors d'elle. Ce qui était d'autant plus stupide et hypocrite qu'à l'époque, il ne la connaissait même pas.

Elle se sentit soudain pitoyable, encore plus minable que d'habitude. Elle n'avait décidément pas les épaules pour tenir le rang de Haute-Reine des elfes, et encore moins pour mener à bien cette mission. Quelle idiote elle avait été d'insister pour accompagner Hermanus. Elle n'avait clairement aucune compétence utile à cette quête. Elle en arrivait même à menacer la descendance de ses propres alliés. Elle était vraiment indigne de ce qu'on attendait d'elle.

Sa colère fondait au rythme de son moral, qui sombrait lui-même dans les limbes familiers de sa mésestime personnelle. Conséquemment, ses cheveux retombèrent sur ses épaules, plus aucune étincelle ne brasilla autour de ses mains, et la couleur de ses yeux retrouva son lilas coutumier, peut-être un peu terni par l'amertume qui pesait sur son cœur. Idril Elendil, qui la connaissait bien et qui la comprenait, vint la serrer dans ses bras.

— N'est-ce pas merveilleux, cousine, de savoir qu'il vit à travers ces deux magnifiques petites choses ? Je sais qu'il te manque et à quel point tu souffres. Je sais aussi que tu n'es pas objective vis-à-vis de toi-même et que tu dévalues constamment tes raisons d'être ici. Avec nous. Or, je te le dis, sans toi, nous n'en serions certainement pas là, aujourd'hui. Tu es indispensable à la quête. Indispensable à ton peuple, indispensable à Gahavia. Et tu sais que j'ai raison. L'Unique t'a choisie, il t'a désignée et il te garde sa confiance pour sauver sa création. Conserve-lui la tienne ! Aie la foi ! Ne te laisse pas tourmenter et abattre par des considérations futiles auxquelles tu ne peux rien changer. Ces fées ne sont coupables de rien. Tu en as conscience. Et puis, la jalousie ne te va pas, ma chère. Tu es bien au-dessus de cela, n'est-ce pas ?

Saraë acquiesça en silence, encore peinée, mais surtout honteuse de son comportement et des pensées ineptes, indignes d'elle, qu'elle avait laissé l'envahir. Après une profonde inspiration, l'héritière d'Aliosha étreignit les mains de sa cousine, avant de revenir vers la reine des fées et les deux minuscules enfants posées dans sa paume.

— Vous êtes aussi magnifiques et charmantes l'une que l'autre, mesdemoiselles, les complimenta-t-elle en souriant. Je suis certaine qu'en grandissant, vous saurez vous montrer dignes de l'être exceptionnel qu'… qu'est votre père.

Elle avait buté sur la fin de sa phrase. Parce qu'une partie d'elle comprenait qu'il était probablement mort, mais que la majorité de son corps, de son cœur et de son âme s'y opposait toujours farouchement.

— C'est une véritable joie pour moi de faire votre connaissance, poursuivit-elle presque sans césure. Et j'aimerais que, lorsque cette guerre sera finie et que nous aurons gagné, vous veniez me rendre visite en Edheldôr. Vous serez mes hôtes à l'Arcoa Calya… avec vos mères, si elles le souhaitent.

— Si l'invitation m'incluait, Votre Haute-Majesté, ce serait également un honneur pour moi d'en profiter pour vous renouveler mon allégeance, sollicita Tillamina Maripena.

Saraë écarquilla les yeux, surprise et touchée par cette

marque de confiance et de soutien de la part de l'une de ses vassales les plus influentes.

— Vous serez toujours la bienvenue, ma chère Tillamina, et j'espère que ce jour arrivera très vite.

— Nous l'espérons tous, renchérit Idril, et c'est d'ailleurs la raison de notre visite.

Hermanus, qui s'était gardé d'intervenir jusque-là, haussa un sourcil surpris et ravi. À mesure qu'il côtoyait la jeune Elendil, celle-ci ne cessait de l'étonner par sa maturité et son sens de la politique. Si elle ne possédait pas le talent et la puissance de sa cousine en matière de magie, elle la surpassait de très loin en diplomatie.

— Vous parlez d'or, Princesse, acta la reine des fées. Soyez donc les bienvenus en Faërie ! Ce soir, nous tiendrons un banquet en votre honneur, mais en attendant, je vais moi-même conduire ces messieurs aux nids de leurs offrandes. Si Votre Majesté et Votre Altesse veulent bien suivre Pepia et Uitsili, elles vous montreront les quartiers des invitées de marque. Vous pourrez vous y reposer et vous y rafraîchir. Quant à l'affaire qui vous amène, je vous promets que nous nous y consacrerons pleinement aussitôt que vos mâles auront rendu leur office.

Le ton solennel de sa déclaration, pourtant démenti par l'éclat canaille et impatient de son regard, dissuada quiconque de la moindre réflexion, et c'est sans un mot que les uns et les autres se séparèrent. Les uns pour grimper dans les nids où les attendaient un florilège de fées alanguies, les autres, moins enthousiastes, en direction de leurs quartiers.

Visiblement embarrassées par le précédent éclat de la souveraine des elfes, Pepia et Uitsili guidèrent les nouvelles arrivantes sans piper mot jusqu'à une grande hutte de branchages, couverte de fleurs et tapissée de fourrures. Une source donnait à proximité, les assurant d'une eau claire et fraîche pour boire et se laver. D'épaisses couches confortables et chaudes les attendaient à l'intérieur, où un foyer garni de pierres brûlantes leur promettait tous les luxes, que ce soit pour le thé ou le bain. Après une profonde révérence, les deux fées reprirent leur taille originale et s'envolèrent vivement vers les frondaisons.

— Je crois que tu leur as fait peur, cousine, plaisanta Idril.

— Elles m'ont fait bien davantage, maugréa Saraë.

— Allons, tu es au-dessus de ça ! Tu sais bien qu'elles n'ont rien fait qui ne leur soit naturel, rien qui soit contre toi, et surtout, rien qui ne soit de l'histoire ancienne. C'était avant qu'il te rencontre. En a-t-il jamais regardé une autre, depuis toi ?

Saraë battit des cils, prise de court.

Non, en effet. Depuis ce fameux jour, à l'Arcoa Calya, où leurs regards s'étaient croisés pour la première fois, où leurs yeux, leurs cœurs et leurs âmes s'étaient accrochés, attachés, fondus l'un dans l'autre, Edoran n'avait jamais plus regardé aucune autre femme. Il n'y avait plus eu qu'elle. Cette prise de conscience la rasséréna et la consola quelque peu. Suffisamment pour qu'elle ait envie de s'allonger sur les fourrures et qu'elle s'endorme, apaisée comme cela ne lui était plus arrivé depuis bien longtemps.

# — 43 —

## Nínui 22 (un peu plus tard) – Faërie

Elessar Voronwë, capitaine de la garde royale elfique et protecteur personnel de la reine Saraë, était le parfait archétype de l'officier dévoué, honnête et droit, sérieux presque jusqu'à la rigueur et aussi vertueux qu'un ascète. Mais il n'en avait pas toujours été ainsi. Issu de la petite noblesse astoréenne, il avait grandi dans la liberté et l'insouciance, au milieu des troupeaux de chevaux dont son père faisait l'élevage. Benjamin d'une fratrie de cinq garçons, on n'attendait rien de lui, entendu que ses aînés se partageaient le devoir de faire perdurer les héritages familiaux : titre et descendance pour l'aîné, science de l'élevage pour le deuxième, sens des affaires pour le troisième et diplomatie pour le quatrième. Elessar, lui, traversa sans pression l'enfance et l'adolescence, à cheval et échevelé la plupart du temps. Jusqu'à ce jour où, alors qu'il accompagnait son père en Allorée afin de livrer deux étalons commandés par le palais royal, il vit pour la première fois les cavaliers de la garde en manœuvre. L'éclat de leurs armures, l'élégance de leur posture, la précision de leurs gestes et l'impression de puissance et de maîtrise qu'ils dégageaient le subjuguèrent. À ses yeux d'éphèbe[14], ils représentaient la quintessence de

---

[14] A) ANTIQ. GR. Jeune garçon arrivé à la puberté. — B) ELFIQ. : L'adolescence des elfes commence à la puberté, vers vingt ans, et s'achève à la cinquantaine, âge auquel ils peuvent prétendre à être indépendants.

l'elfisme, un idéal à atteindre. À partir de ce jour, il n'eut de cesse de s'entraîner ardemment et de harceler son père jusqu'à ce qu'enfin, quelques années plus tard, il puisse entrer à l'académie militaire de Moharée. Il y fit d'abord ses classes, puis il passa les épreuves préparatoires d'admissibilité au régiment de cavalerie. Une fois intégré à ce corps d'armée, il lui restait encore à se distinguer afin de se voir offrir l'honneur d'être admis dans la garde royale. Il s'appliqua donc, durant plusieurs années, à devenir en tous points le parangon d'excellence qu'il imaginait devoir incarner. Il y réussit, sortant major de sa promotion et accédant directement au grade de capitaine de la garde.

Lors des événements et batailles qui succédèrent à l'attaque de l'Ombre, et alors qu'il n'avait encore jamais pris part à un affrontement réel, il s'illustra tant par sa bravoure, son talent au sabre, sa maîtrise à cheval et ses qualités de meneur d'hommes qu'aussitôt rentré en Edheldôr, il fut promu commandant de la cavalerie légère, titre qui le plaçait, de fait, à la tête de la garde royale et officier le plus important après le général Silurion Machtar.

Son ascension fulgurante, faite de volonté, de sacrifices, d'abnégation et de persévérance, avait façonné sa personnalité jusqu'à refouler l'adolescent espiègle et insouciant très loin dans les confins de son cœur. Alors, c'est avec à l'esprit le sens du devoir et une inconfortable fébrilité qu'il abordait aujourd'hui cette nouvelle mission : honorer quelques fées de sa semence. En toute honnêteté, il aurait préféré retourner combattre sur le Palar Tàra plutôt que d'avoir à affronter les corps chauds et alanguis qui l'attendaient. Au moins, un sabre, il savait comment le tenir et à quoi s'en servir.

À la suite de Tillamina Maripena, Hermanus, Schotz et lui avaient gravi les marches de bois qui montaient en spirale le long des troncs géants pour déboucher dans les frondaisons, sur un entrelacs de branchages, de feuilles et de fleurs si étroitement tressé qu'il était impossible de passer au travers. Cette gigantesque plateforme végétale était compartimentée par des rideaux de feuillage qui séparaient les nids les uns des autres.

— Messieurs, soyez ici chez vous, les accueillit la reine en écartant largement les bras. Mes filles vous feront bon accueil, n'hésitez pas à déambuler parmi elles afin de faire votre choix. Et si vous êtes timide, ajouta-t-elle en souriant à Schotz, ne vous inquiétez pas, elles s'occuperont de vous.

« C'est à moi qu'elle aurait dû dire ça », songea Elessar, nerveux, en balayant du regard les visages enjôleurs qui l'entouraient. Prenant son courage à deux mains, après qu'Hermanus, égrillard, et Schotz, étonnamment joyeux, aient disparu derrière des paravents de lianes, il s'approcha du premier nid à sa droite. Après tout, il s'agissait d'une mission comme une autre qu'il pouvait mener à bien rapidement et efficacement. Nul besoin de « choisir », la première fée venue ferait l'affaire. De fait, celle qui occupait l'alcôve était aussi gracieuse et jolie que les autres, et elle lui souriait d'un air tout à fait engageant. Elle avait tressé ses longs cheveux bruns en d'artistiques entrelacs sur sa tête, dégageant ainsi une nuque élégante et une poitrine menue, haute et ferme. Il n'avait pas besoin d'en savoir plus, elle n'avait pas vraiment besoin de lui plaire.

— Madame, s'inclina-t-il avec respect, ne sachant trop comment l'aborder.

L'impertinente pouffa de son manque d'assurance, ce qui le refroidit un peu et le vexa. Il prit une inspiration pour se donner du courage et fit mine de trouver cela drôle, lui aussi.

— Allez, venez, bel elfe, l'encouragea-t-elle, je ne vais pas vous manger.

L'humiliation et la colère le prirent par surprise et éveillèrent en lui ses instincts de combattant. Pas question qu'il se laissât moquer par une donzelle ! C'est donc en conquérant qu'il investit la couche confortable et qu'il entreprit de se déshabiller sous le regard gourmand de sa future partenaire. Mais il avait à peine ôté son armure de cuir et délacé sa tunique, offrant son torse glabre et ciselé aux mains aventureuses de la fée, qu'ils furent interrompus par l'irruption d'une consœur qui, contrairement aux autres, était vêtue de pied en cap. Un rideau de cheveux blond foncé couvrait librement son dos jusqu'à ses fesses. Elle portait un ensemble tunique-pantalon vert sombre, pratique et discret, qui s'harmonisait avec la forêt alentour. Son visage sans apprêt irradiait la fraîcheur et l'innocence. Tout en elle respirait le naturel et la simplicité.

— Qu'est-ce que tu viens faire là, Mayli Enamora ? s'enquit sèchement la brune, agacée par son arrivée impromptue.

— Il… hésita la nouvelle venue en jetant un coup d'œil furtif au beau capitaine. Je… peux peut-être attendre… mon tour ?

La gêne qu'elle éprouvait visiblement, et semblait combattre pour une obscure raison, émut Elessar. Loin de lui faire du rentre-dedans comme les autres, elle avait presque l'air de devoir se faire violence pour quémander les faveurs de leur hôte.

— Je croyais que tu ne voulais pas d'enfant ? s'étonna Mentissa.

— Oui… non… C'est que…

Tout en bafouillant, elle ne cessait de lancer de vives œillades sur le corps à moitié nu de l'officier, visiblement embarrassée. Et c'est cet émoi, cette pudeur, qui firent fondre le cœur d'Elessar.

— Dame Mentissa, intervint-il soudain. M'en voudriez-vous beaucoup si… je réglais ma dette auprès de cette jeune personne plutôt qu'auprès de vous ?

Estomaquée, la fée le considéra une seconde, bouche bée et choquée, avant de soupirer bruyamment en ployant les épaules de dépit.

— Bien sûr que non, vous êtes notre hôte. C'est à Mayli que je ne pardonnerai jamais cette offense, ajouta-t-elle avec véhémence en fusillant sa consœur du regard. Tu as intérêt à pondre, cette fois ! la menaça-t-elle encore en la pointant du doigt.

Puis elle quitta rageusement le nid, laissant les deux grands timides seuls et face à face. Elessar et Mayli s'entre-regardèrent en silence, partagés tous deux entre la gêne et l'émotion, aussi attirés l'un que l'autre l'un par l'autre. Lui, troublé par le charme naturel et pur de la fée. Elle, captivée par l'aura sécurisante et la beauté angélique de l'elfe.

— Je croyais que toutes les fées étaient… commença-t-il avant de s'interrompre brutalement.

Il baissa les yeux, mortifié par ce qu'il allait dire. Elle attendit quelques longues secondes avant de le relancer.

— Étaient quoi ?

— Non, c'était stupide, excuse-moi.

— Belles ?

Il releva vivement la tête et la cloua d'un regard de braise.

— Tu ES belle. Tu es magnifique. Non, j'allais dire… délurées. Ou quelque chose comme ça.

Elle éclata de rire, soulagée, flattée, et plus qu'un peu d'accord avec lui en ce qui concernait ses pairs.

— Le sexe, de par notre hérédité et notre nature, nous est aussi essentiel et ordinaire que boire, manger ou dormir, lui expliqua-t-elle. Je ne suis pas fondamentalement différente de mes sœurs sur ce plan, si ce n'est que… quelque chose ne fonctionne pas chez moi.

Elle hésita, une lueur d'excuse au fond des yeux.

— Dis-moi, l'encouragea-t-il.

— En un peu plus d'un siècle que je suis nubile, je n'ai pondu que deux fois. Et ce n'est pourtant pas faute d'avoir été… avec des hommes.

Ayant capté la contrariété et la déception dans le regard de l'elfe, elle baissa les yeux, honteuse. Toutefois, la réaction d'Elessar n'avait rien à voir avec son infécondité. Si les autres fées lui reprochaient constamment son manque de fertilité, lui, c'est de l'imaginer partager son lit avec… nombre d'autres hommes qui le tarabustait. Elle avait l'air tellement innocente, si virginale. Imaginer tant de mains la parcourir, tant de corps la posséder comme il brûlait de le faire lui-même, c'était… insupportable.

— Je comprendrais que tu préfères Mentissa, articula-t-elle bravement avant de le défier du regard, certaine qu'il allait lui demander de s'en aller.

Pourtant, il n'en fit rien. Seulement vêtu des culottes de peau qui moulaient ses cuisses fermes et de ses bottes cavalières, il s'approcha d'elle jusqu'à frôler sa poitrine. À aucun moment, il n'avait permis à leurs regards de s'esquiver, leurs prunelles accrochées avec avidité. L'une de ses mains s'éleva pour caresser les cheveux lisses de la fée, avant qu'il ne passe le dos de son index sur sa joue. L'autre vint chercher sa taille fine. Ses longs doigts s'évasèrent de l'arrondi de la hanche au tendre oblique des côtes. Son pouce effleura la courbure d'un sein. Les respirations se figèrent avant d'accélérer, heurtées, fébriles.

— Je ne préfère pas Mentissa, avoua-t-il alors d'une voix rauque.

Il baissa la tête, suspendit ses lèvres à un souffle de celles de la fée, attendit, expira doucement. Il la sentait trembler de désir, cependant, elle ne bougeait pas, les yeux toujours noyés dans les siens, incrédule, subjuguée, éblouie. Du bout de la langue, il caressa sa lèvre inférieure. Elle gémit. Il caressa sa lèvre supérieure. Elle ferma enfin les paupières, ouvrit la bouche et l'accueillit en elle avec une soif et une passion qui leur firent tout oublier. Plus tard, ils ne se souviendraient plus comment ils avaient fini nus sur la couche végétale. Les vêtements s'étaient envolés sans qu'ils s'en rendent compte, les corps s'étaient découverts, explorés, aimés, encore et encore, jusqu'à l'assouvissement. Ils s'étaient emmêlés et n'avaient plus fait qu'un dans une danse sauvage et sensuelle, mais aussi naturelle que boire, manger ou dormir. Et il semblait à Elessar qu'avec Mayli, il aurait pu danser ainsi jusqu'à ce que les étoiles cessent de briller dans la nuit.

Bien plus tard, alors que le banquet était prêt, que la majorité des fées s'étaient déjà rassemblées dans la clairière et que les nids s'étaient vidés de leurs occupants, Mayli Enamora s'éveilla dans les bras d'Elessar Voronwë, qui dormait toujours d'un paisible sommeil. Elle en profita pour se délecter de la beauté à la fois forte et tranquille de son amant d'un jour. Des yeux, elle caressa le front haut, les sourcils fiers, les paupières aux longs cils, les pommettes effilées et les joues lisses, la mâchoire ferme, légèrement saillante à l'attache du cou, et la bouche… la bouche large et douce, si douce ! Au souvenir des baisers qu'ils avaient partagés, elle sentit le désir monter à nouveau le long de ses jambes, envahir son ventre et se nicher, brûlant, à l'orée de son intimité. Elle le voulait encore en elle. Elle en avait besoin. Comme s'il était sa partie manquante. Comme si son corps n'avait attendu que lui pendant tout ce temps. Sans qu'elle ait fait le moindre bruit ni esquissé le moindre geste qui eût pu l'éveiller, il ouvrit tout à coup les yeux. Avait-il senti qu'elle le regardait ? Ou l'odeur de son désir ? Toujours est-il que ses prunelles bleu vif venaient de se ficher directement dans celles, vert mousse, de Mayli Enamora. Elles y demeurèrent accrochées durant un temps qui sembla infini, mais qui prit fin bien trop rapidement.

— Je crois que nous devrions rejoindre le banquet, suggéra-t-il comme à regret.

Elle acquiesça en silence, consciente aussi soudainement que douloureusement que les heures qu'elle venait de vivre touchaient à leur fin, et que jamais plus elle ne connaîtrait une telle passion, une telle fusion des corps, des sens… des âmes.

Jamais plus parce qu'il n'était pas possible pour une fée de s'attacher à un homme. Car ce n'était pas seulement contraire à leurs lois, c'était tout simplement incompatible avec leur nature, et les rares fées à avoir succombé à l'amour en avaient perdu leurs ailes et leurs pouvoirs.

Cette malédiction leur était dépeinte dès leur plus jeune âge comme étant le pire qui puisse leur arriver. C'est pourquoi Mayli Enamora s'empressa d'enfouir au fond d'elle-même les émotions qui l'agitaient. Avant qu'elles ne la corrompent. Avant qu'elles ne la conduisent à sa perte.

De même, elle tenta encore une fois d'étouffer l'envoûtante mélopée qui l'habitait depuis des mois, lui mettait en tête de folles et dangereuses idées, cherchait à la convaincre que l'amour pouvait tout, était tout et qu'il se trouvait peut-être à sa portée…

# — 44 —

## Nínui 22 (le soir) - Faërie

La fête battait son plein et les deux reines s'apprêtaient à aborder le sujet de la mission qui amenait Saraë en Faërie, quand une agitation soudaine à l'orée de la forêt attira leur attention. À l'instar de quelques centaines de fées de toutes tailles, qui marchant, qui volant, elles se dirigèrent vers l'origine du tumulte, écartèrent la foule afin de s'y frayer un chemin et débouchèrent enfin sur…

— Thésis ! s'exclama Saraë.

— Majesté ! s'écria l'aelder, un large sourire aux lèvres. Quel bonheur que vous soyez déjà là !

— Nous sommes arrivés tantôt, coordination parfaite… je dirais que l'Unique nous a voulu là, ici et maintenant.

— C'est de bon augure, en effet, renchérit *Celle qui était deux*, avant de se tourner vers Tillamina Maripena pour s'excuser. Je manque à mes devoirs, permettez-moi de vous présenter mes respects, Votre Majesté. Je me nomme Thésis. Je suis aelder, guerrière et guérisseuse, et femme lige de la Haute-Reine Saraë Calimehtar Elendil.

Elle s'inclina révérencieusement devant la reine des fées, puis se tourna vers celle qui l'accompagnait afin de la présenter à son tour.

— Voici Sorcha des centaures, novice de l'Unique qui nous a guidés, mes compagnons et moi, depuis la Crevasse-Mère.

La centauresse ploya les genoux, l'un vers l'avant, l'autre sous elle, posa une main sur son cœur et courba l'échine devant les souveraines.

— C'est un grand honneur pour moi, Vos Majestés.

— Soyez les bienvenues en Faërie, les accueillit Tillamina. Venez vous restaurer. La reine Saraë et moi allions justement nous entretenir de la quête que vous avez entreprise. Joignez-vous donc à nous.

— Idril, Hermanus, Elessar et Schotz doivent aussi nous rejoindre, décida Saraë. Nous avons beaucoup de choses à nous dire. Mais où sont les autres ?

— Nous avons également beaucoup de choses à vous raconter, Ma Reine, confia Thésis d'un air sombre et mystérieux.

— Très bien, comprit Tillamina. Allons nous isoler dans un endroit tranquille et laissons mes filles poursuivre le banquet. Les affaires politiques ne souffrent aucun report.

Les sept étrangers suivirent la reine des fées jusqu'à une alcôve discrète, derrière l'arbre-palais. Pepia et Uitsili les accompagnèrent au titre de ministres de Faërie, et… Mayli Enamora leur emboîta le pas sans bien en comprendre la raison, mais percevant au plus profond d'elle-même que c'était là ce que la mélodie qui l'habitait attendait d'elle. Le capitaine Elessar Voronwë, s'il s'étonna de sa présence, n'en laissa rien paraître. Sa mission auprès des fées étant terminée, il s'était mis en devoir de la laisser derrière lui et de fermer à double tour le coffret de ses souvenirs, histoire qu'aucune réminiscence, émotion parasite ou sensation perturbante ne vînt mettre en péril son intégrité. Et s'il avait trouvé éprouvantes les batailles contre les Hordes, angoissant le siège de l'Edheldôr, éreintante la traversée de Morlaune et de Centauria, ou encore déstabilisante sa toute dernière *prestation*, tenter d'oublier celle-ci et ne plus y penser tendait à s'avérer le plus difficile de tous les combats auxquels il avait pris part jusqu'ici. Parce que c'était un combat contre lui-même et que, quelque part au fond de lui, il n'avait pas vraiment envie de vaincre… mais plutôt d'être vaincu.

Et ça, c'était vraiment effrayant !

— Mayli Enamora, l'interpella sa souveraine, que fais-tu ici ? C'est une réunion politique, tu n'as rien à faire là.

La fée, mortifiée, baissa les yeux et rougit jusqu'à la racine des cheveux. Instinctivement, elle chercha du soutien dans le regard d'Elessar, mais elle y lut les mêmes questions que celles qui troublaient les autres. Du moins, pas TOUS les autres. Saraë, Idril et Schotz la fixaient d'un air stupéfait et émerveillé à la fois.

— Par l'Unique, c'est le chant La ! s'écria Saraë en se précipitant vers l'intruse.

— Je l'entends, s'extasia Idril, il est magnifique. L'entends-tu aussi, Schotz ?

— Aussi limpide que l'eau d'une cascade, murmura-t-il avec admiration.

Tous trois avaient entouré Mayli Enamora, et quand ils posèrent les mains sur elle, les trois chants : Do, Mi et La enflèrent à travers la Haute-Reine et s'harmonisèrent pour exploser en une pluie de lumières au-dessus de la clairière.

— Ils se renforcent, constata Hermanus, satisfait. Plus on les met en contact les uns avec les autres, et plus ils se renforcent.

— Qu'est-ce que ce sera quand vous aurez rencontré ceux qu'on vous apporte ! intervint Thésis, impressionnée.

— Lesquels avez-vous trouvés ? l'interrogea le mage.

— Ré et Fa, lui apprit-elle, très fière.

— Plus le Sol de Thorak et Zya, ajouta le maître es prophéties, exultant. Il n'en manque plus qu'un…

— D'ailleurs, à propos de Thorak et Zya, avança délicatement Thésis, il y a quelque chose dont je dois vous prévenir.

Hermanus se tourna vers l'aelder, en alerte.

— Que s'est-il passé ? Rien de grave, j'espère ? Avez-vous été attaqués ?

— Par des aquares, au cercle Qendër, oui. Mais là n'est pas le propos. Je ne sais comment vous annoncer la nouvelle en douceur, alors…

— Eh bien, quoi ? insista le mage, alarmé.

— Zya est en train de se transformer en dragon. Voilà.

— En… hein ? Tu peux répéter ?

— Je vais vous raconter notre périple depuis le début, mais j'aimerais que tout le monde l'entende.

La nuit fila à toute vitesse tant les récits de chacun passionnèrent l'auditoire, soulevèrent de questions, apportèrent de réponses et promirent de nouvelles aventures. Thésis raconta les métamorphoses successives de Zya et termina en espérant que celles-ci prendraient fin avec l'apport d'énergie des trois nouveaux chants présents en Faërie. Sorcha relata ses retrouvailles avec Dosator, son amant maudit qui s'était révélé n'être autre que le chant Ré. Puis toutes deux décrivirent leur voyage, leurs recherches, leur rencontre avec les aquares, et la dernière en date, inopinée, avec Léorace, le porteur du chant Fa, en bordure du bois de Lutry.

Hermanus, à son tour, narra leurs péripéties en Morlaune et la découverte du chant Do en Schotz, l'elfe Gris, puis leur course folle à travers Centauria grâce à une compagnie de centaures. Il avait volontairement fait l'impasse sur leur séjour à l'Arcoa Calya, mais Thésis, qui avait vécu tant de choses avec Edoran, ne put évidemment que s'enquérir du lycante, pour qui elle ressentait autant d'amitié que de respect. Alors, après un lourd silence, Saraë prit elle-même la parole. Elle entama son récit par leur départ des Collines Enchantées en compagnie des pégases. La trahison, et l'exécution, d'Aromë… ou plutôt, du démon qui avait habité son corps depuis, semblait-il, l'attaque de l'Ombre. L'hypothèse plus que probable que ce dernier se soit ensuite incarné dans l'un des pégases aussitôt repartis vers les Collines. Elle termina sur la décision d'Edoran de s'en aller seul régler le problème, avec tous les risques que cela supposait, et le très infime espoir qu'il en revînt vivant. D'ailleurs, depuis un mois qu'il était parti, personne n'avait eu la moindre de ses nouvelles. Ce qui n'empêchait pas Saraë de refuser obstinément l'éventualité qu'il ait quitté ce monde. En bref, des informations qui ternissaient l'éclat des précédentes, plutôt bonnes, sans les éclipser tout à fait.



la moindre de ses nouvelles. Ce qui n'empêchait pas Saraë de refuser obstinément l'éventualité qu'il ait quitté ce monde. En bref, des informations qui ternissaient l'éclat des précédentes, plutôt bonnes, sans les éclipser tout à fait.

# — 45 —

## Nínui 22 (le même jour) – Au sud-ouest d'Edheldôr

Après ses retentissantes victoires de la veille, l'ost gahavien continuait d'avancer vers l'est et la Nimsirith en rayant de la carte autant de camps retranchés qu'il leur était possible d'en éliminer. La manière dont ils utilisaient intelligemment les aptitudes et les compétences particulières de chaque soldat, en fonction de son espèce, leur conférait un avantage sur les Hordes, moins disciplinées et plus sauvages.

De l'aube au couchant, ce vingt-deuxième jour de nínui, aelders, fées et sylphes ratissèrent les estives à la recherche de bases arrière, bivouacs et installations trahissant la présence d'ennemis. Et chaque fois qu'une cible était fixée, les bataillons gahaviens entraient en action et balayaient la menace.

Leurs victoires les rendaient audacieux, assurés et téméraires... peut-être trop.

# — 46 —

## Nínui 23 (le lendemain) - Faërie

Au lever du soleil, il fut décidé que tous les onze : Saraë et Tillamina, Hermanus, Idril et Schotz, Elessar et Mayli, Pepia et Uitsili, ainsi que Thésis et Sorcha se rendraient ensemble à l'orée de Lutry afin d'y retrouver le reste de la compagnie. Mais avant cela, chacun devait prendre quelques heures de repos, après cette nuit longue et éprouvante. Les invités se répartirent donc par petits groupes dans les huttes qui leur étaient dévolues. La plupart d'entre eux s'endormirent sitôt la tête posée sur leur paillasse de fougères.

Pas Elessar.

En repensant à ce tour de clé par lequel il avait cru pouvoir clore le chapitre « Mayli », il réprima un ricanement désabusé. Elle était la porteuse du chant La. Ce qui faisait de lui, d'office, son protecteur. Au temps pour la paix de l'esprit, l'oubli bienheureux et la tranquillité du corps. S'il devait passer les prochaines semaines (les prochains mois ?) avec la fée en permanence sous les yeux, à proximité de mains… et de tout le reste… sa vie allait virer à l'enfer.

À peu de choses près dans le même état d'esprit, Mayli Enamora fixait le plafond de la hutte sans vraiment le voir. On lui avait expliqué qu'elle avait été choisie par l'Unique pour être le réceptacle de l'un des composants d'une arme magique et toute-puissante, seule en mesure de vaincre Mörk Örn et de débarrasser définitivement l'Ambar Neldëa de son empreinte maléfique : le chant La. Celui-là même qui l'habitait, la remplissait et murmurait dans sa tête depuis un peu plus d'un an. Qu'elle allait à présent devoir quitter Faërie pour accompagner la Haute-Reine Saraë, son escorte et les autres porteurs de chant… et donc Elessar Voronwë… jusqu'en Edheldôr, où elle devrait monter au sommet de l'Arcoa Calya afin d'entrer en communion avec les autres chants, réaliser l'Harmonie, et… en fait, personne ne savait vraiment ce qui se passerait à ce moment-là. Tous espéraient que cela suffirait, d'une manière ou d'une autre, à anéantir leurs ennemis.

Mayli n'était jamais sortie du Petit Royaume. Pas une fois. Elle n'avait même jamais traversé le bois de Lutry pour voir Centauria, au sud, ou Metamorphia, au nord et à l'est, ou encore le grand océan à l'ouest. Non, elle avait vécu toute sa vie dans cette forêt. Elle n'était pas aventureuse. Elle aimait les choses simples et l'inconnu l'effrayait. Elle adorait sa vie : chasser, cueillir, chanter et rire avec ses sœurs, surveiller les œufs et élever les petites… Elle n'avait jamais aspiré à rien d'autre. Alors, l'idée de partir sur les chemins aussi étrangers que dangereux de Gahavia dans le but d'aller affronter rien de moins que Mörk Örn la paralysait. Même l'assurance qu'Elessar Voronwë serait là pour la protéger ne l'apaisait pas. En fait, c'était même pire. La cruelle menace de la malédiction des fées pèserait dix fois plus lourdement sur elle avec la présence constante du beau capitaine à ses côtés. Tout aussi proche, à portée de mains, présent, vivant, désirable, tentant, qu'interdit, intouchable, inaimable. Alors, bien qu'on n'attendît rien d'elle de plus que de suivre les autres et de rester en vie jusqu'à ce que le chant dont elle était porteuse ait rempli son office, Mayli doutait d'y parvenir… sans y laisser ses ailes.

Le soleil atteignait son zénith quand le groupe mené par Tillamina Maripena quitta la clairière des fées. La reine les conduisit à travers bois par un sentier seulement connu des fées et, moins d'une heure après leur départ, ils sortaient de la forêt enchantée et débouchaient sur Centauria.

— Le sort qui protège mon royaume, comme vous le savez, empêche quiconque aurait de mauvaises intentions à l'égard du Petit Peuple d'y pénétrer. Mais il est également capable, en cas d'urgence, de réduire considérablement le temps de la traversée. Un jour que l'une de mes filles s'était blessée à la chasse, j'ai mis moins d'une minute à la rejoindre à la frontière de Centauria, leur raconta la souveraine des fées. Les arbres sentent notre besoin. Nous devrions bientôt atteindre le campement de vos compagnons.

Elle avait raison. À peine se furent-ils engagés dans la vieille sylve que déjà sa lisière apparaissait entre les fourrés. Et ils débouchèrent à l'endroit précis où les attendaient Olbur, Dosator et Léorace.

Avec deux chants de plus à proximité, les ondes vibratoires qui traversaient Saraë redoublèrent d'intensité, crépitant dans l'air comme un orage en devenir. Thésis fit les présentations, et les deux nouveaux membres de la quête, le centaure et le félide, prêtèrent allégeance à la Haute-Reine des elfes.

Pendant ce temps, Hermanus observait un à un les individus qui composaient cette troupe étrange et singulière. L'oracle Saraë avait entraîné dans son sillage deux autres elfes : sa cousine Idril, héritière des Elendil, princesse royale et gardienne du chant Mi, et Elessar Voronwë, jeune et charismatique capitaine de la garde royale elfique. Un nain, Olbur *l'Inattendu*, choisi par l'Unique. Deux métamorphes : Thésis l'aelder, guerrière et guérisseuse, également choisie lors de l'Appel, et Léorace le félide, gardien du chant Fa. Deux centaures : Dosator, gardien du chant Ré et Sorcha, novice de l'Unique. Un elfe Gris : Schotz, gardien du chant Do. Quatre fées : Tillamina Maripena, leur reine, Pepia Ipamena et Uitsili Satacoma, ses ministres, et Mayli Enamora, la gardienne du chant La. Et lui-même, Hermanus Taliesin, mage humain. Ne manquaient plus que...

— Où sont Thorak et Zya ? s'inquiéta-t-il soudain en interrompant les conversations.

Olbur et Thésis échangèrent un regard entendu.

— Ils ne sont pas très loin, le rassura le nain. Nous ne

savions pas trop comment vous entendriez… procéder avec Zya, alors Thorak a préféré la garder à l'écart en attendant votre retour.

— Vous avez très bien fait, approuva Saraë. Hermanus, allons d'abord la voir tous les deux et évaluons la situation. Nous ferons venir les porteurs de chant ensuite.

Hermanus agréa d'un hochement de tête et suivit l'elfe Blanche qui mettait déjà ses pas dans ceux de Thésis.

L'état de la créature en pleine mutation qu'était désormais Zya avait encore évolué durant les vingt-quatre heures qu'avait duré l'aller-retour de la guérisseuse en Faërie. Sa température avait augmenté de manière exponentielle, au point que même Thorak peinait à demeurer à ses côtés. Autour d'elle, la végétation et même la terre avaient brûlé, se transformant en charbon incandescent. Ses os avaient également commencé à muter, à grandir, à se déformer pour ressembler à ceux d'un dragon. Ses pattes, surtout, ainsi que son cou qui s'était allongé, et sa queue, aussi. Elle ne ressemblait pas encore vraiment à un dragon, cependant, elle n'avait plus rien d'une ondine. Pour le moment, elle avait plutôt l'allure d'un monstre de cauchemars, tels ceux qui sortaient des cryptes de Mörk Örn. D'où ils se tenaient, Hermanus et Saraë la devinaient inconsciente ou en transe. Ses paupières fermées tressautaient et une sueur abondante couvrait les écailles de ce qui avait, autrefois, été son visage. Ses mâchoires, son nez et les os de ses pommettes s'étaient allongés en un mufle fin, surmonté de larges naseaux et fendu d'une gueule aux crocs acérés.

— Elle semble souffrir, murmura Saraë, affectée.

— Cela dure depuis trop longtemps, tonna Thorak depuis l'endroit où il se trouvait. Elle a besoin de ces chants pour terminer sa transformation, il faut faire vite !

— Nous allons les faire venir, le rassura la Haute-Reine.

— Attendez, les interrompit Hermanus. Il va y avoir un problème.

— Lequel ?

— Jusqu'à présent, d'après ce que nous a raconté Thésis, les mutations ont eu lieu quand Zya est entrée en contact direct avec un nouveau porteur de chant, c'est bien cela ?

— Oui, c'est exact, confirma l'aelder.

— Avec la fournaise qu'elle dégage, comment les porteurs pourront-ils l'approcher suffisamment pour la toucher avant d'avoir rôti ?

— Je peux créer un bouclier, proposa l'elfe. C'est ma spécialité, après tout. Celui que j'ai placé sur l'Edheldôr a bien repoussé l'Ombre et les Hordes, je devrais pouvoir les protéger de la chaleur d'un dragon.

— Oui, c'est à tenter, concéda le mage. Mais avant d'envoyer nos précieux porteurs au casse-pipe, je préférerais que nous éprouvions votre bouclier.

— Et sur qui suggérez-vous que je le teste ?

— Pas sur moi ! s'écria Olbur en levant une main défensive. Thésis pouffa.

— On s'en serait doutés, le railla-t-elle. Je veux bien, moi.

— Non, objecta Thorak. C'est à moi d'y aller. D'abord parce que Zya est ma compagne, et ensuite parce que je suis celui qui résistera le mieux à une éventuelle altération du bouclier. Si je peux l'approcher sans problème, alors Thésis pourra essayer. Et si cela fonctionne aussi bien avec elle, nous irons chercher les porteurs.

— Cela me semble plus prudent, en effet, approuva Saraë.

Ainsi fut fait. L'elfe Blanche développa un bouclier d'air à un mètre du dragon-gardien, ce qui le coupa complètement de l'intolérable chaleur ambiante. Puis elle le déplaça devant lui à mesure qu'il avançait. Quand Thorak put toucher Zya sans se brûler, il rugit de joie. Thésis fit l'essai à son tour avec presque le même succès, seule demeura une légère rougeur sur sa paume à l'endroit où elle était entrée en contact avec les écailles ignescentes de la créature. Dès qu'elle fut revenue auprès de Saraë, Dosator fonça chercher leurs compagnons qui attendaient aux abords de Lutry.

Lorsqu'ils regagnèrent ensemble l'endroit où gisait la

dragonne en devenir, un silence impressionné et stupéfait les saisit. Les uns parce qu'ils avaient connu Zya à l'époque où elle était encore une ondine. Les autres parce qu'ils n'avaient jamais vu un dragon de leur vie et pensaient même que cela n'existait pas.

— Nous ne savons pas combien de temps durera la mutation finale de Zya, ni comment cela se passera, ni à quoi elle ressemblera une fois qu'elle aura complètement muté, les informa Hermanus. Nous ne savons pas non plus si elle saura déjà voler ou si elle devra apprendre. Or nous devrons faire route sans tarder vers l'Edheldôr. Nous allons donc procéder immédiatement au transfert d'énergie des chants et nous répondrons à vos questions ensuite, ajouta-t-il en levant une main vers Tillamina qui ouvrait la bouche.

Et qui la referma, vexée.

Idril, Schotz et Mayli, les trois chants qui n'avaient pas encore touché Zya, entrelacèrent leurs doigts et, sous couvert du bouclier de Saraë, s'avancèrent sur la lande brûlée. Instinctivement, Dosator et Léorace avaient saisi chacun une main de la Haute-Reine, comme pour communier plus efficacement avec les autres, ou pour renforcer sa magie. Thorak, qui partageait le Sol avec Zya, surveillait en lui-même l'activité de son chant. Un temps affaibli et désaccordé par la pression qu'il subissait, il s'était remis à bourdonner de plus belle depuis que les derniers porteurs étaient apparus. Quand ceux-ci eurent atteint la bête, ils tendirent tous trois un bras, paume ouverte vers elle, et touchèrent ses écailles du bout des doigts. Aussitôt, une puissante décharge de feu et de lumière, accompagnée d'une onde de choc colossale, les envoya voler à plusieurs dizaines de mètres. Thorak, qui se tenait le plus près, malgré ses presque dix tonnes et pas loin de quarante mètres de long, fut renversé sur le côté. Saraë, dont le bouclier avait subi de plein fouet l'explosion fut, elle aussi, projetée en arrière avec violence et percuta, dans son envol incontrôlé, le capitaine Elessar qui se tenait derrière elle. Heureusement, ce dernier put ainsi amortir la chute de la Haute-Reine qui, loin d'imaginer une telle réaction, n'avait pas eu le temps de rediriger son bouclier vers l'arrière.

Alors que chacun tentait de reprendre ses esprits et que l'on vérifiait que personne n'avait été blessé, l'énorme boule de lave en fusion qui se tenait désormais à la place de Zya continuait de grossir. On aurait dit un soleil miniature en pleine expansion. Bientôt, la sphère aveuglante fut si grosse qu'elle aurait aisément pu contenir Thorak lui-même. Comme il était impossible de supporter la température qui en émanait, la troupe s'en éloigna hâtivement à plus d'une centaine de mètres.

À présent, il ne leur restait plus qu'à attendre, anxieux et bouleversés, de voir ce qui allait se passer.

Après de longues minutes, durant lesquelles la lave bouillonna dans d'impressionnantes contorsions, enfin, les éruptions se calmèrent, la lumière déclina petit à petit et les contours de la sphère se troublèrent, se modifièrent et se réagencèrent pour prendre la forme, éblouissante, d'un dragon.

Ou plutôt, d'une magnifique dragonne.

Une vive émotion gagna un à un les spectateurs de ce miracle, alors que d'or lumineux, les écailles de la gigantesque créature s'adoucirent jusqu'à arborer un bleu des plus céruléens. Quand plus aucune lumière n'émana d'elle, et que sa température corporelle eut décru à un niveau rationnel, Thorak s'approcha prudemment. Elle semblait dormir. Sa cage thoracique montait et descendait au rythme lent d'une ample respiration. Ses ailes suivaient le mouvement, repliées de part et d'autre de son large dos. Sa longue encolure, incurvée sur le côté, reposait le long de son flanc, et sa grande tête cornue gisait au sol, tournée vers la queue musculeuse qu'elle avait recourbée sur ses pattes. Elle dormait comme un chat.

Ému et émerveillé, Thorak caressa du dos de ses pattes griffues les écailles brillantes et les ailes veloutées de sa compagne. C'était la plus belle dragonne qu'il eût jamais vue. Presque timidement, et avec une révérence qu'on ne lui aurait pas imaginée, il souffla par les naseaux un air chaud et humide sur le front de l'endormie. Elle s'ébroua mollement. Il recommença. Et elle ouvrit les yeux.

D'insondables yeux dorés aux pupilles fendues qui fixèrent

le grand Bleu avec stupéfaction. Durant de longues secondes, elle demeura figée, tendue, comme prête à s'enfuir… ou à attaquer.

— C'est moi, Zya. N'aie pas peur. Tu me vois différemment parce que tes sens sont décuplés, mais c'est bien moi.

Il avait murmuré aussi bas que possible, au point que sa voix n'avait été perçue que par elle. Pour les autres, il n'avait émis qu'une vibration ténue.

Elle se détendit visiblement.

— Thorak, articula-t-elle, je me sens si… bizarre.

— C'est normal, tu vas devoir apprendre à maîtriser ton nouveau corps et à étouffer les informations qui agressent tes sens. Les sons, les odeurs, les images, tout est beaucoup plus intense pour nous. Mais tu apprendras très vite à les canaliser.

— De toute façon, je n'ai pas le choix. Nous sommes en guerre. Je n'ai pas le luxe de prendre mon temps.

— Non, en effet, confirma-t-il d'un air désolé. Te sens-tu prête à rencontrer les autres ?

— Les autres ?

— Notre Haute-Reine est là, ainsi qu'Hermanus et… en fait, presque tous les porteurs de chant. Il n'en manque plus qu'un.

— Oui, acquiesça-t-elle en se redressant. Je veux les rencontrer.


Le spectacle de deux légendaires dragons Bleus, chacun mesurant près de quarante mètres de long pour presque vingt de hauteur au garrot et d'une envergure de plus de soixante mètres, même pour ceux d'entre eux qui avaient déjà volé sur le dos de Thorak, pétrifia les Gahaviens. La terreur instinctive et atavique que provoque la vue de ces créatures mythiques les submergea sans qu'ils puissent s'en défendre. C'est Hermanus qui, le premier, sortit de sa transe. Il connaissait les dragons depuis bien plus longtemps que tous les autres réunis, et son expérience, alliée à la résistance que lui octroyait sa magie, lui permit de s'extirper avant eux de son état catatonique.

— Je suis vraiment très heureux de te revoir, Zya, accueillit-il la dragonne en prenant soin de moduler le son de sa voix. Dire que je t'ai connue alevine[15], tu tenais alors dans ma main… et regarde-toi !

— Je suis monstrueuse ?

— Tu es sublime ! Parfaite ! Incommensurable !

Elle baissa la tête, embarrassée. Thorak, qui la contemplait avec tendresse et fierté, passa une aile par-dessus son dos et l'en enveloppa en un geste protecteur. Ce fut ce qui la tira de l'autoapitoiement qui la taraudait depuis le début de sa mutation. Elle prit enfin conscience que son compagnon ne voyait pas en elle un pachyderme contre-nature, mais une égale. Et la plus ravissante des créatures qu'il lui avait été donné de contempler. Parce qu'elle était comme lui ! Alors, si elle l'avait toujours trouvé beau, il était normal, compréhensible, plausible, que lui la trouvât belle. Revigorée et rassurée par cette prise de conscience, Zya arqua son long cou et vint nicher sa tête sous celle de son bien-aimé. Ainsi bercée dans le giron de sa moitié, elle se sentit pleinement à sa place pour la première fois de sa vie.

Entre-temps, les autres avaient également vaincu leur saisissement et vinrent accueillir leur amie avec empressement. Les effusions et les présentations durèrent une bonne partie de l'après-midi, puis on monta le campement avant de se réunir autour du feu pour parler de l'avenir et des décisions qui devaient être prises.

---

[15] Jeune ondine, du sortir de l'œuf jusqu'à la puberté.

# — 47 —

## Nínui 23 (le même soir) – Centauria

Les deux dragons s'étaient couchés en arc de cercle de part et d'autre du feu de camp, de sorte à former une large barrière naturelle à l'intérieur de laquelle les autres s'étaient installés. Tête contre tête, ils devisaient à voix si basse que l'on ne percevait qu'une sourde vibration. Leur complicité serrait le cœur de Saraë, bien qu'elle fût très heureuse pour eux. Elle avait pris place entre Hermanus et Idril, respectivement flanqués de Tillamina Maripena et de Schotz. Ce dernier, après avoir semblé ne faire confiance qu'à Saraë, se rapprochait désormais clairement d'Idril Elendil, dont le calme et la douceur le rassuraient. Olbur et Léorace, depuis qu'on leur avait présenté Pepia et Uitsili, s'étaient trouvés bien marris d'être bêtement restés dans la plaine plutôt que d'avoir accompagné Thésis et Sorcha en Faërie, aussi ne lâchaient-ils plus les deux fées d'une semelle. Celles-ci n'avaient malheureusement d'yeux que pour le grand félide, qui les charmait autant par sa prestance léonine que par sa voix suave et la poésie de ses chansons, toutefois, cela ne décourageait pas le nain.

Les centaures quant à eux, heureux de se retrouver même après une seule journée de séparation, s'étaient lovés l'un contre l'autre. Mayli Enamora avait longtemps attendu de voir où s'assiérait Elessar afin de pouvoir prendre place à ses côtés, aussi, quand ce dernier choisit la compagnie de Thésis, elle sentit son cœur se briser et n'osa s'approcher. Ce fut l'aelder qui l'invita à les rejoindre d'un geste amical. Le capitaine, s'il s'en trouva embarrassé, le cacha bien et accueillit son amante d'un soir avec courtoisie. Comme tout le monde était assis, Hermanus prit la parole.

— Bien. Les enfants, je pense qu'il est temps que nous fassions le point sur l'avancée de notre quête. Comme vous le savez maintenant tous, mais je pense qu'un rappel des bases ne sera pas superflu, Mörk Örn, l'ennemi immémorial de l'Unique, a envahi Gahavia dans le but d'asservir, voire de détruire l'œuvre de notre créateur. Il a commencé par attaquer l'Edheldôr en envoyant une Ombre sur l'Arcoa Calya en pleine Assemblée Décennale. C'était l'été dernier. Ensuite, il est parvenu à créer un portail au fond du Gouffre du Mal et à faire traverser ses Hordes depuis Evinshorsk, la dimension dans laquelle l'Unique l'avait exilé après les Ères Noires. Depuis, tout l'Edheldôr est assiégé et nous redoutons que, si les elfes tombent, ce soit ensuite tout Gahavia qui subisse l'assaut des Hordes. En tant que maître des prophéties, j'aurais dû lire les signes, comprendre et réagir plus tôt. Je porterai jusqu'à ma mort le poids de mon insuffisance.

— Hermanus, l'interrompit Saraë, ne vous fustigez pas. Si l'on a encore une chance de sauver notre monde, c'est bien grâce à vous. Vous m'avez assez serinée avec votre verre à moitié plein et votre positivisme. Suivez donc vos propres conseils et ne perdez pas de temps à battre votre coulpe.

La sécheresse du ton, amortie par la tendresse du regard de la Haute-Reine, fit rougir le vieil homme qui se racla la gorge avant de reprendre.

— À la fin des Ères Noires, après qu'il eut emprisonné Mörk Örn et ses partisans dans une autre dimension et condamné tous les portails, notre créateur a conçu une arme capable d'annihiler définitivement son ennemi.

— Et pourquoi ne l'a-t-il pas détruit directement à ce moment-là ? s'enquit Tillamina. Il était vainqueur, après tout.

— Dans son immense bienveillance, professa le mage,

l'Unique avait décidé de donner une dernière chance de se racheter à son rival. Il lui a permis de conserver l'essentiel de ses pouvoirs, bien qu'amoindris, et de gérer sa nouvelle dimension comme il l'entendait. D'y créer la vie et de former une nouvelle civilisation qui serait la sienne. Il espérait ainsi apaiser la soif de pouvoir et la jalousie de celui qui avait été son frère. Néanmoins, et parce que nul ne connaît mieux le Seigneur Noir que l'Unique, ce dernier a alors également dissimulé à notre intention une arme capable d'anéantir Mörk Örn une bonne fois pour toutes s'il venait à réapparaître. Longtemps demeurée sous forme de sombre prophétie, cette arme m'est à présent bien mieux connue. Elle s'appelle l'Harmonie et est composée de sept chants sacrés. Do, Ré, Mi, Fa, Sol, La et Si.

Les porteurs s'entre-regardèrent avec une émotion teintée de complicité. Ils avaient l'impression de se connaître depuis toujours. Un peu comme des frères et sœurs qui auraient été longtemps séparés et se retrouvaient par hasard.

— Il manque Si, chicana Olbur.

— Certes, Maître Nain, railla Hermanus. Croyez bien que je m'en étais rendu compte.

Ce qui lui cloua le bec.

— Après être restés cachés durant mille ans, souvent dans l'âme de descendants d'une même lignée, à l'approche de la trahison de Mörk Örn, les chants se sont soudain volatilisés pour réapparaître dans le cœur de sept nouveaux gardiens.

— Huit, pinailla encore le nain.

— Huit, c'est vrai, entérina le mage avec un rictus exaspéré. Thorak et Zya se partagent le Sol. Et cela, précisa-t-il, n'apparaissait nulle part dans les prophéties. Tout ce dont j'étais sûr au début de cette aventure, c'est que seule la Haute-Reine des elfes serait en mesure de me donner les noms, non pas des porteurs des chants, mais des trois champions désignés par l'Unique pour m'aider à les trouver !

— C'était pas gagné ! siffla Léorace.

— À qui le dites-vous ! confirma le mage. Si je n'avais pas déjà eu les cheveux blancs, croyez-moi qu'ils le seraient devenus au moment où j'ai fait la connaissance de notre charmante Saraë.

Elle pouffa.

— Je m'attendais à rencontrer une elfe âgée et pleine d'expérience, et c'est une jeune fille mourante que je trouvai à la place.

— Et vous m'avez sauvée.

— Pour m'en remercier, vous m'avez fait tourner en bourrique dès que vous avez été sur pieds.

— Heureusement, pourtant, que j'ai insisté pour vous accompagner !

— C'est vrai. À l'époque, ni vous ni moi ne savions que vous auriez la capacité de pister les chants, cependant, votre instinct et votre obstination nous ont rendu service.

— Hermanus nous a téléportés loin du palais, Aromë et moi, de l'autre côté du siège des Hordes, poursuivit Saraë, puis nous sommes allés dans la forêt de Thabard-Luimë pour y attendre nos héros, que j'avais appelés.

— Edoran, Olbur et moi, continua Thésis. L'Appel m'a cueillie alors que je patrouillais sur les contreforts est des Monts du Vent. Je venais de découvrir les cadavres de plusieurs races gahaviennes… et d'autres que je ne connaissais pas. Je m'apprêtais à retraverser les montagnes pour prévenir les miens quand j'ai subitement su, du plus profond de mes tripes, que je devais voler à tire-d'aile vers le sud pour trouver celle à qui appartenait la voix qui m'appelait.

— Ton arrivée a fait forte impression. Sur moi, en tout cas, avoua Saraë. Je n'avais jamais vu d'aigle des Cîmes ni d'aelder se transformant aussi vite.

— Edoran mute encore plus vite que moi.

— Edoran est exceptionnel.

Comme chaque fois qu'il était question du lycante, un silence lourd et gêné pesa sur l'assistance jusqu'à ce que le nain se racle la gorge.

— Moi, j'étais ivre mort dans une taverne de la Citadelle, en plein Territoires humains, quand mes pieds se sont mis tous seuls en route. Je n'ai pas bu une goutte d'alcool durant les treize jours qu'il m'a fallu pour rejoindre cette troupe hétéroclite. Ça ne m'était pas arrivé depuis des années, d'être sobre durant si longtemps.

— Et depuis ? voulut savoir Uitsili Satacoma.

— Depuis, rien. Presque rien… J'ai une mission à remplir. La bière attendra.

— Est-ce que je vous ai déjà dit à quel point vous m'impressionnez, Maître Olbur ? lui confia Saraë en souriant.

— Oui, mais j'aime assez le réentendre de temps en temps, répondit-il en rougissant comme une jeune fille.

— Revenons à nos moutons, voulez-vous ? s'impatienta Hermanus. Ne sachant bien où chercher, j'ai proposé que nous allions là où vivaient les anciens porteurs afin de voir si le chant se trouvait toujours à proximité. J'étais certain de pouvoir reconnaître le mien à travers son nouveau calice et je partais du principe qu'il en serait de même pour les autres. Nous nous rendîmes donc au Pic du Marteau…

— À mon fort dépit, s'incrusta encore Olbur.

—… dans l'espoir d'y trouver le premier des sept chants…

— Que nous ne trouvâmes pas ! Nous y allâmes donc pour rien, à part pour perdre Saraë et manquer faire capoter l'entreprise avant même qu'elle ait démarré.

— Si Monseigneur Râleur voulait bien cesser de me couper en permanence, s'énerva Hermanus, je terminerais mon récit et nous pourrions passer à la suite.

Alors qu'Olbur ouvrait la bouche pour répliquer, il fut stoppé net dans son élan par le grondement terrible et menaçant de Thorak. Contrairement à son habitude, ce dernier ne dit rien de plus, ne s'engagea pas dans l'une de ces sempiternelles joutes verbales que tous deux affectionnaient. Non, il gronda férocement, puis se tut. Et on n'entendit plus Olbur de toute la soirée.

— Merci, mon cher, murmura Hermanus. Effectivement, donc, aucun chant ne se trouvait plus sous la montagne et, de fait, un aquare Omega, aidé d'au moins un aquare Alpha, s'introduisit dans le royaume d'Aldur Poing d'Acier par les souterrains immergés et captura notre Haute-Reine. Dès lors, nous dûmes nous séparer en deux équipes. Edoran et Thésis se rendirent au nord afin de traverser le portail de Mörk Örn et d'aller chercher Saraë en Evinshorsk. Olbur, Aromë et moi-même, accompagnés d'Olbersen, l'ancien porteur du chant Ré, nous rendîmes chez les ondines où je savais pouvoir trouver l'ancienne gardienne du chant La.

— C'était Zya ? demanda Mayli Enamora.

— Tout à fait, jeune fille, acquiesça Hermanus avec plaisir. Vous l'avez senti en elle ?

— Je ne sais pas vraiment, c'est juste une intuition.

— Et votre instinct ne vous a pas menti. Le destin de Zya est aussi incroyable qu'exceptionnel. Notre belle dragonne, alors ondine, a quitté la mer d'Émeraude pour suivre notre périple vers les Collines Enchantées dans une bulle envoûtée par sa reine, Aya. Malheureusement, dès que nous sommes arrivés aux abords des premières collines, elle a subi le charme de l'herbe bleue.

— Qu'est-ce que c'est ? l'interrompit Léorace, friand de nouvelles histoires à raconter.

— Les Collines Enchantées, que les elfes nomment Emin Lùcë, sont le sanctuaire des licornes et des pégases, les êtres les plus fragiles de tout l'Ambar Neldëa. Elles possèdent divers niveaux de protection qui empêchent les étrangers de parvenir jusqu'à leurs habitants. Le premier est végétal. Créées par les nains Forestiers, toutes les espèces d'herbes, de fleurs, d'arbres et de plantes qui poussent là-bas produisent de la musique. Des mélodies si envoûtantes qu'elles vous hypnotisent pour de bon si vous n'y prenez garde. Et une fois subjugué, impossible d'en sortir sans l'aide d'une licorne. On meurt à petit feu, terrassé par l'épuisement, la soif et la faim, sans jamais plus quitter le monde des rêves.

— C'est horrible, frissonna Tillamina Maripena.

— Quand nous nous sommes rendu compte que Zya était prisonnière du sortilège et que nous n'avions aucun moyen de la sauver, j'ai décidé de jouer une carte que je conservais pour les situations désespérées.

— Laquelle ?

— J'ai fait appel au plus puissant niveau de protection d'Emin Lùcë : un dragon. L'histoire serait trop longue à raconter, tout ce que vous avez besoin de savoir, c'est que je possédais le Nom Véritable de notre ami Thorak, le Diamant Stellaire, le dragon-gardien le plus titré et le plus vénéré des Collines…

— De l'Ambar Neldëa, corrigea le grand Bleu.

— Mes excuses, Votre Éminence, de l'univers tout entier ! Je l'appelai donc… et il vint. Ce qui fut l'un des plus incroyables miracles de toute notre épopée, si je puis dire.

— Et pourquoi donc ? s'enquit Léorace.

— Parce que j'ignorais à cet instant que Thorak était prisonnier d'Ox de Maar et de sa sorcière en Evinshorsk, dans une grotte au cœur d'une montagne proche de la Forteresse du bras droit de Mörk Örn, et ce, depuis plus de dix ans.

— Mais alors, comment a-t-il pu venir vous aider ?

— Parce que pendant que nous voyagions du Pic du Marteau à la mer d'Émeraude, puis aux Collines Enchantées en passant par les Territoires humains, Edoran et Thésis fouillaient Evinshorsk à la recherche de Saraë, la trouvaient, et en la faisant évader, tombaient sur ce dragon prisonnier… et le libéraient en même temps.

— Waouh ! s'émerveillèrent les fées, émoustillées par les exploits de leur beau chevalier lycante.

— Les dragons n'ayant pas besoin de portail pour passer d'un monde à l'autre, Thorak, Edoran, Thésis et Saraë nous rejoignirent dans les Collines Enchantées en seulement quelques heures de vol.

— Et je peux vous garantir, intervint Thésis, que suivre un dragon pressé, même blessé et affaibli, même pour un aigle des Cîmes, c'est exténuant !

— Grâce à Thorak, les autres dragons défenseurs des Collines nous laissèrent rencontrer Sargan et Delila, roi pégase et reine licorne, les souverains de ce peuple mythique.

— Vous connaissez certainement la légende qui veut que

les larmes des licornes guérissent de tous les maux ? poursuivit Saraë.

— C'est une légende, affirma d'abord Dosator avant de se reprendre. Néanmoins… les licornes le sont aussi, et les dragons, ajouta-t-il en fixant ostensiblement les deux géants bleus, donc…

— En effet, attesta Saraë, comme tout le reste, le pouvoir des licornes est bien réel. Delila et Thorak, je vous passe les détails, unirent donc leurs pouvoirs afin de sauver Zya, ce qui provoqua la première mutation de l'ondine : elle hérita dans l'opération d'une paire de jambes et de la capacité de vivre hors de l'eau.

— Ensuite, reprit Hermanus, je vous épargne également les maintes péripéties, nous découvrîmes le premier de nos chants perdus dans une dimension parallèle des Collines Enchantées. Il était caché dans la tombe d'une ancienne reine licorne, et il choisit pour poursuivre sa route de s'incarner à la fois en Thorak et en Zya.

— Vous aviez enfin un septième de l'arme magique, conclut Sorcha.

— Oui, et j'avais également eu la vision de tous les chants, expliqua Saraë. Pas de leurs porteurs, mais je savais désormais à peu près où les trouver. J'ai donc commencé par envoyer Thorak, Zya, Thésis et Olbur vers Centauria, car je savais que le chant Ré s'y trouvait. Puis leur mission fut de nous retrouver en Faërie où je pensais trouver le La.

— La Haute-Reine libéra alors le nain Olbersen, lui recommandant de rentrer au Pic, puisque nous n'avions plus besoin de lui, tandis qu'elle-même, Edoran, Aromë et moi retournions en Edheldôr où devait se trouver le chant Mi.

— C'était moi, intervint Idril avec gaieté, s'attirant les sourires attendris de toute l'assemblée.

— Découverte qui faillit d'ailleurs te coûter la vie, déclara le mage, douchant l'enthousiasme général.

— Mais mon bon Elessar m'a sauvée, répliqua l'elfe, frondeuse.

— Quelqu'un a essayé de tuer la princesse ? s'inquiéta Zya.

— Nous avions un traître parmi nous depuis le début, avoua Hermanus d'un air grave. Et aucun de nous ne l'avait perçu.

— Aromë ? déduisit Zya stupéfaite, après un court silence qui lui avait permis d'éliminer toutes les autres possibilités.

— En réalité, précisa Saraë, le véritable Aromë est mort pendant l'attaque de l'Ombre. Cette dernière a servi de véhicule à un démon, qui s'est emparé du corps d'Aromë cette nuit-là.

— Alors tout ce temps, ce n'était pas lui ? s'exclama la dragonne, choquée. Pourquoi n'a-t-il pas tenté de vous tuer, vous, ou de saboter notre quête plus tôt ?

— Parce que son but devait être de trouver l'arme pour son maître. Je soupçonne qu'il ne savait pas lui-même ce qu'il cherchait, et que Mörk Örn voulait avant tout des renseignements. Le premier chant que nous avons trouvé a choisi Thorak et Zya. Le démon ne serait jamais venu à bout d'un dragon, et tuer l'ondine n'aurait servi à rien puisque le chant serait tout de même resté dans son compagnon. C'est sans doute pourquoi il a subitement tenté sa chance avec Idril.

— Il devait être aux abois pour oser un truc aussi dingue, réfléchit Dosator. Son maître devait le presser d'obtenir des résultats.

— C'est ce que nous pensons, ratifia Elessar. Il a dû se dire qu'avec un des porteurs en moins, l'arme serait incomplète, et donc inopérante.

— Et que s'est-il passé ?

— Je l'ai décapité. Et quand nous avons compris que nous nous trouvions confrontés à un démon, il était trop tard, il avait déjà fui dans un autre corps.

— Vous n'avez pas pu le rattraper ?

— Nous avons mis plusieurs jours à comprendre de qui il pouvait s'agir. D'ailleurs, nous n'en avons toujours pas la certitude.

Le récit s'acheminait vers la partie de l'histoire que Saraë n'avait pas envie d'entendre, et que bien des témoins présents auraient préféré éviter, néanmoins, il était important que tous fussent au courant de l'intégralité des faits, aussi Hermanus se dévoua-t-il. Après tout, il était en grande partie responsable de ce qui était arrivé à ce moment-là.

— C'est notre noble capitane Elessar qui, le premier, a deviné que le démon que nous recherchions ne se trouvait plus au palais, ni sur la colline d'Allorée, ni même en Edheldôr depuis longtemps… sans doute depuis le moment où le roi Sargan et ses pégases s'étaient envolés précipitamment pour rentrer chez eux.

— Il s'était emparé de l'un d'eux sans que personne s'en aperçoive ? devina Dosator, effaré.

— Nous le pensons, attesta le mage, mais nous n'en avons pas la preuve. Dans le doute, et afin d'éradiquer définitivement cette menace, le chevalier Edoran s'est porté volontaire pour retourner dans les Collines. Malkor, un pégase libre qui vivait au palais, et lui ont donc quitté l'Arcoa Calya par la voie des airs afin de rallier Emin Lùcë et démasquer le démon. Nous n'avons plus aucune nouvelle depuis, mais… étant donné que nulle rumeur inquiétante ne nous est parvenue des Collines, nous pouvons raisonnablement en déduire que le prince a réussi sa mission.

— Et pourquoi n'est-il pas revenu, s'il a réussi ? s'enquit Pepia Ipamena.

Le mage déglutit, glissa un regard contrit vers Saraë et s'encouragea à répondre.

— Edoran connaissait les risques. Il savait qu'il lui faudrait probablement, presque assurément, payer cette victoire de sa vie. Afin que le démon ne revienne pas nous attaquer sous ses traits.

Des cris de stupeur et d'horreur jaillirent de toutes parts quand les implications de ce que venait de sous-entendre le vieux sage frappèrent les consciences. Imaginer Edoran revenir à eux… sous les commandes d'un démon de Mörk Örn… Même Saraë, qui refusait d'y croire comme de croire à sa mort, en frémit de terreur.

— Après le départ du lycante, notre Haute-Reine utilisa la salle de Vision qui se trouve au sommet de l'Arcoa Calya afin de pourchasser les chants par l'esprit, reprit prestement Hermanus pour clore définitivement ce chapitre difficile et passer à autre chose. Celle-là même que nous utiliserons lorsqu'il sera temps de lancer l'arme de l'Unique sur Mörk Örn et ses troupes. Et cela fonctionna : elle eut une vision claire de chacun d'eux.

— Je vous ai vu au bord de votre falaise, révéla Saraë à Dosator. J'ai eu tellement peur pour vous !

— Si vous saviez à quel point je voulais sauter…

Sorcha se serra plus fort contre lui, et il l'étreignit en retour avec un désespoir sauvage.

— Mais c'est terminé, maintenant. Grâce à vous, ma vie a de nouveau un sens.

— Grâce à l'Unique, rectifia Hermanus.

Le centaure acquiesça et le mage reprit son récit.

— C'est ainsi que notre quête a réellement pris la bonne voie. Désormais, nous savions ce que nous cherchions, et nous savions où le chercher.

— Et maintenant ? s'impatienta Olbur. Qu'est-ce qu'on fait, maintenant ?

— C'est justement ce dont il nous faut discuter, Maître Nain, l'apaisa Saraë. Nous sommes en possession de six des sept chants. À mon avis, Schotz, Dosator, Idril, Léorace, Thorak et Zya, et Mayli Enamora doivent gagner l'Arcoa Calya au plus vite en compagnie d'Hermanus. Pendant ce temps, j'irai chercher le septième chant avec Thésis et Olbur.

— Pourquoi eux ? s'interrogea Tillamina Maripena.

— Thésis est *la Double* et Olbur, *l'Inattendu*, et tous deux ont été choisis par l'Unique afin de me seconder dans cette quête. Tant que tout n'est pas terminé, ils ont encore un rôle à jouer.

— Et où se trouve le chant Si ? s'enquit Léorace.

— À l'est, répondit Saraë. Au nord-est d'Edheldôr, l'Ardwuin forme une grande boucle, à hauteur des Collines Enchantées. Dans cette boucle se trouvent d'immenses campements des Hordes. Il s'agit de troupes de réserve qui viennent régulièrement relever celles qui tiennent le siège. C'est dans l'un de ces camps que nous trouverons le chant Si.

Un silence stupéfait accueillit cette révélation, qui fut bientôt coupé par Elessar.

— Le porteur du Si serait-il… un ennemi ?

— Je n'en ai pas la moindre idée, avoua Saraë. Je pense que l'Unique n'a pu confier un chant qu'à un être de lumière, mais… qui peut se targuer de connaître ses voies ? Nous le saurons quand nous l'aurons trouvé.

— Pardonne-moi, petite reine, s'éleva la voix profonde de Thorak, mais comment comptez-vous gagner l'Ardwuin avant l'été prochain, Olbur, Thésis et toi ? Même avec l'aide des centaures pour traverser les plaines, il vous restera Morlaune et l'Edheldôr… ce qui implique de passer à travers le siège, si vous prenez au plus court. Les autres solutions, qui consistent à le contourner par le nord ou par le sud vous prendraient des mois ! Or l'issue de cette guerre est une urgente capitale.

— Tu as raison, accorda la Haute-Reine au dragon, c'est pourquoi je souhaite que tu nous y conduises. Je sais que c'est beaucoup te demander, alors que Zya aura sans doute besoin d'être conseillée dans les prochaines semaines, néanmoins, comme tu viens de le souligner : l'issue de cette guerre est une urgence capitale.

Hermanus ne put retenir un sourire à la fois moqueur et désabusé. À lui aussi, la petite reine avait souvent fait le coup du « j'utilise tes paroles contre toi pour te mettre devant le fait accompli ». Ce pauvre Diamant Stellaire, bien qu'étant le plus puissant des dragons de tout l'Ambar Neldëa, n'avait aucune chance.

Thorak ouvrit la gueule comme pour protester, ou cracher du feu, ou montrer les dents, mais il réussit juste à avoir l'air stupide et mouché. Aussi la referma-t-il, et il se renfrogna, seules de fines volutes de fumée maussades s'échappèrent de ses naseaux.

— Tu nous porteras, Olbur et moi, poursuivit Saraë, pendant que Thésis nous suivra en volant. Puis tu nous déposeras à proximité des camps et tu attendras que nous ayons trouvé le porteur de chant pour le rapatrier d'urgence au palais. Est-ce que cela convient à tout le monde ?

— C'est une bonne idée, l'approuva Hermanus. Cela vous laisse le temps de dénicher notre Si pendant que nous autres nous rendons en Allorée le plus vite possible.

— Ce sera plus vite fait pour certains que pour d'autres, intervint Elessar. Zya, par exemple, sera très rapidement capable de voler, cependant, elle ne pourra pas tous nous prendre sur son dos. Dosator et Sorcha peuvent transporter chacun un dépositaire de chant, mais ce n'est pas encore suffisant.

— Réfléchissons, reprit le mage. Moi, je suis capable de me téléporter sur de courtes distances, et en effectuant des bonds successifs, je pense pouvoir atteindre le palais en moins d'une semaine. Zya, quand elle aura pris le temps de maîtriser le vol et ses autres nouvelles capacités, arrivera à emporter deux personnes sur son dos. Voyons… Si Thorak emmène Saraë et Olbur, et que Thésis les suit… Si je me téléporte… Mettons que les centaures acheminent Elessar et Schotz, Mayli Enamora les suivra en volant…

— Il restera Léorace et moi, qui voyagerons à dos de Zya, s'exclama Idril, ravie à l'idée de chevaucher la dragonne.

C'est ainsi qu'après quelques discussions houleuses concernant le vertige du félide, la crainte de Zya de ne pas être prête à temps et malgré le désarroi non exprimé de Mayli et d'Elessar à l'idée de voyager ensemble, les groupes furent entérinés et les départs programmés.

Thorak, Saraë, Olbur et Thésis s'envoleraient aux premières lueurs du jour vers le nord-est, par-dessus la Sierra Lacerada, le territoire des Vipérines et le lac de la Quiétude, avant de bifurquer légèrement au sud-est vers leur destination finale. De leur côté, Dosator, Elessar, Sorcha, Schotz et Mayli Enamora prendraient la route de Morlaune en longeant la frontière nord de Centauria. Hermanus avait promis à Thorak de demeurer quelques jours de plus avec Zya afin de lui apporter son aide et son savoir. Il entamerait son périple en même temps que la dragonne et ses deux passagers, au dernier jour de nínui, soit cinq jours après le départ du grand Bleu. Ensuite, Zya filerait tout droit, plein est, par-dessus Centauria et Morlaune, jusqu'à l'Arcoa Calya.

# — 48 —

## Nínui 23 (le même jour) – Quelque part entre les estives astoréennes et les collines elfiques

Au sud de Liliarée, au pied des estives astoréennes, se situait la plus vaste mine de pierres précieuses de tout Gahavia. Propriété de la hanse[16] de Liliarée, constituée de lapidaires, joailliers et artisans d'art, ce gigantesque gisement à ciel ouvert tenait davantage de la ville minière que de la simple carrière d'extraction. Quelques villages la bordaient, notamment au nord et à l'est, peuplés de plusieurs centaines de mineurs et de leurs familles. Le domaine s'étendait sur près de cent cinquante hectares, dont quatre-vingts pour cent étaient occupés par la mine elle-même.

Quand les Hordes avaient déferlé, quelques mois plus tôt, pour assiéger l'Edheldôr, les mineurs de Laden Sabar-Mîr[17] s'étaient trouvés coupés du reste du pays elfique, puis massacrés jusqu'au dernier par les troupes de Mörk Örn qui, depuis, occupaient les lieux. Elles avaient établi leurs casernements sur le premier palier de la mine, côté nord, à l'abri des regards, et constituaient désormais l'un des plus importants détachements de toute l'armée ennemie.

---

[16] [Au Moy. Âge, dans certains pays d'Europe] Association de marchands et plus particulièrement de villes marchandes.

[17] En Sindarin : mine de joyaux à ciel ouvert

Ce qui en faisait l'objectif idéal pour une attaque décisive de l'ost gahavien.

Après leur première victoire sur les Hordes, deux jours plus tôt, les troupes alliées avaient poursuivi leur avancée presque sans s'arrêter, enchaînant les succès et gagnant en confiance. La veille, des éclaireurs aelders avaient rapporté aux généraux toutes les observations qu'ils avaient pu faire sur la situation de la mine et les forces en présence. Les tacticiens ne disposaient que de peu de temps pour préparer un véritable plan de bataille, mais ils établirent tout de même quelques principes : contourner le gisement, que ce soit par l'est ou par l'ouest, serait beaucoup trop long. Ils courraient le risque de se faire repérer bien avant d'arriver au contact. Quinze des vingt-cinq bataillons descendraient donc de nuit dans la mine en utilisant la rampe sud et contourneraient le gouffre central par l'est où les parois, plus abruptes, offraient de meilleures chances de discrétion. Les dix bataillons restants se diviseraient en deux et contourneraient le domaine par l'est et par l'ouest. Les généraux comptaient que les bataillons qui traverseraient par le fond seraient prêts à fondre sur les baraquements des Hordes, au pied de la rampe nord, au lever du jour, vers la septième heure. Le reste arriverait en renfort en milieu de matinée, si besoin était. Selon les éclaireurs aelders, les soldats de Mörk Örn n'étaient pas plus de vingt mille, stationnés là, ce qui présageait de bonnes chances de victoire.

C'est Talios, l'un des cinq membres du grand conseil, chef des armées centaurines, qui prendrait la tête des bataillons centraux. Vorelle, la maréchale des vipérines, dirigerait le flanc ouest, et Draban, le général nain, le flanc est. Athora, l'amiral des escadrilles aelders, survolerait la zone avec une équipe composée d'aelders et de fées, afin de transmettre aux troupes au sol les positions et les mouvements de l'ennemi.

À minuit, les vingt-cinq bataillons approchaient du site. Ils se séparèrent à la première heure du nouveau jour. À la troisième heure, le gros de l'armée descendait la rampe sud et amorçait le contournement du gouffre par l'est. La cinquième heure se profilait quand ils furent en vue des tentes et des grottes que l'ennemi avait investies. Tout semblait calme. Trop. Pas une sentinelle en vue. Talios sentit le piège beaucoup trop tard.

Vers la fin de l'après-midi, une sentinelle aquare chevauchant un vörg avait repéré, puis suivi, une mouette accompagnée d'une fée. Loin d'être un imbécile, l'aquare avait aussitôt soupçonné la mouette d'être un de ces maudits aelders. Il avait fait voler son vörg aussi haut que possible et avait pu suivre des yeux les Gahaviens jusqu'à leur cantonnement, puis il avait transmis à ses semblables dans la mine des flashs montrant l'armée gahavienne et leur camp de base.

À Laden Sabar-Mîr, sur les flancs est et ouest de la mine, s'élevaient de basses collines rocheuses, truffées de tunnels et de crevasses que majars et obersts maars mirent aussitôt à profit dans l'élaboration d'un piège, dont l'armée de libération était à présent sur le point de faire les frais.

Un sifflement strident retentit au-dessus d'eux. Talios fit signe à deux aelders qui décollèrent immédiatement pour investiguer. Mais ils n'avaient pas passé d'un mètre le bord du cratère que des flèches barbues les transperçaient.

— Alerte ! cria Talios. Attaque du flanc est ! En avant !

Il fonça au galop sur le camp qu'ils visaient au départ, presque certain de le découvrir vide, cependant, des dizaines de maars, de mörkhunds et de bolgoths jaillirent des tentes en hurlant. Le choc des deux armées fut violent. Malheureusement, l'exiguïté du terrain ne permettait qu'à un seul bataillon de faire front. Aussi était-il impossible au reste de l'ost de contourner le théâtre des combats afin de prendre l'ennemi à revers, sauf à refaire tout le chemin en sens inverse pour remonter par l'ouest. Malgré tout, le premier bataillon de Talios semblait faire des ravages dans les lignes des Hordes. Déjà, des dizaines de bolgoths et de mörkhunds avaient été poussés dans le gouffre vers une chute mortelle.

Au fur et à mesure des pertes gahaviennes, les capitaines de compagnies envoyaient de nouvelles sections sur la ligne de front, alors que le nombre des Evinshorskiens s'amenuisait inéluctablement.

Après les deux éclaireurs aelders abattus par des flèches venues de l'extérieur de la mine, Athora envoya plusieurs escadrilles d'aelders et de fées en repérage. Celles-ci volèrent sous la ligne de crête sur plusieurs dizaines de mètres avant d'utiliser des buissons ou des amas de roches comme pare-vues pour émerger du site, puis de voler en rase-mottes jusqu'aux arbres les plus proches. Ainsi, ils crurent pouvoir sortir sans se faire repérer. Hélas, la grise lumière de l'aube, assombrie par l'épaisse couverture nuageuse, avantageait les Hordes dont la plupart des créatures possédaient une carnation ou un cuir dans les tons de gris, de marron, de noir ou de vert foncé. Ils se fondaient dans le paysage lunaire des environs de la mine, si ressemblant à celui de leur monde d'origine. Et ce fut fatal aux escadrilles envoyées par Athora. Les uns furent dévorés en plein vol par des vörgs, les autres attrapés au passage par des mörkhunds, ou enfin, abattus par des flèches ou des lances. Seules quelques fées, trop petites pour avoir été repérées, purent redescendre faire leur rapport, trop tard malheureusement.

— Ils sont des milliers, à l'est ! cria une chasseresse à l'amiral aelder. Ils étaient cachés dans les tunnels. Ils vont nous massacrer par le haut.

— Bouclieeeeers !! hurla l'amiral en s'envolant vers l'arrière-garde.

Il espérait pouvoir faire faire demi-tour à la majorité des bataillons avant que ceux-ci ne soient pris au piège dans la mine.

À près de vingt mètres au-dessus de leur tête, les Gahaviens virent alors le sommet de l'escarpement se noircir de combattants sur toute la distance allant du camp ennemi jusqu'à la rampe secondaire, à quelques centaines de mètres plus au sud. Soit à l'aplomb de près de la moitié des bataillons engagés dans la carrière. Dans un cri de guerre terrifiant, des centaines de bolgoths s'élancèrent sur la pente abrupte, à l'assaut de la colonne gahavienne. Des vörgs montés par des aquares piquèrent vers leurs cibles avant de remonter en flèche. À chacun de leurs passages, un centaure, un félide, un lycante ou un elfe mourait, victime des lames, lances ou griffes empoisonnées des vörgs. Des mörkhunds, souvent chevauchés par des maars, dévalèrent la paroi presque à-pic, parfois glissant, parfois roulant-boulant sur plusieurs mètres, mais se redressant toujours tant bien que mal. Tous arrivaient au bas de la paroi comme des charges de balistes[18]. Là, ils se jetaient à l'assaut et percutaient de plein fouet tout ce qui se trouvait sur leur passage. Même les nains surarmés et bardés de fer valdinguaient telles des quilles sous les coups de boutoir. Très vite, les troupes gahaviennes se trouvèrent coupées en deux. Talios, les deux bataillons engagés dans la bataille des casernements et les trois suivants d'un côté, et les dix encore au sud de la rampe secondaire de l'autre. En tout, c'est près de quatre mille Evinshorskiens qui attaquaient le flanc de l'ost gahavien. Plus de nombreux archers maars restés en surplomb afin d'arroser de flèches l'ennemi piégé. Athora prit soudain un essor fulgurant, tout en mutant si vite qu'aucun archer ni aucun vörg ne put réagir avant que l'épervier ne soit hors d'atteinte. Sa vision de rapace, même à une telle altitude, lui permit de mesurer l'étendue des dégâts. D'où il se trouvait, il comprit rapidement que Talios et les près de trois mille combattants qui l'entouraient n'avaient presque aucune chance de s'en sortir. En revanche, si les dix bataillons bloqués par les Hordes faisaient demi-tour et rebroussaient chemin aussi rapidement que possible, un grand nombre pourraient sortir vivants de cette nasse. Il prit note de l'avancée des cinq bataillons dirigés par Vorelle, à l'ouest, et de ceux de Draban, à l'est. Ces derniers avaient entendu la clameur de la bataille et forçaient l'allure, tentant d'arriver au plus vite sur les lieux. Vraisemblablement, ils seraient en mesure de prendre les Hordes à revers moins d'une demi-heure plus tard, donnant ainsi des chances

---

[18] Machine de guerre, utilisée, depuis l'Antiquité jusqu'au Moyen Âge, pour lancer des projectiles (pierres, javelots, flèches, torches allumées, etc.)

supplémentaires aux dix bataillons de rejoindre la rampe sud. La mort dans l'âme, Athora fondit en piqué sur la position du général Talios, qui se battait comme un beau diable contre un énorme maar monté sur un mörkhund. Le centaure venait de décapiter le maar quand l'épervier s'abattit, serres en avant, sur les yeux du chien de l'enfer, qu'il creva d'un vif mouvement de striction[19]. Talios n'eut plus qu'à l'embrocher jusqu'à la garde de son épée pour en finir avec lui.

— Je m'en serais sorti tout seul, tu sais, lança le centaure à l'aelder qui avait repris forme humaine.

— Je n'en doute pas. Pour cette fois, du moins. Je venais juste te prévenir que vous êtes coincés. Les Hordes, là-bas, vous ont coupés des renforts. Draban arrive, mais je ne suis pas certain qu'il sera en mesure de vous sortir de là. Déjà, s'il permet au gros de l'armée d'échapper à ce piège, ce sera un miracle.

— Morlaune ! On ne va quand même pas perdre la guerre dans ce trou à diamants ! Où sont les troupes de Vorelle ?

— Encore assez loin à l'ouest, et j'ai repéré, en descendant, des mouvements dans les collines, de son côté. Je pense qu'elle aura fort à faire, elle aussi.

— Alors, nous sommes seuls.

Talios s'interrompit le temps de ferrailler contre deux maars qui visaient son flanc droit. Temps qu'employa l'amiral pour transpercer d'une flèche le crâne d'un bolgoth avant que ce dernier n'enfonce celui d'un éleveur astoréen, un peu plus loin. Quand le général revint à la conversation, il avait décidé de ce qu'il convenait de faire.

— Haritonas, mon second, dit-il à Athora. Il dirige une partie de l'arrière-garde. Va le voir et remets-lui de ma part le commandement des dix bataillons qui ne sont pas piégés. S'il les tire d'ici vivants, et que j'y reste, je veux qu'il me succède. C'est compris ?

— On fera tout pour vous sortir de là.

---

[19] Littér., rare. Action de serrer (quelque chose) ; résultat de cette action.

— Et nous ferons tout pour vous laisser du champ.

Ils se serrèrent la main, et Athora reprit les airs vers le sud.

— Commandant Rollo ! hurla Talios en direction d'un léopard aux prises avec un mörkhund de trois fois sa taille. Au rapport dès que vous aurez terminé avec celui-là !

Sans se déconcentrer, le félide visa la trachée du chien géant et frappa avec la vitesse et la force d'un cobra. Ses longues canines arrachèrent le cuir épais, entraînant dans leur sillage muscles, tendons, cartilage et artères. Le léopard avait bondi vers le centaure, tout en opérant une mutation éclair avant même que sa dernière victime n'ait touché le sol.

— Général ?

— Pour faire court, l'informa Talios, nous avons peu de chances de sortir de ce bourbier. Mais si nous pouvons occuper suffisamment les Hordes par ici, nos compagnons qui sont de l'autre côté auront peut-être le temps de s'enfuir par le sud et de battre en retraite.

— Et de poursuivre la guerre, conclut le félide.

— C'est ça.

— Je m'en charge.

Il frappa son torse d'un coup de poing puis se tailla un chemin à travers les combats jusqu'à l'un de ses subordonnés, auquel il exposa la situation. Dès lors, les trois bataillons commandés par des félides se tournèrent vers le sud et laissèrent Talios et les siens se débrouiller avec leurs adversaires au nord.


Les cinq bataillons en train de contourner Laden Sabar-Mîr par l'ouest approchaient des tertres rocheux qui s'élevaient à faible altitude, à quelques dizaines de mètres du bord de la mine, quand trois fées assaillirent la maréchale Vorelle, laquelle ordonna la halte d'un geste du bras.

— C'est une embuscade ! s'écria la première messagère. Ces rochers sont truffés de cavernes et de tunnels, ajouta-t-elle en désignant les collines toutes proches. Nous avons vu du mouvement à l'intérieur. Impossible de dire combien ils sont, mais attendez-vous à être attaqués.

La maréchale hocha la tête et observa les lieux en plissant les yeux.

— Restez à couvert, ne faites pas de bruit, ordonna-t-elle à ses subordonnés en désignant les sous-bois alentour. Je vais jeter un œil.

Elle mit pied à terre, confia son cheval à l'une des fées, qui adopta aussitôt la taille requise, puis se glissa dans son corps de serpent. Vorelle était un python antaresia, le plus petit et discret de sa catégorie. Pas plus de cinquante centimètres de long, à peine plus de deux cents grammes, et d'une couleur brun rougeâtre qui se fondait à merveille dans les ocres et les bruns du sol. Rapidement, la vipérine s'insinua dans le tapis de feuilles mortes et rampa jusqu'à la première anfractuosité, quelques centaines de mètres plus loin. Sous la croûte rocheuse, c'était en effet un véritable labyrinthe de galeries plus ou moins exiguës. Profitant de la pénombre, Vorelle en visita quelques-unes qui grouillaient d'aquares et de maars. Dans les plus grandes, des bolgoths s'entassaient avec des chiens de l'enfer, et celles qui se situaient en hauteur étaient remplies de vörgs. Tous attendaient avec fébrilité l'ordre d'attaquer. Le doute n'était plus permis.

Aussi discrète qu'à l'aller, l'antaresia regagna l'endroit où elle avait laissé ses hommes et reprit sa métaforme.

— Je veux les nains, les lycantes et les félides avec moi. Ils s'attendent à ce qu'on passe devant eux sans se méfier, on va leur donner raison. Pendant ce temps, les centaures, les vipérines et les elfes qui ne sont pas archers, vous contournez le tertre au galop et revenez attaquer par le nord. Les archers, les fées et les aelders, vous grimpez par-derrière et prenez position au sommet. Dégommez-moi ces vörgs dès qu'ils mettront le nez dehors, puis criblez-moi de flèches tous ceux que vous pourrez descendre. Est-ce que c'est clair pour tout le monde ?

— Très clair, Maréchale ! répondirent les cinq commandants de bataillon.

— Alors en avant ! Et pas de quartier !

Trois mille Gahaviens contre plus de quatre mille Evinshorskiens en embuscade… l'échauffourée dura moins d'une heure. Les pertes gahaviennes se montèrent à moins de cinq cents soldats, contre presque la totalité des Hordes… sauf ceux qui avaient réussi à fuir. La tactique de Vorelle avait porté ses fruits.

Malheureusement, c'est cette même tactique qu'avaient employée les généraux de Mörk Örn dans la mine. Et c'était un carnage.

Certes, l'assaut violent des troupes de Rollo contre les Hordes descendues par la rampe orientale et les talus avait permis à la plus grande partie de l'armée de battre en retraite par le sud. Mais les cinq bataillons pris au piège n'avaient que peu de chances de s'en tirer. À moins d'un miracle, cette bataille serait au mieux un échec retentissant pour l'ost gahavien.

Vers midi, le replat sur lequel se battaient les troupes de Talios était tellement jonché de corps et gorgé de sang qu'il en était devenu impraticable. Le général centaure accusait de nombreuses blessures, dont plusieurs handicapantes. Conscient que ces heures seraient ses dernières, il faisait montre d'une énergie, d'une sauvagerie et d'une efficacité prodigieuses. Pourtant, cela ne suffit qu'un temps. Quand la lame d'un maar sectionna les tendons de ses jarrets et que son corps le trahit, il sut qu'il en avait terminé. Privé de ses appuis, cloué au sol, il n'avait plus la moindre chance de se défendre. Un bolgoth en profita pour lui briser le dos et les jambes à coups de marteau, le maar lui coupa les deux bras, puis il fut abandonné là, mourant mais pas mort, condamné à regarder ses hommes se faire massacrer sans rien pouvoir faire.

Peu après, les cinq bataillons menés par Draban arrivèrent du sud-est, hurlant tels des possédés. Ils lancèrent une charge si impressionnante qu'une partie des aquares et des vörgs qui harcelaient les Gahaviens depuis le haut s'enfuirent sans demander leur reste. Ce qui ne fut pas le cas de leurs confédérés. Plus de la moitié du détachement evinshorskien se trouvait sur le replat, à vingt mètres sous la surface du domaine, engagé dans un combat à mort contre les quelque mille cinq cents Gahaviens encore en vie. Pourtant, les trois mille hommes de Draban foncèrent droit dans bien autant de bolgoths, de maars et de mörkhunds qui les attendaient de pied ferme. Le choc fut assourdissant, sanglant et homérique. Les premiers rangs des deux armées moururent presque sur le coup, piétinés par leurs camarades autant que par leurs ennemis. S'ensuivit un corps-à-corps hargneux et féroce entre les deux factions. Petit à petit, les Hordes grignotaient du terrain et repoussaient les Gahaviens loin de la rampe orientale, qu'ils avaient tenté d'atteindre pour venir en aide à leurs alliés.

Mais paradoxalement, le recul de Draban laissa le raidillon soudain libre. Rollo s'en aperçut et ordonna par signes à ses troupes d'opérer une formation en bélier. Centaures en tête, suivis des nains, des plus imposants des félides et des loups, et enfin, du reste des combattants, la formation tenta une percée à travers le mur de bolgoths et de chiens géants qui leur barrait l'accès à la grimpée. Cependant, pousser sur une telle déclivité des créatures aussi lourdes que massives, armées et décidées à vous empêcher de passer, relevait de la gageure… ou de la folie. Du désespoir, en tout cas. Bientôt, les corps sur lesquels il fallut se hisser furent plus nombreux que les vivants. Le sang dégoulinait sur la roche, la rendant glissante et dangereuse. Nombreux furent ceux, amis comme ennemis, qui finirent par chuter et s'écraser au fond du gouffre. Néanmoins, à un prix que plus aucun Gahavien ne voudrait avoir à payer, quelques centaines de combattants de l'ost, dont Rollo et Athora, parvinrent au sommet de l'escarpement et purent fuir vers les estives.

À la nuit tombée, le conseil des généraux se réunit dans le quartier général du nouveau camp de base qu'Elgard, Oswald, Roelof et Edwen Ivanneth avaient établi avec les quelques sections restées en arrière. Le bilan catastrophique de l'opération, la mort de Talios et de plus de trois mille soldats, la débâcle, la perte d'une position clé sous la ligne de siège, sans compter le désastre sur le moral des troupes, impactèrent lourdement l'ordre du jour et les plans futurs. Selon les vœux du général centaure, Haritonas fut tout de même promu au poste qu'occupait Talios, et Rollo fut distingué pour sa bravoure et l'intelligence de ses choix stratégiques. De même que Vorelle, qui refusa toutefois les honneurs, arguant qu'elle n'avait fait que son travail.

— Demain est un autre jour, conclut Roelof. Il nous faut panser nos plaies et préparer avec minutie notre prochain assaut.

— As-tu déjà un objectif en tête ? demanda Elgard.

— Oui, annonça le lycante. Nous allons leur reprendre la Nimsirith.

# — 49 —

## Nínui 24 au matin (le lendemain) - Centauria

Il y eut des effusions, des larmes et des baisers. Des promesses, des serments et des mises en garde. Des déclarations, des aveux muets, des silences explicites.

Puis Thorak arracha du sol de Centauria son impressionnante carcasse en quelques puissants battements d'ailes, Olbur et Saraë cramponnés aux excroissances de son échine dorsale, calés entre deux vertèbres, et l'aigle des Cîmes dans son sillage.

Au même moment, les deux centaures prenaient la direction de l'est, chevauchés par le capitaine de la garde elfique et par Schotz, l'elfe Gris. Autour d'eux virevoltait une fée scintillante et chatoyante.

Hermanus, Idril Elendil et Léorace, le barde félide, se tenaient debout aux côtés d'une dragonne éplorée et regardaient partir leurs amis, alliés, compagnons pour la dernière ligne droite de leur invraisemblable épopée.

Tillamina Maripena et ses deux ministres avaient quitté le groupe la veille au soir, après que leur plan avait été mis au point. La reine des fées s'était proposé d'écrire à tous les représentants des peuples gahaviens de ce côté-ci du continent afin de les mettre au courant des dernières évolutions de la situation.

— Ils sont partis, tonna la voix encore non maîtrisée de Zya, qui prit un air piteux. Désolée, je ne voulais pas vous casser les oreilles, ajouta-t-elle plus doucement.

— Quel organe ! s'extasia le barde. Vous feriez fureur si vous chantiez, Dame Zya. D'ailleurs, est-ce que vous savez chanter ? Je serais très honoré de vous accompagner, lui proposa-t-il en brandissant son luth.

— Je chantais, avant, avoua-t-elle avec une douce nostalgie. Je ne sais si j'en serais encore capable avec ces cordes vocales de dragon.

Le trait d'humour avait détendu l'atmosphère. Le félide sourit, soulagé d'avoir réussi pour un temps à chasser les idées sombres de la dragonne.

— Tout se passera bien, ma chère Zya, la conforta Hermanus. Tu as cinq jours pour t'entraîner au vol, à la chasse et à maîtriser la base de tes nouvelles capacités. Tu vas y arriver. Tu es une battante, et tu es intelligente. Je ne me fais aucun souci pour toi.

— Vous rendez-vous compte de tout ce qui a changé pour moi ? s'inquiéta-t-elle tout de même. Il y a peu de temps encore, j'étais un être des eaux, j'avais une queue de poisson et je nageais au sein de la mer d'Émeraude avec mes sœurs ondines. Aujourd'hui, je pèse plus de deux cents fois mon poids initial, je fais partie d'une espèce presque disparue, j'ai des ailes pour voler et… je vais devoir tuer des animaux pour les manger sous peine de mourir de faim.

Cette dernière vérité avait l'air de la terrifier plus que tout le reste.

— Tu es l'une des créatures les plus puissantes de Gahavia, et même de tout l'Ambar Neldëa. Tu seras respectée et vénérée. Tu l'es déjà par celui qui t'aime plus que tout, ton compagnon, Thorak, qui ne te laissera pas tomber et t'épaulera sans jamais faillir. Te rends-tu compte, toi, de la chance qui t'est donnée de pouvoir poursuivre ton existence avec ta moitié, en égale ? En tant qu'ondine, tu aurais dû rester dans ta bulle d'eau durant toute cette mission jusqu'au moment où tu serais retournée auprès d'Aya, dans la mer d'Émeraude. Jamais tu n'aurais pu demeurer aux côtés de celui que tu aimes, Zya.

— C'est vrai, vous avez raison.

Elle avait redressé la tête et semblait soudain plus éveillée, ouverte, déterminée.

— Par quoi dois-je commencer pour apprendre à voler ?

Durant les cinq jours qui suivirent, Hermanus guida Zya dans son apprentissage du vol grâce à ses innombrables connaissances théoriques, puisqu'il ne volait pas lui-même. Idril Elendil accompagna ses phases de méditation, lui apprit à canaliser sa puissance, à doser sa force, sa voix, à contrôler l'afflux d'informations et de perceptions qui saturaient ses sens surdéveloppés. De son côté, Léorace lui enseigna l'art de la chasse, car même s'il traquait au sol, sous sa forme léonine, alors qu'elle pistait ses proies et les attaquait depuis le ciel, les principes de base demeuraient les mêmes. Le soir venu, il sortait son luth et incitait la dragonne à chanter. De peur d'effrayer tous les animaux à des kilomètres à la ronde, celle-ci se contentait de fredonner à voix basse, toutefois, on devinait dans son timbre sourd un vrai talent musical.

— Quand vous vous sentirez prête, vous allez enchanter les foules, lui assurait le barde.

# — 50 —

## Nínui 25 (le lendemain) – La Forteresse

Le comportement de Xinthia Laska avait commencé à changer la cinquième nuit après le rituel. Alors qu'elle s'était contentée jusque-là d'utiliser son esclave comme objet sexuel sans lui adresser la parole autrement que pour donner ses ordres, cette nuit-là, elle se mit à lui poser des questions.

— Dis-moi, démon, tu m'as bien dit que ce corps que tu occupes était celui de l'amant de la Calimehtar ?

Surpris par la question soudaine, et incertain de la stratégie à adopter, Edoran décida de biaiser.

— C'est ce qu'il prétendait, en tout cas.

— Comment ça ? Tu n'en es pas sûr ? M'aurais-tu menti ?

— Non, Maîtresse, je vous ai dit la vérité : il s'agit du corps d'Edoran de Lycantie, prince, chevalier et favori de la Haute-Reine. Simplement, je ne peux affirmer qu'ils aient été amants, c'est pourquoi je préfère m'en abstenir. Toutefois, je les ai longtemps vus évoluer ensemble, et je vous certifie qu'il y avait bien quelque chose entre eux. Un lien.

— Raconte-moi. Je veux tout savoir. Le but de ton infiltration, tout ce que tu as appris et ce qui a mal tourné.

— Ce qui a mal tourné, Maîtresse ?

— Si tu n'avais pas failli, tu ne serais pas là, à te cacher dans mes jupes, n'est-ce pas ? Tu te serais empressé d'aller chercher ta récompense auprès de Mörk Örn et de lui donner le résultat de ta mission. Je me trompe ?

On y était. Edoran s'était attendu à ce genre de réflexions beaucoup plus tôt. Puisqu'elles ne venaient pas, il avait pensé que la sorcière se moquait peut-être des desseins de son supérieur, ou que l'usage abusif qu'elle faisait du sang et de la matière grise de bébés humains, qui semblaient agir sur elle comme une drogue puissante, avait endommagé son propre cerveau.

Il fallait croire que non. Et que le moment était venu.

Pour l'instant, elle ne savait pas grand-chose à son sujet et rien de la mission qui avait été confiée au démon. Tant qu'elle n'en référait pas à Mörk Örn lui-même, le lycante disposait d'une certaine latitude dans ce qu'il pouvait raconter et l'amener à croire. Toutefois, un mensonge n'est efficace que lorsqu'il colle au plus près de la réalité, il devrait donc user de subtilité.

— Notre Seigneur pense que l'Unique a confié aux Gahaviens une arme secrète capable de l'anéantir. Ma mission était d'enquêter au cœur de l'Arcoa Calya afin de la découvrir et, si possible, de la détruire. Lorsqu'il a lancé l'Ombre sur Edheldôr, il lui a confié mon essence. Elle m'a transporté dans son souffle glacial jusqu'à ce que je choisisse un hôte intéressant. J'ai jeté mon dévolu sur Aromë, chef de la garde du palais. L'Ombre a alors fait mine de l'attaquer afin que je puisse l'investir. Je suis resté durant presque sept mois dans le corps de cet elfe, suivant la Haute-Reine dans tous ses déplacements, et je n'ai malheureusement rien découvert de probant.

— Comment est-ce possible ? s'agaça la sorcière. Tu veux dire qu'il n'existe aucune arme, ou que tu ne l'as pas trouvée ?

— Cette arme doit bien exister... En tout cas, eux y croient dur comme fer. Seulement, ils sont toujours à sa recherche, et quand j'ai été contraint de les quitter, ils n'avaient toujours pas la moindre idée de ce dont il pouvait s'agir. Ils ne savaient ni à quoi elle ressemble ni où elle se trouve. Nous avons passé des mois à sillonner tout Gahavia à la recherche d'indices qui n'avaient encore mené à rien de concluant au moment où j'ai été démasqué.

— C'est ce lycante qui t'a percé à jour ?

— Oui, avoua le faux démon. Il a prétexté devoir vérifier une piste prometteuse. J'ai proposé de l'accompagner, parce que je ne voulais pas laisser filer la moindre chance d'accomplir ma mission. Lorsque nous nous sommes trouvés isolés de tout hôte potentiel, il m'a attaqué et a détruit mon corps d'emprunt, je n'ai alors eu d'autre choix que de m'emparer du sien.

— À quel moment la métamorphose a-t-elle été bloquée ?

— Immédiatement. Il m'a attaqué sous sa forme lupine, et quand je suis parvenu à prendre le contrôle de son esprit, je n'ai pas réussi à déclencher la mutation.

— À mon avis, c'est probablement à cause de ton origine lycante. Mörk Örn a dû neutraliser ce pouvoir lors de ta création. Parle-moi de ce mage, maintenant. Qui est-il ? Est-il puissant ?

Que pouvait-il lui révéler concernant Hermanus ? s'interrogea Edoran. Dans quel sens valait-il mieux la diriger ? Xinthia Laska souffrait d'un orgueil démesuré. Il s'en était rendu compte dès les premiers instants. Convaincue de sa supériorité, certaine de sa prépotence, elle nourrissait secrètement l'ambition de détrôner Mörk Örn… un dieu… rien que ça. Elle ne le lui avait pas dit ouvertement, mais chacune de ses actions, de ses décisions, son discours, sa manière d'être, tout indiquait qu'elle se prenait déjà pour une déesse, et que selon elle, sa place se trouvait à l'Orgonde. Sa mégalomanie, pour effrayante qu'elle fût, n'en constituait pas moins une faiblesse qu'Edoran pouvait exploiter, avec tact et subtilité. Oui, la pousser doucement du côté où elle penchait… c'est ainsi qu'il avait manœuvré avec Bahran. Il pouvait recommencer avec elle.

— Le mage Hermanus Taliesin est le plus grand sorcier de tous les temps, déclara-t-il avec conviction.

Elle écarquilla les yeux, le visage déformé par la rage.

— Plus puissant que moi ? questionna-t-elle d'un ton menaçant.

— Je ne mesure pas suffisamment ces choses magiques pour vous l'affirmer, toutefois… il s'attaque au seigneur Mörk Örn et enseigne à la Haute-Reine des elfes, donc…

La sorcière poussa alors un cri strident, gifla le lycante à toute volée puis sortit en trombe de ses appartements. Edoran ne la revit pas avant le lendemain soir. Et ce n'est que trois jours après l'évasion de la licorne qu'elle lui adressa à nouveau la parole.

— L'une de mes prisonnières s'est échappée, lui annonça-t-elle sans préambule en l'observant attentivement.

Il haussa les sourcils, sincèrement surpris, mais pas pour les raisons qu'elle imaginait. Il s'était attendu à un branle-bas de combat à la découverte de la disparition de Delila. Pourtant, rien de tel ne s'était produit. D'après Bohr, les maars s'étaient contentés de fouiller les étages inférieurs de la Forteresse avant d'abandonner très vite les recherches.

— Échappée ? s'étonna le lycante. Sous *votre* commandement ? Comment est-ce possible ?

Elle tressaillit comme s'il l'avait frappée, alors il enfonça le clou.

— Le lycante dont j'ai réquisitionné le corps a délivré la reine des elfes au nez et à la barbe de votre prédécesseur, si je ne m'abuse, aussi je pensais que, désormais, une telle chose ne pouvait plus se reproduire… Cela devrait-il me redonner espoir ?

— Espèce de démon arrogant, fulmina-t-elle en dardant sur lui une pointe brûlante de magie offensive. Tu mériterais la mort pour oser t'adresser à moi de cette manière.

Edoran s'était avachi sur le sol, à côté du lit, et tenait son ventre à deux mains, suffoquant sous la douleur.

— Souviens-toi que tu m'as juré obéissance et fidélité. Si je te garde en vie, c'est que j'ai mes raisons, toutefois, mon indulgence ne sera pas éternelle. Dès que j'aurai obtenu ce pour quoi tu es encore là, je t'écraserai !

— Vous m'aviez promis de me libérer, geignit-il comme l'aurait fait Bahran en pareille circonstance.

— La mort est une libération, assena-t-elle avant de poursuivre : Je ne suis pas Ox de Maar, et je ne suis pas Mörk Örn. Tous ces mâles ne sont que des brutes épaisses incapables de la moindre subtilité. Ils se contentent de frapper pour écraser leur adversaire. Moi, je préfère qu'il souffre lentement avant d'expirer. Je prends mon temps, j'utilise d'autres armes… mais ma victoire n'en est que plus éclatante.

Emportée par sa folie et ses rêves de gloire, elle s'était laissé aller à dévoiler l'étendue de son ambition devant son prisonnier, qui n'en perdait pas une miette. Ainsi, son objectif ultime était bien le Seigneur Noir, et lui, Bahran-dans-le-corps-d'Edoran tenait un rôle suffisamment important dans ses plans pour qu'elle tolère son impertinence. Encore une information à ne pas négliger…

— Un messager de Mörk Örn est arrivé il y a une heure, lâcha-t-elle soudain. Le Seigneur veut me voir à l'Orgonde avec mes meilleurs éléments.

— Quand ?

— Tout de suite, évidemment ! Il n'a pas pour habitude d'attendre, tu le sais bien !

Oui, bien sûr qu'il était censé le savoir, puisqu'il était censé être un démon. Edoran se serait giflé pour sa bêtise.

— Savez-vous ce qu'il vous veut ? insista-t-il afin de la détourner de sa bourde.

— Non, il ne donne jamais de motif à ses convocations, mais c'est forcément en lien avec la guerre.

— Qui allez-vous emmener ? hasarda-t-il encore.

Elle fit mine de réfléchir, le regard toujours fixé sur son prisonnier.

— Toi, bien sûr. Tu en doutais ? finit-elle par lâcher avec ironie.

— C'est que, Maîtresse, je préférerais qu'il n'ait pas vent de ma présence. Il pourrait tenter de me récupérer…

— Et nous ne le désirons ni l'un ni l'autre, n'est-ce pas ?

— En effet, Maîtresse, confirma son esclave en ployant la nuque dans une attitude soumise.

Il était impératif qu'elle le cachât de Mörk Örn, car lui saurait immédiatement que plus aucun démon n'occupait le corps du lycante.

— En tant que mon esclave… intime, nul ne s'étonnera de te voir m'accompagner, pas plus que de te voir rester cloîtré dans mes quartiers privés. Notre petite routine quotidienne ne changera pas, ronronna-t-elle en le détaillant d'un regard lubrique.

Edoran avait pris l'habitude de fermer son âme à double tour quand la sorcière exigeait de lui des actes qu'il réprouvait ou qui lui répugnaient. Lorsqu'elle abusait de lui, qu'il se nourrissait des petits corps innocents, si elle l'obligeait à tuer un serviteur dont elle était mécontente… il agissait alors comme une marionnette, s'efforçant de ne pas penser, ne pas voir, ne pas sentir. C'est ce qui lui permettait de tenir en attendant qu'une faille lui offre l'occasion de donner un avantage à Saraë et aux Gahaviens.

— Quand il vous ordonne de lui amener « vos meilleurs éléments », pensez-vous que ce soit une manière de vous empêcher de monter une force armée qui pourrait ensuite lui faire de l'ombre ?

Retenant son souffle, le lycante observa sur le visage de la sorcière le chemin que prenaient les idées qu'il venait de soigneusement distiller.

— Tu crois qu'il pourrait vouloir me les prendre ? Mes meilleurs guerriers, mes sorciers les plus puissants ?

— S'il a le moindre doute à propos de votre allégeance, si vos pouvoirs et votre intelligence lui font craindre une insurrection… c'est probable, oui.

— Tu as sans doute raison, murmura-t-elle pensivement. Et ce n'est pas le moment, encore, de dévoiler mon jeu. Je ne suis pas prête… J'ai besoin de plus de temps pour… Que crois-tu que je devrais faire, démon ?

Edoran faillit laisser échapper un sourire, mais s'en retint et le transforma en un rictus sournois.

— Emmenez vos pires combattants et vos sorciers les plus

médiocres en les faisant passer pour l'élite de vos troupes. Laissez ici vos meilleurs éléments sous la direction de quelqu'un dont la loyauté vous est assurée. Lorsque le Seigneur se rendra compte que vous ne disposez pas de forces à même de l'inquiéter, il relâchera sa vigilance et vous laissera le champ libre.

Les yeux brillants, la sorcière jubilait d'avance à l'idée du tour qu'elle allait jouer à son souverain. Son esclave, lui, croisait les doigts pour qu'elle suive ses conseils, et que Bohr et Xano fassent partie de ceux qui les accompagneraient.

# — 51 —

## Nínui 26 (le lendemain) – Evinshorsk

Moins de vingt-quatre heures plus tard, une longue colonne de cavaliers quittait la Forteresse en direction du nord-ouest et de l'Orgonde, capitale d'Evinshorsk, où résidait Mörk Örn dans son temple-palais. Parmi les centaines de guerriers et de mages figuraient le fenrik Bohr et Xano Slavius, amis et acolytes du chevalier de Lycantie.

Le plaisir d'Edoran de chevaucher à nouveau Spartak l'emportait, pour l'instant, sur toute autre considération. Le lycante et son étalon s'étaient retrouvés avec bonheur et savouraient sans mesure les sensations que ce voyage leur offrait. Certes, le paysage rocailleux et stérile, le ciel bas et gris, l'atmosphère lourde et poussiéreuse n'avaient rien à voir avec les contrées sublimes traversées ensemble lors de leur périple vers l'Edheldôr avec la délégation de Métamorphia, néanmoins, le lien qui les unissait, qui les faisait anticiper chaque mouvement dans une chorégraphie connue d'eux seuls, qui appariait leurs corps et leurs âmes, effaçait pour un temps de leurs pensées la médiocrité environnante.

# — 52 —

## Nínui 28 (deux jours plus tard) - Evinshorsk - L'Orgonde

Quand on leur annonça qu'ils arrivaient à l'Orgonde, au cœur du pouvoir de Mörk Örn, il n'y avait rien. Tout juste quelques rochers au milieu d'un gigantesque plateau encerclé de montagnes. Edoran crut d'abord qu'un sort dissimulait la ville, un peu comme la syllorbe pour la Forteresse, puis l'avant de la colonne disparut entre deux rochers, s'enfonçant dans la terre par un étroit tunnel qui descendait dans les profondeurs. Sous la surface, une cité gigantesque, toute de pierre noire, lisse et brillante, s'étendait si loin qu'il ne pouvait en distinguer les limites. Ils traversèrent plusieurs quartiers abritant des maars, des aquares ou des bolgoths sans jamais les mélanger. Certaines rues semblaient dévolues au commerce, à l'artisanat ou à l'élevage de viande humaine. D'autres voyaient s'aligner des dizaines de temples, tous dédiés au Seigneur Noir, devant lesquels patientaient les fidèles qui venaient offrir leur sang par centaines. Enfin, plus proches du centre de l'Orgonde, s'élevaient les hautes maisons des quartiers nobles. Là où vivaient l'élite des maars, les sorciers les mieux cotés et les représentants de toutes les sous-races evinshorskiennes, tels les bolgoths et les aquares. Xinthia Laska y possédait un manoir d'allure baroque, surchargé de balcons, coursives et tourelles alambiquées. La troupe y fit halte, le temps que les serviteurs de la sorcière déchargent les bagages de cette dernière, puis reprit son chemin vers les baraquements dévolus à l'armée, laissant Edoran, les serviteurs et leur maîtresse dans le hall gothique du manoir.

— Je t'aurais bien montré ma chambre, susurra Xinthia en glissant un doigt dans l'encolure de la tunique d'Edoran, mais le Seigneur m'attend et je préfère ménager son humeur.

— Ne laisserez-vous pas de gardes en votre absence ? s'inquiéta le lycante. Cette ville serait-elle devenue sans danger, soudainement ?

— Je sais que tu ne me fausseras pas compagnie ici, affirma-t-elle. Tu aurais trop peur que Mörk Örn ne te repère si tu quittais la maison.

— Je n'ai pas l'intention de partir, lui assura-t-il, je vous ai donné ma parole. Je crains plutôt des intrusions malvenues. Je me sentirais plus en sécurité si quelques gardes et un ou deux sorciers demeuraient sur place.

Elle haussa un sourcil, mais ne trouvant rien à y redire, se rangea à ses arguments.

— Demande à Kwir d'aller chercher quelques hommes aux baraquements. Je te laisse gérer cela, je suis déjà en retard.

— Bien, Maîtresse, s'inclina servilement le chevalier, dissimulant le soulagement de son regard.

Moins d'une heure plus tard, Bohr, Xano et quelques autres s'installaient dans les quartiers des domestiques.


— Il veut la Calimehtar ! cracha la sorcière en rentrant du palais, furieuse.

— Comment ça, il « la veut » ? la questionna le lycante.

— Il est persuadé, par je ne sais quel délire, que c'est elle, la clé de l'arme secrète. Comme il craint trop d'affronter directement la Grande prêtresse de l'Unique et le plus puissant mage de Gahavia, il m'a chargée de trouver l'elfe et de la lui ramener ici.

Edoran pâlit en imaginant Saraë à l'Orgonde, entre Mörk Örn et Xinthia Laska, à la merci des deux êtres les plus malfaisants de toute la création. Il n'allait pas laisser cela arriver !

— Comment compte-t-il que vous la trouviez, Maîtresse ?

— Il a drainé près de deux cents sorciers pour contraindre les augures à lui dévoiler une bribe d'avenir. D'après lui, elle sera à proximité des campements des Hordes, dans la région entre l'Edheldôr et l'Ardwuin, au début du mois prochain. Soit dans une dizaine de jours.

— Ce n'est pas très précis comme indication, observa le lycante. La partie de Gahavia dont vous parlez s'étend sur plusieurs centaines de kilomètres carrés. Comment comptez-vous la localiser ?

— Ne t'inquiète pas pour cela, la localisation sera on ne peut plus exacte. Nous ouvrirons un portail à l'endroit précis où elle se tiendra et nous n'aurons plus qu'à la cueillir.

Edoran usa de toute sa volonté et son énergie pour donner à son visage une expression de malignité et de satisfaction morbide, à l'inverse total de l'horreur qu'il ressentait au fond de lui. L'idée que la sorcière puisse poser ses sales mains sur sa merveilleuse Saraë le révulsait. Heureusement, il était devenu bon acteur, et Xinthia Laska lui renvoya son sourire d'un air complice. Il n'avait jamais eu autant envie de tuer quelqu'un de toute sa vie ! Toutefois, il parvint à écarter ses rêves de vengeance, inutiles et contre-productifs pour l'instant, et se mit à réfléchir à toute vitesse à un moyen de gagner plus de temps.

— Allons-nous attendre que les dix jours se soient écoulés et risquer que l'augure se soit trompé ? demanda-t-il encore. Ou allons-nous y aller au plus tôt afin de tendre le meilleur piège possible ? Supposons que l'endroit ne soit pas aussi exact que Mörk Örn l'imagine, ou que nous la manquions de quelques minutes et qu'elle soit déjà loin à notre arrivée... Je vous rappelle qu'elle possède un dragon...

Une fois encore, le doute savamment instillé se révéla une arme à l'efficacité implacable sur cette créature avide de pouvoir. Elle voulait tellement surpasser son dieu qu'elle était prête à croire n'importe quoi qui le montrât faible, et elle forte.

— Tu as raison, lycante. Je vais annoncer au Seigneur que nous partons demain pour Gahavia. Une fois sur place, nous positionnerons nos pions sur l'échiquier… et tu seras le roi du jeu.

# — 53 —

## Nínui 28 au matin (le même jour) – Centauria

L'heure était venue d'une nouvelle séparation. La dernière, si tout allait bien. Vu les progrès efficients de Zya en vol, Hermanus avait calculé qu'en se dirigeant droit vers l'Allorée, sans dévier, en ne s'arrêtant qu'à la tombée de la nuit pour repartir au lever du jour et en ne chassant que ce qui était nécéssaire, elle pouvait mettre moins d'une semaine à atteindre son but. Certes, cela serait éprouvant pour ses passagers, et même pour elle, mais le temps pressait. Chacun d'eux le sentait. Sans compter leur hâte d'en avoir enfin terminé avec ce cauchemar.

De son côté, le mage ne pouvait présager du temps qu'il mettrait à rallier l'Arcoa Calya. Tout dépendrait de la profondeur de champ dont il disposerait. Pour se téléporter d'un point à un autre, il devait impérativement avoir son objectif en vue. Plus l'horizon serait dégagé, plus il voyagerait vite et loin, et moins il brûlerait d'énergie. Car c'était le nombre de sauts qui l'épuisaient, pas leur longueur. Tant qu'il serait en Centauria, ce serait facile et rapide, puisque pratiquement rien ne venait arrêter le regard, dans les plaines. En Morlaune toutefois, ce ne serait pas la même affaire… il se pourrait même que, dans les marais, il aille plus vite en marchant qu'en « sautant ».

# — 54 —

## Gwaeron 1er (le lendemain) - Evinshorsk - L'Orgonde

Le lendemain de son arrivée à l'Orgonde, Edoran pénétra dans l'antre du dieu maléfique, ennemi immémorial de l'Unique, déguisé en soldat maar et dissimulé sous une armure intégrale. À sa droite et à sa gauche, l'encadraient ses deux fidèles complices, Bohr et Xano Slavius, ce dernier lui aussi affublé d'une cotte de mailles et d'un casque. Quand Xinthia Laska avait annoncé que tous les sorciers seraient réquisitionnés pour la création du portail, le lycante avait prétexté que l'absence de cet enchanteur de bas étage ne pourrait nuire à sa réalisation, au contraire ! Les pathétiques aptitudes magiques du sorcier risquaient même de faire capoter l'incantation, avait-il argué. La sorcière s'était contentée de balayer l'air de la main en un geste dédaigneux, et Xano s'était retrouvé exempté de sacrifice.

— Pendant toute la durée du rituel, lui avait martelé Xinthia, tu te feras le plus discret possible et resteras caché au milieu de mon armée. Mörk Örn ne devrait pas percevoir ta présence si tu mêles ton empreinte à toutes celles qui t'entourent. Lorsque le portail s'ouvrira, vous vous précipiterez à travers et sécuriserez immédiatement les environs. Je passerai en dernier afin de m'assurer que personne d'importun ne nous suit. Pas question de laisser un quelconque espion se mettre en travers de mon chemin. Ensuite, nous nous préparerons à l'arrivée de la Calimehtar.

L'Orgonde, bien que souterraine et entièrement construite en obsidienne, aurait pu ressembler à n'importe quelle ville humaine, avec ses rues, ses maisons, ses boutiques, ses passants et ses artisans. Cependant, elle était bel et bien bâtie sous la surface, et aucune lumière ne venait l'éclairer. Le royaume des nains aussi, au cœur du Pic, perdurait enclavé dans la roche… mais leur cité brillait des mille feux que leurs joyaux et leurs miroirs acheminaient depuis la surface. L'Orgonde, elle, restait plongée dans les ténèbres.

Les créatures qui y vivaient avaient développé une nyctalopie indispensable, dont étaient dépourvues les troupes de la sorcière. Même Edoran, bien qu'avantagé par sa nature lycante, peinait à distinguer ce qui se trouvait autour de lui. Et plus ils approchaient du temple, plus les ténèbres s'opacifiaient. Durant le trajet du manoir de Xinthia au palais de Mörk Örn, le lycante put s'appuyer sur son flair et son ouïe, heureusement surdéveloppés, pour l'aider à discerner tout ce qui l'entourait. Pas une fois il ne trébucha, ne tendit les mains devant lui, n'hésita ou ne percuta quiconque.

Tant bien que mal, la suite de la sorcière parvint aux portes du temple. Ces dernières mesuraient près de six mètres de haut et presque autant de large. Leur épaisseur avoisinait les trois mètres. Elles étaient composées d'obsidienne, comme tout le reste de la ville, mais renforcées par d'épaisses traverses de fer qui les rendaient infranchissables, même pour un dragon. Elles s'ouvrirent avec lenteur, dans un grondement qui fit trembler le sol, sur une cour intérieure entourée d'immenses murailles aussi lisses que du verre. Au centre de la cour, un large escalier en colimaçon s'enfonçait encore plus loin dans les entrailles de l'Orgonde. C'est là que les conduisit directement la sorcière, sans même adresser un mot ou un geste aux généraux et sorciers de haut rang venus l'accueillir. À sa suite, son armée de piètres combattants, choisis pour cette raison précise, entama la longue descente vers le centre du pouvoir de leur créateur. La source de tous les maux de l'Ambar Neldëa, pas seulement de Gahavia, mais également de chacun des mondes qui y étaient rattachés et que seuls les dragons pouvaient encore atteindre. Le cœur de Mörk Örn. Edoran se prit à rêver de pouvoir le détruire, là, maintenant, et de faire cesser ainsi toutes les souffrances qui pesaient sur les siens. Si seulement c'était réalisable ! Mais comment tuait-on un dieu ? Pas avec une simple épée, c'était certain. Non, leur meilleure chance, se sermonna-t-il, résidait dans les sept chants, dans l'arme que l'Unique leur avait créée.

Il aurait tout donné en cet instant pour pouvoir contacter ses amis, sur Gahavia, et savoir où ils en étaient de leur quête…

Quoi qu'il en soit, en attendant, il devait faire le nécessaire afin d'empêcher Xinthia Laska de mettre la main sur Saraë, et donner du temps à Hermanus et aux autres.

Tout à ses réflexions, Edoran ne manquait cependant pas d'observer soigneusement autour de lui. D'abord parce qu'il souhaitait en apprendre le plus possible sur l'ennemi, parce qu'il aurait peut-être besoin de connaître les lieux et d'être capable d'en sortir, selon comment tout cela tournerait, et également parce qu'il était probablement le premier Gahavien à mettre les pieds dans le temple de Mörk Örn. S'il en ressortait vivant, il aurait à témoigner et beaucoup à raconter.

L'escalier qu'ils empruntaient, assez large pour s'y tenir à cinq de front, ouvrait, à distances variables, sur des paliers d'où partaient de longs couloirs rectilignes, bordés de dizaines de portes closes, flanquées de torches allumées. Plus ils descendaient, plus les corridors s'élargissaient et les portes s'ornaient de gravures, sculptures et dorures. Enfin, ils parvinrent au terme des sept cent soixante-dix-sept marches et débouchèrent sur un gigantesque amphithéâtre que des milliers de bougies éclairaient. Du premier au dernier gradin, le dénivelé devait avoisiner les cinquante mètres. La vertigineuse sensation de vide ressentie depuis le haut était néanmoins atténuée par la construction conique qui occupait l'arène centrale. Celle-ci s'élevait jusqu'à mi-hauteur des gradins. Ses parois lisses et abruptes n'offraient aucun moyen visible de la gravir, pourtant une arche de basalte, finement taillée et sertie d'opales noires, de malachites et d'onyx dominait son sommet. Elle abritait un énorme fauteuil de granit à haut dossier, entièrement gravé de runes qui luisaient dans la pénombre. À la base de l'édifice, face à l'entrée où ils se trouvaient, s'ouvrait un accès vers l'intérieur, tellement sombre qu'on n'en voyait que la bouche obscure. Le plafond de l'amphithéâtre, loin au-dessus de leurs têtes, formait une voûte d'obsidienne polie dont le centre était aligné sur le sommet de l'arche de basalte et le trône sculpté. On pouvait y discerner, malgré l'obscurité qui régnait dans les hauteurs, d'anciennes traces de brûlure et de fusion, vestiges probables des précédents sortilèges puissants du seigneur des lieux.

Quand Edoran déboucha dans l'immense colisée, les sorciers de Xinthia Laska avaient déjà pris place sur les gradins bondés, et les soldats escortaient la Grande Commandeure vers l'arène centrale. Bohr, Xano et lui suivirent le mouvement tout en jetant de rapides coups d'œil de tous côtés. Le lycante estima à environ vingt-cinq mille le nombre de sorciers présents, plus quelques milliers de guerriers maars, de bolgoths et d'aquares. Lorsque leur maîtresse eut atteint le bas des marches, les troupes de la Forteresse, qui ne comptaient que quelques centaines d'hommes, s'immobilisèrent et restèrent au garde-à-vous dans l'escalier.

Le silence se fit, tendu, fébrile.

La luminosité des bougies décrut subitement et transforma les lieux en une masse opaque et lourde, avant que n'explose un éclat aveuglant de lumière dorée dont subsista longtemps le halo. Et quand Edoran put à nouveau distinguer les environs, Mörk Örn était assis sur son trône.


Dans l'imaginaire collectif des Gahaviens, le Seigneur Noir revêtait des apparences toutes plus effrayantes, sombres, tordues et dangereuses les unes que les autres. On l'affublait de multiples cornes, d'une armure de chitine, d'acier noir ou même de feu liquide. On le dotait parfois d'une queue de scorpion, d'ailes de dragon ou de griffes empoisonnées. On décrivait rarement son visage, si horrible qu'il était impossible de le regarder en face. Il était censé mesurer plus de trois mètres de haut et, en cela… les légendes disaient vrai. Le dieu annihilateur, pervers et démoniaque qui menaçait l'Ambar Neldëa depuis des millénaires, l'ennemi du Créateur, tyran fou, monstre obscène, avoisinait en effet les trois mètres, mais c'était bien la seule chose qui correspondait au mythe.

En fait, il ressemblait à un elfe. Un elfe géant à la beauté parfaite, dérangeante de pureté, au visage fin, à la peau nacrée, aux cheveux nivéens[20], longs et souples, et aux yeux… violets. Un elfe Blanc ! Il avait la carrure d'un guerrier, large d'épaules, les muscles déliés, les hanches étroites. Et il portait une armure finement ouvragée, entièrement d'or et d'airain. Il se tenait assis bien droit sur son trône de granit, balayant d'un regard hautain les gradins bondés.

Dès son apparition, les près de quarante mille âmes qui garnissaient le colisée s'inclinèrent dans un silence impressionnant. Ils demeurèrent ainsi, nuque ployée et dos courbé, guettant du dieu la permission de se redresser. Celle-ci se fit attendre longtemps, suspendant l'assemblée dans une tension fébrile. Les secondes s'allongèrent jusqu'à former des minutes qui pesaient lourdement sur les échines. Edoran se fit la réflexion qu'user d'un tel artifice pour affirmer son pouvoir révélait un pitoyable manque de confiance en soi. Mais cette pensée eut à peine pris forme dans son cerveau qu'une chape de puissance invraisemblable, étouffante et débilitante, s'abattit sur lui. La moitié des sorciers et des guerriers présents s'effondra instantanément, pendant que l'autre moitié, dont le lycante, tentait vainement d'y résister. Moins d'un souffle plus tard, l'intégralité de l'amphithéâtre, à l'exception de Xinthia Laska et de Mörk Örn, était à terre, écrasée par la volonté du Seigneur Noir. La sorcière elle-même peinait à se maintenir debout. Son visage grimaçait et rougeoyait sous l'effort, la sueur perlait à son front et tous ses muscles tremblaient de douleur. Finalement, elle céda et mit un genou à terre en serrant

---

[20] Blancs comme neige

les dents de rage et de frustration. Et aussitôt, l'oppression disparut. En une fraction de seconde, l'air redevint respirable, et tous récupérèrent la maîtrise de leur corps et purent reprendre leur posture courbée, déférente, soumise.

Aucun son ne sortit de la bouche du dieu, pourtant, Edoran sut, au même moment que tous les autres, qu'il pouvait se redresser. Il ne perdit pas de temps à considérer ceux qui l'entouraient, se focalisant directement sur celui que, semblait-il, il avait sous-estimé. Sous ses faux airs d'elfe souffrant d'un complexe mégalomaniaque, Mörk Örn légitimait sans conteste sa réputation de démiurge maléfique. Et ses traits angéliques, loin d'atténuer la malignité qu'il dégageait, l'amplifiaient à un point effrayant. Aucune émotion ne transparaissait sur son visage lisse et dur. Ni satisfaction ni colère dans son regard. Avec lenteur, il baissa les yeux sur Xinthia Laska. Ses lèvres n'esquissèrent pas le moindre mouvement quand sa voix, ample et profonde comme un orage, explosa dans l'amphithéâtre.

— Es-tu prête ?

— Oui, Seigneur, confirma-t-elle en s'inclinant.

Elle avait parlé aussi fort et clair que possible, mais comparé au fracas de celui de Mörk Örn, son timbre aigu n'atteignit pas la moitié des gradins. Humiliée, elle tenta vainement de dissimuler la frustration que tous pouvaient lire sur sa figure. À ce jeu, néanmoins, comme à beaucoup d'autres, elle ne valait pas encore son maître, dont l'habileté s'appuyait sur des millénaires d'expérience.

Apparemment indifférent aux états d'âme de sa subordonnée, le tyran reportait déjà son attention sur les sorciers qui l'entouraient.

— Tenez-vous prêts à vous ouvrir à moi, leur ordonna-t-il.

À nouveau, le son tonitruant de sa voix se répercuta dans tout le colisée alors même que ses lèvres demeuraient scellées. Une vague d'énergie crépitante balaya les degrés, passant tel un trait de foudre à travers Edoran qui retint difficilement un cri. Autour de lui, tous les sorciers s'étaient agenouillés, tandis que les guerriers haletaient, debout, figés par la douleur. Sous son armure, Xano s'était effondré comme les autres magiciens, aussi Bohr et le lycante durent-ils l'attraper fermement sous les aisselles afin de le redresser. Il devait absolument continuer à passer pour un soldat lambda. À cet instant, Edoran douta de son plan. À aucun moment, il n'avait clairement mesuré la réelle puissance de leur ennemi. Mörk Örn était visiblement capable de commander directement à l'esprit des sorciers, qu'il ait conscience ou non de leur présence. Si c'était le cas, il risquait de siphonner Xano au même titre que les autres sans que quiconque puisse l'en empêcher. Edoran lança un regard inquiet vers la magicienne qui sembla comprendre la raison de sa panique. Elle savait qu'il tenait à la présence de ses acolytes auprès de lui. Elle avait concédé ce caprice à son esclave personnel comme on accorde un os à un chien. Pinçant les lèvres en un rictus agacé, elle lui fit signe de la rejoindre. Profitant du mouvement d'ensemble créé par les sorciers qui se relevaient une nouvelle fois et reprenaient péniblement leur place dans les gradins, tous trois descendirent jusqu'au pied de l'édifice conique, face à la bouche obscure qui en marquait l'entrée.

— Le portail s'ouvrira à l'intérieur, leur murmura-t-elle. Normalement, le Maître devrait absorber l'énergie des sorciers en commençant par les rangs du haut. Dès qu'il sera prêt à s'ouvrir, le portail émettra une intense lumière. Précipitez-vous immédiatement là-dedans et traversez sans vous retourner. Puis faites ce qu'on a dit : sécurisez la sortie. Je passerai la dernière.

Edoran acquiesça en silence et croisa les doigts pour que la ponction de magie démarre bien du haut de l'amphithéâtre. Si, par un mauvais tour du destin, Mörk Örn décidait d'absorber d'abord l'énergie des sorciers des premiers niveaux, Xano Slavius était perdu. Il prendrait certainement la tête des sacrifiés, vu la faible quantité de magie qu'il était capable de produire. Le chevalier reporta son attention anxieuse sur le maître des lieux, dans l'attente de la suite. Ce dernier semblait désormais profondément concentré, les yeux fermés et la tête inclinée vers l'avant. Ses mains enserraient si fort les bras de son fauteuil que ses phalanges en blanchissaient. Après quelques minutes, une fine sueur commença à perler à son front et ses sourcils se froncèrent sous l'effort. Pourtant, rien ne se passait. Perplexe et interloqué, Edoran adressa un regard interrogateur à Xinthia Laska, mais celle-ci fixait le haut de la structure sans ciller, à l'instar de toutes les personnes présentes dans l'amphithéâtre. Elle accusait une fébrilité et une tension aussi inhabituelles qu'inquiétantes. Soudain, ses yeux s'agrandirent et son visage se décrispa légèrement. Le lycante tourna aussitôt les yeux vers l'arche de basalte dont toutes les pierres de pouvoir s'étaient mises à luire. Dans la foulée, les runes du trône commencèrent à briller d'un éclat doré. La lumière diffusée par les pierres et les runes s'intensifia petit à petit jusqu'à éclairer tout le colisée et devenir presque aveuglante.

Alors, Mörk Örn se mit debout. Il assura son équilibre en se campant sur ses pieds écartés, les genoux légèrement fléchis pour prévenir tout ébranlement. Avec lenteur, il leva les bras de part et d'autre de ses épaules, paumes vers le haut, exactement comme l'avait fait la Grande Commandeure lors du rituel sanglant, à la Forteresse. Un jet de magie pure jaillit du sommet de l'arche, tel le feu d'un dragon, propulsé avec la puissance d'un geyser jusqu'au dôme d'obsidienne sur lequel il s'écrasa avant de redescendre en langues étincelantes le long des parois. Au même instant, un sorcier, puis deux, puis trois s'effondrèrent dans les rangs du haut. Morts. Mörk Örn commença à psalmodier entre ses dents serrées. Les pierres brillèrent de plus belle. Les runes parurent s'enflammer. La colonne de lumière ronfla, aussi aveuglante qu'une forge… et trois lignes de sorciers s'affaissèrent. Sous l'immense cône d'obsidienne, au fond du tunnel obscur, quelque chose commença peu à peu à vibrer, à enfler, à crépiter.

Durant l'heure qui suivit, la plus longue de la vie d'Edoran, Mörk Örn sua et rougit sous l'effort qu'il soutenait. Des milliers de sorciers perdirent la vie, les uns après les autres, séchés de toute énergie vitale par le Seigneur Noir. Une chaleur de plus en plus insupportable émanait de l'intérieur de la construction circulaire. Et Xinthia Laska se mit à arborer un sourire à vous glacer les veines. Enfin, alors que les derniers sorciers succombaient et que le Seigneur Noir, épuisé, regagnait son fauteuil en tremblant, le geyser de lumière qui jaillissait du haut de l'arcade s'inversa subitement pour darder ses rayons vers l'intérieur. Une explosion de chaleur et de lumière fusa de tous les interstices du monument, qui trembla sur ses fondations. Puis, tout s'éteignit : la colonne de pouvoir, les pierres de l'arche, les runes du trône… tout, sauf ce qui se trouvait désormais dans les entrailles du bâtiment central. Au fond du tunnel qui lui faisait face, Edoran pouvait voir danser des espèces de lueurs qui évoquaient le miroitement de l'eau sur la pierre.

— Vite, lui souffla Xinthia, le portail, dépêchez-vous !

Sans plus réfléchir, le lycante attrapa ses amis par les épaules et les poussa devant lui. Ils coururent sur les quelques mètres qui les séparaient du centre de l'édifice et se retrouvèrent face à une surface ondoyante, moirée, exactement comme celle qui remplissait l'immense porte d'Evinshorsk, au fond du Gouffre du Mal. Sans hésiter, tous trois bondirent à travers le halo, immédiatement suivis par le reste des troupes de la Forteresse.


# FIN DU TOME 3

## MERCI

Vous voici arrivé au terme de cet opus. J'espère de tout cœur qu'il vous aura plu autant que les deux premiers, sinon plus, et qu'il vous a donné envie de connaître la suite et fin de l'histoire.

En attendant, je souhaiterais vous rappeler à quel point votre avis et vos commentaires sont importants pour moi. D'abord parce qu'ils me touchent profondément, et parce qu'ils me sont indispensables pour me faire connaître et rencontrer mon public. En effet, je suis une auteure indépendante et, pour que mes romans soient découverts par de nouveaux lecteurs, je ne peux compter que sur vous ! Vous, lecteurs, êtes mon étendard, la flamme qui permet à mes romans d'être vus et leur donne une chance de briller.

Voilà pourquoi les quelques minutes que vous prendrez à laisser un commentaire sur un site quelconque : Amazon, Fnac, Babelio, Booknode, un groupe Facebook, Instagram, etc. vaudront de l'or pour La Dernière Guerre des Dieux !

Donc merci d'avance pour ces quelques minutes dont vous me faites le privilège.

Cécile Ama Courtois

Pour découvrir et commander mes autres romans, nouvelles et recueils de poèmes, rendez-vous sur www.cecileamacourtois.com

Vous avez aimé Le Duel ?

Le Conte des Sept Chants revient en 2022
avec son ultime tome, qui marque la fin de la saga :
**L'Harmonie**

Et pour découvrir d'autres de mes écrits, rendez-vous
sur mon site internet :
www.cecileamacourtois.com

ou sur ma page facebook :
https://www.facebook.com/AmaCourtois/

— Ève aux sables dormant : romance fantastique

— Mes états d'Ama : contes pour adultes

Dépôt legal septembre 2021
Imprimé par KDP